T T
T 针 T
F 锋 R
O 对 T
T 决 T

水千丞 著

北京燕山出版社
BEIJING YANSHAN PRESS

长安街十车道，总有一条是我们碰不上的。

他蛰伏了两年，就是为了有朝一日再见到顾青裴时，布下天罗地网。

●○○○○○

目录

C o n t e n t s

如果一个人已经在心里，
他就哪里都在，
记忆里、视线里、屋子里，
还有未来的画面里。

TIT FOR TAT

Chapter 1

"佳佳，你怎么这个点儿才到？司机给我发短信，说新总裁马上就来了，你赶紧把他办公室的空调打开、水换好，麻利点儿啊！"行政主管张霞挺着大肚子，不顾形象地冲了过来，抓着新来的前台佳佳干活儿。

"张姐，我马上……马上就好。"佳佳跑去找新的热水壶，进进出出地忙活了十分钟，才把总裁办公室准备妥当。

这时，公司的自动门叮的一声朝两边打开，像舞台帷幕一般颇具仪式感，司机老赵走在最前面，微微哈腰迎出身后一个身材修长的男人。他西装笔挺，衬衫雪白，领口如刀削般挺直锋利，头发如墨般浓黑，皮肤更显白皙。他戴着一副金边眼镜，步履从容，英俊的脸甚至都不是他身上最闪亮的部分，那份斯文儒雅、充满自信的气度才是惊艳四座的。

两个女人几乎立刻就不会说话了。

老赵拼命给她们使眼色："小张，这是顾总。"

张霞回过神来，她的脸顿时烫了起来："顾总，顾总您好，没想到您来这么早。"

顾青裴温和地笑了笑，说："我习惯早起，没给你们添麻烦吧？"

"怎么会。顾……顾总，我带您去办公室吧。"

顾青裴看了看她，说："不用，你歇着吧，我让老赵带我过去。孩子有五六个月了吧？我来新公司的第一天就能沾到你的喜气，这是一个好兆头。"

张霞感觉自己的心都要飞起来了，她从未接触过这样的男人，又高又帅，宽肩细腰长腿样样不缺，站在他旁边，仿佛周围的空气都弥漫着荷尔蒙。这个浑身散发着成熟男人致命气息的人居然就是董事长高薪挖过来的新总裁？这难道不是电视剧或言情小说里才存在的霸道总裁男主角吗？公司的女同事一定会疯的。

最重要的是，他如此温柔绅士。

张霞和佳佳目送他进办公室后，两人对视一眼，赶紧以最快的速度跑向自己的工作岗位，准备把这件事传播给公司的每一个人。

顾青裴走进办公室，款款坐进真皮老板椅，环视这间豪华的总裁办公室，只觉得神清气爽，春风得意。

老赵恭敬地问："顾总，董事长大概半个小时到，您现在有什么需要的东西吗？"

"这里布置得挺好，大家费心了。"顾青裴想了想，又说，"帮我买一份早餐吧，清淡一些。"

"公司食堂的早餐可以吗？白粥鸡蛋之类的传统早餐都有。"

顾青裴笑道："成，我不挑食。"

老赵走后，顾青裴站起身，在办公室里转了一圈，熟悉一下环境。

他大学毕业后进了一家做能源的国企，用了十年时间爬到了高管的位置。体制内的工作虽然稳定，可当他站在那个高度，最重要的工作成了打高尔夫和陪客户之后，他觉得生活失去了激情。以前累死累活奋斗的时候，他盼望着清闲的高层次生活，可真得到之后，他又觉得缺少挑战，人生变得乏味了，他才三十出头，不想做温水中的青蛙。

正好两三年前，他认识了原立江，原立江不仅家族背景强大，自己也非常有经商头脑，事业做得惊人的大。两人第一次见面是在香港一个高尔夫球明星赛上，是通过他以前的领导引荐的，他们年纪相差不小，却意外聊得很投机。那个时候，原立江就向他抛出了橄榄枝。

他观望、考虑了这么久，现在时机到了。原立江新收购的这家公司，员工不超过百人，经营状况也不理想，但这个公司有一个非常大的价值点，就是经过一次资产重组，整合了一个上市又退市的公司。原立江想借壳上市，只是公司内部管理混乱，债务堆积，原立江用高额年薪及诱人的股权把他挖过来，想让他处理债务、扭亏为盈，计划三到五年满足条件，重新上市。他在做过充分的调研后，决定过来跟着原立江打天下，这不仅是为了改变固化的生活，也是为了谋求更好的发展。他一想到自己能够把一个混乱得像垃圾堆一样的公司梳理得井井有条，把不良资产变成优质资产，就觉得浑身充满了干劲儿。

不一会儿，佳佳敲响了总裁办公室的门，端进来一份早餐，并告诉顾青裴，原立江十分钟后到。

顾青裴一边吃饭一边看股票。吃完早餐后，他拿起笔记本和钢笔去了董事长办公室。

顾青裴敲开办公室的门，一个五十多岁精神饱满的中年男子朝门口走了过来。顾青裴伸出手，爽朗地笑着说："原董，早啊。"

"顾总，我听说你很早就来了。"

顾青裴笑道："第一天嘛，熟悉熟悉环境。"

"来来来，你进来坐。"

这间董事长办公室呈 L 形，顾青裴走进去后，才发现办公室里还有个年轻男人，正放肆地坐在办公桌上，低头摆弄着一块价值不菲的紫檀木镇纸。顾青裴还没来得及看清他的相貌，先被那一双大长腿吸引住了。它们被包裹在一条水磨牛仔裤里，仅是随意交叠，骨骼与肌肉的曲线就若隐若现，甚是好看。光从这腿的长度猜测，这人的身高接近一米九。

"这位是？"顾青裴疑惑地看向原立江，有谁能这么没礼貌地坐在董事长的桌子上？他心里其实已经有答案了。

桌上的人抬起头，露出一张英俊无比的脸，这个年轻人的五官当得起眉目如画四个字，好看到让人移不开眼睛，可惜他不是可以让人赏玩的"画"，他气质张狂冷峻，不怒而威，浑身上下都散发着不好惹的戾气。

他站起身，双手插兜，也不说话，只是漠然地看着顾青裴。

"顾总，这是我大儿子，叫原炀。原炀，这是顾总，是我高薪聘来的能人，以前在南创集团管过人事、招标、采购，可是一个全能型的精英，你以后要跟他好好学习。"

顾青裴笑着说："原来是原董的大公子，幸会。"他上前一步，伸出了手。他脸上的笑容虽然不变，但心里已经开始打鼓。原炀的大名他是听说过的，不仅仅因为原炀是原家的孙子，还因为其诸多的光荣事迹。这小子跟其爷爷一样，是一个胆大于身的二世祖，这要放在战争年代，会是一个可造之材，可放在和平年代，还是原家这样的家庭，就是一个异类。原炀小时候不好好上学，成天打架斗殴，家里实在管不了了，就把原炀扔部队锻炼去了，没想到脾气没磨平，反而更嚣张跋扈，整个京城没几个人敢惹原炀，他就是一个活阎王。

原炀看上去心情很差，冷冷瞥了他一眼，勉强伸出手跟他握了握。

顾青裴笑道："我上任第一天，原董就带大公子来视察，这让我很惶恐啊。"

原立江露出和蔼的笑容："哎，什么视察，今天我是带这个不争气的儿子来跟你学习的，学学你身上的书卷气，学学你怎么为人处世，希望他能长点见识。"

原炀翻了一个白眼。

顾青裴谦虚地说："原董，您这是说哪的话，虎父无犬子，说原公子要跟我学习就太抬举我了，我只是虚长原公子几岁，多工作了几年，原公子的前途不可限量，怎么能跟我这个打工的学习。原董应该在更高层次的人才里选一个配得上原公子的，让人家帮忙带带，不用多，三年就不得了了。"

原立江露出尴尬的笑容。

顾青裴已经猜到原立江想干什么了。原立江的二儿子太小，他千方百计把大儿子从部队弄回来，想让大儿子接手家业。但原炀能是那块料吗？这不就是想把原炀扔自己身边培养吗？他可不想接这块烫手山芋。

原立江自然不可能不知道顾青裴在想什么，但他就是想把儿子交给顾青裴培养。直觉告诉他，顾青裴这个笑面狐狸绝对治得了原炀，以硬碰硬必然是两败俱伤，但顾青裴城府深，最会四两拨千斤，他见识过这个人在谈判桌上谈笑间把对手打得丢盔弃甲的场面，原炀肯定斗不过，把原炀教好，可比这个公司的前途重要多了。

两人打太极似的你一言我一语把原炀踢来踢去，原炀从头到尾没说一句话，只是脸色越来越难看。

离得近了，顾青裴发现这小子个子果然很高，一件普通的黑T恤将他上半身完美的线条衬托无遗，宽肩窄腰，小臂上的肌肉呈条块状，一看就充满了惊人的力量。人类的动物性在对自己私有空间的保护上体现得淋漓尽致，这就是为什么和陌生人坐一部电梯会觉得不舒服，因为对方在一个无法回避的密封空间内侵犯了自己的私有领地，同样，当一个体形和气势上明显强于自己的人靠近，也就是侵犯自我领地时，动物的预警性会本能地对大脑发出警报，让人产生战栗和不安。

所以，当原炀这样拥有强健体格和强大气势的人靠近时，会给人不小的心理压力，这种压力在原炀脸色阴沉、负手而立，以一个军人的姿态站在两人旁边，眯着眼睛盯着顾青裴的时候，变得更为沉重。

原立江似乎也意识到了不妥，回过头狠狠瞪了原炀一眼，说："你去给我和顾总倒茶。"

顾青裴摆摆手说："不劳烦原公子了，您要是不嫌弃，我来展示下我的茶艺。"

"不用，今天我把他带来，就是为了让他拜你为老师，希望你将他带在身边好好教育，洗掉他那一身痞子味儿。"

原炀冷哼一声，这是顾青裴在进办公室十分钟后他发出的第一个音节。

原立江更重地哼了一声，说："你不服气？觉得自己了不起？你一心想着在部队里混，你倒是高兴了，想过家里的人没有？你妈一年到头看不着你，你奶奶都快去世了你才回家，以后我死了，这么大的家业谁来管？就你这副不着调的德行，锻炼个三五年也未必能成才！"

原炀的脸差不多黑了，但依然只字未发，他不好跟自己的亲爹横，于是把怒气全部转嫁到旁边的人身上，冷冷地看着顾青裴。顾青裴尴尬地别过脸去，原立江在自己上班第一天就给自己下了个套，自己还不能不钻，因为这是董事长交给自己的第一个任务，作为一个新上任的高管，自己完不成哪一个任务，也不能完不成第一个。

原立江喝道："你奶奶临终前你答应她什么？这就是你的态度？你可以转身就走，但如果你走了，你不仅没个原家人的样子，还没个男人的样子！"

原炀硬邦邦地丢出一句话："我没打算走。"

原立江的脸色这才缓和了一些，说："倒茶去。"

原炀转身出去了。

顾青裴干笑道："原董，您就算真要把他交给我管，也不能这么当我的面呵斥，毕竟是孩子……"

"你别把他当孩子，他都二十二岁了，尤其别把他当我的孩子，该怎么管怎么管，绝对别手软。你放心，有我给你撑腰，他不敢把你怎么样，这小子虽然浑，但是有轻重的，那些风言风语你不要信。我这个儿子，从小到大都有最好的私教对他进行精英教育，其实很聪明，懂的东西也不少，不会给你帮倒忙的。青裴啊，你不仅是人才，还是将才，我这个儿子就是一个有能力但是没纪律的兵，我把他交给你，你就用你的方法教育，怎么教我一律不过问。我自己是真管不了他了，只能交给外人，你就当帮老哥一个忙，带带你这个侄子，行不行？"

顾青裴在心里长叹一声，笑道："原董您都这么说了，我哪里能拒绝，这件事您就放心交给我吧。不过，我确实有点顾虑，希望原董能给我吃个定心丸。"

原立江喜出望外，说："你说。"

"像您说的，第一，我想怎么教就怎么教，您可不能心疼。"

"绝对不会，这小子在部队受的苦更多，我巴不得他多吃苦。"

"好。第二，以后他不能花家里的钱了，拿多少工资花多少。"

"没问题，我不惯着他。"

"第三，"顾青裴笑了笑，"原董，他要真是一个兵，那也是虎狼之兵，我是讲君子之道的，如果他跟我动手，我可吃不消，那我可就教不下去了。"

"他不敢，你不用担心。"

"好，原董，那您的大公子就交给我了，希望能不负您的信任。"

出去倒茶的原炀正好回来了，一进屋就看到两人正在握手，虽然他没听到谈话内容，但也知道自己往后几个月的命运就被这么定下来了。那个脸上一直挂着笑的男人看上去真够虚伪的，透着一股子伪精英的味道，看着就心烦，一想到自己要跟这个靠近了还能闻到香水味的玩意儿学习，他就直上火。

原立江把顾青裴让到沙发坐下，跟他聊聊公司的情况，以及眼下要开展的工作。他摊开笔记本，边听边记。

原炀就坐在顾青裴旁边，他的视力非常好，隔着半人的距离依然能清晰地看到笔记本上的字迹。顾青裴的字很好看，尤其是用钢笔演绎出来的时候，线条粗犷，笔锋带着浓墨，一个字占了两行，苍劲饱满，很有力度。他一直瞧不上对外表过度修饰的男人，顾青裴浑身散发的虽然是纯男性的气质，但总给人一种精致的感觉，这是在很多粗糙的男人身上看不到的，也是他不屑的。他在部队的时候，周围是一群没什么外貌概念的军人，乍看顾青裴这种细致斯文的男人，他就是看不惯、不舒服。他倒是没想到，顾青裴的字能写得这么有气势，忍不住多看了两眼。

原立江正坐在原炀的斜对面，似乎发现了他的目光投放处，就抬头看了他一眼。他感受到那种探究的目光后，马上抬起下巴，慢悠悠地看了自己父亲一眼，把脸转到一边儿去。原立江道："我和顾总说什么，你也听听，别不当回事。从今天开始，你就要在这里上班了，以后一切听从顾总指挥，把顾总的命令当作军令一样服从。"

原炀眼皮直跳，心里的小火苗一簇簇往上蹿。他本身就是脾气极差的人，一点就着，此时费了好大力气才忍住。若不是他在他奶奶临终前发誓，他绝对不在这里多待一秒。

顾青裴摆摆手说："原董，别这么严肃。虽然我比原炀大了十来岁，可我心态年轻，更愿意跟他像朋友一样交流，而不是什么上下级的关系。"说完还冲原炀和善地笑了笑。

可惜原炀并不买账，在他心里，顾青裴跟他不是一路人，没有理会的必要。

顾青裴把原炀的表情都收进眼底，心想要和这个脾气大的少爷和平相处是不太可能了，对付原炀这种人，要么来软的，自己妥协，要么硬气点儿，把人驯服了。其实哪种法子都不好，因为他都没什么把握，原炀跟他从前对付过的所有人都不一样，这真是一个烫手山芋。原立江给他那么多钱，可真是毫不客气地打算物尽其用了。

顾青裴决定还是先以德服人，但是同时态度不能软，他必须在公司立威，要是一来就被原炀镇住了，那以后就没法管人了。如果不成功，那么最粗暴的方法，就是把原炀激怒，让对方揍他一顿，他就有理由让原炀滚蛋了，付出一点肉体代价能换来风平浪静以及原立江的亏欠，也算下策中的上策了。

有了基本思路后，顾青裴心里稳了不少，对于原炀的冷漠态度不以为意："原炀，以后在公司咱们还是要正式一些，但私下里你可以叫我叔。"

原炀皱了皱眉，道："你多大了？"这是他跟顾青裴说的第一句话。

顾青裴笑道："三十三岁。"

原炀心想这小子真会占便宜，一张嘴就大一辈："比我大十一岁让我管你叫叔？等你长到我爸那岁数再说吧。"

原立江喝道："你说什么呢，有没有礼貌？！"

原炀冷哼一声。

"难道你管他叫哥？没大没小的。"原立江冲顾青裴讨好地笑了笑，"这小子性格比较拧，你多费点心。青裴，我现在不是以上司的身份给你交代任务，而是以一个老大哥的身份向你郑重托付，我这个儿子真的拜托你了。"

顾青裴浅笑不语，心想原立江真是了得，千人千面，端得起气势也放得下身段，这种人当说客，那是十拿九稳的，自己不就被拿下了吗？

原立江拍了拍顾青裴的肩膀："我一会儿还有个人要见，就先走了，我让小张带你们俩在公司逛一逛，这个办公室稍微有点小，楼下正在装修一个大的，办公室你先将就着用，到时候装修好了，随你挑。"

顾青裴忙道："原董太客气了，这间办公室挺好的。别耽误您的事儿，您慢走。"

"好……原炀，你过来我跟你说两句。"他冲原炀抬了抬下巴，往门外走去。

顾青裴本来抬起来的屁股又坐回去了，打算喝完这杯茶再出去。五分钟后，顾青裴离开了董事长办公室。他大概能猜到原立江跟自己儿子说了什么，从原炀那阴沉的脸色就能看出来，肯定不是什么顺耳的话。

顾青裴摇了摇头，心想原炀太嫩了，什么都写在脸上。他笑道："来，你跟我进办公室，咱俩聊聊。"

原炀犹豫了一下，还是跟着顾青裴进了办公室。

顾青裴从自己的公文包里掏出一罐包装精美的茶叶，晃了晃："顶级的君山毛尖，我以前的领导送的，尝尝？"

原炀不置可否，警惕地看着顾青裴。

顾青裴抿嘴一笑，开始利落地摆弄起茶具："我一看就知道你没伺候过人，沏茶都不会。我刚参加工作的第三年，被提拔为办公室主任，说好听点儿是个主任，其实还是个打杂的，什么鸡毛蒜皮的事儿都管，出去跟领导吃饭，永远是吃不饱的，不过挺锻炼人。"他洗了一遍茶，把琥珀色的茶水淋在梨形的紫砂茶壶上，煅烧的茶具呈现古朴温润的色泽，非常好看。他往两个茶杯里倒上茶，用修长的指尖捏起其中一小杯，笑着递给原炀："尝尝。"

原炀从来没用这么精致的小茶杯喝过茶，那茶杯也就只有他的半截手指宽，他伸手去接，直接捏在了顾青裴的手指上。顾青裴手一抖，茶水洒了一半儿。他有些尴尬，也有些气愤，心想弄个这么小的茶杯喝个狗屁茶，他最烦的就是附庸风雅那一套。

顾青裴重新给他倒了一杯茶，这回没端起来，而是放在他面前让他自己拿。

原炀拿起茶杯一口喝光了，语气不善道："你想说什么就直说，别拐弯抹角的。"

顾青裴眯着眼睛笑了笑："小原，正好早上时间充裕，我想跟你聊聊你的职业构想，我得先了解你一下，才能想往哪方面培养你。"

一提这个，原炀就一肚子不满，他没好气道："我没职业构想，我从来没想过要做生意。"

"那你想做什么，带兵打仗？"

原炀眯起眼睛道："至少不是成天坐在办公室里看股票。"

顾青裴回头看了一眼自己的电脑屏幕，笑道："你观察得挺仔细嘛。带兵打仗听着很牛啊，哪个男人不想试试，可现在是和平年代，你有远大的抱负也没有用武之地。其实管理一个企业，运作一个项目，跟征战沙场有很多类似的地方，都要懂得调兵遣将、资源整合、分配利用，还要洞悉敌情、了解时局，要有手段、有胆识、有魄力。同样是和人斗，这是没有硝烟的战场，你就不想尝尝其中的乐趣吗？"顾青裴的普通话说得字正腔圆，声音好听且有感染力，当他循循善诱的时候，一般人都会被他带着走。

原炀从开始的不屑到最后居然真的听进去了几句，虽然他还是不怎么相信，但至少看在顾青裴态度不错的分上，没那么大敌意了。

顾青裴不打算多说，说得太多，有巴结的嫌疑，他虽然不介意巴结老板的儿子，但是现在形势不对，他要想在公司树立威信，决不能让任何一个人骑到他头上。他继续笑眯眯地喝茶，一边喝一边把原炀上下打量了一番，然后道："这身衣服可不合格啊，以后不能穿牛仔裤来上班，明天你过来的时候，带一份简历给我。"

"没有简历。"

"没关系，今晚你回家写。"顾青裴抽出纸巾擦了擦被茶水沾湿的手，"走吧，跟着我去熟悉一下公司的环境。"

原炀双手抱胸，挑衅地看着他，没有动弹的打算。

顾青裴笑道："原公子，你架子这么大，可不好合作啊。"

"既然不好合作，你去跟我爸说，别让我来了。"

"今天我刚答应原董，实在没法反悔，不如你自己去说？"

"我说有用的话，还坐在这里跟你浪费时间？"原炀瞪着眼睛看着他。

顾青裴无奈道："既然你改变不了，我也改变不了，那最好的办法就是你静下心来好好在公司待着，你正处于汲取知识的好年华，你做的每一件事都不会是浪费时间。"

原炀扯着嘴角冷冷一笑，他站起来，一伸手揽住了顾青裴的肩膀，低下头，压低声音在顾青裴耳边："哥们儿，我来告诉你最好的办法，那就是你干你的，我干我的，你配合我应付我爸，我配合你交差，咱俩相安无事。"

顾青裴笑道："在公司叫顾总，私底下叫叔，不用我重复一遍吧？"

原炀瞪着他："你别找事儿。"

"原炀，不要以为大人都是傻瓜，你的一举一动，你爸会比我更清楚的，放下你的少爷脾气，好好跟我工作吧。"顾青裴的语气听上去就像在教训一个叛逆期的小男孩儿，这把原炀气得不轻。原炀不善言辞，性格粗暴直率，说是肯定说不过顾青裴的，要是别人敢这么招惹他，他早抡拳头了。他拼命压抑着怒火，抽回了胳膊，不再理会顾青裴，转身往门口走去。

"你去哪里？"

原烚充耳不闻。

顾青裴大步追了上去，伸手就去抓原烚的肩膀，原烚双目精光一现，条件反射地在回身的瞬间一只手扣住了顾青裴的手腕，来不及眨眼，顾青裴的手臂已经被他顺势拧到背后，一只手就轻松控制住了。

顾青裴脸上闪过讶异，紧接着感到手臂一阵疼痛，原烚的手就跟铁钳子似的，他甚至无法站直身体。他回过头看着原烚，额上冒出汗来："怎么，你这么快就打算跟我动手？"

原烚的浓眉拧了拧，松开了手："别在背后拍我。"

顾青裴直起身，面上有一丝尴尬。他也算年少有为，三十出头坐到高管的职位，身边的人大多对他敬重欣赏，他不知道有多少年没跟人发生过肢体冲突了，还好没人看到，否则上任第一天就这样颜面扫地，就不好收场了。

原烚转身开门走了。

顾青裴对着衣装镜整了整衣服，叹了一口气，说："原烚还真不好对付啊。"他走到窗户边，往楼下看去，不一会儿，就看到原烚走出了写字楼的大门，正往停车场去。他掏出手机，拨通了原立江的电话。打完电话后，他打内线电话给张霞，告诉她不用准备他的午餐，并通知公司员工午休后开会。

十分钟后，他办公室的门被粗暴地推开了，原烚一脸煞气地回来了。

顾青裴故作惊讶地说："哎，你怎么回来了？想通了？"

"你装什么蒜，是你给我爸打电话的吧？"原烚狠狠地把车钥匙扔在沙发上，怒瞪着顾青裴。

顾青裴苦笑道："冤枉啊。我早说了，你的一举一动原董会比我还清楚的，这公司上上下下百号人，你怎么知道哪个是原董安排的眼线？我劝你还是安分一点，其实只要你能表现好，他也不愿意这样管着你，你应该静下心来好好想想父母的用心，学会理解他们。"

原烚眯着眼睛，一时也分辨不出顾青裴说的话是真是假，不过不管真假，看来他想甩手走人是行不通了。

顾青裴笑着站起来："我看你啊，现在就是跟原董赌气，如果你能想通，就会发现这里也没什么不好，还是心态问题。哎，这都中午了，咱们吃饭去吧，附近有一家川菜馆做得很正宗，你在S省当过兵吧？"

"你怎么知道？"

顾青裴当然不会说他刚问的："我是S省人，咱们啊，算是半个老乡，很有缘分。走吧，年轻人别成天板着一张脸。"他本来想拉原炀的胳膊，不过想起刚才的经历，就缩回了手，改做一个请的姿势。

原炀看了看表，确实是饭点儿了。今天一大清早，他爸跑到他家把他从床上拽起来，弄到了这里，他连饭都没吃。他实在受不了饿肚子，再加上空腹喝茶，一上午又受气，他现在开始觉得胃不太舒服，是该吃饭了。他转了转眼睛："行，我有几个朋友住这附近，我叫他们过来一起吃吧。"

顾青裴笑着说："没问题，都算我的。"

那家饭馆离公司很近，是附近写字楼白领的"食堂"之一，还好今天中午人不多，顾青裴一进店就让服务员带他们去包厢。

原炀却道："不用，就在外场。"

顾青裴道："包厢里冷气足。"

"我不喜欢那么小的空间，就在外面。"

顾青裴也没在意，就挑了靠窗的位置坐下。他一边用热毛巾擦手，一边微微偏着下巴看菜单，纤长卷翘的睫毛在眼镜后面微微扑闪，自然流露着成熟优雅的气质，服务员小姑娘忍不住一直偷瞄他。

原炀也多看了顾青裴两眼。顾青裴确实是一个令人赏心悦目的男人，可因为两人目前的对立关系，这个人的一切优点在他眼里都不存在。而且他在部队待久了，总觉得这种斯文型的男人都很弱。总之，他对顾青裴就是横看竖看不顺眼。

原炀点了几个菜，全是肉。

顾青裴点了两个青菜后，对原炀道："你的朋友有几个人？这些菜够不够？"

"他们……"

还没等原炀回答，餐馆的大门被推开了，几个壮实的男人高声谈笑着进来了，他们也不是刻意吵闹，只是那嗓门大得整个餐厅都听得到，加之身上刚硬的气质，一看就是当过兵的。

顾青裴挑了挑眉，不动声色地笑道："一共七个人，看来还得加几个菜。"

"原炀，嘿，你小子坐窗户边儿上干吗？要有姑娘路过看着你，不得摔跟头啊。"

"哈哈哈哈。"

原炀笑骂道："滚，有姑娘摔跟头，那也是被你们这群臭流氓吓的，赶紧过来。"

"哎，这谁啊？你朋友？"几人走了过来，故意装出动物园观猴一样的夸张表情，演技堪忧。

顾青裴这种戴着金边眼镜、穿着考究西装的人，实在跟这帮人格格不入，引得周围人频频注目。

原炀难得露出微笑："我上司。"说完就用一副看好戏的表情看着顾青裴。

顾青裴站起身，客气地伸出手："你们好，敝姓顾，顾青裴。"

"哦，你好你好，"一个皮肤黝黑的男人一把握住顾青裴的手，用力摇了两下，不怀好意地说，"领导你好。"

顾青裴心里门儿清，原炀这是要整他，这顿饭吃得肯定不会轻松。

果然，顾青裴感到握着他的那只手在使劲儿。

这帮人真是幼稚且鲁莽啊，不愧是原炀的朋友。这里是职场，他们却想用部队的方式解决问题，给他个下马威，让他不敢"欺负"原炀。

那力道还谈不上太大，但从男人争强好胜的心态想，这时候怎么也得跟着使劲儿，那人就是在等顾青裴的反应。顾青裴的"双商"跟他不是一个档次的，不动声色地笑笑，另一只手覆了上去，亲切地说："哟，小伙子手劲儿挺大。"

那人反而有点不好意思，尴尬地笑了笑，松开了手。

"来，大家请坐。"顾青裴笑呵呵地招呼所有人，叫服务员加餐具。

原炀一直观察着顾青裴的反应，顾青裴在和他四目相对的瞬间，看到他露出了一个意义不明的笑容。

顾青裴把菜单递给刚才跟他握手的那位："怎么称呼？"

"叫我小刘就行，顾总，你点菜吧，我不会点。"

"你们想吃点儿什么？能吃辣的吗？"

"我们没那么多忌讳，有酒有肉就行。"

"好。"顾青裴把服务员招过来，加了几个菜，然后要了几瓶好酒。

酒菜上来后，铺了满满一桌子。

"来，大家应该都饿了，赶紧吃吧。"

"不急，我们跟小原好久没见了，今天又认识了顾总，怎么也得先喝一杯。"小刘给几个人倒上酒。轮到顾青裴的时候，顾青裴做了一个制止的手势，笑道："不好意思，我喝酒严重过敏，会出事儿，就以茶代酒吧。"

几人看着顾青裴，明显不信。

小刘硬是倒上一杯酒："顾总，真的假的啊，你不会是看着我们人多害怕了吧？你放心，我们对你这样的斯文人肯定也用斯文的喝法。"

顾青裴笑着给自己开了一罐饮料："是真的，我真不能喝，别说一杯了，就是一口也会全身起疹子，那我下午就没法上班儿了。这是我上班的第一天，请大家谅解。我看着你们喝，我自己感觉也很痛快。"

原炀道："顾总，今天我带这么多朋友来，你也太不给面子了吧，好歹喝一杯吧，酒精过敏的我又不是没见过，哪有那么严重，喝一杯总行了吧？"

顾青裴知道，只要自己喝了一口，那就不再是一口，也不是一杯的问题了，所以他一口都不能破例，这帮人总不至于硬往他嘴里灌酒。要比脸皮厚，十个原炀也未必是他的对手，他就笑眯眯地看着众人，无论对方怎么激，他咬紧了牙关死活不喝。

小刘憋得满脸通红，偏又没法把顾青裴怎么样，一想到这么多人劝不动顾青裴喝一口酒，就很来气。

顾青裴笑道："其实只要有情意在，喝什么根本不重要，你们说是不是？诸位都是退役下来的，保家卫国劳苦功高，能认识大家是我的荣幸，今天我必须以一个普通老百姓的身份敬诸位一杯，我以茶代酒了，大家随意。"说完自己先一口喝了。

众人没想到他把话题一下子带到那个高度，这下都骑虎难下，硬着头皮把杯中酒喝了。

原炀眼看着把顾青裴灌趴下的计划落空了，气得牙痒痒，这小子果然不好对付。

吃饭的时候，两个战友拉着他说话，其他人则在跟顾青裴聊天。他有些心不在焉，一直注意着顾青裴在和其他人说什么，结果居然听到他们在讨论手相。

顾青裴煞有介事地给他们看手相，讲得头头是道，人人不一样，把每个人都说得不错，但又有那么点小瑕疵，而这点小瑕疵总会被他以一种令人忍俊不禁的方式表达出来。他态度随和，口才又好，把众人逗得直笑，纷纷伸出手让他看。他靠坐在椅子上，脸上带着从容的微笑，优雅地伸出白皙的手，掌心托着一个又一个大爪子，看在原炀眼里，就像他在逗狗。原炀一阵气血翻涌，真想掀桌子。

一顿饭吃得其乐融融，最后居然是小刘几个人抢得脸红脖子粗地把单买了，原炀被这群不争气的浑蛋气死了。

他们走后，顾青裴看了看表，上班时间也快到了，说："咱们回去吧。"

原炀讽刺道："你挺有一套嘛，我才不相信你喝酒过敏。"

顾青裴耸了耸肩："我过敏是季节性的。"

"放屁。"

"是真的，就像花粉过敏有季节性，喝酒也有。"顾青裴说得煞有介事。

原炀压根儿不信，咬牙道："今天我是看我朋友在，给你个面子，下次你再胡说八道，别怪我直接灌你嘴里去。"

这话说得相当不客气了，顾青裴也沉下脸来，他双手插兜，冷冷道："我不这么说，你带一帮人轮番灌我，今天我就得横着出去。你这事儿做得也不光彩，还不服气？"

原炀腾地站了起来，居高临下地看着他："我什么时候说要灌你酒了？"

"哟，那你找这么多人做什么？"顾青裴笑了笑，"我不是不敢喝，有种的话，你跟我单独拼，别找外援。"

原炀冷笑道："你想跟我拼酒？没问题，找个时间咱们好好切磋切磋。"

"好，一言为定，现在你可以跟我回公司了吗？"

原炀瞪了他一眼，转身就走。

张霞早在办公室门外等顾青裴了，一见他就说："顾总，公司的管理层已经全部通知到了，十分钟后准时开会吗？"

"准时开。"

"这位是……"张霞偷偷看了原炀几眼，心里直打鼓。妈呀！今天什么日子啊，平时公司阴盛阳衰，长得像样的男人没有几个，今天一来就是两个极品大帅哥，这让她们怎么消化啊！

"他是我的助理兼司机。"

原炀慢慢扭过头："什么？"

顾青裴道："小张，你先过去吧，我随后就到。"

张霞感到两人之间的气氛很不对劲儿，这个年轻帅哥好像挺不好惹的，态度也不好，怎么聘来的呀？

张霞走之后，顾青裴自顾自地进办公室了。

"我什么时候成你的助理和司机了？"

顾青裴一进办公室就开始解领带，慢悠悠地说："以你的学历，目前只能干这个，年轻人不要好高骛远，未来发展的可能是无限的，但最首要的是把眼前的工作做好。"

"放你的……你脱衣服干什么？"

顾青裴把领带扔到了沙发上，说："中午吃饭味道太大了，我洗个澡换套衣服。"他从手提箱里拿出三套衣服挂在柜子里，然后挑了一套准备进浴室。

原炀怒火中烧，一把扯住了顾青裴的领子，冷声道："让我给你当司机？你算哪根葱？"他的手劲儿太大，轻轻一扯，对顾青裴的衣服却有不小的压力，顾青裴低头一看，嗯，扣子全掉了。

顾青裴慢慢把自己的衣服从原炀手里拽了回来，没扣子可系，他索性就敞着前襟，状似语重心长地说，"你不愿意当助理当司机，你觉得自己可以干什么？让你当老板，你能管人吗？能管公司吗？"

"我什么都不想当，就当来这里执勤，我自己随便挑一个地方坐着，你当我不存在。"

顾青裴摇了摇头，说："原大公子，我答应了原董要帮你步入正轨，我是一个负责任的人，不会让你在公司无所事事的，我会把能教的都教给你。如果你不想学，跟原董请示吧，我做不了主。"说完不再理会原炀，转身进浴室了。

他冲了澡，换了一套衣服，出来的时候，发现原炀正坐在沙发上，抱胸闭目养神。即使是这样懒散的时刻，原炀也没有佝偻着身子，腰背和沙发紧紧贴合，两条长腿随意交叠，倒是一副颇为赏心悦目的美男图。他道："走吧，去开会。"

原炀睁开一只眼睛，挑衅地瞥了他一眼，慢慢站起身，很不情愿地往外走去。

两人来到会议室，高管已经全部坐定，顾青裴一进屋，笑着说了声"大家好"，立刻掌声雷动。

原炀皱了皱眉，他非常不喜欢这种场合。

顾青裴坐在总裁主位上，大家不知道原炀是干什么的，但是看他器宇轩昂，又是总裁带来的，也不敢怠慢，一个经理打算把位置让出来。顾青裴一抬手："不用，小原，你随便找空位坐。"

原炀倒不介意坐哪儿，离顾青裴越远越好，他就挑一个特别远的位置坐下了，不过因为他个子高，顾青裴坐下后，一眼扫过去还是他最显眼。

顾青裴环视一周，露出随和的笑容："大家好，我先做个自我介绍，我姓顾，叫顾青裴，青草的青，非衣裴。从今天开始，我跟大家一样，都是卓业集团的一员了，我将和大家一起努力，为卓业集团恢复主板上市做自己最大的贡献。"

众人又开始鼓掌，女员工看向顾青裴的眼睛都直发光。

顾青裴清了清嗓子："这是我来公司的第一天，大家的热情让我很感动。我相信，公司在大家共同的努力下，一定会成长为一个有凝聚力的集体，也终将发展成中国优秀企业的楷模！"

会议室里再次爆发出热烈的掌声。顾青裴脸上依然挂着好看的笑容，他不动声色地观察着每一个人的反应，优雅从容地做起了入职演讲。多年来的职场经历让他练就了一副好口才，他不仅声音动听，而且学识丰富，演讲的内容颇具感染力，忽悠起人来一套一套的，底下的人听得全神贯注，都被他描绘的公司前景吸引住了。

顾青裴很满意众人的反应，道："无规矩不成方圆。我们第一步要做的就是建立公司的制度，从今往后，公司上下一视同仁，任何违规的行为都要受到处罚。我要求大家从这一刻起，抛弃那个懒散的、得过且过的自己，以一个全新的自己迎接挑战！"

散会后，会议室里只剩下顾青裴和原炀两人。顾青裴喝了口茶，看向原炀说："虽然你现在看到的还是一个小公司，但这个公司未来的发展是不可限量的，培养这样一个公司，看着它开花结果，会很有成就感。既来之则安之，如果你换个心态待在这里，你也不会难受，原董也不会那么着急，这对大家都有好处，你说是不是？"

原炀难得没有露出不屑的表情，只是心不在焉地说："我对这些完全没兴趣，我是被迫在我奶奶临终前答应她离开部队。但即使离开部队，我也有其他事可以做，像我爸一样做企业，是我最不愿意做的，你不用再劝我，只要你不多事，我们就能相安无事。"

顾青裴失望地摇了摇头："你这孩子倒是真固执。"

原炀看了看表，说："我要走了。"

"你去哪儿？"顾青裴跟着站了起来。

"回家睡觉。"原炀头也不回地往门口走去。

顾青裴跟了上来："不行。公司的任何规定，只要我不遵守，所有人都可以不遵守，但只要我遵守了，每个人都要遵守，你没有正当理由，不能离岗。"

原炀回过头来，眯起眼睛看着他："我刚才说什么了？不要多事。"

顾青裴微微抬起下巴："原炀，你不懂怎么管公司，我来教你，管公司的核心，就是管人，你也是公司的一员，必须在公司的框架里有序地活动，否则你只能走。"

"那你就让我走啊。"

"我没法赶你走，你想走，自己去跟原董说，走不了，你就老实待着。"

原炀握紧了拳头："姓顾的，你说这些话的意思是想告诉我，你要管我？"

"我是总裁，你是助理，当然是我管你。我再说一遍，只要你是公司的一员，就要受我的监管，除非你离开公司。而你能不能离开公司，显然不是你我能决定的。"

原炀一脚踹翻了一把老板椅，即使地下铺的是地毯，响声依然很大。他几步跨过去，一把揪起了顾青裴的衣领，咬牙道："姓顾的，别老拿老原压我，你再得寸进尺，我会让你后悔。"

顾青裴挑眉道："你想打我？那下手可得轻点儿，不然不好向原董解释。"

原炀气得额上青筋都暴了起来，拳头握得咯咯响，却下不去手。如果是以前，他早不知道削顾青裴多少回了，可他现在必须忍，一旦他真动了手，就有大把柄落到老原手里，那他更没法翻身了。

无论是原炀还是顾青裴，都希望对方是主动退出这场较量的那一个，这样他们就不用承担来自原立江的责难。可惜，要比心志坚定，他们难分高下。

原炀把顾青裴推得跟跄，他指着顾青裴的鼻子冷声道："姓顾的，你既然敢向我挑战，就要做好准备，我看看你究竟有几个胆子。"

顾青裴微微一笑："随时恭候。"

总裁办公室外面有一个专门给秘书准备的隔间，顾青裴让人收拾了出来，给原炀当办公室。秘书办公室虽然不小，但被夹在总裁办公室和开放办公室中间，没有窗户，显得有些压抑，原炀看了一眼就撇了撇嘴，直接进了顾青裴的办公室。

顾青裴正在翻阅人事资料，瞥了他一眼："有事吗？"

原炀打了个哈欠，直接歪倒在沙发上，闭着眼睛想睡一会儿。

"按照正常上班程序，给你一个半小时午休时间。"

"别吵。"

顾青裴支着下巴，看着原炀无处可放只好伸到沙发外的长腿，眯起了眼睛。这小子虽然长得好看，但性格挺烦人，可惜了。

"你要睡就进屋睡，我里面有床，你睡我沙发上像什么样子。"

原炀站了起来，毫不客气地进了里屋的午睡间，砰的一声带上了门。

顾青裴继续看资料，过了一会儿，他桌上的电话响了。

"喂，顾总。"

"哎，原董。"

"那小子呢？"

"在公司呢。"

"不错，今天他能待住就不错。你做得对，以后一有情况，马上告诉我，咱们两个一起治治他。他年纪小不懂事，如果言语上有得罪的地方，希望你别跟他一般见识。"

"不会的，我相信这个孩子是讲道理的，而且绝对是一个可塑之才，只是现在逆反心理比较重，以后就好了。"

"你能这么说我就放心了。他要是不老实，你就告诉我。"

"好，原董请放心。"

顾青裴挂上电话，打开轻音乐，靠在老板椅里，闭着眼睛休息。他双手交叠在腹部，手指无意识地点着自己的手背，大脑快速思考着。

原炀比他想象中还要倔强，而且不近人情，是一块硬得不得了的破石头，会给他添很多麻烦，尤其是在以后的工作中，难保不会当众让他难堪，看来怀柔政策未必奏效，能一次性解决的途径，就是把原炀彻底惹毛了，自己滚蛋。虽然可能会付出一些代价，不过总比一直留着一个定时炸弹在身边好，他有很繁重的任务需要完成，实在没时间给人带孩子。他决定再观察几日，如果原炀实在顽固不化，他就只能用点儿强硬手段了。想到这里，他拿起自己的手机，走到阳台外面，关上门后，给原立江又打了一个电话："原董，有个事我想问您一下。"

"你说。"

"原炀的资金情况怎么样？是您提供的吗？"

"他一出生就有信托基金和我集团的股份，股份有卖出机制，他还动不了，但基金他成年之后就自由支配了。他跟朋友有一些投资，餐厅啊俱乐部之类的，规模虽然不大，倒也不缺钱。"

"原董，想让他听话，就不能让他有钱花。"

"有道理，不过那些产业都是他自己名下的。"

"原炀自尊心非常强，我建议您直接管他要，您只要用一句'男人要靠自己’，就能拿捏住他，他会给的。”

原立江虽然在商场上是一个雷厉风行的决策者，可私底下有点惯孩子，不然也不会管不了自己的儿子，虽然他现在态度强硬，但一听顾青裴这么说就有点犹豫：“这个……”

顾青裴笑了：“原董舍不得？”

原立江不好意思地说：“不能舍不得，你说得对，就按你说的办，今天我把他叫回家来，我跟他妈一起对付他。顾总啊，这招不错，我也挺想看看这小子是什么反应。”

顾青裴皮笑肉不笑地说：“感谢原董对我工作的大力支持。”

TIT FOR TAT

Chapter 2

顾青裴打完电话，回了办公室，继续看他的资料。等他回过神来，已经四点了，原炀睡了快俩小时了。他站起来舒展了一下身体，然后打开了休息室的门。

他一进屋就愣住了，原炀只穿了一条内裤，衣服、鞋子都扔在一边儿，抱着被子睡得正香。这时原炀听到动静也醒了，警惕地瞪着他。

顾青裴无奈地说："你真把这儿当自己家啊，衣服都脱了。"

原炀有个不算毛病的毛病，就是睡觉不爱穿衣服，今天是顾虑到不在自己家，起码穿了一条内裤。他妈小时候老吓唬他，说睡觉穿衣服长不高，结果现在又嫌他长得太高。他睡得正舒服被吵醒，不耐烦地说："干什么？"

"你打算睡到什么时候？"

"睡饱。"

顾青裴哭笑不得："马上起来。"

原炀起床气大着呢，闷声道："滚。"

"你睡迷糊了？你现在睡的是我的床，起来。"顾青裴被他那个"滚"字气得不轻，心想就这种招人烦的东西，如果不是生对了人家，凭什么敢这么嚣张跋扈。

他想也没想，伸手就去拽原炀的被子。可他的手还没碰到被角，原炀猛地转身，在他惊讶的目光中，一把抓住他的手，猛地将他按倒在床上，同时原炀整个人弹了起来，以擒拿的手势制住了他。

原炀只穿了一条平角内裤，大半个身子坐在顾青裴身上，居高临下地看着他，两人四目相对，火药味儿十足。

顾青裴双目圆睁，厉声道："放开我，你是不是有毛病？"

原炀低吼道："你才有毛病，不长记性吗？我告诉过你，别从背后拍我。"

"我说了只给你一个半小时时间休息，你马上给我起来！"

"我爱睡多久睡多久。姓顾的，你不要再惹我，我第一天就忍够你了。"

"哦，你不想忍了，打算怎么办？"顾青裴故意挑衅他。

原烀咬牙道："你别以为我拿你没办法，咱们两个的较量刚开始，早晚我要让你主动求我爸让我走。"

顾青裴冷冷一笑，道："在那之前，你还是归我管，现在放开我，说不过就动手太没种了，我不想跟你这样的小孩子计较。"

"跟你动手？凭你这副装模作样的德行？我一拳你都禁不住，你最好老实点。我告诉你，顾青裴，虽然我现在不想违抗我爸的意思，但是你别把我惹急了，不然我什么都干得出来。"原烀长这么大从来没有被人这样挑衅，偏偏他有火还不能尽情发泄，让他格外憋闷。他本来脾气就极差，现在简直快气爆了。

原烀放开了顾青裴，顾青裴马上坐了起来，喘了几口气。任何一个男人被这么压制着，心里都很不痛快，还好顾青裴虽然不满，但定力还在，他快速跳下床后，冷冷看了原烀一眼："起来，我说了一个半小时，就是一个半小时，多出来的半小时算作迟到，扣你工资。"

原烀嗤之以鼻，根本没把工资放在心上。顾青裴在心里冷笑，等把原烀的财路给封了，这小子还能不老实？他就不信治不了这个小兔崽子。

被这么一搅和，原烀睡意全无，他愤愤地穿上衣服，一脚踢开门要走，顾青裴在他背后冷冷地说："还有半小时才下班，下班之后你送我回家。"

原烀气得眉毛都要烧着了："我送你回家？"

"没错，你不仅要送我回家，以后早上还要来接我上班，你是我的专职司机，公司给我配的车要下个星期才到，先用你的车吧，我会给你报销油费。"

原烀指着他的鼻子，咬牙道："顾青裴，你胆子真大，你让我给你开车？你知道我是开什么的吗？我是开坦克、开装甲车、开飞机的，不是给你开车的！"

顾青裴抱胸轻笑："你现在什么都干不了，估计也就开车还行。我比较喜欢当过兵的司机，纪律性强。我已经说过了，你不满意跟原董说去。"

原烀额上的青筋都暴出来了，拳头握得咯咯响，看来气得不轻。今天，他在顾青裴办公室里受过的憋屈比他当兵多年受过的还多，因为他没法动手，没法发泄。顾青裴不是他能用拳头去镇压的对象，但在他习惯了的生活方式里，他竟然不知道除了用武力还能怎么解决这种冲突，这才是最让他郁闷的，他必须想出别的办法对付顾青裴，而不是动手，必须想出来……

原烀第一次产生了忍一忍的打算，他就先忍忍，等他抓到顾青裴把柄的那一天，他一定让这个胆敢招惹他的人好看。他冷声道："行，我给你当司机，只要你坐得安稳。"

顾青裴咧嘴一笑："我会系安全带的。"

下班时间一到，原炀就跟火烧屁股一样坐不住凳子，凶巴巴地冲顾青裴说："赶紧走。"

顾青裴的眼睛还没离开文件，他又看了一会儿，才慢悠悠地收拾好自己的东西，跟原炀下了楼。

原炀的车挺符合他的个性，是一辆外形粗犷霸气的悍马，这车倒跟他颇为相配。他粗暴地拉开车门，坐进了驾驶室。

顾青裴拉开后座的门，想了想又关上了，转而绕到副驾驶坐了进去。

原炀冷哼道："坐这儿？你不是最爱摆谱吗，大领导？"

顾青裴笑道："我还真没坐过悍马，车身这么高，前面视野一定不错，我感受感受呗。"

"地址。"原炀没好气地说。

顾青裴报了地址，原炀发动了车子，牛气哄哄的大悍马驶了出去。顾青裴以为原炀一定是那种开车横冲直撞爱抢道的人，至少为了吓唬他会那么做，所以他一上车就系了安全带，没想到原炀开车很稳，他道："我还以为你喜欢开快车。"

原炀眼皮都没抬："在市区开快车？有病吧。"

顾青裴勾唇一笑："对了，先不回家了，我带你去吃饭吧。"

原炀没搭理他，也压根儿没打算跟他吃饭，只想赶紧把他扔回家，自己该干吗干吗去。

"你不愿意跟我吃饭？也行，那咱们去趟商场，你要买几套职业装，今天就买，明天不能再穿牛仔裤和 T 恤上班了。"

"我自己解决。"

"我要看到你买。"

"你真是事儿妈呀，我爸请你当保姆的？"

顾青裴嗤笑一声："我提前感受一下怎么带孩子，以后要是有机会当爹，也不至于手忙脚乱的，不过我想应该没哪个孩子像你这么难带。"

原炀冷笑道："好戏在后头呢，你慢慢看着吧。"

"我说了，随时恭候。"

原炀把车停进商场，这个点儿正是吃饭的时候，逛街的人不多，两人直奔男装区。原炀似乎特别讨厌买衣服，一进去就跟店员说："尺寸合适的都各来一套吧，不用试。"

店员惊讶地说："先生，还是要试的，您个子太高了，有些衣服可能没有您的码。"

原炀翻了个白眼，说："你把合适的挑出一套来，我就试一套，你比着找一样大的。"

店员露出古怪的表情，只好挑了一套大概合身的递给他。

原炀做事很有部队的风格，干什么都风风火火，速度特别快，抓起衣服就进去，一会儿就出来了。他的身材堪称完美，宽肩细腰四肢修长，体态笔挺如松，再加上十足英俊的脸蛋和永远目中无人的姿态，穿什么都像顶尖的模特，几个女店员眼睛都看直了。

顾青裴笑着赞赏："真帅。"

原炀充耳不闻，相貌之于他好像没什么特别的意义。他问店员："这个合身吧？"

"合身，合身。"

"你把跟这身一样大小的全部挑一套，深色的，快点。"原炀厌烦在这种事上浪费时间，何况他现在极其厌恶顾青裴，只想赶紧摆脱对方。

顾青裴点点头："是要多买几套，以你的工资，以后连一件衬衫都买不起了。"

原炀没理他。

当店员选衣服的时候，顾青裴也没闲着，自己试了两套衣服。他才是店员最喜欢的那种顾客，成熟英俊，身材健美，会认真听取她们的意见，还会露出绅士的笑容跟她们讨论，最后大方地把试过的全买了。

两人进去半个小时，出来的时候提了一堆东西，原炀死活不肯去第二家，催着顾青裴赶紧走。

顾青裴感觉肚子有点饿了："小原啊，跟顾叔吃个饭吧，你不饿吗？"

原炀瞪了他一眼："你别倚老卖老。"

顾青裴无奈地摇摇头："那行吧，你送我回去吧。"他本来打算跟原炀吃顿饭，缓和一下关系，因为原炀如果知道他跟原立江提议断了其资金来源，肯定会暴跳如雷，他还是有点担忧的。

原炀以最快的速度把顾青裴送回了家。

下车之前，顾青裴道："八点半上班，你七点钟到我家接我。"

原炀皱眉道："你去那么早干什么？"他并非起不来，他每天五点就起床跑步，多年在部队养成的习惯让他根本不会赖床，但是他不想那么早就见到顾青裴。

"从我家开车到公司，算上早高峰堵车和突发意外预留的时间，至少要四十分钟，我还要到公司吃早餐，其实一点都不早，我是担心你起不来，所以才把时间弄得宽裕点。哦，我忘了问你，你家住哪儿？"

原炀冷哼一声："不远，七点就七点。"

"好，明天见。"

原炀等着他下车。

"哦，你把我买的东西给我搬上去吧，我还要提电脑。"

原炀瞪大眼睛道："你还指使人上瘾了？"

顾青裴挺无辜地道："无论是身为助理还是身为司机，这都是你该做的，你这孩子真是什么都不懂啊，多亏你生了个好人家。"

原炀狠狠捶了一下方向盘，顾青裴这张嘴能活活气死他，他不整治整治这小子，他就改姓！他愤然跳下车，从后座拿出顾青裴的东西，连电脑包都一并拿上了，怒道："走。"

顾青裴在背过身的一瞬间微微一笑，心想：这孩子太嫩了，真好玩儿。

原炀拎着顾青裴的东西跟着他上了电梯。打开房门后，屋里一片黑暗寂静，他按下开关，客厅的灯亮了起来。这是一个三室两厅的大户型，地段极佳，很适合一个人住，装修得很有品位，房子干净得可谓一尘不染，但是显得特别冷清，就好像没人住似的。

原炀皱了皱眉："你没结婚？"

顾青裴道："离了。"

原炀嗤笑一声："我猜也是，你这种人太会装，女人再蠢，早晚也会看清你的真面目。"

顾青裴歪着脑袋想了想："别说，你说得还挺有道理。"

原炀把东西扔到地上："没事儿了吧，大领导？"

"你都不饿吗？"顾青裴脱下外衣，"我做饭挺好吃的，不尝尝？"

"你这一鞭子一颗糖使得挺顺溜啊，当我傻？"

顾青裴无奈地说："怎么说我也是长辈，不会跟你一般见识的。"

原炀瞪了他一眼："你留着自己吃吧。"说完转身走了。

顾青裴耸了耸肩，好像这小子也没自己想的那么笨，真不好对付啊。

第二天一大早，顾青裴七点钟准时下楼了，原炀的车果然停在地下停车场，就在他们昨天下车的地方等着，他正靠着车门抽烟。

　　他身上穿着昨天买的一套石墨蓝色西装，衬着腰线之下的大长腿，夹烟时上抬的手臂正好牵动了肱二头肌，在紧紧包裹的肩袖下隆起一块小山包，像一幅定格的电影画面。

　　顾青裴忍不住又在心中叹息，原炀真是臭手抓好牌。他推了推眼镜，端起职业化的笑容："小原，早啊。"

　　原炀抬头看了一眼，掐灭烟头，转身上了车。

　　"你来得挺早的，吃饭了吗？"

　　"没有。"

　　"公司早餐还挺丰盛的，以后你去公司吃吧。"

　　原炀没搭理他。

　　顾青裴用余光扫了他一眼，心想原立江肯定还没找他谈，不然这小子不会这么平静的。顾青裴试探地问道："你回家有没有跟原董交流一下上班的感受啊？"

　　原炀看也没看顾青裴："我不跟他住一起。"

　　"哦，你平均多久回家一趟？我父母在外地，我每隔一两个月都回去看看，你离得这么近，一定要多回家走走。"

　　原炀皱眉道："你怎么这么啰唆。"

　　"我关心下属嘛。"

　　原炀黑着一张脸，一大早就要见到顾青裴，他的心情糟透了，偏偏顾青裴还不停地说话，他真想拿什么东西堵上那张嘴。

　　到公司之后，顾青裴往椅子上一坐，对正要去吃早餐的原炀说："你给我带一份早餐上来，粥要稀一点，我不爱吃腐乳，其他随意。"

　　原炀狠狠瞪了他一眼，带着一肚子火气下楼了。原炀慢悠悠地吃完早餐，才把他的打包好，拎着往楼上走。这时候原炀的手机响了，拿出来一看，是他最铁的发小彭放打来的。彭放从小跟自己臭味相投，可惜这小子不愿意吃苦，死活不跟自己去部队，现在彭放做生意呢，倒也做得有声有色。

　　原炀按下通话键："喂，彭放。"

　　"原炀，干吗呢？"

"上班儿。"

"上班儿？我没听错吧，你上哪门子班儿？你不是一心想回去开大炮吗？"

"开大炮，大炮能开吗？我被老原逼着来他公司上班。"

"哈哈哈哈，有意思，你在哪儿呢？哥去围观围观。"

"滚，我干不了多久。"

"我看你也干不了多久，但是你爸能让你走吗？"

"嗯，我爸不让我走，还找了一个浑蛋看着我，说起他就来气。"

"怎么了？"

原炀正心里憋屈，夹着脏话抱怨了一通。

彭放在那边儿笑得直揉肚子："这人有两下子啊，胆子不小，连咱原大少也敢招惹，肯定是从来没挨过揍，不知道什么滋味儿，要不我帮你教训教训他？"

"不用，我答应我爸了，我不跟他动手，这小子最能装样儿，我就不信抓不到他的把柄，我原炀要是治不了他，我就跟他姓。"

彭放还在那边哈哈直笑："太有意思了。不过说真的啊，原炀，你想再回部队已经不现实了，你那文件是板上钉钉的，谁敢逆着你爸帮你回去？你就没想想以后怎么办吗？"

"我知道，你别跟我说这个了，心烦。"

"不是，心烦也不能不说啊，你还不如接受现实算了，其实回来没什么不好，花花世界精彩哟。"

"再说吧，也许哪天我睡醒了就想通了，现在别劝我，谁劝我，我跟谁急。"

"行行行，驴脾气，晚上你跟我吃饭吧。"

"嗯。"

原炀挂上电话，想起来早餐还在他手里，这一前一后的耽搁，眼看八点半了，他恨不得自己走得再慢点儿，饿死顾青裴得了。

原炀回到办公室，顾青裴正跟一个经理谈话，他看了原炀一眼，用眼神示意原炀出去。

原炀把早餐往茶几上一放，坐回自己的办公室，开始玩游戏。

过了一会儿，那经理出去了，顾青裴叫道："小原，进来。"

原炀拿起耳机塞进了耳朵里，继续打他的游戏。

顾青裴叫了两声没得到回应，开门一看，原炀正专注地玩着CS（《反恐精英》，游戏名）。顾青裴上去把他的耳机捥了下来："进来，或者我扯网线了。"

原炀不耐烦地看了他一眼："干什么？"

"进来。"

原炀被他烦得不行，气势汹汹地进了办公室。

顾青裴打开早餐，边吃边问："今天早上你打卡了吗？"

原炀一拳捶在桌子上，汤水洒了出来，还好顾青裴躲得及时，要不肯定滴到他裤子上。他摇了摇头，说："年轻人真是气盛。"

原炀咬牙道："你成天找碴儿，累不累？"

"我没有找碴儿，我要求公司每个人遵守规章制度，你我都不例外。当然，我不需要打卡，但是你要，否则按迟到处理。原炀，你当过兵，我相信你是非常有组织有纪律的，你做不到的唯一原因就是你不愿意做，你排斥这个地方。我不管你心里怎么想，你都不能破坏规则，如果我给你破了例，就该给所有人破例，所以没人能破例。"顾青裴看了看表，"现在你去打卡吧，迟到不算久，一小时内扣五十块。另外，以后早餐要在我到公司后二十分钟内送上来，你不吃也要让我先吃，一点规矩都不懂。"

原炀的拳头握得咯咯响，他真想把顾青裴拎起来狠削一顿。从来没有人敢这么一而再再而三地激怒他，这个姓顾的是不是瞅准了他不愿意动手，就越发得寸进尺？他简直把一辈子的忍耐力都用在这个人身上了，他都不知道自己还能忍多久。

顾青裴抬头看了他一眼："你愣着干什么，去打卡啊。"

原炀克制着掐死他的冲动，在爆发之前走了。

顾青裴等他走后，暗暗松了一口气。他好像每天都在挑战原炀的底线，而且每次都成功了。其实这样也不好，他本来只是希望原炀气急了揍他两下，他跟原立江告个状，把儿子领回家，完事儿。结果现在原炀既没有平心静气下来的兆头，也一直没有动手，反而在忍，他真担心这么忍下去，有一天爆发出来会很严重。

如果事情能和平解决，他还是不想挨揍的，可是原炀这小子心气太高了，完全把在公司工作这件事当成了跟自己的理想背道而驰的错路，甚至是阻挡自己前进的一大障碍，因此内心存着严重的抗拒情绪，一时半会儿根本无法扭转这种想法，他顾青裴又不是催眠的，怎么能凭这样生硬的接触就让原炀放下先入为主的成见呢？原立江真能给他找麻烦。

公司的人很快把考勤制度做出来了，顾青裴特意给了原炀一份："以后你严格遵守制度，有违规行为一律处罚，仔细点看。"

原炀直接将它扔进了垃圾桶。

顾青裴补充道："公司邮箱里有电子版。"

顾青裴见原炀不理他，也不觉得尴尬，自顾自地说："下午你跟着老赵去趟4S店，给我配的车到了，去检查一下，没问题就开回来，明天开始换那辆车。"

原炀冷哼道："你有手有脚，不会自己开车吗？"

"如果需要我开车，还聘司机干什么，这是你工作的一部分。"

顾青裴进屋后，原炀抱胸坐在座位上，想着怎么整治顾青裴。

两人接触的时间太短了，也不知道能抓到什么把柄……如果不是顾忌他爸，他有一万个法子让顾青裴跪着求他。他一脸烦躁，扒了扒头发，心里很憋屈。

下午，原炀和老赵把那辆奥迪商务车提出来时已经快下班了，正好顾青裴拎着电脑包出来，看到他们就问："车到了？"

老赵把钥匙递给原炀："顾总，车到了，您下去看看。"

"我正好下班回家了。小原，走了。"他大步流星地下了楼。

顾青裴对公司给他配什么车并不在意，反正又不是他的，只要能匹配他的身份就够了，所以下楼也没多看，直接就上车了，让原炀送他回家。

今天，赵媛要找他吃饭，他还得回家换套衣服。虽然两人离婚多年，可关系一直保持得不错，每年都会见上几面。

原炀送顾青裴回家后就离开了，晚上他和彭放吃饭，吃完饭还要去一个哥们儿新泡上的小情人开的酒吧捧捧场，想到今晚可以喝个痛快，发发牢骚，他的心情好了一些。

顾青裴比约定时间早了十分钟到达餐厅，没想到赵媛已经等在那里了。

他笑着走了过去，两人亲密地相拥了一下，他道："你怎么这么早就来了？"

"我刚下飞机，直接从机场过来的，没回家。"

"哦，你去哪儿了？"

"我去了趟斐济，很漂亮的地方，你有空去玩玩儿吧。"赵媛拨弄了一下头发。她长得并不算很美丽，但非常有风情，是那种任何男人看了都会忍不住想要在她面前表现得更好的女性。

顾青裴笑道："一定。"他从口袋里掏出一个绒布小盒子，递给她，"我们有大半年没见了，送你的。"

赵媛打开盒子，是一对钻石耳钉，精巧漂亮，一看就价值不菲。赵媛笑着看了他一眼："你是我见过最贴心的男人了，可惜你不喜欢我。"

顾青裴笑着摇了摇头："谁说的，我当然喜欢你，你又聪明又性感。"他说的是实话，赵媛确实是他非常喜欢的女人，那种喜欢严格来说应该叫作欣赏。

说出来恐怕没人相信，他小时候是个挺内向腼腆的人，大学学的又是石油化工，班上一个女的都没有，直到他参加工作，都没有什么机会接触女性。那个时候，他是真的不知道什么叫作喜欢和爱。后来他父母着急，催他找对象，赵媛又适时地出现，并且主动追求他。他实在挑不出赵媛的任何毛病。他觉得一辈子大概就是这样的，碰到合适的人结婚、生子，所有人都差不多。而他很幸运碰到的是很多男人向往的优秀女性，他觉得自己没有理由不喜欢赵媛，所以稀里糊涂就结婚了。

那年他才二十四岁。

结婚之后，他们之间的问题越来越多。恰逢他工作调动，开始从事人事、行政方面的工作，视野开阔了，接触的人多了，他也慢慢变得健谈，变得愿意主动去接触外界。他的工作越来越忙，承担的责任越来越大，对事业的狂热追求让他怠慢了家庭，而赵媛同样是事业型女性，两人可以十天半个月不见一次面。这份婚姻基础本就不牢靠，赵媛干脆利落地提了离婚。赵媛聪明又独立，倒没怎么怪他，但他认为自己没有尽到责任，对她始终愧疚。她一直没结婚，他就持续付了多年的赡养费。如果她一直不结婚，他就打算付一辈子。

赵媛叹息一声，道："你现在会讨人欢心了，却没以前可爱了。我第一次见你的时候，你还是一个工程师，跟女孩子说话只敢看人家的鞋，没想到啊，七八年的时间，你就修炼成这样了。"

"形势逼人强啊，如果我还是那个不爱说话的工程师，早不知道被分到哪个鸟不拉屎的地方钻油井去了，所以改变一下也没什么不好。"

赵媛扑哧笑了起来："对了，我听说你辞职了，你真的去了原立江的公司？"

"对，我考虑了一年多，决定换个环境。国企是好，是稳定，可我都能预见我十年、二十年后是什么样子了。"

"可以想象，"赵媛朝他眨了眨眼睛，"我们青裴岂是池中之物，早晚要做一番大事业的。"

顾青裴笑道："金口玉言。来，我们干一杯。"

原炀跟朋友吃饭的时候，因为穿着一身板板正正的西装而被嘲笑了半天，把他郁闷得不行。原大公子从小就像一个不良少年，打架斗殴的事儿没少干，这身西装他穿着虽然好看，但熟悉他的人怎么看都别扭，不趁这个机会笑话他，更待何时。

吃完饭后，乌子昂带众人去酒吧。他新泡上一个模特，长得特漂亮，他为了追她，特地给她盘下一个酒吧。那酒吧在三里屯，面积不大，但地段好，生意一直比较火。酒吧装修一番后重新开业，大家左右闲着，就打算去捧捧场。

乌子昂让保安去给他们停车，招呼着几个朋友往里走。

原炀余光从街上扫过，突然发现一个熟悉的身影进入了他的视线，他猛地回头，竟然看到停在对街的一辆豪车上下来一个人。

是顾青裴。

原炀皱起眉，下意识地往彭放身后站。

彭放感到奇怪，看了他一眼："走啊，你发呆干吗？站街啊？"

乌子昂大笑起来，搂着那模特的腰亲密地说："静儿，你说长成咱们原少这样的，一晚上怎么也得万八千的吧？"

那模特性格特别火辣，毫不顾忌地说："原少这样的，一晚上百万说不定都有人出。"

一群人哄笑起来。

原炀没空搭理他们，眼睛一直盯着顾青裴。

顾青裴下了车，径直走进一个酒吧。

众人也发现了他的目光，但是天太黑，街上人又多，根本无法确定他在看谁。

彭放用手肘撞了撞他："兄弟，看哪个美女呢？让我也欣赏欣赏啊。"

"滚滚滚，你别挡着我。"直到顾青裴进了酒吧，原炀才把视线收回来。

"嘿，你往我身后站，说我挡着你，真不讲理。不是，你到底看什么呢？"

"看个人。"

"谁啊？熟人？你的熟人不就是我的熟人，哪儿呢？去打个招呼。"

"进酒吧了。"

"哪个酒吧？"

"那个。"原炀指了指斜对面。

静儿看了一眼，暧昧地一笑："那个 bar（酒吧）呀……原少，你朋友挺会玩儿啊。"

原炀一愣："什么意思？"

"那可是艳遇圣地，去的人大多是为了找伴儿，而且是高档次的，一般人消费不起，听说里面的那个都是带健康证'上岗'的。"

原炀慢慢地咧嘴露出一个笑容。

顾青裴，我可算知道该怎么收拾你了。

顾青裴跟赵媛吃完饭后，先送了她回家。

赵媛告诉他，她最近遇上一个人，感觉挺靠谱，再观察一段时间，如果觉得合适就结婚。

他很为赵媛高兴。不管是哪种喜欢，他都是喜欢过赵媛的，如果赵媛能够找到一个真心对待她的男人，他就能放下一件心头大事。

同时，他感到有些寂寞。

他是一个富有交际手腕，却很难向人真正敞开心扉的人，无论是在感情上还是友情上，他总是因为把分寸拿捏得太好，反而难和人交心，婚姻的失败让他的谨慎还要再加个"更"字。恐怕没人会知道，他这个在外人眼里性格稳如泰山的人，曾经有那么几年在感情问题上有多迷茫。

现在，他一心扑在事业上，对爱情已经没有期待了，但偶尔也需要放松一下。

他把赵媛送回家后，来了他平时常来的酒吧。这家酒吧的老板他认识，是一个音乐制片人，可惜两人不来电。

由于酒吧消费高，员工福利好，这里的员工流动性不大，里面的酒保服务生什么的都认识他。他进去之后直接坐在了吧台边，一个酒保看到他，惊喜地说："哥，你好长时间没来了，忙什么呢？"

顾青裴笑道："忙工作呗，还能忙什么。"

"了解了解，还是老样子？"

"嗯，就一杯。"顾青裴的酒量挺好的，不过不嗜酒，也很有自制力。

"哥，我给你留意到一个，长得很好看哦，绝对是你喜欢的类型，用不用帮你牵牵线？"

顾青裴挑了挑眉："哪一个？让我看看。"

他顺着酒保的目光看去，果然看到一个小美人正坐在斜对面的卡座里，旁边有三五个朋友，男女都有，几人正在玩骰子。那人长得确实挺好的，眉清目秀，头发看上去很软，是他喜欢的那一款。

小酒保邀功似的看着他。

顾青裴笑了笑，从钱包里掏出两张纸币，塞进他的上衣兜里："去吧。"酒保利落地调了杯酒，端着托盘就过去了。

顾青裴侧坐着，默默地看着那个小美人。他看到酒保放下酒后，在对方耳边说了什么，小美人便抬起头，顾青裴能明显看出对方在看到他的一瞬间眼睛亮了。

紧接着小美人站了起来，朝他走了过来。

顾青裴拍了拍自己旁边人的肩膀："兄弟，让个座成吗？"那人看了他一眼，做出一个明白的手势，端着酒走了。

小美人大大方方地坐到他旁边，说："帅哥，你好，我叫小阳。"

"你叫我裴哥吧，几岁了？"

"二十一岁。"

顾青裴笑道："真年轻，上学呢？"

"是啊，就在附近。你呢？"

"我也在这附近工作。"

小阳一笑，露出两颗虎牙。

顾青裴放下酒杯，凑到小阳耳边说："咱们不在这儿浪费时间了，行吗？"

小阳哈哈直笑："好啊，但是我不去你家里哦，这是我的原则。"

"没问题，我也从不带人回家。"顾青裴甩下钱，优雅地做了一个请的姿势。

小阳笑呵呵地跳下椅子，上去就抱住了他的胳膊。两人一边聊天一边往外走，顾青裴的车就停在路边，一会儿就走到了，他拉开车门："外边儿冷，上车吧。"

小阳刚要上车，两人余光中有什么东西一闪，一道黑影像凭空降下的一堵墙，赫然拦在他们面前。小阳被吓得踉跄一下，险些栽倒。

顾青裴定睛一看，目光撞上了原炀满是戏谑的脸。

原炀歪着嘴角笑了笑："顾总，挺潇洒啊。"

被吓了一跳的小阳刚想发火，一看原炀那块头，顿时不吭声了。

顾青裴迅速冷静下来："原炀，你真是缺乏教养。"他绅士地扶着小阳，"你没事吧？"

小阳委屈地摇了摇头，敢怒不敢言。

"没事就好，咱们走吧。"顾青裴想带人赶紧走，原炀却挡在车门前，一只手搭在车顶，眯着眼睛看着他们。顾青裴皱眉看了原炀一眼："让开。"

"顾总，怎么说走就走呢？不用我送你回家吗？"

"已经下班了，不需要。"

"那怎么成，你喝酒了吧？"

顾青裴讽刺道："跟你比起来，我喝的就是白开水。"隔得老远他都能闻到原炀身上的酒味儿。

"对了，上次你还说跟我拼酒呢，就今天吧。"

顾青裴皱起眉："我没空，你到底让不让开？"

"我不让，你打算怎么办？"

这完全就是找碴儿了。顾青裴憋着一股火，想扇原炀两巴掌，这小兔崽子太烦人了，还好不是他儿子。

小阳轻声说："我先回去了。"

"别，我送你吧，我们打车。"

原炀一个跨步上前，一把抓住了顾青裴的胳膊，说："顾总，合适吗？"

顾青裴身体一震，虽然抱着点儿期望，希望原炀不要想歪，不过这样的环境结合这样的人，除非是傻瓜，不然不可能看不出来他和小阳是要干什么去。虽然被原炀知道自己的私生活不是什么好事儿，但他迅速调整好心态，不信自己应付不了原炀。他冷笑道："小原，你是什么意思？"

"顾总，这问题我还想问你呢，你们是什么关系？"

"朋友。"

"哦，你的朋友都跟你挽着胳膊走路？"原炀想到刚才的情景，忍不住笑了出来。顾青裴的品位真够俗的，这种妖里妖气的女人就是他喜欢的类型？

"是，我就喜欢和我的朋友挽着胳膊走路，路这么宽，挡不着你吧？"

原炀露出恶劣的笑容："我说挡着就挡着。"他把小阳推到一边，换上一副凶恶的表情，厉声道："别碰他，滚。"

小阳吓得转身就跑了。

顾青裴脸都绿了。无辜的小美人跑了之后，顾青裴心里这个来气啊，电话都没留一个呢，就被这个神经病吓跑了。他眯着眼睛看原炀："原公子，这话什么意思？我记得咱俩没什么关系吧？"

原炀邪气一笑："顾总，你真让我失望，我还以为你这副精英形象应该能保持挺久的，没想到我才认识你第四天，就让我撞见这么好玩儿的事儿。"

顾青裴坦然一笑："这是我的私生活，跟我的形象有什么关系？"

"顾总的私生活真精彩。怎么样？用不用我给你宣传宣传？"

顾青裴笑道："你想拿这个威胁我，也太小看我了。你宣传去吧，无所谓，我没偷没抢没碍着别人，没什么不可见人的。倒是你，原炀，你要是真的这么做，未免太不磊落了。"

原炀冷笑一声："我什么时候成了磊落的人？我告诉你，我做事就一个原则，看我高不高兴。我倒是想知道，你是不是真的像你说的那样，一点儿都不在乎。"

顾青裴挑衅地一扬眉："你尽管去试试。"

原炀给了他一个警告的眼神，转身往对街走去。

原炀走后，顾青裴长长舒出一口气，坐进车里后，人像泄了气的皮球，靠着椅背，沉默地看着仪表盘。

事情发生得太突然，他确实有一点心慌。从现在开始，他必须提前做好应对各种危急情况的准备。他确实并非像自己说的那么潇洒，可以全然不在乎自己的名誉，但他的在意程度还不到可以让原炀威胁他的地步。不过，这件事他要慎重权衡利弊了。

两人斗到现在，很大程度上已经是男人的天性在作祟，谁都想把对方制服，谁都不愿意先服输。这种争强好胜的心态，每个男人都会有，但顾青裴可以克制，尤其是为了获得更大利益的时候，私人情欲都应该被克制。仅仅是为了制服原炀，换来自己名誉受损的风险，显然不太划算。不过如果他真的就此妥协，以后在公司里原炀会无法无天，他一手建立起来的体制却无法对一个原炀产生约束，这对他的管理工作非常不利。

这真是一个两难的选择。

顾青裴回家之后，风花雪月的心思已经被彻底扫进了垃圾桶，只剩下一肚子的郁闷。怎么就这么巧呢，B市这么大，人口这么多，他从来没在那个酒吧遇见过熟人，怎么就会刚巧碰上原炀呢？原炀不会是跟踪他吧？

他甩了甩脑袋，觉得自己的想法越发可笑了。因为事发突然，他一时有些乱了阵脚，这可不行，不能让原炀这样的兔崽子威胁他，他必须表现得毫不在乎，才能占上风。他就看看，原炀究竟能做到什么程度。

原炀回到酒吧后，一包厢的人都在等他，全部用好奇的眼神看着他。

刚才他不让这些人跟去，怕他们坏事儿，现在全等着他八卦呢。

"怎么样怎么样，看着什么了？有什么劲爆画面没有？"

"劲个屁，在大马路上啊。"原炀心情很不好，也不知道顾青裴是装的还是真的，竟然那么镇定。

彭放撇撇嘴："真要这样你还不叫我们？以后我们可不跟你玩儿了。"

"让开。"原炀把他挤到一边，闷头喝了一口酒。

"什么事儿把咱们原少气成这样？说出来我们帮帮你呗，你说你去那里找人……"乌子昂愣了愣，突然做出恍然大悟的表情，"哎呀，你不会是去捉奸吧？"

原炀啐了一声，说："你瞎扯什么呢。"

"哦，那你这么满脸不痛快地回来是怎么回事？"

彭放邪笑两声，拽着原炀的衣袖说："来来来，兄弟，出来，我跟你说几句话。"

"干什么呀？"

"你来吧。"

原炀跟乌子昂要了一包烟，跟着彭放出去了。彭放把他从后门带到停车场，这里安静。彭放道："你跟我说总行吧，怎么回事儿？你究竟是看着谁了？进去找谁了？"

"上次我跟你说过的，那个姓顾的。"

"哦，哦，他呀，你爸找来让你拜师的。"

"拜什么师，就是找来折腾我的。"

"哎，反正就是你那顾总呗，原来他是一个老玩家呀。这好啊，你可有把柄了，以后他不敢再找你碴儿了吧。"

"他好像不太在乎，"原炀气闷地抽了一口烟，"胡说八道没有凭证的东西，他一转身就赖掉了，这个用来治他力度不够，不过这倒是一个不错的切入点。"

"你想怎么干？"

原炀的笑容有些歹毒："法子多的是，就是要考虑事情如果败露了，老原会不会被我气死。"

"这个确实得悠着点儿。你爹花了不少钱把他聘过来，你要是真弄砸了，你等着吧，你爹饶不了你。"

"我知道，我这不是在想吗？"

"你到底打算怎么干？"

原炀哼了一声，道："他这么不甘寂寞，周末都出来觅食，我就投其所好，找人跟他拍一部小电影呗。"

彭放大笑道："你真坏。"

原炀狠狠抽了一口烟，想到能看到顾青裴吃瘪的表情，他就想乐。

原炀一愣，他居然从来没往这方面想过。两人一直处于对立，他厌恶顾青裴，顾青裴肯定也烦他，这是男人的正常逻辑，可是今天晚上他的印象被颠覆了，顾青裴根本不像表面上那样正经。

原炀忍不住骂了一声："你个垃圾，你那嘴还能不能要了？"

彭放还在旁边煽风点火："怎么样，是不是想起什么来了？想起什么眼神啦，动作啦，哎呀，你赶紧想想。"

原炀脸色铁青地看了他一眼："你这张嘴真烦人，什么都敢瞎说。"

"我怎么瞎说了，你自己说说我分析得对不对！"

原炀越想越觉得别扭。

星期一早上，顾青裴准时下楼，原炀也准时在楼下等着他，面色阴鸷，漆黑的瞳眸中酝酿着一场暴风雨，被这样一双眼睛瞪着，简直让人不寒而栗。他是肉体凡胎，是怕疼的，看这样子原炀是要揍他，虽然也算遂了他的心意，但他还是心有戚戚。他下意识地把电脑包挡在了胸前，问道："怎么了？你没睡好？"

原炀冷声道："你装什么傻？是你怂恿我爸跟我要钱的吧？"

顾青裴摆出一张无辜的脸："误会，我只是跟原董说，最好让你经济独立。"

"我怎么不独立了？"

"这个，这是你的事，我也不太清楚。原董做什么了？"顾青裴一副不解的表情，眼神特别诚恳。

"你再装！"原炀怒喝一声，"我把资产全部交给我爸妈保管了，这下你高兴了？！"

顾青裴眨了眨眼睛："啊？原炀啊，我是真的不知道你在说什么。"他心想这傻小子真是一点儿都禁不起激，跟自己想的一样，只要原立江一跟这傻小子要钱，傻小子保证自尊心爆炸。就是瞅准了这点，他才让原立江这么做的，不给原炀一点儿实质性的教训，就难以制服。这次对原炀的教训应该不小，任谁从嘴里往外吐钱，肯定都难受，看原炀的表情就知道了。

不过，他的处境好像有点儿危险，他看了看周围，自己真挨揍了，好像没人能帮他。

原炀冷哼道："你背地里什么都敢干，表面上就装孙子。顾青裴，我真想掐死你。"

顾青裴露出安抚性的笑容："原炀，你冷静一点，其实你想想，这也是好事，如果你真的想让原董不管束你，就要做到真正的独立，等有一天你赚的钱比原董多了，他肯定就管不了你了。"

"你以为我是你们，要那么多钱能带进棺材？"原炀眯着眼睛，凶狠地看着顾青裴，"姓顾的，今天我给你点小教训，别以为我一直忍着你，你就可以蹬鼻子上脸！"

顾青裴后退了一步，悄悄握着手机，想着报警来不来得及。

只见原炀返回自己车上，从后备箱里拎出一个硕大的锤子，就是工地上用来砸水泥的那种。这家伙有可能真的是从工地上拖出来的，硕大的铁锤头上还裹着厚厚一层水泥。

顾青裴强忍住撒腿就跑的冲动，他想原炀总不至于杀人。

原炀用手掂了掂锤子，感觉挺顺手的，拎着锤子就朝顾青裴走了过来。顾青裴又后退了一步，准备随时逃跑。

原炀抡起锤子，狠狠朝他的车砸了下去。砰的一声巨响，顾青裴刚换了两年不到的百万豪车车前盖凹陷下去一个巨坑，车的警报系统疯狂地叫了起来。

顾青裴脸色阴沉地看着原炀。

原炀露出暴戾的笑容："放心，我会赔的，趁我还赔得起之前。"他说完抡起锤子，又是一锤，砸在侧面车门上，漂亮的车身已经彻底变形。

"不过，我只付折旧后的费用，你要是不满意的话，找我爸要吧，反正我的钱都给他了。"原炀说完又是一锤，那一下又一下，好像都砸在了顾青裴脸上，他暗暗握紧了拳头，心中怒意翻涌。

小区的保安跑了过来，大喊道："哎，你干什么？"

原炀拎着锤子一转身，眼睛一瞪，几个保安竟然吓得不敢过来。

顾青裴抬手示意："没事，你们不用管。"

"我……我报警吧。"

"不用，"顾青裴冷冷地看着原炀，"你砸吧，我会把账单寄给原董。"

"你不用拿我爸吓唬我，我要再让你在我面前嚣张，明天你都要骑到我头上了！"原炀砸上了瘾，把对顾青裴的愤恨全部发泄在那辆无辜的车上，把好好一辆车彻底砸成了废铁。旁边的保安和住户都看傻了。

顾青裴就铁青着脸在旁边看着，慢慢调整自己的情绪。

原炀虽然砸的是车，但确实对他起到了一些震慑作用，让他需要重新调整一下对原炀的策略，不敢再逼得太紧。他没有把握原炀不会跟他动手，不能轻易冒这个险，毕竟看到一辆结实的车在自己面前被砸得稀烂，谁也不敢想那锤子落到人身上是什么效果。

虽然在他眼里原炀太嫩、太冲动，但用杀鸡儆猴的暴力手段镇压反对声音倒是用得挺娴熟，这种流氓作风一般人真学不来，原炀这一招效果不错。

原炀出了一身汗，才尽兴地扔了锤子。他脱掉西装外套，衬衫前襟已经湿了，深色的水渍痕迹凸显出他结实的胸肌。他拍了拍手上的灰，居高临下地看着顾青裴："顾总，上班吗？"

顾青裴看了看表："你耽误了二十分钟，今天星期一特别堵车，如果我们迟到了，你要扣双人份的罚金。"

原炀冷笑道："你是觉得这么做，扣我工资就有用了是吗？"

反正车也砸了，顾青裴懒得和他装了："对，你要是觉得没用，显然你的钱还没还干净。"

原炀的指尖几乎顶到了他的鼻子："我说给了就是给了，一分都不需要留，没有什么苦是我没吃过的，没钱算个屁。"

顾青裴嗤笑一声："你真是纯爷们儿啊，我就看看你这个月怎么活。先说好了，真有种别找你那些大富大贵的朋友借钱。"

"我从来不跟人借钱，山珍海味我能吃，冻得像石头一样的馒头我一样能吃。"原炀眯着眼睛，拍了拍顾青裴的脸，"不过，姓顾的，咱俩这梁子结大了。"

顾青裴皮笑肉不笑地看着他。

TIT
FOR
TAT

Chapter 3

到了公司后，顾青裴做的第一件事就是给原立江打电话告状。告状是非常有技巧的一件事，首先，不能主动告状，而是先扯别的，通过暗示让对方来主动提起事件，自己再顺水推舟地"汇报"出来。于是顾青裴先是跟原立江扯了十多分钟债务的事，终于原立江自己忍不住了，问原炀情况怎么样，自己把他的财产全部要回去了，他有什么反应没有。

顾青裴缓缓叹了口气，说："是有点反应。不过小孩子嘛，冲动一点可以理解。"

"什么？他干什么了？"

顾青裴轻描淡写地说："没什么，以后他会明白您的苦心的。"

"他究竟干什么了？不会跟你动手了吧？"

顾青裴又遮遮掩掩了几句，才把原炀大清早提着锤子把自己的车砸了的事"为难"地告诉了原立江，并且补充道："原董，其实没什么，我有全险，您要理解他新换了一个环境，一时很难适应，让他发泄发泄也好……"

"混账东西！"原立江在电话那头怒不可遏。

顾青裴又劝了两句，才挂上电话，感觉心里舒服多了，露出了满意的笑容。

一直到午饭时间，顾青裴都没看到原炀的人影儿，不知道他跑哪个角落抽烟去了，还是生闷气去了。眼不见心不烦，再说自己又有理由扣他的工资了，估计这三千块钱的工资到了月底分文不剩，说不定还要倒找。如果那时候他还活得很潇洒，自己就要问问他都吃谁的住谁的去了；如果活得不好，那正合自己意。他这样极其傲慢的人绝对不会服输，自己就看看大少爷一个月三千块钱怎么活。

吃完午饭，顾青裴打算进午休间睡觉，他在屋里放了好几套睡衣，烫得整整齐齐的西装不能穿着睡觉，否则起来就没法看了。他正换衣服，门突然被推开了，他惊讶地回头，原炀正皱着眉头站在门口。

顾青裴穿着一条纯白的平角裤，两条长腿和劲瘦的腰肢一览无遗。他光着脚站在地板上，手里拿着棉质睡衣，因为取领带而不小心弄乱了的刘海耷拉在额前，那副总是隐藏了很多情绪的眼镜也被摘掉了，人一下年轻了好几岁。褪去那一层西装皮，这副睡意蒙眬的愣怔模样为他平添了几分自然和随性。

原炀没想到一个人穿着衣服和脱了衣服差距会这么大，就好像一身西装是顾青裴的武装色，一旦除去，这个人至少表面上没了那种压人一筹的气势，难道对付这个男人就要把他扒光？原炀在意识到自己萌生怎样的想法后被吓了一跳。

都是彭放那个脑残，满嘴乱放炮。

顾青裴有些近视，度数不高，能看清来人是谁。他眯起了眼睛，眼神因为轻微的散光而显得有几分迷茫："你干什么呀？"

"找你。"

"有事下午再说，我要休息。"顾青裴弯腰套上裤子，这个动作拉长了他背部和腿部的线条，脊椎骨微微凸起，腰部没有半丝赘肉，一看就是长期自律下静心维护的体态。

原炀心里又开始骂彭放，都怪那个大嘴巴乱说，现在他一看到顾青裴就觉得又别扭又烦躁。他的语气又急促又粗暴："你跟我爸打完小报告，还想睡午觉？"

顾青裴耸了耸肩："这两件事之间根本没有逻辑，你要是想讨论这个，先出去吧，等我睡醒了叫你。"

"我也要睡觉，以后中午我就睡在这里，你爱睡哪儿睡哪儿。"原炀一把推开他上了床。

顾青裴愣了愣，哭笑不得："这里是总裁办公室，按理说我没准许你进来，你就不该进来。"

"你能怎么样？扣我工资？继续扣啊。"原炀脱了鞋，把外套一扔，正要习惯性地解裤子，意识到了什么，他看了顾青裴一眼，合衣躺下了。

顾青裴挑眉："你怎么不脱衣服了，怕被我看着？"

原炀瞪了他一眼："我怕你？放屁。你喜欢那天那样儿的？"

顾青裴哼笑道："个人隐私，不便奉告。"

原炀心里没由来升起一股火："像你这种有几个钢镚就爱装模作样的老男人，是不是就喜欢这样乱花钱啊？"

顾青裴面不改色地说："我也不花你的钱，不用跟你汇报明细吧？"以他的容貌气度，多的是人和他玩你情我愿的成人游戏，其实不怎么花钱。

原炀脸色一沉："你真恶心，也不嫌脏。"

顾青裴眼中寒光一闪，皮笑肉不笑地说："那真是不好意思了，你非得自找恶心。"他说完没等原炀反应过来，直接上了床。

原炀喝道："你干什么？谁让你上来的？"

顾青裴指了指床："这是我的床，我要睡午觉，你爱在这里跟我一起睡，我也不拦着你。"他说完掀开被子钻了进去，闭着眼睛躺了下来。

原炀有些发愣，看着顾青裴紧闭的眼睛，修长的睫毛微微扇动，鼻翼随着呼吸轻轻起伏。他是最不肯服输的性格，这时候就是想走也不能走，否则就落了下风。他一咬牙，也钻进了被子里，不过躺在床的另一边，跟顾青裴平分被子。床只有一米五宽，一个人睡绰绰有余，躺两个一米八以上的大男人就显得局促，他只要轻轻一动，就能碰着顾青裴的胳膊。他就跟僵尸一样平躺着，不想碰触到顾青裴身体的任何一个部位，只是哪怕不碰到，他也能感觉顾青裴皮肤里散发出来的热量。

顾青裴表面上一本正经，其实私底下不知道怎么浪呢，那张总是带着从容、讽刺、虚伪、狡诈等各种笑容的脸，猎艳时会是什么样的？他真的……真的很好奇。

这个让他天天不顺心、日日想动手的男人，这个能把他挤对得有火发不出，绞尽脑汁想要对付的男人，这个他将之当作是可以较量一番的对手的男人，私底下也许是完全不同的样子，而这正是自己可以反击的要害。但是，要怎样才能找到时机呢？

过了一会儿，原炀听到顾青裴发出了平稳均匀的呼吸声。

他居然睡着了？这也能睡着？原炀看着他平静的睡脸，心里升起一股火。

这人也太不把自己当回事儿了，跟自己睡一张床居然泰然自若，自己反而浑身别扭睡不着，太气人了。他闭上眼睛，强迫自己休息。

因为是建在办公室内的临时午休间，屋子里没有窗户，非常的安静，只有床头一盏昏黄的台灯散发着微光，其实这是个不错的睡眠环境，不过身旁躺了个不该跟他躺在一张床上的人，实在让人心神不宁。

原炀烦躁地想，自己睡不着一定是因为这破灯，把灯关了吧。他起身伸长了胳膊，半身越过顾青裴上空，想把那盏台灯关了。没想到他一动，顾青裴猛地睁开了眼睛，惊讶地看着他。他被吓了一跳，一个不稳栽在了顾青裴身上。

顾青裴闷哼出声，猛地一撞，原炀正被他撞在肚子上，胃里一阵翻涌，没想到顾青裴力气还挺大。他没有防备，肚子挨了这么结实的一下，瞬间火起，一把卡住了顾青裴的脖子，咬牙道："你找死是不是？"

顾青裴的眼神恢复一丝清明，皱眉道："你要干什么？"说话间呼吸有些不易察觉的急促。

原炀气势汹汹地说："关灯！你敢打我！"

顾青裴又吸了一口气，原炀几乎压在他身上，那分量真的很沉。他冷下脸，一字一句地说："下去。"

原炀才发现自己上半身都压在顾青裴身上，这个姿势实在不太对劲儿，他赶紧撑起身体，脸上闪过一丝尴尬。

顾青裴呼出一口气，下意识地蜷缩起身体，把灯关了。

原炀因为被揍了一下，正是火大，他猛地掀开被子坐了起来穿上鞋摔门走了。

顾青裴换了一个舒服的姿势躺着，口中念道："有病。"

顾青裴躺了一会儿，也没法入睡了，自从原炀出现在他的生活里，他每天都有好几次血压上升，对修身养性实在是一个不小的挑战。不仅如此，他还要面对暴力威胁，时时胆战心惊，他只能感叹钱真不好赚。他甚至都开始对原立江产生怨愤了。

午休结束后，顾青裴召集地产项目的人开会，讨论土地融资的事情。开完会后，顾青裴回到办公室，发现原炀正坐在自己办公室的沙发上，靠着软软的沙发垫玩手机。原炀听到开门声，抬头看了他一眼，眼中露出鄙夷的情绪。

顾青裴心里那个气啊，他扫了原炀一眼，干脆当作没看见，自顾自地坐回座位批阅文件。

他发现原炀不爱待在秘书办公室，大概是嫌不透气，常赖在他办公室的沙发上。他嫌原炀烦，又赶不走，还好原炀也不是经常在这儿，大部分时候都是不见踪影。平时这不算是一件难以忍受的事，可想到刚才发生的事，他就多一秒都不想看到这个人，他盯着一个报销单看了半天都没看进去，最后抬起头来，对原炀说："你别成天待在我办公室，出去吧。"

原炀没理他。

顾青裴合上文件夹说："我交代你一点儿活，把这些文件按照封皮上的上呈部门发下去。"他拍了拍桌上厚厚一摞呈报总裁审批的文件。

原炀瞪着眼睛做了一个抹脖子的动作，然后拿起文件夹走了。

顾青裴叹了一口气，觉得越来越不像样了，他真是受不了原炀继续在他眼前晃悠了，现在哪怕挨一顿揍，他也想让原炀赶紧滚蛋。

他正想着对策呢，桌上的电话突然响了，是罪魁祸首原立江打来的。他心里积怨颇深，口气却是热情的："喂，原董啊。"

"哎，顾总，中午休息好吗？"

"挺好的，房间很安静。"

"那就好，等二楼办公室装修好了，你的休息室更大更敞亮，还有窗和淋浴间。"

"哈哈，我可天天盼着它完工呢。"

两人闲扯了几句，原立江切入了正题："顾总，这个星期你得出趟差。"

"去哪里呀？"

"H 市。"

"是收购白元化工的事情吗？"

"对，你带上财务、法务过去，做一下净值调查。"

"没问题，什么时候去？"

"就这个星期吧。对了，你把原炀带上吧。"

顾青裴顿了顿，说："带他做什么？他现在还没接触业务。"

"早点让他接触业务也是好事，让他多学点东西。"

顾青裴虽然不满，却不能表现出来，看来原立江是对自己把原炀当司机使不太满意，又不好直接说，所以侧面提醒他呢，他只好答应。

挂上电话后，顾青裴的心情更不好了，连出差都要被迫带着原炀，这对父子真是比着赛硌硬他。他给张霞打了内线电话："一会儿原炀回来了，你让他来我办公室。"

"好的，顾总。"

过了一会儿，原炀进来了。

顾青裴道："周四你跟我去 H 市出趟差，你拿本子记下我说的。"

原炀翻了个白眼，跷着二郎腿坐在沙发上："说吧。"

"买周四上午的机票，带财务赵姐、法务小林，还有投资部王经理一起去，订四星以上级别酒店，距离白元化工办公地不超过十分钟车程，开三个房间，我一间，两个女同事一间，你和王经理一间。"

原炀皱眉："我不跟他一起睡。"

"你没有选择权利，这是要计入公司成本的，关于差旅费用标准这块儿，你回去好好看看制度，但我保证哪个公司都不会给司机单独开房的。只要是公司有明文规定的东西，就不能破例，否则你自己承担住宿费用。"

原炀冷哼一声。

顾青裴点了点桌子，提醒道："你别忘了，你所有财产已经上缴了，如果你还住得起一晚七八百的酒店，那就说明你撒了谎。"

原炀的脸色沉了下来，他根本忘了自己已经没钱了，他当时真是给得干净，因为他爸把财务都带来了，直接和他的财务顾问对接，把他账上的财产冻结的冻结，划走的划走，他除了钱包里还剩下千百块现金，所有的卡都不能用了。

不过这几天他一直没什么感觉。房子是买的，公司提供早午饭，最近心情不好晚上他也没什么胃口，几乎不吃，车开的是公司配给顾青裴的那辆商务车，油费不用他出，他好像这段时间都没花过钱，自然也就意识不到这个严重的问题。

他头一次真切地感觉到自己没钱了。

他是一个对生活质量要求并不高的人，否则也不会在部队待上四年都没什么怨言。只是他一出生就有价值几个亿的基金、股票、期权、不动产，一直是有钱没处花，从来没有过没钱花的窘境。想到这里，他咬了咬牙，恨不得齿间嚼的是顾青裴。

顾青裴猜到他在想什么，禁不住幸灾乐祸，露出颇为绅士的笑容："小原，人一定要守规矩才行。你去通知那些人准备，自己也回去收拾行李吧。"

原炀憋了一肚子的火，气哼哼地走了。他烦闷地去阳台抽烟，同时给彭放打电话。

"喂，兄弟。"电话那头传来彭放懒洋洋的声音。

"你还睡呢？睡死在女人床上算了。"

"你吃火药了？昨天我陪一个客户喝酒，头疼死了，懒得理你。"他说着就要挂电话。

"等等，我找你有事儿。"

"有事儿说事儿。"

"我上次跟你说的还记得吗？关于姓顾的。"

"哦，嗯？"彭放酒还没醒，不怎么记得。

原炀不耐烦地说："我跟他要去 H 市出差，这是一个最好的时机，你那边儿有认识的人吧，托人给我找一个可靠点儿的，我一天都不想再忍他了。"

"哦，你说这个……"彭放一听到要使坏，立刻精神了不少，"没问题，包我身上了。"

原炀露出一个森冷的笑。

接下去的几天，原炀出奇的老实，让顾青裴心惊胆战的那天酒吧外发生的事他也没提，交代他什么工作，他虽然一直没有好脸色，但也都去做了。

顾青裴心想，要是原炀能一直这么听话就好了。他本身就是一个控制欲比较强的人，没有这种决断力和强硬的性格是当不了管理者的，一般人跟他相处，多少会有被他压制的感觉。所有曾跟他交往密切的人里，他的前妻赵媛是最聪明的那一个，作为一个独立女性，一开始她也对他的独断做出过反抗，后来发现他总是对的，干脆不再抗拒，省心省脑，可也正因为如此，两人渐行渐远。

而原炀偏偏是一个性格比他还硬还倔、永远不可能服软的人，两人属于硬碰硬，顾青裴还会理智地拐弯，或者曲线救国，原炀就是丝毫不退让，像一辆战车一样横冲直撞，杀伤力巨大。在这种情况下，两人想要和平相处，除非有一方妥协，可惜他们都还在那个劲儿上，没人愿意认输。

下班的时候，原炀送顾青裴回家。原炀心情不错，哼了几声小调。

顾青裴问道："行李收拾了吗？"

"就去几天，有什么可收拾的。"

"至少带两套正装去，我们是要去做并购谈判的，难道你穿着牛仔裤去？要像平时上班一样着正装。"

原炀不耐烦地说："知道了。"他脑子里还想着彭放今天打的电话，说人已经找好了，是一个老手，给钱就干，但是需要他配合，制造机会。他问怎么制造，彭放就坏笑着说让他给顾青裴下套。他对这种伎俩实在提不起兴趣，可以直接把顾青裴绑起来，何必费那个劲儿呢，结果彭放不答应，说他要是把人绑起来，对方以为咱们要犯事儿，肯定就跑了，这事儿不能硬来。

原炀一犹豫，彭放就跟自己的事儿似的那么着急，当下拍大腿说他没用，嚷嚷着自己也要去 H 市。他当然乐意彭放来，省得自己动手了。

但同时，他心里也有些异样，并非心虚愧疚，更别提罪恶感了，只是别扭，还说不上原因。也许是因为制服顾青裴的手段不是他想的那种吧。顾青裴给的打击，是绵里藏针，是四两拨千斤，让他气急败坏却难以还击，他宁愿他碰到的是刀棍、子弹，至少他知道怎么应付。不过不管用什么方法，他都要把顾青裴彻底打倒，他受不了成天被人管束，顾青裴得罪他的一笔笔账，是该好好算算了。

"这次可是原董钦点你去的，你好好表现，让原董省省心。傻小子，这个时候你可别跟我闹脾气。"

原炀恶声恶气地说："你训儿子呢，别用这种口气跟我说话。"

顾青裴呵呵一笑，心想：要是有你这样的儿子，我直接扔茅坑。

第二天早上，司机把五人送去了机场。

顾青裴坐的是头等舱，其他人一律经济舱。原炀本来对坐在哪儿无所谓，但只要一跟顾青裴有关，他就不痛快，觉得这个姓顾的真能摆谱，吃穿用度全部要好的，一个男的弄得跟娘们儿似的，那么精细干什么呀。

原炀旁边坐的是体重近两百斤的王经理，王经理是一个好人，就是话忒多。原炀一边被他挤着，一边听着他唠唠叨叨，烦得头顶要冒烟儿了。

他宁愿找一个角落坐地上。

一个空姐过来了，看着他眼睛先是一亮，然后立刻掩饰了下去，俯下身柔声细语地说："请问是原先生吗？"

原炀点了点头。

"顾先生要您把他的行李拿过去，他要换一件衣服。"

"什么？"原炀瞪起眼睛。

空姐被吓了一跳，这个大帅哥在她眼里立刻就不赏心悦目了。她小心翼翼地说："我只是传达顾先生的话，他说您是他的助理。"

原炀重重哼了一声，起身打开行李架，把顾青裴的登机箱拿了出来。顾青裴自己只拿了一个电脑包，其他所有行李都交给原炀。他去到头等舱，发现顾青裴正聚精会神地看报表。

为了节省时间，他们坐的是早班机，顾青裴看起来明显没睡好，眼下有青色的阴影，却连这点时间都不放过，还在工作。

原炀突然有些感慨，顾青裴到底是在给他们原家打工，作为一个高级员工，也难怪老原如此欣赏这个人。

不过，对顾青裴的这么一丁点正面看法马上被原炀自己抹掉了，他把行李往下一扔，要不是顾青裴躲得及时，肯定要被砸到脚。顾青裴皱眉看了他一眼："你怎么总是毛毛躁躁的，不像样。"

原炀气得想扇他："你到底要干吗？"

"H市比B市暖和，我刚才把毛衣脱了，一会儿下飞机穿这件外套就够了，不然会热。"说完他把毛衣递给原炀，"你叠好了放进箱子里，隔层有它的防尘袋，灰色的，不要把我的箱子弄乱。"

头等舱特别空，只坐了两个人，原炀干脆一屁股坐到他旁边，粗暴地打开箱子，把毛衣塞了进去，然后再粗暴地拉上拉链。

顾青裴皱眉看着他的举动，摇了摇头，叹道："连助理这样的工作你都做不好，你爸什么时候才能对你放心？"

原炀冷声道："要是工作就是伺候你，那我一辈子都做不好。姓顾的，你嚣张不了几天了。"

顾青裴耸了耸肩："你太不懂事了，我是在培养你，是为你好，你却老觉得我在针对你。"虽然他确实是在恶心原炀，但他绝对不会承认的。

"谁稀罕你培养。"原炀瞪了他一眼，转过脸去。

顾青裴挥了挥手，说："你把箱子拎回去吧，不要放在这里。"

"我懒得回去。"

"你没买票，别赖在这里不走，太难看了。"

"不如你回去，正好跟你喜欢的王经理谈谈心。"

"你对王经理有什么不满吗？他是一个会办事的人。"

"废话太多。"

"你真是……"顾青裴摇了摇头，"赶紧回去吧。"

"我说了，要回去你回去。"原炀放下了椅子的靠背，似乎是打算休息一会儿。

空姐往他们这边看了一眼，顾青裴抬起头，对她歉意地一笑。空姐脸一红，没说什么就走了。

飞机降落后，他们跟白元化工的老板吃了午饭。

顾青裴半点不耽搁时间，下午就开始工作，之后连续几日都加班到夜里。

周六，顾青裴给他们放了一天假，让他们好好在H市逛一逛，并赞助了旅游费用。他自己也打算放松放松，去酒吧玩一玩儿。他比较喜欢在外地玩儿，这里碰到熟人的风险小到可以忽略不计，而且不会拖泥带水，是工作之余最好的休闲方式。

晚上，顾青裴换了套休闲装就出门了，路过原炀房间的时候，原炀刚好开门出来，身边跟着一个与他年纪相仿的男人，长得英俊潇洒，但看上去有些轻佻风流。三人打了个照面，皆是一愣。

彭放最先反应过来，笑着伸出手："哟，这位一定就是顾总吧？久仰。"

顾青裴笑着回握："你好，这位是？"他看向原炀。

"我兄弟，彭放。"

"哦，彭总，幸会幸会。"

原炀挑了挑眉："这是上哪儿去啊？"

顾青裴轻描淡写地说："出去转转。"

原炀还想说什么，彭放给他使了个眼色。

顾青裴跟彭放客套几句就走了。

彭放摩拳擦掌地说："我就说吧，男人到外地出差，有几个不出去玩儿的，你还愁没有机会，这不就来了。"

原炀白了他一眼："你不大不小也是公司老总，怎么跟狗仔似的，别的事儿没见你这么上心，一到需要使坏了，你可真来劲儿。"

"我无聊呗，兄弟这是为了帮你，你还这么说我，真没良心。"

"你闭嘴吧，赶紧跟上他，看看他去哪儿。你联系的那个人出来没有？"

顾青裴浑然不知被人跟踪，凭着记忆让出租车司机带他去了一个以前去过的酒吧，他记得那里气氛不错，酒也不错。

到了地方，顾青裴包了一个卡座，悠闲地坐着喝酒。不一会儿，一个打扮入时的美女坐到了他旁边。

顾青裴往里让了让，不动声色地打量了对方一番，绅士地为对方倒上酒。两人一边喝酒一边玩点小游戏，倒也很愉快。喝完一瓶酒，两人打车去了酒店。

美女千娇百媚，唯一美中不足的是酒量太好，顾青裴都有些晕乎了，对方看起来还十分清醒。

"我去洗个澡。"顾青裴不喜欢失控的感觉，决定自己也去清醒一下。

美女赶紧拿出手机拨通了电话："喂，你们到了吗？我在1215房，你们在哪儿？好，他在洗澡，我马上去找你们。"她悄悄打开门跑了出去。

原炀和彭放开了隔壁的房间，三人一碰面，彭放就急切地问："他没发现吧？"

"应该没有，他洗澡呢。"美女看着有点儿紧张，"大哥，真要放摄像头？开始你说一切你们都准备好了，现在让我放摄像头，我……我往哪儿放啊？"

彭放道："你怕什么，出了事我们担着，你随便找一个地方放，电视上，桌子上，隐蔽一点。"

"我看了那个房间没有合适的地方，这么弄根本不行，肯定会被发现的，咱们今天还是算了吧。"

彭放瞪着眼睛："算了？你以为这样的机会好找啊？今天算了，明天他就有戒心了。你主动点儿，把他伺候好了，他才不会注意到摄像头呢，而且这玩意儿这么小，他发现不了。"

原炀摆弄着手里的针孔摄像头，只有指甲盖那么大，是还没投放市场的最新技术，他弄来倒也不算费事，就是用来拍"小电影"实在是糟蹋高科技。他看着彭放和这女人商量怎么坑顾青裴，心里莫名地不爽起来。

彭放不耐烦道："你的胆子怎么这么小，把这玩意儿随便放个地方，拿个东西虚掩着，他洗完澡你就把他扑床上，他看不到的。"

美女紧张地接过了东西，额上直冒汗。

原炀冲彭放道："你怎么找人的？这么窝囊。"

彭放也挺火的："你赶紧回去，照我们说的做，实在不行，你给做点手脚吧，他要是晕过去，保证什么也看不着了。"

"啊……大哥……"

"还废话，想不想挣钱了？"

美女为难地看了他们一眼，转身走了。

原炀掏出一支烟点上了："我看她不行，胆子太小。"

"确实，胆子太小了。"

原炀皱了皱眉："我问你，她没病吧？"

"啊？"

"万一有病怎么办？这个你清楚吗？"

"这……这我上哪儿知道去。"彭放被这么一问，也有些紧张，虽然顾青裴碍了他兄弟的事儿，可他和顾青裴往日无怨近日无仇，要是真带点儿什么病传染给顾青裴，那也太缺德了。他本来想都没想过这个，被原炀这么一说，反而有些心虚。

"你怎么能不知道呢？"原炀狠狠抽了好几口烟，感觉心神不宁。他这人性子强势，对不顺自己心的人怎么收拾都不带心软的，拧断个胳膊踹断条腿什么的，他连眉头都不会皱一下，可唯独在这件事上，他竟然有些犹豫。大概是因为顾青裴斯文精致，跟自己以前碰到的所有粗汉都不一样？

不对，顾青裴比那些人还让他烦。

也许在他心里，还是觉得顾青裴算得上一个对手的，而他的对手应该由他来征服。能够接二连三让他碰一鼻子灰的男人，就要被这样下三烂的手段打败吗？一个这样的女人就能在床上"征服"顾青裴，他却被顾青裴处处挤对。这样一想，简直像照他的脸打耳光，真闹心。

原炀的烟抽得更凶了，他还从冰箱里拿出酒来猛灌，想要压下心头的异样。

另一头，顾青裴洗完澡出来后，发现那美女神色有些慌张，一副坐立不安的样子，看到他还拼命掩饰。

顾青裴不动声色地笑了笑："怎么了，你不会紧张吧？"

"我头有点儿晕，可能今天那酒不好。"

"哦？"顾青裴甩了甩头发上的水，晶莹的水珠顺着他的脸颊一直滑落到锁骨，平添了几分性感。他坐到床头，拿起话筒："我让你喝点儿好酒，估计你就不晕了。"他拨通前台的电话，让酒店送瓶红酒过来。

"谢谢哥。"美女偷偷看了顾青裴一眼，感觉心脏怦怦直跳。顾青裴成熟英俊，气度不凡，一句话、一个笑容都能让人心神荡漾。想到马上要做的事，她就心虚愧疚，实在有些下不去手，可是那么多钱……

"我去吹吹头发，东西来了你接一下，然后你再去洗澡。"

"好。"

不一会儿，服务员送来了酒，顾青裴吹完头发出来，发现酒已经醒上了。

"趁着醒酒，你去洗澡吧。"

"好。"美女点点头，乖乖去洗澡了。

顾青裴给自己倒了杯酒，坐到落地窗前欣赏 H 市的夜景。暗红的酒液在杯中激荡，美酒入喉，身体立刻暖了起来，好像全身血液都被激活了。他舒展了一下身体，一个星期以来积累的疲乏正在慢慢消散。

美女慢腾腾地洗完澡出来了。

顾青裴感到有些飘忽和困倦，他觉得自己现在需要的是一夜好觉。他放下杯子，准备请她离开。

美女却直接把他往床上扑。

"等……等等。"顾青裴被亲了好几下，松垮的浴袍也被扯开了，他抓住她的手，"等一下。"

"怎么了？"

顾青裴道："不好意思，今天我累了。"

"可是……"

"不好意思，"顾青裴推开她，"我让前台帮你叫车。"他坐起身，却感到一阵晕眩，身体也十分不正常地快速燥热起来。

怎么回事？酒？不对，红酒度数又不高，劲儿不会上得这么快。

美女有些心虚地看着顾青裴。

顾青裴甩了甩脑袋，身体越来越不对劲儿，血液跟煮沸了一样，热浪直冲脑门。他心中有了一个可怕的猜想，狠狠瞪着她，厉声道："你……你在酒里动了手脚？"

美女吓得腿一抖，跳下床："对不起，我……我……"

顾青裴神色有些狼狈，低吼道："这个酒店到处都是监控，电梯没有房卡上不来，你以为这是乡村旅馆吗？想来这儿玩仙人跳！"他难受地呻吟了一声，身体热得不像话，从喝下那杯酒到现在不过五分钟，居然有这么大的反应，这药简直要命。

"不……不是的，我……对不起！"美女脸色煞白，抓起自己的衣服就跑了。

顾青裴简直气疯了，他从来没碰到过这么荒唐的事，要钱的话不如拍照威胁他，这是干什么？

他想爬起来去冲冷水澡，身体却直发软。他难受得在床上打滚，从一头滚到另一头，身体不停地磨蹭着被单，却完全缓解不了他的窘境，有什么东西突突地往脑门儿上冲。

美女跑去原炀和彭放那儿，扔下房卡，说什么也不敢再进去了。

彭放气急败坏，原炀也坐不住了，起身就要去顾青裴那儿。

彭放拦着他："你有毛病吧？你去干吗？"

"她都跑了，还怎么拍？你找的什么人？办的什么事？！"

彭放脸上有点儿挂不住了："我还不是为了帮你。"

"你一边儿去吧，我去把他绑起来，想拍什么拍什么，早知道就不该听你的。"

彭放沮丧地说："好心当作驴肝肺，你滚吧，我再也不管你了。"

原炀着急地推开他冲出了门。其实原炀担心那玩意儿副作用太大，顾青裴会受不了，这种东西要是剂量不对，是真的可能出事。

他刷卡开了门，进屋就看到一床被子掉在地上，床上一个修长的身体正翻滚扭动着，看上去非常不舒服。

顾青裴的睡袍敞开了大半，他在床上滚了几圈，两条长腿不断地折起、平放，结实修长的线条一览无遗，湿润的头发贴在充满男性魅力的脸上，双目半眯，水汽氤氲。两人四目相对的一瞬间，原炀只觉得头皮一下子炸开了。

顾青裴这时候还能认出进来的人是谁，只是身体那种火烧火燎的感觉把被原炀看见这场面的尴尬羞耻都压下去了。原炀出现在这里，他已经什么都明白了。他颤抖地抓着浴袍，咬牙切齿道："是你设计的。"

原炀还在震惊中回不过神来，一贯镇定的他居然在这里差点崩溃，他看着顾青裴，看着顾青裴湿润的眼圈、凌乱的头发，就觉得这场面太不对劲了。

顾青裴怎么可能是这个样子！顾青裴应该是那个脸上总是带着令人厌恶的虚伪笑容的浑蛋，而不是眼前这个扭动着身体，全身像泡在红酒缸里一样，整个人散发着强烈欲望气息的男人。

如果有任何人看到现在的顾青裴，都不会把他和生意场上年轻有为的顾总联系到一起，这个样子的顾青裴，实在是……实在是……

顾青裴想把被他滚得发皱的床单拽起来盖在自己身上，但是床单的边缘压在床垫下，平时只要伸手轻轻一扯就能做到的事，此时他费尽力气都办不到，他又气又急，身体又难受，简直想一头撞死。他沙哑着嗓子低吼："浑蛋，还不滚出去！"

震怒的样子配着这么一张狼狈的脸，这一声"滚"毫无威慑力。

原炀终于看到自己想看到的了，顾青裴再也没了平日里的冷静自持、大气从容，整个人显得狼狈不堪。可是原炀发现，看到自己期待的这一幕后，他的反应却跟自己想的不一样。他现在应该拿着手机把顾青裴丢人现眼的一幕赶紧拍下来，以后就可以高枕无忧，再也不怕顾青裴给他找麻烦，而不是站在原地犹豫不决。

顾青裴被他看得怒从心生，却又无可奈何。他一辈子也没经历过这么难堪的时刻，他没想到原炀为了对付他，能卑鄙到这种地步。虽说兵不厌诈，可当倒霉的人是他自己的时候，他可没有闲情欣赏原炀的好手段。他现在只希望原炀滚出去，原炀那种探究的、审视的眼神让他心慌。

顾青裴奋力翻过身，结果直接从床上摔了下去，丢尽了人，气得他真想就此消失。他感觉身体涨得厉害，他撑起身体想去浴室，手脚却跟豆腐一样，一点力气都没有。突然，一双脚出现在他视线里，他抬起头，看到原炀居高临下地打量着他，原炀眼里跳跃着戏谑的火焰。

原炀蹲了下来，捏着顾青裴的下巴强迫他抬起头，并说了自进屋之后的第一句话："恐怕没人会相信，平日里道貌岸然的顾总也有这么难堪的一面吧。"

此时顾青裴怒火攻心，挥拳就想揍他，无奈拳头软绵绵的，一下子被原炀抓在了手里。

原炀咧嘴一笑："我等着看你这副窝囊样子等了好久了。"

顾青裴努力想让自己冷静下来，额上却不断地渗出汗来："原炀，你现在马上出去，我不管你想干什么，现在马上出去。"

他想抽回手，原炀却抓着不放，他瞪着血红的眼睛看着原炀。

原炀眯着眼睛打量他的脸："顾青裴，我看你以后还敢不敢对我呼来喝去。"

顾青裴咬牙道："你到底想干什么？"

顾青裴的手，有些颤抖，那皮肤好烫，真的很烫，不会烧坏吧？

这是怎么回事？自己应该拍了照片马上就走，而不是……而不是盯着顾青裴这张脸，观赏他跟平日里截然不同的狼狈。

果然，虽然这个办法实在卑劣，对付顾青裴却如此奏效，虽然打不得，难道我还没有办法收拾你吗？

原炀的心情其实十分矛盾，他一边有些看不起自己的手段，一边又得到了报复的快感，看着顾青裴再不能像平日那般高高端起，露出一副羞辱、挫败的模样，他面上浮现了得逞的笑。

"滚——"顾青裴拼尽力气吼道。

"身为顾总的助理，这个时候我怎么能滚呢。"原炀咧嘴一笑，牙齿整齐而森白，像一匹面对猎物的狼，"我得好好照顾您呀。"今天他也喝了酒，酒精的作用加上平日的积怨让他气冲脑门，只想狠狠教训这个人。

原炀轻松地抱起顾青裴，往浴室走去。

顾青裴满眼慌乱，虚软地挣扎起来。

"别动，摔着可别怪我啊。"原炀把顾青裴放进了浴缸里，打开花洒，洗澡水直接对着顾青裴淋了下去。

初秋时节，夜晚的H市有些冷，冰凉的水浇在顾青裴滚烫的身体上，是在用最粗暴的方式灭火，激得顾青裴差点从浴缸里弹出来。

他对着水幕徒劳地挥着手，想要躲避那冰冷的水。湿透了的头发贴在潮红的面颊上，浴袍散乱，整个人狼狈至极。

原炀伸手试了试水温，坏笑道："哦，有点冷，这样才好降温嘛。"

顾青裴身体如火烧，表皮却冲刷着冰冷的水，简直是冰火两重天，他剧烈颤抖起来。

原炀捏着顾青裴的下巴，强迫他抬起脸来，洗澡水直往他脸上浇："清醒点，或者我送你去医院？"

"不……不要……"顾青裴强撑着一丝神志，也知道不能去医院，他的脸面岂能折在这种事上。

"好，听你的，不去医院。"原炀冷笑道，"我会好好'照顾'你的。"

顾青裴恶狠狠地瞪着原炀，他冻得浑身发抖，平素清明锐利的双眼此时布满了血丝。他怎么也没想到，自己会这样栽跟头。他哑声道："你这个浑蛋。"

"可你现在也只能指望我这个浑蛋了。"能够整治顾青裴，给原炀的心理带来了极大的满足感，他终于出了一口恶气，太爽了。他笑道："冷吗？对了，我忘了给你开浴霸了。"

浴霸一开，强光直接刺进顾青裴红肿的眼睛。

他抬起虚软无力的手，挡住了脸。

强光、冷水，恶意而粗鲁的对待，他就像电影中被暴力审讯的犯人，被剥夺了所有的尊严。

原炀却啪地拍开他的手，甚至撩开他额前湿润的头发，恶劣地笑着："顾总，你遮什么？你好好看清楚，我这个助理兼司机的工作，你满不满意？"

顾青裴的声音有气无力："去你的……"

"你说什么？"原炀眯起眼睛。

顾青裴聚起仅有的力气，抬高声调骂了一句脏话。

原炀掰开他的嘴，将花洒对着他的嘴："我帮你漱漱口。"

冷水呛进顾青裴的口鼻，灌进他的胃，他体会到了窒息般的痛苦。在原炀放开他后，他伏在浴缸边剧烈地咳嗽，大口地喘息。

原炀冷声道："这都是你自找的，以后再敢挑衅我，记住今天的教训。"

原炀见顾青裴吃足了教训，已经几乎昏厥，才草草用浴巾给他擦了擦，将他拖出浴缸，扔回了床上。

顾青裴神志不清，在床上翻滚，剑眉紧蹙，看起来十分难受。

原炀还是担心那东西的副作用，便守在床边，如果他真的有什么大的反应，也好及时送医院。

TIT FOR TAT

Chapter 4

第二天早上，原炀先醒了过来。

他感觉身边暖烘烘的，好像挨着什么热乎的东西，扭头一看，就看到一个毛茸茸的脑袋。

顾青裴的脸撞进了他的视线，双眸紧闭，呼吸迟缓，纤长的睫毛不住地轻颤，明明是在熟睡中，但看起来并不安稳。

原炀瞬间如遭雷击。

他想起来他昨晚干了什么。虽然他确实是打算整治顾青裴一番，但酒精放大了他的情绪，现在酒醒了，他开始有些不知所措，后来他也不知道怎么就躺床上睡着了。

"嗯？"原炀突然感觉身边的人好像太热了。他伸手一摸，顾青裴的皮肤烫得吓人，完全不是正常的温度。

他发烧了。

原炀翻开顾青裴的眼皮一看，人已经烧晕了。他才发现昨天自己连被子都没给顾青裴盖，就这么睡到天亮，不生病就奇怪了。他看着顾青裴虚弱的样子，心里很不是滋味儿，好像做得太过了。

他打电话给前台，让客房加送一床新的被褥过来，然后又打电话给彭放，叫彭放找个医生来。

彭放正睡觉呢，道："嗯？叫医生干吗？你要死了？"他还在生昨天的气呢。

"别废话，找个医生过来，要嘴严实的。"

彭放想到昨晚那个人应该是给顾青裴的酒动了手脚，以为真出事儿了，也有些紧张，一边穿衣服一边说："究竟怎么了？昨晚我自己回酒店了，后来出事儿了？你怎么不早点告诉我呢？"

原炀懒得说下去，啪地挂了电话。

过了一会儿，床单被褥送过来了，原炀把顾青裴挪到一边，费劲地把床品都换了。他又去卫生间用热水沾湿了毛巾，给顾青裴擦身体。以前在部队，他经常去环境恶劣的地方执行任务，医疗条件极差，那个时候谁受伤了生病了都得互相照顾，他是熟手。他一点点擦拭着顾青裴的身体，试图通过表皮降温，眼睛也不住地观察着顾青裴有别于平日的样子。

因为发着高烧，顾青裴全身呈现虚弱的粉红，湿润的睫毛微微颤抖着，看上去非常可怜，哪里还有平日里的趾高气扬。

他想，他是打败了顾青裴，让这个人在自己面前颜面尽失。经过这一晚，顾青裴还能在他面前硬气起来吗？虽然他赢得并不光彩，起码不是他真正想要用的手段。

原炀把顾青裴收拾干净后，给他盖上了被子。

他等着医生来，闲着没事儿就蹲在床边，下巴搁在床垫上，默默地看着顾青裴。以前他好像没怎么仔细看过这个男人，其实顾青裴长得真的挺好看，而且很有男人味儿，尤其是那种自信从容的气度，让公司所有女同志都对她们的顾总着迷不已，就是这张嘴烦人。

顾青裴的嘴唇烧得有些干裂，看起来有些可怜，昨天晚上顾青裴虽然没说软话，但也句句都是逞强罢了。他捏了捏顾青裴的脸，哼道："以后你给我老实点儿。"

等了半个小时，彭放带医生来了。

两人一进屋，彭放就被屋里狼藉的场面镇住了："这……这是怎么了？命案现场啊！你们打起来了？"

原炀瞪了他一眼。

彭放担忧地看着原炀："你……你把他怎么了？可别弄出毛病来，不然你怎么跟你爸交代？"

原炀骂道："你闪一边儿去，让医生过来看看，他发烧了。"

医生从药箱里拿出体温计，塞进顾青裴腋下，然后掀开被子给他做检查。

顾青裴身上撞青了好几块。

屋里的气氛尴尬。

医生和彭放都忍不住看了原炀一眼。

原炀有些恼火："看个屁啊，我又没揍他。"

彭放啧啧摇着头："原炀，你可真是禽兽。"

原炀恼羞成怒："闭上你那张鸟嘴！"

彭放做出一副鄙夷的模样："这跟我安排的剧本不一样啊，出什么事儿别怪我啊。"

原炀用胳膊夹住他的脖子，咬牙道："你再胡说八道，我把你从窗户扔出去。"

彭放拿出一支烟点上了，嘴里不住地说着："禽兽，真禽兽。"

原炀真要火了："你是复读机啊？能不能别再说了，我够烦了。"

"你还知道烦？说好悄悄拍部'小电影'，你怎么把人弄成这样了，他跟你爸一告状，你爸打不死你。"

原炀抢过他的烟，狠狠抽了一口。

"你可真是，顾总碰上你真够倒霉的。"

"我就不倒霉？我成天被他烦死了。"

彭放讽刺道："恭喜你啊，以后你们俩再也烦不着彼此了，你的问题彻底解决了。"他故意把"彻底"两个字拖了长长的尾巴加重语气说出来。

原炀把烟灰弹进了马桶，有些烦躁地抓了抓头发："你这嘴能消停一会儿吗？"

彭放直摇头叹气："你以后打算怎么办？你们俩抬头不见低头见的。"

"不知道。"

"我真服了你。"

医生给顾青裴输上液，对原炀道："他没什么大问题，烧退了就好了，晚上如果体温没降给我打电话。"

原炀不自在地点点头。

医生走后，原炀就想把彭放也赶走，要不这小子老挤对他，太烦人了。彭放气哼哼地往门外走，经过桌子的时候咦了一声，突然顿住了身体。

"又怎么了？"原炀皱眉道。

彭放就跟发现新大陆一样，几乎是扑到了桌子上，用手指捏起来一个小东西："这不是那个摄像头吗？"

原炀急道："你在哪儿捡到的？"

"就在桌子上，你昨晚都没看到吗？"

"这么小怎么注意到？"再说他昨晚的眼睛还有空看桌子？

"这玩意儿就正对着床……能拍多长时间？"

"一晚上绰绰有余。"

彭放露出尴尬的表情："那个房间你没退吧？"

"没有。"

"赶紧过去看看，电脑还在里边儿，别让打扫卫生的看着。"

原烆暗骂一声，赶紧冲出房间。他们用来接收摄像机信号的笔记本就放在桌子上，两人过去一看，电脑还在孜孜不倦地工作着，画面稍有延迟，但也进行到了他们刚才在房间里说话的那一刻。

原烆低头一看，已经录了十多个小时。这玩意儿的质量真好。

彭放吹了声口哨："不雅照啊，原少，这玩意儿拿出去卖可赚钱了。"

原烆瞪了他一眼，关闭了程序，把电脑收了起来："你的电脑给我吧。"

"不行，里边儿有资料。"

"我回家传资料给你，电脑归我了。"原烆抱起电脑就走了。

彭放朝他的背影挥了挥拳头，一脸不忿。

彭放走后，原烆打了个电话给王经理，说他和顾青裴一大早出门看项目去了，王经理不疑有他，毕竟顾青裴一直是个工作狂。他边说边看着床上烧到三十八度的顾青裴，想到这个人不管有多讨厌，工作上确实兢兢业业，心里不免有一丝异样。

顾青裴在昏睡中发出意义不明的梦呓。原烆把耳朵贴过去，想听听顾青裴在说什么，却根本听不清。他摸着有些发烫的皮肤，心想到底什么时候能降温。吊瓶里的药液还在滴答滴答地往下流，他闲着没事，就一直盯着顾青裴的脸看，好像这么盯着人就能好一样。他越看就越觉得顾青裴看上去很可怜，身体深陷在床铺里，身上盖着厚厚的被子，让这身体看上去就只有薄薄的一片，显得整个人很瘦、很憔悴。顾青裴在睡梦中难受得动了动，紧皱的眉头让其看上去有几分痛苦。

仅仅是一个晚上就打破了他对顾青裴一个多月以来建立的印象，他实在无法想象，等顾青裴醒了以后，两人相处会是怎样一番情景。如果顾青裴能服软，他其实可以不计前嫌，毕竟他也出了气了。

现在原烆完全被顾青裴病弱的样子给迷惑了，几乎忘记了顾青裴在那一个多月里是怎么在轻描淡写间把他气得咬牙切齿的。

原烆想起电脑里的录像，便打开看了看，果然把房间里发生的事都记录了下来，包括顾青裴和那个女人在床上短暂的接触，但作为素材已经足够了。他烦躁地合上了笔记本，这明明就是他想要得到的东西，但现在他反而不知道该如何处理了。

下午四点多，顾青裴的身体终于降温了，人也缓缓醒了过来。

原炀正在沙发上玩手机呢，人刚睁开眼睛，他就发现了，他莫名有些紧张，眼睛一眨不眨地看着顾青裴。

顾青裴感觉全身非常非常不舒服，又冷又热，哪里都不对劲儿，脑袋疼得好像要炸开，且口干舌燥。

自己这是怎么了？

短暂的恍惚过后，他的目光聚焦，映入眼帘的是原炀的脸。顾青裴只觉脑中嗡的一声响，整个人都开始发晕，脑海中断断续续出现了很多画面，清楚地提醒了他，原炀对他做了什么。那一瞬间他只觉怒气攻心，差点儿要吐血。

原炀双手环胸："你醒了吗？不会烧糊涂了吧？"

顾青裴的眼中布满了血丝，恶狠狠地看着他。这是不是做噩梦，他怎么会沦落到这个田地，他现在真想弄死这个手段下作的浑蛋！

原炀看着他凶狠的表情，皱了皱眉头："看来是醒了。"

"你……"顾青裴想说话，却发现自己喉咙干哑，几乎无法发声，想坐起来抽原炀两耳光，却浑身无力，他差点背过气去。他顾青裴这辈子从未这么狼狈，原炀居然敢这样羞辱他！

原炀撇了撇嘴："你要喝水吗？还是吃东西？"

顾青裴粗哑地说："滚。"

原炀道："我滚了谁来照顾你，这时候就别逞强了。"他起身给顾青裴倒了杯水，然后把人扶了起来，把杯子凑到了顾青裴的嘴边。

顾青裴虽然脑袋烧得晕乎，可天生沉稳严谨的性格还是让他镇定了下来。事情左右已经发生了，生气也解决不了问题，他必须赶紧好起来，以清醒的头脑应对发生过的事情，他一定要让原炀吃不了兜着走。

他冷冷地看了原炀一眼，把水喝了。

原炀道："你要吃饭吗？我让酒店送点儿。"

顾青裴闭上眼睛："粥，牛奶。"

原炀拿起电话叫客房服务。

屋里一片尴尬的沉静。

原炀看着顾青裴紧闭双眼的侧脸，那上面写着满满的愤怒和拒绝。他心里不太舒服，开口道："我早就警告过你，别惹我，谁让你自不量力。"说完之后，他有些后悔，他想说的不是这个，反正……就算是这个，肯定也不该这么说。

顾青裴冷冷瞥了他一眼："原公子为了打击报复，自贬人格，真令人瞧不起。"

原炀脸上有些挂不住。

顾青裴微眯起眼睛，沉声道："原公子用如此下作的手段赢了这一回合，真不容易。说吧，你想怎么样？"

原炀愣了愣。他想怎么样？他最初只是厌恶顾青裴胆敢处处管束他、支使他，后来因为顾青裴的一再挑衅，他怒从心生，才想整治顾青裴一番，出口恶气。现在人也收拾了，气也出了，其实在公司的日子也没那么难熬，现在他想怎么样呢？他闷闷地说："以后少管我。"

"行，我以后再不管你，你不用再接送我上下班，你爱干什么干什么，这样你满意了？"

原炀皱了皱眉："我会接送你的。"

"怎么敢劳烦原公子。"顾青裴讽刺道。

原炀刚要开口，顾青裴的手机响了。

顾青裴拿起手机，发现是赵媛打来的。他清了清嗓子，接了电话："喂，媛媛。"

"青裴，咦，你感冒了？"

原炀盯着顾青裴手里的电话，眼睛都直了。就跟他从来不知道顾青裴能有虚软无力的一面一样，他也不知道顾青裴可以用这么温柔的语气跟人说话。

"嗯，我有点儿水土不服。"

"你去哪儿了？出差了？"

"是，我在H市出差。"

"真可惜，我妈给我寄了一些老家的腊肉，我想给你拿过去呢。"

顾青裴笑了两声，声音很是粗哑："你是不会做，想让我做好了给你吃吧。"

赵媛笑道："我哪能让病人做饭。你在H市哪里呢？我去看你。"

"不用了，我过两天就回去了，没什么大病，吃点药就行了。"

"好，你保重好身体，按时吃药。"

"我知道，拜拜。"顾青裴挂上电话后，发现原炀正盯着他看，脸色不太好。他没在意，把手机放到了一边。

原炀道："哪个情人啊？说话这么亲热。"

顾青裴冷淡地说："与你无关。我们刚才说到哪儿了？哦，对，以后不用你接送我了，你爱做什么做什么，来不来随意。我会跟原董解释，我资历不够，不配教育原公子，你另谋高就吧。"

原炀心里升起一团火："好啊，我就等着我爸赶紧放我走，你以为我愿意成天受你的气？！"

顾青裴在心里冷笑，这事儿没完，他顾青裴的亏不是白吃的，不从原炀身上讨回点儿东西，他就不姓顾。

原炀盯着顾青裴身侧的手机，终于忍不住伸手抢了过来。

顾青裴吓了一跳："你做什么？"

原炀翻开通话记录，果然看到一个叫"媛媛"的联系人，显然是个女人的名字。刚才屋里安静，虽然他听不太清电话那头在说什么，但也能听出是女声。他心想，这不会又是顾青裴的哪段露水情缘吧？

顾青裴怒道："你把我手机给我。"

原炀眉毛一横："'媛媛'？真亲热啊。谁啊？比昨天那个漂亮吗？"

"跟你有什么关系？"顾青裴伸手夺回了手机。他躺回床上，转过身去，用背影明白地拒绝原炀。

原炀瞪着眼睛道："我告诉你，那破公司我一天都不想多待，你最好跟我爸沟通清楚。"

顾青裴没有说话，他想继续睡一觉，也许明天能好起来。

这时门铃响了，原炀打开门，服务员送了吃的来。

原炀把粥和牛奶拿到床边，看着背对着他的顾青裴心里就来气："喂，起来吃饭。"

顾青裴没说话。

原炀上去把他拽了起来："吃饭。"

顾青裴根本不拿正眼看他："我想吃了自己会吃。你还待在我房间做什么？"

原炀愣了愣，顾青裴已经醒了，他确实找不到继续留在这里的理由，他才懒得照顾顾青裴呢。他狠狠踢了一脚床，抱起电脑摔门走了。

顾青裴长长舒出一口气，两手紧紧抓住了被单。原炀的骄蛮一再提醒着他昨晚发生了什么。他被下套，被仙人跳，被像一条狗一样扔在浴缸里浇冷水。

原炀敢这样羞辱他，他绝对要让原炀付出代价！

原炀回到他和彭放订的那间房，把电脑往床上一摔，人则暴躁地在屋里走了好几个来回。

顾青裴这个浑蛋还不如昏迷的时候顺眼，起码不会一张嘴就让人生气。

原炀从小冰箱里拿出一瓶酒，快速灌了下去。他的目光落到了床上，那台电脑正安静地躺在那里，视频的事不能告诉顾青裴，他想，这应该作为最重要的把柄，不到时候不能拿出来，有了这个，如果顾青裴再跟他横，或者不听他的话……

烧还没完全退，顾青裴闭上眼睛一会儿就又睡了过去。也不知道睡了多久，他再一次被电话吵醒，这次是原立江打来的，估计是想问问谈判进展。

"哎哟，青裴，你生病了吗？声音这么哑。"

"没事儿，小感冒。"

"哎，你肯定是这段时间累着了，是不是原炀给你添麻烦了？我看你身体挺好的，怎么一到外地就感冒呢。"

顾青裴故意咳嗽了两声，虚弱地说："原董，别这么说，我一向把原炀当自己的亲侄子。小孩子不懂事，我们要耐心一点，我辛苦一点没什么，孩子的前途最重要。"

原立江连连叹气："青裴呀，不怕你笑话，我是真的对自己这个儿子没办法了，才想让你帮我。我自己家务事处理不好，其实挺丢人的，我把孩子托付给你，不仅是因为欣赏你，也是信任你，我直觉你能教育好他。青裴，只要你能把原炀培养好，我原立江一生感激你。"

顾青裴在心里冷笑，如果原立江知道他儿子像个地痞流氓一样，不知道还会不会对自己这么有信心？他表面上却是一派感动，连连说："原董，你的心思我怎么会不明白，你能把孩子交给我，就是对我最大的肯定。你放心，我一定不负你的信任。"

原立江感动地说："青裴，你好好休息，工作放一放，身体要紧。"

"原董，我还有个请求。"

"哦，你说。"

"原炀的房子和车都在他自己名下吗？"

"是啊。"

"我现在让原炀给我当临时司机，想让他从基层开始锻炼，但他不太能明白我的苦心，不愿意开公司的商务车，就喜欢开自己的豪车。那辆车吧，是很酷，年轻人都喜欢，但是我平时要出去办事，开那种车不合适。"

"这小子真是……我说说他。"

"原董，最好让他把车也给您保管，他现在还有点反叛心理，不怎么听我说话，这车还是直接不让他开最好。"顾青裴说完又是一阵剧烈咳嗽。

原立江答应道："行，这个我也听你的，不信治不了这小子。"

顾青裴虚弱地笑了笑："谢谢原董。"挂上电话后，他感觉身体终于轻松了一点儿。这个时候什么药都对他不好使，唯有看到原炀不痛快，才是愈伤良药。

他拿起床上的体温计想给自己测一下。这时候房门被刷开，顾青裴扭头一看，原炀带着一个中年男人进来了。

原炀看了顾青裴一眼："这是医生，该打针了。"

顾青裴喘了口气，把体温计拿出来递给医生："我刚刚自己测了一下，如果温度不高，就别打针了吧。"

医生接过来看了看："还是打一针，好得快。"说完开始配药。

原炀坐到顾青裴床边的椅子上，眼睛直勾勾地瞪着他。他轻描淡写地扫了原炀一眼，根本没拿正眼看。原炀心里特别不痛快，正好看到床头柜上的粥一口没动，开始找碴儿："我给你叫了粥你不吃，耍人玩儿呢。"

顾青裴低声道："我喝牛奶了。"

原炀粗声粗气地说："你早过了喝奶就能饱的年纪了吧。"

医生忍不住看了他们一眼，他好奇这两人究竟是什么关系，不像朋友，不像亲戚，不像上司下属，反倒像仇人。

顾青裴没搭理他，而是对医生说："大夫，点滴速度麻烦调慢一点，太快我会有反应。"

"好。"医生对这个温文尔雅的男人更有好感，尤其是这病弱的样子看上去斯文无害。

原炀不爽道："我重新叫一份粥，你必须给我喝了，你要出毛病了，老原非杀了我不可。"

"原来你还怕原董啊。"顾青裴挖苦道。

有医生在，两人也不好马上掐起来，就互相瞪眼睛。

医生走后，顾青裴靠坐在床头，一边输液，一边用另一只手拿手机看新闻，仿佛原炀根本不存在。

原炀明知道在这里讨不到好，就是不愿意走，他想多欣赏欣赏顾青裴脸上挫败的表情。

过了一会儿，酒店又送了一份粥上来，原炀用命令的口气说："你把它吃了，别浪费粮食。"

顾青裴头也没抬："没手，放着吧。"

原炀劈手就去夺他的手机，刚碰到他的手腕，就被他毫不客气地打开。他大声道："你别碰我。"这反应极大，连手机都被甩了出去，两人均是一愣。

顾青裴深吸了好几口气，才把胸口那种满得要溢出来的暴怒压回去。对于一个莫名其妙被下套、被恶整、被羞辱的人，他表现得已经足够好了。

原炀后退了一步，眼里的情绪非常复杂，有诧异，有挣扎，也有愤怒。

顾青裴平静地指着地上的手机说："你把我手机给我。"

原炀一只脚把手机踢到了一边儿，将碗举到顾青裴面前，冷硬地说："喝粥。"

顾青裴冷冷看着他。

原炀舀起一勺粥递到顾青裴唇边："吃。"

顾青裴眼里闪过一丝惊讶，随即别开了头："打完针我自己吃，你出去吧。"

原炀火道："你到底吃不吃？"

顾青裴竟然还笑了一下："原公子，我看着你真吃不下饭，算我求你了，滚出去成吗？"

原炀的火气腾地蹿了上来，他跨上床，一只硕大的鞋砰的一声踩在了顾青裴的脸旁边，盛粥的勺子紧紧贴着顾青裴的唇角。他抬起下巴，威胁道："张嘴。"

顾青裴咬牙道："下去。"

原炀不依不饶："张嘴还是我掰开你的嘴往里灌？你选一个。"

顾青裴眼里跳动着愤怒的火苗，可惜此时体虚气弱，实在做不了什么，只好张开嘴。原炀的脸色这才缓和下来，他一口一口把一碗粥都喂进了顾青裴嘴里。

顾青裴吃完饭，感觉比长跑还累。

他催促道："你走吧，别待在我房间。"

原炀跷着二郎腿说："不好意思，我还必须待你房间了。"

"你说什么？"

"那边的房间是彭放开的，他走了。我没钱，"原炀哼笑一声，"拜你所赐。"

顾青裴讽刺道："原公子住不起五星，也不能蹭房啊，多么有失身价，你住哪儿我管不着，总之从我房间里出去。"

原炀把外套往椅背上一搭："我说了，我没钱，今晚我就打算住这儿了。"

顾青裴怎么都不想帮他出这笔钱，这不是钱的问题，自己被整了还要倒贴房费，太窝囊了，他做不出来。打了两针后，他的精神好了不少，由于睡了太久，他实在睡不着了，可是这么干坐着又要和原炀大眼瞪小眼。

屋里的气氛格外尴尬。

顾青裴只好闭目养神，他现在烦透了原炀，一眼都不想多看。

原炀也不觉得没趣，坐在凳子上继续玩手机。

就这么过了大概半小时，顾青裴的点滴打完了。他自己动手把针头拔了，就想下床上个厕所，顺便把手机捡回来。他一起身才发现尴尬之处，他环视四周，衣服放在离他三四米外的沙发处，浴袍也不知所踪。

顾青裴咬了咬牙，对正看着他的原炀说：“你把我的衣服递给我。”

“你要干什么？”

“上厕所。”

原炀下巴微抬，嗤笑道：“你还穿什么衣服，谁稀罕看。”

顾青裴恨得咬牙切齿，加重语气道：“衣服。”

原炀放下电脑，从衣柜里拿了一套新的浴袍扔到床上。

顾青裴抓起浴袍，快速披到了身上。他起身下床，没想到脚一沾地，脑中一阵晕眩，胃里翻江倒海，膝盖一软，整个人眼看就要跪到地上。

原炀一伸手揽住顾青裴，稳稳当当地扶住了他。顾青裴脸色一变，挣扎着想站起来，双腿却没力气。原炀另一只手伸到顾青裴的膝盖弯处，把人打横抱了起来：“行了，我来吧。”

顾青裴脸色发青，却不肯落了下风，沉声道：“既然原公子这么积极，把其他事情也代劳了吧。”

“你说。”原炀把人直接抱到浴室，让顾青裴扶着洗手台站着。

“你去给我买干净的衣服和内衣。”顾青裴活动了一下双腿，感觉终于有力气了，刚才不只是因为头晕才站不住，主要是昨夜关节受了凉，又在床上躺了太久没活动，血液一时循环不畅。

原炀看着顾青裴这副虚弱的样子，对他的容忍度直线上升，哪怕他用这种命令的语气跟自己说话，也不觉得刺耳了：“好，我去给你买。”

“出去吧。”

“你不是上厕所吗？”

顾青裴睨着他：“我上厕所你也看？”

原炀理所当然地说：“我看着你，免得你摔了。”

顾青裴忍着怒火道："滚。"

原炀半点没有出去的打算。

顾青裴心想：原炀，你想恶心我，咱们就看看谁能笑到最后。他皮笑肉不笑地说："原公子这么关心我，真让我感动。"他大方地掀开浴袍，开始如厕。

原炀真就站在他旁边看着。

顾青裴身子突然一偏，原炀正在发愣，闪躲不及，直接被尿到了裤子上。顾青裴把浴袍拢好，笑了笑："体虚，谅解一下。"

原炀脑门儿上青筋突突直跳，眼里开始冒火。故意尿到人身上是极度的挑衅，原炀是禁不起激的人，换成别人早被他打趴下了，尤其在他眼里，顾青裴已经是手下败将，却依然不肯屈服，这格外让人恼火。他咬牙道："你胆子不小，看来昨晚没让你长记性。"

顾青裴冷声道："原炀，你少不要脸，你对付敌人的办法就是下套？我真是太高估你了，我还以为你多少是个东西，没想到是个孬种。"

原炀一把捏住了他的下巴："我没警告过你吗？你一次又一次招惹我，不是你自己找死？"

顾青裴气得嘴唇都在颤抖："你到底几岁？原董是我的老板，我只是按照他的命令做好我的工作，一切都是为了培养你，你却像一个没断奶的巨婴一样，处处觉得全世界都在刁难你。你又蠢又下三烂！"

原炀抓着他的脖子把他按到了墙上，阴狠道："你有种再说一遍。"

顾青裴抿嘴一笑："好话不说第二遍，留着你慢慢体会吧。怎么，你是打算掐死我？"

原炀一拳捶到浴室的瓷砖上，雪白的瓷砖从被打击的中心位置向四周裂开。他是真想把顾青裴按在地上狠狠揍一顿，这个浑蛋太气人了，这张嘴他恨不得缝起来。他想象中的顾青裴低眉顺眼俯首称臣的情景完全没有出现，这人也就病还没好的时候蔫了几个小时，一旦有了精神，又恢复成了那个狡猾刻薄、满嘴嘲讽的伪精英。

他怎么会觉得顾青裴可怜！

顾青裴看着原炀扭曲的表情，心里得到了一丝报复的快感。他推开原炀："滚远点。"

原炀狠戾地威胁道："我看在你生病的分上，不跟你计较，你要再敢惹我，我会给你更大的教训！"

顾青裴冷笑一声，走出了浴室。

原炀看了看自己的裤子和鞋，越发来气，看来这次还没能把顾青裴收拾服帖，他们之间的较量还没完。

顾青裴回到房间，从沙发旁捡起了自己的手机。这时候原炀也从浴室出来了，手里拿着一条浸湿了的毛巾。顾青裴看了他一眼，低下头继续看手机。

原炀走到了他面前。

顾青裴顺着那两条长腿看上去，就见原炀居高临下地看着他，脸上的表情很是邪气："顾总，你接着蹦跶，接着跟我作对，我保证更加用心地'照顾'你。"

"原炀，你不用急着表态，咱俩没完。"

"很好，我们确实没完。"原炀狞笑道，"你要是皮痒了，记得告诉我，被整得哭出来，可别怪我没事先提醒你收敛。"

顾青裴裹紧睡袍，阴森地看着原炀。

他从顾青裴的钱包里抽出一些现金："我去给你买衣服，老实待着。"

原炀一走，顾青裴就下了床，脱下浴袍，狠狠摔到了地上。顾青裴这辈子没这么窝囊过，他一定要让原炀付出代价！

他忍着身体的不适，换上了昨天的衣服，拿上自己的东西赶回公司订的酒店。

原炀身上只有从他钱包里拿走的那几张整钞，买完衣服恐怕就没钱了。今天出差结束，酒店也要退了，他打电话给行政人员，安排其他人回B市，他和原炀留下来收尾，这样一来，原炀今天只能在大马路上过夜了。

顾青裴退了房，上了出租车走人，换了一家酒店落脚。

他到酒店的第一件事就是洗澡，虽然烧还没退，但身上出过汗，黏黏的非常不舒服。

他看着立身镜里苍白疲倦、好像打了一场败仗的自己，握紧了拳头，几次深呼吸，才把心头躁郁的情绪压抑下去。

愤怒解决不了问题，解决不了……要把损失减到最低，要控制好事态的发展，绝不能让原炀左右自己，要让原炀付出代价。

顾青裴拧开水龙头，温热的水自头顶流下，冲刷着身体。

洗完澡，他感觉清醒了很多，烧也退得差不多了，至少那种昏沉困顿的感觉缓解了一些。

他的手机有好几个未接来电，全部是原炀打过来的。几通电话之后，是一条信息，只有短短几个字：你死定了。

顾青裴冷笑一声，把短信删了。

顾青裴在酒店休养了两天，感冒好了之后，飞回了 B 市。飞机一落地，他从 VIP 通道出来，就看到原炀斜靠在玻璃墙上，气定神闲地看着他。

顾青裴挑了挑眉，心里有些发毛。

原炀走了过来，顺手接过了他的行李："顾总，我来接你了。"

"我没让你来，不用这么积极。"

原炀微微矮下身，在他耳边轻声说："我不小心让你在床上躺了三天，来接你一下也是应该的，你说是不是？"

顾青裴能从他语气中听出他相当不爽，这时候只要他不高兴，自己就挺高兴。顾青裴笑盈盈地说："应该的，不过你以后记得见我都要穿正装，司机也要有司机的样子。哦，对了，你的小悍马没了吧？那玩意儿费油，别开了，就当为环保做贡献了。"

原炀脸上的肌肉抽动了一下，露出森白的牙齿一笑："我一定谨记顾总的教诲，以后哪怕是揍你，也会穿着正装。"

顾青裴露出轻蔑的笑容，完全不把他的威胁放在眼里，大步流星地往停车场走去。

原炀提着行李跟在后面，眼睛恨不得在顾青裴背上瞪出两个窟窿。

坐上车后，顾青裴突然道："欸，我忘了问你，那晚上在 H 市怎么过的？"

原炀冷哼一声，说："湖边散步，风景不错。"

"挺好，免费吸氧。对了，最近还有饭吃吧？下个星期才发工资，撑得住吗？"

原炀握紧了方向盘："早上、中午在公司吃，晚上饿着，顾总满意吗？"

"还行。"

原炀嘲讽道："你惦记完我的钱惦记我的车，现在我就剩套房子了，不如你也撺掇我爸，让他要走？"

顾青裴点点头："有空我会跟原董提的。"

原炀只觉得脑门儿上的筋都在突突地跳。

到了家，顾青裴拎着行李下了车，头也不回地往家走。

原炀在背后吹了声口哨："顾总，怎么不请我上去坐坐？"

顾青裴顿了顿，回过头，眯着眼睛一笑："小原，我虽然一直挺喜欢狗的，但不是什么狗都往家里领。"说完头也不回地上楼了。

原炀看着顾青裴的背影一直到消失，他在原地点了一支烟，吞云吐雾了一番，才感觉火气下去了一些，克制住跑上去教训那个男人一顿的冲动。

顾青裴回家后，先给原立江打电话沟通了一些工作的问题，随后两人又例行交流"育子心得"。原立江在电话里一个劲儿地说原炀确实变了挺多，比以前像样了，都是顾青裴的功劳。

顾青裴一边假笑一边附和着夸原炀，并继续宣传让孩子吃苦耐劳的好处，最后他道："原董，还有个办法能让孩子很快成长起来。"

"哦，什么？"

"结婚。"

"结婚啊……"

"是啊，小原现在结婚是早了点，但是应该给他介绍女朋友，男人有了女朋友，就会有责任感，也会比较上进。"

"你说得有道理，但是这小子在部队待久了，我怕他不会和女孩子相处了。"

"不会的，男人有本能嘛。原董，你抓紧给他介绍个好点儿的女孩子，最好成熟懂事的，肯定能帮到他。"

"行，这事儿他妈最上心，我跟他妈说去，你这个提议不错。"

顾青裴挂上电话后，给自己倒了一杯酒，安静地思考着怎么才能出这口恶气。

他的手机响了一下，是短信，他拿起来一看，是原炀发过来的一条彩信。他眉心直跳，打开一看，拍的是一张他在睡梦中的脸，那时候他应该还在发烧，脸红扑扑的，看上去虚弱无力。随着这张照片发过来的，还有原炀的一句话：顾总，你只有不清醒的时候比较讨人喜欢。

原炀故意硌硬他，这种人越理便越来劲儿，他干脆把短信删了，眼不见为净。

原炀这个杂碎，他们两个没完。

TIT FOR TAT

Chapter 5

第二天一早，顾青裴拎着电脑包下楼，原炀已经准时在那里等着。这么冷的天，原炀没坐在车里，而是靠着车门，摆弄着手机。他看到顾青裴来了，笑道："顾总，早啊。身体好点儿没有？"

顾青裴轻笑道："好得不得了。看来你挺受欢迎啊，手机不离手。"

原炀讽刺道："哦，我只是拿着玩儿玩儿游戏。你不知道吧？我没钱交话费，网都上不了。顾总一大早听到这个消息，高兴吗？"

"还可以，"顾青裴眯着眼睛一笑，拉开车门上车，"放心，你来公司也有一个月了，明天就发工资了，到时候买两件儿厚衣服吧，要过冬了，冻坏了原董该心疼了。"

原炀搓了搓手："是有点儿冷，不过我不怕冷，领到工资之后，我想还是先给顾总买药吧，万一你病成傻瓜呢？"

顾青裴推了推眼镜，情绪被掩藏在镜片后："难得你有这份心，什么药能治傻病，你应该多吃点。"

车里的气氛简直可以用剑拔弩张来形容，两人你一言我一语地嘲讽着对方，都不肯落了下风。

两人到公司吃完早餐后，张霞领来一个三十多岁的女人，颇有气质，一看就是精明能干的样子。

两人一进来，原炀就盯着她们看。

张霞解释道："顾总的客人。"

原炀开始猜想这是不是电话里的那个女人。

顾青裴非常热络地开玩笑："哎哟，大美女，可把你盼来了。"

那女人笑着说："不好意思，路上堵了一会儿。"

"没事。"他看了原炀一眼，"倒茶。"

原炀瞪了他一眼，真的去倒茶了。

他端着茶进屋后，就听见顾青裴笑着说："你怎么能这么说呢，这还有什么可考虑的，我们俩共事这么多年，我对你的感情，对你能力的信任，是毋庸置疑的，难道你还看不出来？"

原炀暗自腹诽：他真恶心，说这种话都不脸红。

她掩面直笑："顾总，那我可真来投奔你了。"

"热烈欢迎。"顾青裴哈哈笑道，"蒋总那头肯定骂我呢，不但挖走了他一员大将，还是刘总这样的美女，蒋总可是损失惨重啊。"

刘总笑得很镇定，很客气。原炀进来后，她忍不住瞄了一眼，觉得这男孩子长得真好看。

顾青裴指指茶几："你把茶端过来。"他笑着对刘总说，"哦，这是我的助理兼司机，以后你有用得着的地方尽管使唤。"

刘总笑道："来了公司我们就是一家人，我一定不跟你客气。"

原炀看着两人你来我往地谈笑，暗骂顾青裴不要脸，拍马屁面不改色。

顾青裴挥挥手，跟招呼小狗一样说："你出去吧，十分钟后让张霞进来。"

原炀真想把茶泼他脸上。

过了一会儿，张霞领着刘总去熟悉公司环境了。原炀心里一万个不乐意，这种一看就精明圆滑的女人跟顾青裴那个虚伪狡诈的浑蛋凑在一起，指不定迸出什么火花来，会不会合起伙来硌硬他？

顾青裴对女人确实有一套，叫公司的小姑娘基本不叫名字，一口一个小丫头、傻丫头，把那帮小姑娘迷得晕头转向，瞅准了顾青裴想要跟他联姻的大有人在，这招蜂引蝶的性格简直欠收拾。

原炀握紧了拳头，想着自己明明才是这个公司的继承人，所有人却都听顾青裴的，真憋屈。他有些坐不住了，门也没敲，推开总裁办公室的门就进去了。

顾青裴头也没回，专心地看着股票走势图，全公司敢不敲门直接闯进他办公室的，除了原炀没别人了。

原炀往舒服的真皮沙发上一坐，跟大爷似的说道："刚刚那女的谁呀？"

顾青裴正眼都没看他："新聘的人事总监。"

"聘用新的高管我怎么不知道？"

"你一个助理兼司机需要知道什么？"

原炀瞪着他："你别忘了这家公司姓什么。"

顾青裴笑了笑："这问题我倒想问问你，你每天来上班跟上刑似的。"

论嘴上功夫，原炀从来没赢过，他咬牙道："你对她那么热情干什么？你们俩不会有一腿吧？"

顾青裴扫了他一眼，说："你的思想怎么这么龌龊，懂不懂得尊重人？她手里有不少人才资源，她很贵，但也很有价值。"

"多贵？用你去倒贴？"

顾青裴嘴角轻扯："原董真是一片苦心，为了能够让你这个不成才的儿子以后不至于把他的基业整垮了，现在拼命吸纳人才。你就继续保持这个状态吧，挺好的，什么都不懂，活着更开心。"

原炀眉毛直跳，粗声道："你不用讽刺我，我本来就对他的那些事业一点兴趣都没有，现在是他逼着我干，我没甩手走人就不错了。"

顾青裴"哦"了一声，并没打算再理他。

原炀忍了又忍，还是没忍住，问道："那天在 H 市给你打电话的，就是这个姓刘的？"

顾青裴看都没看他，埋头忙活自己的。

原炀迈开长腿，几步跨到他桌子前，拳头顶着桌面，冷声道："是还是不是？"

顾青裴讽刺道："管得挺宽哟，太平洋警察。"

原炀被他气得脑仁疼。

顾青裴看了看表："哦，该吃午饭了。"他拿起手机拨通了电话，"喂，刘总，中午我请你出去吃饭吧，食堂的饭菜我都有点儿吃腻了，就在附近……好，楼下碰头。"说完把手机揣进口袋里，就跟原炀不存在似的，扬长而去。

原炀狠狠捶了下桌子，表情相当难看。

下午，顾青裴和刘总有说有笑地回来了，原炀老远就听着顾青裴笑着说："跟刘总说话实在是一种享受，改天咱们去喝杯咖啡吧，附近有家咖啡馆很不错。"

顾青裴一进办公室，就见原炀坐在沙发上，两条长腿放肆地搭在茶几上，脸色很臭。顾青裴懒得搭理原炀，他通常不知道原炀在发什么疯，因为这小年轻情绪太不稳定了。他脱下外套进了午休间，打算休息一会儿。

他刚换上睡衣躺下，午休间的门就被推开了，原炀大摇大摆地走进来。

顾青裴警觉，坐起身，戒备地瞪着他："干什么？"

原炀扯下领带，脱掉外套："我好像说过，以后我在这里睡觉。"

"我没答应。"

"我管你答不答应。"原炀把外套一扔，上了床。

顾青裴下意识地往床里缩了缩。身体的记忆是无法抹去的，他长这么大从来没遭遇过那样的对待，这时候说不紧张实在不可能。虽然以他的心态和修为维持住了镇定，可那种羞耻和愤怒依然根植于心，让他对原炀又恨又下意识有些畏惧。

可此时自己又不能走人，否则岂不是告诉原炀自己怕他。

原炀似乎看出他那轻微的退缩，耻笑道："顾总，你害怕吗？"

顾青裴镇定地说："你如果是进来睡觉的，就闭上嘴。"他把被子盖到身上，闭上眼睛，不再去看原炀。原炀那天晚上的行为是冲动居多，起码现在在公司自己是安全的。

一阵窸窸窣窣的声音后，原炀在旁边躺下了。

屋子不大，而且没有窗户，空气不怎么流通，原炀皱了皱鼻子，鼻息充斥着顾青裴的木调香水味，虽然他不想承认，但确实还挺好闻。

他翻了个身，看着顾青裴的背影。屋里只开了一盏床头灯，光线很暗，但他视力极好，能清楚地看见顾青裴脖子上短短的汗毛。

突然，顾青裴睁开了眼睛，正对上他来不及闪躲的目光。

原炀尴尬极了，在顾青裴冰冷的目光下开始感到羞恼："你还真睡得着啊。"

"你为什么睡不着？心虚吗？"顾青裴白了他一眼。

"我心虚什么？我……"

"你不会瞧不起自己的所作所为吗？"顾青裴的目光凌厉得像一把剑，直戳原炀的心，"幼稚、自私、下作，你根本就不像一个男人。"

原炀一把将顾青裴从床上揪了起来："你信不信我把你……"

顾青裴抡起拳头，狠狠砸在原炀脸上："姓原的，你别太过分！"

原炀没料到顾青裴会先跟他动手，毫无防备，虽然躲了，但没全躲开，硬邦邦的拳头擦过脸颊，火辣辣地疼。他刚要暴怒，却被顾青裴眼中燃烧着的屈辱和鄙视镇住了。

原炀愣住了，脸颊很疼，但更让他不舒服的是顾青裴的蔑视。他回过神来，吼道："你敢打我！你是不是真的不要命了？"

顾青裴用力挣脱开原炀的手，脸色非常难看："原炀，我瞧不起你。"他跳下床，理好衣服，"我原本以为你可以成为一个对手，可你根本不配。"

原炀也蹦了起来，居高临下地瞪着顾青裴。他怒火攻心，却被堵得说不出话来。

他的手段不光彩，他没有用真正像男人的方式正正当当地打败顾青裴，这些他都知道。原本他以为自己可以不在意，他从来也没标榜为光明磊落的人，可没想到他是在意的，他早已把顾青裴当作一个难缠的、合格的对手，他虽然胜了一次，但胜之不武。

他被顾青裴的眼神刺着了，他想要的不是这样的对峙，更不是这样的结果。他抓起衣服走了。

顾青裴深深舒出一口气，感觉特别累。他和原炀怎么会变成这么混乱的关系？

接下来的几天，原炀都没来公司。

顾青裴倒是乐得清闲，自己开车上班，不用看到原炀的日子显然更美好，终于没有那么一大块东西成天在他眼前晃悠，说各种惹火他的话，处处跟他作对，惹他心烦了。

星期一的周例会上，原炀回来了，脸色很难看。

公司的员工大多能猜到原炀的背景，再加上原炀的块头，对他很是顾忌，此时更没人敢惹他，连座位都尽量离他远远的。

会议主持宣读了一个文件，说原炀无故驾驶公司车辆旷工三天，对公司造成巨大影响，扣一千元工资并扣除旷工费和车辆燃油费。原炀本就难看的脸色此时简直像要吃人了，从主持人宣读文件开始，就一直死死盯着顾青裴。

顾青裴脸上挂着闲适的笑容，耐心听完。

接下来各部门汇报工作，汇报完之后，是总裁做总结发言。顾青裴清了清嗓子："星期一大早上，我看大家精神状态都不太好啊，昨晚没睡好吗？"

几个打哈欠的都尴尬地笑。

顾青裴笑着点了点桌子："咱们不是政府机关，在座的各位有一个不错的饭碗，但肯定不是摔不碎的铁饭碗。你们千万不要以为，我在上面吹牛，你们在下边儿画小王八，彼此相安无事。我说过的话，制定的规章，都是要起作用的。以小原为例，在事先不打招呼的情况下，把公司的车开走三天不还，这是一件影响极其恶劣的事。车辆是公司公有财产，原则上不外借，就算要使用，也有审批程序。原炀，罚你一千是轻的，再有人犯这种恶劣的错误，一律做停职处分。"

会议室里鸦雀无声。

顾青裴靠在椅背上，轻笑道："佳佳，文件准备好了吗？"

佳佳点了点头，看着手里的文件有些紧张。

"读。"

佳佳咽了口口水："原炀同志在公司一个月期间，迟到十六次，无故旷工五天半，超过八点半依然用早餐七次，滥用公司车辆三天，根据公司《考勤管理规定》和《车辆使用管理规定》，共扣罚原炀同志三千一百四十二元的工资。"佳佳一边念一边想，原炀一个月工资才三千，这么一扣，还要倒找公司钱呢。

原炀腾地站了起来。顾青裴这是故意打他脸呢，他虽然不在乎这个什么破公司，但是当着这么多人的面儿被狠批一通，换谁脸上都挂不住。要不是人多，他绝对会把顾青裴摁在地上好好教训一番。

顾青裴冷冷一笑："小原，这就受不了了？自尊心挺强啊！想让人不批评你，首先自己行为要规范，这么简单的道理你都不懂吗？"

原炀眯着眼睛，指了指顾青裴，做出警告的样子，然后大步离开了会议室。

众人大气都不敢喘，没人料到一个例会会变成这样。

"怎么了？这就吓着了？这样的刺儿头，我也是第一次遇见，还挺新鲜好玩儿的。"顾青裴喝了一口茶，笑盈盈地说，"散会吧，大家做好自己的工作。"

办公室的门被砰的一声推开了。

顾青裴夸张地惊呼一声："小原，你怎么又不敲门？"

原炀进屋一看，顾青裴正在打电话，根据他的反应，电话那头是谁，原炀已经能猜出来了。

果然，顾青裴歉意地说："原董，小原来了，可能有事，我晚点再给你打电话好吗？嗯，哦，好的。"他笑着按下免提，"原董有话跟你说。"

原炀愤恨地瞪了他一眼。

"你进总裁办公室不敲门？你以为你自己是谁，啊？"原立江的咆哮声在电话里响起。

原炀冷哼一声，敷衍道："知道了。"

"你知道什么？你知道个屁！"

"我说知道就是知道了。"原炀不耐烦地把电话挂了。

顾青裴撇了撇嘴，拿起一沓文件翻阅着。

原炀的大手直接按在了文件上，逼迫顾青裴抬起头看他，并冷笑道："不错啊，你早就留着这一手呢，把那点儿工资全扣光，等着看我笑话？"

顾青裴懒洋洋地说："原公子还差那点儿钱啊，要不我接济你一些？不用还。"

"有你这句话，我以后不会跟你客气的。"

顾青裴笑道："其实你一天也花不了什么钱。你不用付房租，早午饭在公司吃，开的也是公司的车，没钱就没钱嘛，冻不着饿不死的。年轻人哪，要吃点苦才行。"

原炀挑了挑眉："我自己少吃一顿没什么，你不是让我爸给我介绍女朋友吗？没钱怎么谈恋爱？"

"哦，这个事儿，"顾青裴眨了眨眼睛，"我给忘了。这件事我坚决支持你，你把你有好感的姑娘约出来，我买单。"

"只要我看上就行了？"原炀的眼睛直勾勾地盯着顾青裴。

顾青裴嗤笑道："你还是先问问人家女孩子愿不愿意跟你这小流氓出去吧。"

原炀嘲弄道："要是我娶不到老婆，错就在你。"

顾青裴没拿正眼看他："你自己不争气还怪别人？这个月好好表现，否则下月工资照样扣。"

原炀的手啪地拍在他的电脑上，把那纤薄的笔记本粗暴地合上了。

顾青裴瞪了他一眼："出去吧，别总在我办公室里晃。"

原炀恶声恶气地说："你以为我愿意看到你啊。"说完转身往门外走。

顾青裴在他背后道："晚上有饭局，是重要客人，你把扣子扣上，打条领带，别把好好的西装穿得这么廉价，给我丢脸。"

原炀看了看自己胸前没扣上的两粒扣子，不以为然。他讨厌穿这么紧的衣服，行动很不方便。

晚上的饭局约在七点，顾青裴请了法院的领导来，咨询一个诉讼案件。他们公司名下的一块地由于债务纠纷被查封了，如果胜诉，他们只要付三千万元就能拿到土地的使用权。在 B 市这样寸土寸金的地方，这块地的价值在五个亿以上。如果这个项目能做成，他们集团最大宗的一笔债务就能得到解决。

顾青裴和原炀提前二十分钟到了。两人一个坐桌前，一个坐沙发上，就跟怄气似的，离得老远，彼此不说话。

顾青裴待了十多分钟，电话短信不断，一会儿口气严肃直接，一会儿又热情客套，原炀真怀疑这人得了精神分裂症。

快到七点的时候，邀请的人来了，一行三人，年纪看着都不大，甚至有一个顾青裴还管人家叫老弟，可是他们站在一块儿充满了违和感。顾青裴这种年过三十岁，在官商场上打滚多年依然能保持这样的身材和气质的人，确实是凤毛麟角。

"哎，原董还没到呢？"

顾青裴笑道："路上堵车。"

原炀诧异地看着顾青裴，他不知道自己老爹要来。

顾青裴看了他一眼，做出才想起来的样子："哦，我介绍一下，这是原董的大儿子，叫原炀，正在我手下历练呢。原炀，这是赵厅。"顾青裴抬了抬下巴，示意他过来打招呼。

原炀不太情愿地过来，跟赵厅长握了握手。

"哎哟，这是原董的大公子，幸会幸会。"赵厅长脸上堆满了笑容。

原炀见识的场合并不少，虽然不耐烦，但也应付自如。

顾青裴拍了拍原炀的肩膀，对赵厅长笑道："这孩子现在给我当助理和司机呢，原董把儿子托付给我，就是希望我能好好培养他。年轻人不能不吃苦，再富贵的身世也应该从基层开始锻炼，您说是不是？"

"说得是，原董和顾总都很有远见啊。"

顾青裴不费吹灰之力，借着原炀把自己的身价也提了个档次。

原炀自然不会看不懂是怎么回事。顾青裴在公司从来不提他是谁，需要在外边儿撑面子就想起他来了，这种赤裸裸的利用让他相当不爽。顾青裴究竟把他当成什么？

直到原立江出现，原炀的脸都是黑的。

原立江跟客人寒暄过后，看了一眼自己的儿子，见这小子正冷着一张脸坐在一旁，不说话也不跟人客套，心里就开始生气。他喝道："原炀，你是小辈，往那儿一坐安心吗？赶紧给客人倒酒。"

顾青裴看了原炀一眼，催促道："小原，快点。"

原炀眯着眼睛看着顾青裴，慢慢站起身。

这时候服务员过来倒酒，及时缓解了尴尬，但原立江对原炀的表现依然不满意。

顾青裴脸上一直挂着笑，一边吃饭一边跟人谈正事。

来的几人都好酒，顾青裴自然不能让原立江喝，原炀要开车，也不能喝，基本场上的酒都是他在喝。他的酒量确实好，半斤白酒下肚，只见脸红，头脑还很清醒，问的问题都在点上，沟通的效果一点也没有打折扣。

原立江对顾青裴很是赏识，此时更觉得把顾青裴挖过来是一个英明的决定。

一顿饭吃了将近三个小时，到最后大家都喝多了，顾青裴也扛不住了，眼神开始涣散，站起来送人的时候脚下虚浮。

临走前，原立江对原炀道："你以后每个星期回家一趟，我看你今天的表现，哼，看来我对你的教育还不够。"

顾青裴笑道："原董，别急，年轻人嘛，慢慢来。"

"顾总，你喝多了，赶紧让他送你回去吧。他的事，改天咱们再沟通。"

"好，您慢走。"

顾青裴上了车，瘫靠在椅背上，闭着眼睛缓着酒劲儿。他下巴微抬，脖颈和下巴连成优雅的线条，白生生的皮肤透着红。

原炀几次忍不住从后视镜里看顾青裴，顾青裴所有跟平素不一样的面貌都值得多看几眼，毕竟这个男人清醒的时候太气人。

到家后，顾青裴睁开了眼睛，挣扎着要下车。

原炀把顾青裴从车里拖了出来，撇了撇嘴说："酒量也不见得有多好，你可够能吹的。"

顾青裴也不知道听见没有，一个劲儿推原炀："放开，我自己走。"

"走个屁，你站得稳吗？"原炀架起他的胳膊，将他送回了家。

原炀曾经有几次帮顾青裴提行李，送他到门口，但最多也就止步于门口，从来没进去，这还是第一次踏进屋里。

顾青裴的家很干净，是那种规规整整的干净，所有的东西都摆得有条不紊，没什么烟火气。

房子有一百七八十平方米，地段很好，装修很新，市价一千多万元。他曾经听他爸说过，顾青裴父母都是普通的老师，没有背景，大学考到 B 市，刚毕业时一穷二白，工作十年，才三十出头，就能靠自己奋斗到这种程度，确实很了不起。他想着顾青裴刚才帮着他爸挡酒的样子，不知道怎么的，心里不太是滋味儿。

他把顾青裴放到了床上。顾青裴看着瘦，但个子高骨架大，着实不轻。

顾青裴在床上翻了个身，把脸埋在被子里，像小孩儿似的嘟囔一声："你走吧。"

原炀歪着脑袋看着顾青裴，没有动。他觉得顾青裴好像醉了，但这又不像醉了的人的反应，这也太平静了。他见人一动不动，担心顾青裴把自己闷死，只好把人拉起来："你洗个澡吧，身上臭死了。"

顾青裴不耐烦地拍着原炀的胳膊："洗个屁，我要睡觉。"他拼命想往被子里缩，原炀就拽着他："至少把衣服换了，你身上的味儿能熏倒人了。"

"不换，不换。"顾青裴闭着眼睛在床上打滚，眉头紧锁，看上去很不耐烦，"把灯关……关掉，太亮。"

原炀哭笑不得，伸手去扯顾青裴的衣服。

顾青裴突然抓着他的手，眼神迷茫地看着他，那力气很大，攥得他手腕疼。

"顾青裴，你到底是醉了还是没醉？"

"我没醉。"顾青裴说，"你在我家干什么？"

原炀不想再跟他废话，脱掉上衣后，又去解他的皮带扣。

顾青裴蜷起了身体："原炀，你干什么？"

原炀有点儿来气："我给你换衣服，不是要拿冷水浇你。"

顾青裴斜眼看着他，慢吞吞地说："真的吗？"

顾青裴醉酒时迷离的眼神竟有几分憨态，实在和平时差太多了。

原炀不自觉地放软了口吻："真的，我不欺负你。"

"不行，你滚蛋，别在我家。"顾青裴的手胡乱在空中挥舞，差点儿给原炀一耳光。

原炀抓住顾青裴乱扑腾的手，将它按在了床上。顾青裴身体一顿，接着一阵痉挛，然后哇的一声吐了出来，一半吐到了原炀身上，一半吐到了床上和地板上，空气中弥漫着浓浓的酒臭味。

原炀的脸色可谓精彩纷呈。

顾青裴吐完之后更晕乎了，一头就要往床下栽。

原炀赶紧将人拉住了，转了一圈，都不知道该把脏兮兮的顾青裴放哪里，最后只好又放进了浴缸，两人和浴缸也算是有不解之缘了。

冬天屋子里暖气开得足，顾青裴居然歪在浴缸里睡着了。

原炀看着自己满身污物，脱口骂了一句。他把自己身上的脏衣服脱了，打开热水，从头开始淋。

顾青裴嘟囔了一声，看上去不太高兴，但也没醒过来。

原炀气得想踹他，自己从来没见过有人喝醉了是这样的，不吵不闹不吹牛，看上去甚至很理智，结果都是糊弄人的。

把一切收拾完毕，他也累得在顾青裴家睡下了。

当宿醉的顾青裴睁开眼时，映入眼帘的是原炀的侧脸，他的脑袋仿佛瞬间炸开了。

顾青裴简直要抓狂，这小浑蛋怎么睡他床上，睡姿还这么差！他一脚踹开原炀，挣扎着坐了起来。

原炀也醒了，他用手捂住眼睛，半天才适应了光线。原炀转过身，皱眉看着顾青裴："啊，你醒了啊。"

顾青裴不客气地说："你怎么在我家？"

"废话，我送你回来的。"原炀坐了起来，一点不害臊地对着顾青裴。

顾青裴知道自己的脸色肯定很差："你有病，睡我床干吗？"

一说到这个，原炀嗓门儿比他还大："你吐了我一身！那套破西装抵得上我几个月工资，你必须赔我。"

顾青裴怒道："原炀，你脑子进水了是不是？我吐你一身你就能睡我家？"

"衣服脏，我没法回家，当然睡你家。"原炀强词夺理，反正睡都睡了，他也不是那么需要理由。

顾青裴觉得简直无法和他沟通，气得直咬牙："赶紧滚。"

"滚？我穿什么滚？你的衣服我穿不下，我的衣服都成抹布了。"原炀白了他一眼。

顾青裴气得脑仁疼："关我屁事，你下楼直接开车走。"

"我把衣服洗了烘干。"原炀骂骂咧咧的，"谁稀罕在这儿看你这张脸。"

顾青裴闭上眼睛道："我有运动服，你对付着穿一下。"

"不穿。"

"你……"这个蛮不讲理的崽子！

"我饿了。"原炀理直气壮地说。

"你饿了就滚回家吃饭。"

"我家没饭，我没钱。"

顾青裴只觉得血压在飙升。

"我去做点吃的。"原炀套上浴衣，往厨房走去，简直把这里当自己家。

顾青裴狠狠地瞪着他的背影。

原炀边走边转着脖子，自言自语道："我很久没睡到这么晚了，真不舒服，什么破床这么软。"

顾青裴用手捂住了眼睛。在任何困难面前都可以吃好喝好睡好的顾总，面对这样的原炀却头痛不已。

原炀手脚特别麻利，很快就做好了粥和小菜。

等他做好饭，顾青裴已经洗漱完毕，从卧室出来了。

原炀邀功地朝饭桌的方向抬了抬下巴："怎么样，快吧？"

顾青裴看了一眼，饭菜还冒着热气，他惊讶道："你做了我的？"

他大学刚毕业的时候，因为工资低，只能住最便宜的合租房，都是自己做饭，厨艺在那时候锻炼得不错。后来随着工作越来越忙，他几乎不在家里开火，冰箱里的东西都是钟点工给他准备的，他一个星期只有偶尔几次会在家吃。自从跟赵媛离婚后，他再没在早上醒来的时候，有人给他做顿饭。他看着桌上简单的早餐，心中有些触动。

原炀道："废话，赶紧来吃。"

顾青裴坐下来，脸色稍有缓和："没想到你还会做饭。"

"嘿，我刚去部队的时候，谁都不服，被弄到炊事班干了三个月。"原炀哼道，"那时候我天天往他们吃的饭菜里加煤灰。"

顾青裴哼笑一声："幼稚，你应该隔三岔五倒一罐子盐，我保证他们不会再让你做饭。"

"你以为不做饭就完事儿了？不做饭还能去刷碗、洗菜、擦炮筒，就你这样儿的进部队，三天你都受不了。"

顾青裴懒洋洋地说："我可不会像你这么蠢，一进去就得罪领导。"

"是，你最会做人，成天摆谱，也不嫌累。"

顾青裴嘲弄道："我要是有个原董那样的爹，我也就用不着累了。"

原炀皱了皱眉："你少讽刺我，我爷爷和我爸成天忙，也不管我。我从小跟大院里的孩子鬼混，长成这样怪我啊？你去看看我弟弟妹妹，跟我绝对不一样。"

顾青裴看了他一眼："我听说你弟弟身体不好。"

"嗯，本来是双胞胎，结果一生下来，四斤多的那个死了，他这个才三斤多先天不足的却活下来了，不过小时候补过了头，现在壮实着呢。那小子鬼得很，就是喜欢装。"

顾青裴道："即使这样，你也不能为你爸着想一下？你是家里长子，却这么不懂事。"

原炀有些恼火："轮不到你教训我。"

顾青裴瞪了他一眼："我才懒得教训你。"说完舀起一勺粥送进了嘴里，粥刚出锅，还太烫，他呲了一声，差点儿把粥吐出来。

"你急什么？"原炀说完给顾青裴倒了一杯凉水。

顾青裴喝了口水，丝丝凉意缓解了痛麻。

原炀倒水倒得太顺手，顾青裴也接得太顺手，事后一想，整个过程自然到让两人都尴尬了起来。

从什么时候开始，原炀真的会照顾他了？这个问题成了这一刻两人心中共同的疑问。

顾青裴抽出纸巾，掩饰地擦了擦嘴："早餐还不错。"

"嗯。"原炀不知道回什么，他偷偷瞄了一眼顾青裴，突然觉得这个人也没那么讨厌了。

TIT

Chapter 6

FOR

TAT

吃完饭，顾青裴再次赶原炀走，原炀就是不走。

顾青裴冷哼一声："你这是赖上我了是吗？"

"我没钱吃饭，都是拜你所赐，你不该负责吗？我就在你家吃你的喝你的。"

"你可真是一个臭流氓。"顾青裴回想自己在职场生涯里遇见的所有对手，虽然不要脸的比比皆是，但表面上都还装得像个人，也能用对付人的手段去对付，可原炀根本连装装人样都不屑，我行我素，想什么就干什么，从不按常理出牌，完全突破了他的御敌经验。虽然他喜欢挑战，但以自己的身心健康为代价，太不划算了。可惜现在他躲不掉，原炀这个小无赖是真难对付。

原炀一点儿都不脸红："我就这样儿，怎么的，后悔招惹我了？"他咧嘴一笑，"我也不是没警告过你，谁让你不听呢。我告诉你，现在后悔晚了。"原炀看着顾青裴铁青的脸色，兴奋得跟大尾巴狼一样，他为自己终于找到制服顾青裴的办法而得意不已。

顾青裴无可奈何，嫌弃地瞪了他一眼，去书房看文件了。

原炀歪在沙发上玩手机，等消化得差不多了，就有些闲不住了。他隐隐约约觉得整个屋子里都有酒臭味，便起身去打扫顾青裴的卧室。

昨晚只是把床品扔了，地上粗略扫了一下，靠近了还是有一股臭味儿，他拿来拖把，仔仔细细清理了起来。

顾青裴听到动静过来一看，竟看到原炀在做家务，他意外地挑了挑眉。

原炀指着地板："你昨天吐这儿了，臭得要命，要不是地板撬不起来，真该扔了。"

"我家臭不臭你操什么心？"

"好心没好报。"原炀虽然这么抱怨，但手下的活儿却没停。

顾青裴好整以暇地看着他："你还能做家务？"

"有手有脚的有什么不能做，这点儿活又不累。"

顾青裴道："你干完了就走吧。"

原炀凶巴巴地瞪了他一眼："你聋啊？我说我不走，这个周末我就打算待在这儿了。"

顾青裴咬了咬牙，说："你还打算在这儿过周末？你当这里是度假酒店？"

"我身上没钱，你想饿死我啊？"

顾青裴从钱包里抽出两张百元钞票："拿去。"

原炀朝他竖起手指："你打发要饭的呢？反正我就不走，有本事你叫警察。"

顾青裴真被这不要脸的臭流氓弄得灰心了。

原炀戏谑道："顾总，我给你做饭嘛，我做饭还是不错的。"

顾青裴冷笑道："往饭里加煤灰？"

"不，"原炀凑近了，一脸坏笑道，"往饭里下药。"

顾青裴白了他一眼，转身走了。

原炀收拾完，到客厅一看，顾青裴正躺在沙发上看书，两条长腿搭在沙发扶手上，真丝睡衣下的腿部线条被勾勒得分外好看，膝盖处微微屈起，小腿结实修长，一看就有运动的习惯。

顾青裴好像时时刻刻都在算计，脸上总挂着刻意伪装出来的表情，或亲切，或绅士，或狡猾，或世故，或尖刻，但原炀知道，那都不是他，不是全部的他，他也有脆弱的、无力的、狼狈的模样。而那个样子，也许只有自己看过。

原炀走近沙发，好奇地把脸凑过去："你看什么书？"

顾青裴的眼睛一直盯着书："科普。"

"哦……好看吗？"

"好看。"顾青裴翻了一页书，同时翻了个身，不想看原炀。

原炀把他的身体扳了过来："冰箱里没东西了，咱们去超市吧。你晚上想吃什么？我告诉你，我不轻易给人下厨的。"

"你自己去吧，我的钱包在茶几上。"

"不行，你跟我去。"

"你烦不烦啊！"顾青裴不悦道。

原炀皱了皱眉："你嫌我烦？我烦的就是你。"他一把将顾青裴从沙发上拽了起来，"走，你跟我去超市。"

此时顾青裴真有弄死原炀的心。

两人开车去了超市，原炀推着购物车，把看着顺眼的东西都往车里扔。

顾青裴实在看不下去了，一把抓住他的手："你喂猪呢，两个人能吃多少！"

"多买点儿省得再来啊。"

"敢情不是你花钱，一点儿都不心疼。"

"顾总还差这点儿钱？"

"我不喜欢浪费。"顾青裴把一些不需要的东西都放了回去。

原炀嗤笑一声："挺会过日子啊。"

旁边两个少女拼命看他们，眼神促狭，大约在猜测两人的关系。

顾青裴脸皮也厚，反正不认识对方，干脆无视那些异样的眼神。

这时候原炀的电话响了，是彭放打来的，他道："你推着车，我接下电话。"说完拿着电话走到离顾青裴远一点的地方，但他一直把顾青裴锁定在自己的视线里。经过酒店的教训，他老觉得顾青裴会丢下自己跑了，必须看紧了。"喂，彭放啊。"

"还'喂，彭放啊'，原大公子还记得我啊？没把我拉黑名单啊？"

"嘿，你来什么劲儿，'大姨妈'来了？"

"大你个头。自从 H 市回来之后，你再也没联系过我，怎么了，不好意思啊，还是嫌丢人啊？"

"我嫌什么丢人？"原炀想起那天的情景，多少有些心虚。他虽然在顾青裴面前挺无赖的，可在从小一起长大的兄弟面前也挺心虚的。

"不嫌丢人你躲着我干什么？"

"我怎么躲着你了？我忙工作。"

"我呸！"彭放夸张地呸了一声。

原炀脸上有点儿挂不住："你到底要干什么？有屁快放。"

"我就是想问问，你跟顾总处得怎么样了。那天晚上之后，顾总没报警啊？你爹没打死你啊？我就好奇呀，你们俩再碰面是什么情景，工作中有没有摩擦出什么火花？"

"瞎扯淡，还是那样。"

"哪样？"

原炀恼羞成怒："你怎么这么磨叽？"

"究竟是哪样？我告诉你啊，原炀，你朋友可不多，你这驴脾气也就我不嫌弃你，你要是跟我说假话，我瞧不起你。"

"彭放……"

"你说不说？"

原炀看着远处正弯腰往货架里放东西的顾青裴，犹豫了一下："我觉得吧，那天可能是有点过了，他最近也老实不少，我们暂时和平相处吧。"

彭放啧啧两声，道："兄弟，我对你真是刮目相看。你长大了，懂事了，我替你爹欣慰了。"

"有什么可大惊小怪的，两国交战还允许议和呢，我先跟他和平相处一段时间，看看他的表现。"

"嗯嗯，原大公子高明，反正暂时也算遂了你的愿了。"

"这件事你不许跟别人说啊。"

"我知道，"彭放悻悻道，"我懒得管你了。"

"挂了。"原炀说完也不给彭放说话的机会，直接挂了电话，急忙朝顾青裴走去，因为顾青裴已经推着车要离开他的视线，明显没打算等他。

原炀接过手推车："我来吧。"

"差不多了，回去吧。"

原炀哼笑道："让你尝尝我的手艺，说不定你主动要求我留下呢。"

顾青裴回给他一个看白痴的眼神。

买完东西回到家，已过了中午，他们起来得晚，吃完早餐就省了午饭。这么漫长的一个双休日，顾青裴想到要和原炀大眼瞪小眼，还要时时防着这小浑蛋突然发疯，心里就直犯愁。

结果原炀还跟着他。

顾青裴无奈道："你跟着我干吗？你就没别的事儿可干？"

"你把电脑借我打游戏。"

"别闹了，我的电脑别人不能碰。"

原炀哼了一声，道："是不是有片儿啊？"

"是，"顾青裴干脆利落地回答，"少儿不宜。"

"我要看。"

"不准看，"顾青裴把电视遥控器扔给他，"你看动画片儿去。"

原炀怒道："你再挤对我，我揍你了，我就要看你电脑里的片儿。"

顾青裴挥挥手："不适合你看。"

"我就要看。"

顾青裴忍着扇他的冲动，长叹了一口气："我电脑里有很多重要文件，你不能碰。听明白了吗？"

"哼。"

"你该干吗干吗去，我还有工作要做，别烦我。"

原炀悻悻地说："周末还工作。"

顾青裴讽刺道："谁都像你这样的话，不用吃饭养家了。"他重新回到电脑前，改一份合同。

原炀坐到一旁玩手机，不时偷偷看顾青裴，发现这个人全神贯注的样子也让人不讨厌。

不一会儿，顾青裴的电话响了："李经理，事情办得怎么样了？"他认真地听着，表情越来越严肃，到最后他不快道，"这帮人办事简直不靠谱，这个案子坚决不能上审委会，上了审委会，十几张嘴指不定研究出什么结果来，而且至少要再拖个半年。主要就是这个分管的领导不肯签字？他叫什么名字？"对方一边说，顾青裴一边在百度搜索里输入一个名字。他打开那人的简介，扫了两眼："我找人问问。这事你别声张，先拖着，绝对不能上审委会，能拖一天是一天。"顾青裴挂上电话，低头翻着通讯录，又打了个电话。

原炀就看着顾青裴神情一变，不但表情，就连语气都昂扬起来："哎，吴哥，是我啊，还记得老弟吗？哎呀，那两瓶酒你现在还记得呢，我朋友又从法国带了一箱回来，我就想着这两天给你寄去半箱呢。客气什么，吴哥以前对我那么照顾，应该的、应该的。"他与对方客套了几分钟，把话引到了正题，原炀虽然听不到电话那头在说什么，但从顾青裴的脸色也能看得出来情况不是很乐观。

挂了电话，顾青裴有些疲倦地靠在椅子上，沉默地看着电脑屏幕上的简介，思索着什么。

原炀问道："怎么了？那个案子他不肯签字？"

"对，主管案子的大法官已经同意了，这个副院长怕担责任，还在犹豫。本来案子是对我们有利的，可要是他不签字，只能上审判委员会，到时候结果就不好说了。"顾青裴说完，看了原炀一眼，嘲弄道，"我跟原大少爷说这个干吗，你关心吗？"他揉了揉眉心，一脸疲惫。

原炀看着顾青裴发愁的样子，心里不太是滋味儿，连被顾青裴讽刺都没反驳。

顾青裴又去打电话了，这件事不解决，不但风险大，还会拖延他们的时间，那会影响公司恢复上市的整体进程。最后，他跟原立江打了电话沟通情况。

顾青裴打完电话，原炀问："我爸怎么说？"

"想办法。"

"总有办法的，你就别操心了。"

"说得轻松啊，原大公子，"顾青裴摇了摇头，"你这副无忧无虑的样子真让人羡慕。"

原炀很是恼火，这种被顾青裴看扁了的感觉糟透了。在顾青裴眼里，他就是一个不成器的富二代。他一向对政商没有兴趣，也不在乎别人嫌弃他不成才，可是被顾青裴瞧不起的感觉让他窝火。

而且，顾青裴那副疲倦的样子看着真刺眼。

他把电脑屏幕转了过来，指着简介说："这个人我能找到关系，可以沟通。"

顾青裴挑了挑眉："你？"

"我能，"原炀伸出手，"把你手机给我。"

顾青裴狐疑道："你干吗不拿自己的手机打？"

原炀咬牙道："没话费，还用我说第三遍？"

顾青裴有点儿想笑："工作需要，我给你充话费吧。"他给原炀充了一千元的话费。

原炀冷哼一声，拿起手机往阳台走去，走了两步，又转过头来："如果办成了，你怎么感谢我？"

顾青裴跷着二郎腿，用手支着下巴，斜眼看着他："这难道不是你的本职工作吗？"

原炀一笑，露出一口森白的牙齿："不好意思，顾总，我只是助理兼司机，这件事大大超出我的工作范畴，所以必须有奖励。"

顾青裴有些意外，因为原炀对这件事好像真的挺上心，光是电话就打了四十多分钟还没结束。能多一分希望总是好的，再说如果原炀真的能成点儿器，说不定原立江能早点儿把这兔崽子领走。

这时，顾青裴又接了一个电话，是赵媛约自己出去。等原炀打完电话回来，顾青裴已经换了身帅气大方的米色休闲服，打算出门了。

"你去哪里？"原炀问。

"见个人。"

原炀皱眉道："我的衣服都不能穿了，我怎么出去？"

"不用你送。"顾青裴道，"你在这儿待着吧，回来的时候我会带衣服给你。"

原炀拦住他："你要去见谁？"他非常注重商务礼仪，只要是见跟工作有关的人，必然西装革履。原炀认识他到现在，一共也没见他穿过几次休闲服，而且他连头发都没用发胶固定，只是随意地披散着，整个人看上去年轻了好几岁，就像要去约会似的，还不让自己去……

原炀有点恼火："我要去。"

"你去做什么？是我的私事。"

"你是不是去约会？"

顾青裴并不觉得自己有义务回答，他整了整衣服，转身就要往外走。原炀挡在他身前，居高临下地看着他："我要去，否则你别想出门。"原炀莫名有种被抛弃的错觉。

顾青裴微微皱眉："你能不能稍微成熟一点？"

原炀哼了一声，道："你少激我，我就要去。再说，你今天应该回来吃晚饭的，我连东西都买好了。"

顾青裴道："我回不回来要看情况。"

"所以我一定要去，你想把我一个人撇家里，想得美。"

顾青裴无奈道："你爱去就去，但别捣乱。"他抓起车钥匙就走。

"等一下，我的衣服怎么办？"

顾青裴看了一眼他的衬衫短裤，微微一笑："到路上买吧。"

现在是大冬天，虽然屋子里暖和，但从房间下到停车场这段路可是四处漏风的。顾青裴的裤子原炀穿着短，大衣倒是勉强可以披上，他就穿着衬衫和及膝的短裤，披着顾青裴的大衣下楼了。虽然路程不长，但他依然冻得直哆嗦。

他们在电梯里遇到一对出来遛狗的情侣，对方一直用惊异的眼神看着大冬天穿短裤出门的原炀。顾青裴含笑不语。车里的暖气花了四五分钟才把温度提上来，又过了好一会儿原炀冻得煞白的脸才缓和起来。

原炀把车开到了一个商场的停车场，让顾青裴下去给他买衣服。顾青裴刚打开车门，原炀一把拽住他的胳膊。

"干吗？"

原炀眯着眼睛看着他："你是不是想跑？"

心事被拆穿，顾青裴也丝毫不慌乱，镇定地说："你以为我像你那么幼稚？"

原炀冷哼一声，说："你也不是第一次干这种事了。"

"那你说怎么办？我在这儿等着，你自己去买？"顾青裴嘲弄地看了看他的短裤。

虽然不至于衣不遮体，但是大冬天穿短裤出门肯定会被人当神经病，只要不是油箱要爆炸了，原炀真不想下车被围观。他上下打量了顾青裴一番，直接把手伸进顾青裴大衣兜里，抢走了手机。

顾青裴要阻止已经来不及，只能眼睁睁看着原炀打开他的手机，翻看着什么。有一条最新的短信，是一个咖啡厅的地址，发件人又是那个"媛媛"。原炀撇了撇嘴，今天自己非得看看这个"媛媛"是什么人。

顾青裴冷着脸："可以给我了吧？"

"手机等你回来再给你。"原炀直接把手机揣进了自己兜里。

"你不能随便看我手机。"

原炀哼了一声，道："叽叽歪歪的，你不在我又打不开手机。"

顾青裴恼火地白了原炀一眼："你把雨伞给我，在你那边，感觉要下雨了。"

"就这么一段路。"

"给我。"

原炀只好转身去给他拿雨伞。

顾青裴拿上伞，推开车门下了车，然后重重摔上车门，快步走了。

原炀趴在方向盘上，黑着脸，眼睛一直跟着顾青裴离去的背影，直到消失。

原炀伸手去摸顾青裴的手机。嗯？他眉头一皱，仔仔细细把两边口袋都摸了一遍，却都摸了个空。

难道掉到座椅下面了？他把手机可能掉落的位置都找了一遍，一无所获。他想到刚才转身去拿伞的时候……

他掏出自己的手机，刚要给顾青裴打电话，一条信息发了过来：是一只手比着中指的图片，那白皙的手背、修长的手指、圆润的指甲，分明是顾青裴的手。

原炀狠狠捶了下方向盘，车喇叭尖锐地叫了一声。果然任何时候都不能对顾青裴掉以轻心，他赶紧发动车子，驶离了停车场。

刚才那条短信虽然是匆匆一扫，但他对地址还有些印象，不过就算过去，他们恐怕也早换地方了。

顾青裴这个浑蛋，居然敢这样耍他，他越想越来气，气到最后他都气乐了。看来，关于谁制服谁这个游戏他们之间远远没有结束。

他把车开回了自己家，换上一套衣服，又开车返回顾青裴家。在车上，他给一个朋友打了个电话："喂，哥们儿，拜托你一点儿事，帮我查一个人。"

赵媛带来了她的男朋友。

顾青裴早就想见一见这个人，他对赵媛一直有一种特殊的感情，糅合了愧疚和责任，只有赵媛过得好，他才能宽慰一些。他对赵媛的男朋友第一印象不错，据赵媛说是做财务的，比他大几岁，也算颇有前途，而且和赵媛站在一起很般配。

三人聊了一会儿，赵媛邀请他一起吃晚饭，他推掉了。他看得出来赵媛的男朋友对他表面客气，但始终有些防备，这种饭吃着也没胃口。

分手后，顾青裴站在咖啡馆外面的街道上半天没动，他在考虑现在该去哪儿。回家的话，多半面对的是气得直跳脚的原炀，可不回家他也不能继续这么轧马路啊。算了，早晚得回去，他对原炀吹嘘的厨艺竟然有一点兴趣。他叫了辆出租车，往家走去。

他回家一看，原炀果然守在门口，已经换了一身应季的衣服，半蹲在地上，背靠着门，闭着眼睛抽烟。

顾青裴的第一想法是，"小狼狗"看门看得挺尽责。

原炀听到脚步声，睁开眼睛，腾地从地上跳了起来。

顾青裴看他脸色不善，虽然想到今天发生的事自己也很不爽，但不打算继续刺激对方。识时务者为俊杰，这点忍耐力还是应该有的。

原炀大步走过来，一把揪起他的衣领："你胆子不小，居然又耍我，我不给你点教训……"

"我回来吃晚饭了。"顾青裴道。

原炀愣愣地看着顾青裴。

"你不是做饭很好吃吗？我这不是回来了吗？"

原炀感觉自己的火气就跟退潮似的，哗的一声全部散掉了。他得意地笑道："你为了吃饭特意回来了？"

顾青裴敷衍道："嗯。"他观察着原炀的表情，心想这人真好哄。

"那你赶紧给我开门，五花肉要腌一会儿才好吃。"

顾青裴不情愿地把原炀领进门。他现在多少能理解那种在街上喂了一次流浪狗，就天天被缠着的人的心情了，可他明明是在不情愿的情况下"被喂食"的，为什么依然被缠上了？原炀绝对是一种鲜为人知的品种，至少是他没有接触过的，让他措手不及，因此他对上原炀，过往的经验全无用处，有种"秀才遇上兵，有理说不清"的无力感。他究竟该怎么做，才能摆脱原炀这种近乎报复性的骚扰呢？

原炀心里究竟在想什么？

进屋后，原炀脱下外套，换上围裙，哼着顾青裴没听过的调子进厨房了。他做饭的时候，顾青裴在书房里处理工作。

过了一会儿，原炀出现在书房门口，脸上挂着笑："吃饭。"

"这么快？"

"我以前做大锅饭更快。别看了，你天天盯着电脑也不嫌累。"

顾青裴来到餐厅，看着一桌子卖相不错的饭菜，心里颇为意外。

原炀邀功似的看着他："怎么样？"

"我还没吃呢。"

"那赶紧吃啊。"

顾青裴尝了一口红烧肉，微微蹙眉："咸了点儿。"

原炀夹了一块红烧肉尝了尝："咸吗？我觉得刚好，原来你口味淡啊。"

"嗯，我喜欢清淡一点的。"

"不早说。"

顾青裴看了他一眼："你也没问。"

"我没问是因为什么？还不是你自己先跑了。"

"我都说了不带你去，谁让你非要跟着。"

原炀冷哼一声："谁让你耍我。"

顾青裴啼笑皆非："你以为你是谁啊，还要管我的私事。"

"你以为我爱管啊，不是你让我当助理的吗，这也是我工作的一部分。"

"强词夺理。"

原炀白了他一眼："早晚让你服气。"

"你想让我服气，把我交代给你的工作办好。我只敬能力比我强的，而不是力气比我大的。"

原炀啪的一声摞下筷子："你什么意思？"

"我什么意思你都听不懂，还想让我服你？"顾青裴用筷子敲了敲汤碗，"原炀，你就跟这碗一样，空荡荡的，让我服你什么？"

原炀的脸色沉了下来。他从来不以挣多少钱、做多大的事业来衡量自己的能力，他的心思未在这方面停留过，自然也不在意别人嫌他没出息，钱只要够花就行了，他为什么要把自己的生命浪费在积累财富上？只是为了让别人满意？他一向觉得这种想法蠢透了。可是他从来没想过，会有一个人的瞧不起让他备感羞愤。他咬牙道："我不想把时间浪费在赚钱上，什么车啊房子的对我都没有意义。"

"对原大公子来说，这些唾手可得的东西自然没有意义，你天生就有的太多了，金钱啊地位啊，这些世俗的玩意儿怎么能入你的眼呢。可惜我顾青裴是一个世俗之人，我没有原董那样的爹，想让自己和家人过上好日子，都是靠自己一步一步走出来的。所以我敬佩的都是脚踏实地干出一番事业的人，而不是你这种不懂人情世故、不费吹灰之力就什么东西都唾手可得的大少爷。"

原炀脸色铁青，一时却不知道怎么反驳。

顾青裴皮笑肉不笑地说："你也不是没有优点，至少不懒，做饭也不错。继续这样下去吧，反正你们家家底厚，只要你过得去自己那关，就可以继续这么潇洒下去。"

原炀怒道："顾青裴，你少明嘲暗讽，我家的事轮不到你插嘴。"

顾青裴摇了摇头，道："你真是长不大。"

原炀的脸色非常难看。

"那个案子的事，我看也不用你联系了，你压根儿也不会上心吧。"

"我说过的事一定会做到，你少激我。"

顾青裴点点头道："好，如果你能找到办法，并且扭转局势，我一次性奖励你二十万。"

原炀挑了挑眉："这么大的案子，收益好几亿，你就给我二十万？"

顾青裴笑了笑："就二十万。"

"二十万就二十万，这笔钱算是我自己挣的吧？你还能让我爸收回吗？"原炀眼中带着挑衅。

"不能，你自己的就是你自己的，我承认。"顾青裴支着下巴看着他，"原炀，让我看看你像个男人一样完成自己的承诺吧。"

"你等着。"

"你星期一就去跑关系，事情没办成不怪你，但如果你把事情搞砸了，我想你应该没脸回来见我了，我也不想见你。"

"你等着瞧好了。"

吃完饭后，原炀把厨房的卫生都收拾好了。这些杂活儿没有顾青裴不会的，只不过他觉得自己没有必要去做，没想到原炀却全然不在意，像原炀自己说的——这点儿活一点儿都不累，三两下就弄好了。

收拾完厨房，原炀进了书房："你把案子的资料给我。"

顾青裴把一沓资料递给他："你看得懂吗？"

原炀抖了抖手里不算薄的资料，反问道："不是汉字？"

顾青裴推了推眼镜，懒得和他打嘴仗："我现在把案子给你简单描述一遍，然后你看资料，仔细钻研，碰到不会的问题马上问我。不然到时候你连自己求人家办的事都说不清楚，那可就丢人了。等你跟对方接触上之后，打电话给我，如果有必要，我也过去。"

"知道了，现在你给我说说案子。"

顾青裴给原炀讲解了起来。一谈到工作，他整个人就充满了专业性，那种睿智、冷静和博学善言，让他散发出无与伦比的魅力，原炀听着听着，就不自觉地被吸引了。

顾青裴说着说着，就发现原炀一直盯着自己看，他皱了皱眉："我说到哪儿了？"

"当年支付了四百二十亩的土地出让金给当地农民，剩下的四百亩由于公司陷入财务危机没能及时支付。"原炀对答如流。

顾青裴道："没错，十多年过去了，现在那片地已经被当地农民用来种地了，当年土地出让金的合同虽然还在，但要重新收购，当地人肯定不愿意以当年的价格出让，这是这块地的一大难点之一。"

原炀撇了撇嘴："我都记下了，你不用反复强调一个关键点吧？"

"你真的记住了？"

"记住了，明天我会仔细看材料。现在九点半了，我要准备睡觉了。"

"九点半睡觉？"

"我习惯了早睡早起，"原炀伸了伸懒腰，"你也要睡觉。"

"我还有好多事要处理。"

"不行，十点之前一定要睡觉。"原炀伸手摘掉了顾青裴的眼镜，他仔细观察那双略显疲倦的眼眸，得出一个结论，"你不戴眼镜显得年纪小一些。"

顾青裴伸手想拿回自己的眼镜，原炀抬高了手臂，不打算给他，他就从抽屉里拿出一副备用的。

原炀一把夺过眼镜甩到一边，并把顾青裴也拉了起来："我说睡觉就睡觉。"说完把顾青裴拽到了浴室门口，"星期一还有一天的会，你给我把那黑眼圈去掉。"

顾青裴叹了口气，只好进浴室洗漱。

原炀嘴角轻扯，露出一个很浅的笑容。他去另一个浴室简单冲洗了一下，去客房睡觉了。

　　当顾青裴起床的时候，原炀已经晨练回来了，他看了看表，还不到八点："你起来够早的。"

　　"睡那么久做什么。豆浆打好了，过来吃饭。"

　　顾青裴双手环胸："你这是特意跑我家当保姆来了？"

　　原炀哼了一声，道："难道让我饿两天？"

　　顾青裴道："张霞给你订票了，你今天晚上七点的飞机。"

　　"不是明天吗？"

　　"这班飞机便宜，节约成本。"

　　原炀不满道："你就是着急赶我走吧？"

　　顾青裴吃着早餐，头也没抬："这是工作需要。"

　　由于家里平时没人吃饭，顾青裴的饭桌不大，两个身高腿长的男人面对面坐着，只要稍微一伸腿，就能碰到对方。

　　此时原炀的小腿就伸到了顾青裴脚边，有意无意地碰着他。他踢了原炀一脚，原炀没把腿收回去，反而用小腿夹住他的腿，挑衅地看着他。

　　"你还能不能更幼稚一点？我没空带孩子。"

　　"能，你想看看吗？"

　　顾青裴瞪了他一眼，说："吃完饭赶紧看资料去，今晚自己打车走。"

　　"你不送我？"

　　"我？你见过总裁送司机的吗？"

　　"哼，你就会摆谱。"

　　顾青裴提醒道："求人办事，把姿态放低点，别太把自己当回事儿了。你最好记得，你现在什么也不是。"

　　原炀心不在焉地说："我知道怎么做。"

　　吃完饭后，原炀真就乖乖地研究案件资料去了。顾青裴在跟他交流的过程中，发现他也不是什么都不懂，有些问题很准确地问到了点子上。

　　原炀走之前，又给顾青裴做了顿晚饭。顾青裴给了他一些钱，然后打发他赶紧走。他拽着顾青裴的袖子，磨叽着不走。顾青裴被逼无奈，只好下楼送他。

　　原炀穿着一身纯黑的西装和厚重的深灰色长风衣，拎着公文包，那样子倒颇有几分商务人士的干练气质，活脱脱一个从杂志里面走出来的模特，非常能唬人。顾青裴想，要是他在大街上看到原炀，绝对无法想象原炀究竟有多无赖。

原炀招了辆出租车，拉开车门，笑看着顾青裴："我走了啊。"

顾青裴摆摆手，面无表情道："办不成不算你错，办砸了我饶不了你。"

原炀轻轻哼了一声，道："你等着我凯旋吧。"他矮身坐进车里，下巴微抬，透过车窗，鹰隼般的双眸深深地看着顾青裴，那眼神充满了侵略性。

顾青裴的心狠狠跳了一下，竟感到一丝慌张。

TIT FOR TAT

Chapter 7

星期一，顾青裴跟原立江通了个电话，沟通那个案子的情况，以及原炀最近的表现。原立江听说原炀主动要求参与进一个项目，甚至是主动去解决问题，非常高兴，直夸这是顾青裴的功劳，调动了原炀的积极性。

顾青裴表面赔笑，心里郁闷坏了。现在看来，原立江不但没打算把儿子领回家，反而一直把他这儿当托儿所了。

顾青裴打算在年底跟原立江重新谈股权分成的事，孩子他可不是白带的。

原立江最后说："顾总，你这段时间辛苦了，我在车展上看上了一辆好车，我已经订了，就把它作为对顾总的赔偿吧。"

顾青裴笑了笑，说："原董，您太客气了，我那车折旧后也就一百多万，您赔我这么好的，我怎么好意思收啊。"

原立江笑道："这绝对是顾总应得的。你放心，这钱是从原炀的资产里出的，让你解解气。"

"哈哈，原董这么说，那我就不客气了。"

"等到货了，我让人第一时间给你送去。对了，原炀跟你提没提女朋友的事？"

"提了，年轻人嘛，总要什么感觉，估计是没上心，您让夫人再多给他介绍一些，这个事情得看缘分。"

"好，我让他妈留意着。"

顾青裴又跟他客套了两句，然后笑着挂了电话。

不错，要是原炀赶着砸，这边儿赶着送更好的，砸一砸也不是什么坏事了。有利益驱使的时候，人总是特别有干劲儿，现在想到原炀，顾青裴觉得他也没那么烦人了，就算是为了钱，自己也得坚持住。

这两天顾青裴一直在和原炀通电话，主要是工作的事。他听原炀的反馈，事情进展得居然挺不错，没想到这小子办事效率还挺高，第一天就有了好消息。两天之后，他从代理律师事务所那里得到消息，证实了原炀的说法，那个领导同意签字了。这样案子的判决书最迟这个月底就能下来，有望在过年之前结案。

顾青裴感觉整个人轻松了不少。

星期五晚上，顾青裴约了个饭局，那顿饭喝了不少酒，不过顾青裴没醉，反倒喝倒了对方两人。

司机将他送到小区门口，他没让司机跟上来，虽然走路有些虚晃，不过他还有思维能力，就是感觉眼皮子直打架，跟人钩心斗角了一天，只想趴在床上一觉睡到天亮。

电梯门开了。

他家斜对着电梯，他一眼就看到了西装革履却毫不在意形象坐在他家门口的原炀。

原炀抬起头，看着他醉醺醺的样子，皱眉道："你又喝酒？"

顾青裴看了一眼他脚边的拉杆箱，再看看他风尘仆仆的样子，知道他是下了飞机直接过来的。

"你怎么回来了？我没让你回来。"

"我想回来就回来了，事情办完了为什么不能回来？"

顾青裴往前走了两步，脚步有些蹒跚。原炀上前扶住他："谁让你又喝酒的？"

顾青裴习惯性地把电脑包递给他："谁给你买的机票？我没让你回来，路费我可不批，你自己承担。"

原炀也习惯性地接了电脑包过来，哼了一声，说："你这么害怕我回来，是怕兑现承诺？钱又不是你出的。"

顾青裴推了他一下，没推开，疲倦道："事情离落锤还早着呢。你赶紧回去吧，我困了。"

原炀被这酒味儿熏得直皱眉头："算我倒霉，钱没讨到，又要照顾醉鬼。"他从顾青裴口袋里掏出钥匙，熟练地打开门，把人拖进了屋里。

顾青裴指着他，满是醉态："我困了，你赶紧走吧，总来我家干吗？"

原炀就跟回到自己家似的，不忿地说："我实话跟你说吧，我没钱交采暖费，物业把我暖气停了，我家跟冰窟似的。"

"年轻人这么不抗冻？去去，赶紧回家做作业去。"顾青裴摆了摆手，打了个哈欠，自顾自地往浴室走去。

"你要洗澡？你这样进浴室也不怕摔死。"原炀顺势扶住顾青裴。

顾青裴双腿有些发软，不自觉地往原炀身上一歪，他抬起头，眼睛正对上头顶的吊灯，昏沉的头脑找回了一丝清明，他疲倦地说："我真累了，没空陪你玩儿。"

"我真服你了，你以为我愿意来跟你闲扯，要不是我家冷得待不了人……还不是因为你！"原炀把顾青裴弄进浴室，"你在浴缸里洗，别站着，摔了我还得送你去医院，我没那么闲。"

"你烦不烦！"顾青裴嘴里嘟哝着，眼皮子却沉甸甸想要往下坠。

"我还能比你这个醉鬼烦？"

"嫌烦……谁让你……你留下的。"

原炀粗声粗气地说："除了我，谁会照顾你？"

顾青裴沉默了。

是啊，他孑然一身，踽踽独行，看似功成名就，左右逢源，可除了这个让他咬牙切齿的小浑蛋，这个时候居然找不到一个人能照顾自己。

原炀看着顾青裴脸上的茫然与寂寥，心中百感交集。

越是窥见顾青裴不同于平日的模样，他就好像离这个人越近，近到他们之间的关系已经完全变了样。

清晨的一缕阳光打在顾青裴的脸上，他没想到冬日里的太阳威力依然不减，他是被晒醒的，他感觉自己的脸要被晒化了。

他睁开眼睛，毫无防备之下，映入眼帘的便是原炀的脸。他对着这张俊气的脸愣了足足三秒，才感觉一阵头皮发麻。昨天他并没有完全喝醉，至少没有醉到失忆的地步，因此昨晚发生的事他大部分都记得，他记得自己这两次醉得不能自理，都是原炀在照顾他。

虽然顾青裴心里不平静，但表面上依然很淡定，这是他的职业习惯，也早已经融入了他的性格。

两人大眼瞪小眼，对视了一会儿。

原炀双手环胸看着他："你睡得跟猪一样，都几点了，起来吃饭。"

顾青裴舒展了一下身体，打了个大大的哈欠。

原炀察觉到顾青裴在闪躲自己的目光，狡黠一笑："怎么，你不好意思？"

顾青裴瞥了他一眼，说："我有什么不好意思的，就像你说的，照顾我也是你的工作。"

原炀对这个答案不太满意："你别得了便宜还卖乖，赶紧起来。"

"起来。"顾青裴从床上坐了起来，顺嘴问道，"早餐有什么？"

"鸡丝粥，咸鸭蛋，油条，凉拌秋葵。"

顾青裴点点头："我喜欢。"

原炀的嘴角抽动着，似乎在阻止它们上扬，以至于表情有些滑稽。顾青裴眼前产生了一种原炀在冲他摇尾巴的幻觉。

洗漱一番，顾青裴也彻底清醒了过来。

他懊恼地敲了敲脑袋，现在是怎么回事？虽然和原炀和平共处确实是他一直以来努力的方向，但上次在 H 市发生的事他都还没报仇，如今两人之间这微妙的平衡让他很是矛盾。他的最高要求只是和原炀相安无事，并不想建立任何麻烦的交情，但他怎么感觉自己被原炀赖上了？

对了，都是因为喝了酒。喝酒坏事，喝酒坏事。

想到原炀就在一墙之隔的外面给自己做了早餐，他就为如何面对原炀而深深头痛。不行，他们必须保持应有的距离，比起和原炀的对抗，竟是现在这种陌生的相处模式更让他心慌。

洗手间的门被猛地推开了，顾青裴转过头去，怒目而视："你有没有修养？不会敲门吗？"

原炀毫不在意地耸耸肩："我看你半天没出来，以为你晕过去了。磨叽什么呢，一会儿饭菜凉了。"

顾青裴关掉水龙头，说："我马上好。"

原炀抄手靠在门框上，透过镜子追逐着顾青裴明显闪躲的目光，低笑道："顾总，你是不是不好意思了？"

"我没什么可不好意思的，你能不能先出去？"

"你平时总是端着，喝醉了就乱七八糟的，几次三番在我面前丢脸，是不是都有点不知道怎么面对我了？"

顾青裴的肩膀僵了僵，嗤笑一声："你不会以为这就算我的把柄了吧？你可太小瞧大人了。"

"你别成天把我当小孩子。"

"你不是吗？"

"不嘴欠能憋死你吗？"原炀朝他挥了挥拳头，一早上的好心情又毁了。

"我一直都这样，谁让你非赖在我家不走。"顾青裴冷冷瞥了他一眼，"你不会以为你给我做了顿饭，我就会忘了你在 H 市对我做过什么吧？"

原炀眼睛圆瞪，怒火腾腾往上蹿，冷笑道："在 H 市的事是你自找的，你整了我，我也整了你，我们姑且算扯平了。"

"我是为公事，你是为私仇，哪里来的扯平？"

"怪不得咱俩水火不容，我最烦的就是你这样又装又爱摆谱的。"原炀嘲讽道，"我好不容易……觉得你可能也没那么硌硬人，结果你呢？一大早嘴就这么气人，我看你就是欠揍，不惹我浑身不舒服。"

"是你惹我不舒服。你把这儿当自己家？我不想休息的时候还要看到你。"

"你真……"原炀气得想掐死顾青裴。

他人生中头一次率先做出妥协，亦是头一次想着或许跟着顾青裴学点东西也不是什么坏事，结果顾青裴总是翻旧账，抓着他那点不光彩的事反复刺他，还嫌弃他。

原炀感到一种从未有过的委屈。

顾青裴趁他愣神，推开他，快步走出了浴室。

原炀低着头，在浴室里站了半天，越想越不舒服，越想越难受。他走出来的时候，发现顾青裴正穿着大衣要走。他做出来的早餐，顾青裴一口没动，他急道："你去哪里？"

顾青裴充耳不闻，拉开门就要出去。

原炀怒火攻心，冲上去抓住他，揪着他的衣领把他顶到了墙上，恶狠狠地瞪着他："你去哪里？"

顾青裴冷声道："跟你没关系。"

原炀只觉得怒意汹涌而上，顾青裴的态度令他分外暴躁。他都已经主动示好了，顾青裴居然还敢给他使脸色，作为大少爷的他这辈子没被这么打过脸，他揪着顾青裴的衣领，把人摔到了地板上。

顾青裴毫无防备，后背重重地撞在地板上，脑袋也磕到了旁边的桌脚，这一下磕得他头晕眼花。他甩了甩脑袋，天旋地转。

原炀看着顾青裴，他觉得自己没怎么用力，怎么就……他赶紧把顾青裴扶了起来："你怎么了？撞着了？"

顾青裴闭上了眼睛："滚出去。"

原炀嘴唇微微发抖。

"算我求你，原大少爷，能不能从我家里消失？"顾青裴疲倦地捂住了眼睛。

原炀握紧了拳头，僵立半响，抓起自己的外套摔门走了。

顾青裴终于松了口气，慢慢从地上爬了起来。

他不喜欢原炀，从头到尾都不，跟原炀刀来剑往确实让人头疼，但被原炀过度介入自己的生活更让他心慌。他已经习惯了伪装，习惯了用坚硬的外壳抵御人生中所有的风雨，任何人企图靠近自己，真正的自己，都让他戒备和抗拒。

顾青裴头疼死了。

顾青裴整个周末都没有出门，原炀也没有来打扰他。他的身体一直相当难受，宿醉之后留下的就是需要长时间才能恢复的疲乏。他不想承认也得承认，自己的身体确实不如二十多岁的时候了，以后能不喝酒就不喝吧。

他通过电话继续跟进案子的事，代理律师希望他下个星期去一趟唐市，推动判决书尽快下来，以免夜长梦多。跟他们打官司的公司据说在当地势力不小，很有背景，他们急于下判决书，就是怕那边儿得到风声有所行动，拖一天对他们都非常不利。

顾青裴让张霞给他订了机票。

来公司已经有三个月，他急于在本年度做出点能够产生实际效益的事，给他发工资的人一个交代。

星期一早上，顾青裴以为原炀不会来了，特意早出门二十分钟打车，结果一下楼，原炀已经等在了那里。

顾青裴没想到原炀来这么早，原炀也没料到顾青裴这么早出门，他皱眉道："你这么早下楼，是不是为了躲我？"因为顾青裴，他郁闷了整整两天，一直想过来找顾青裴，却又拉不下脸，今天早上来接人就顺理成章了。

顾青裴扫了原炀一眼："我没那么无聊。"他拉开车门坐上车。

"那你这么早下来是干什么？"

"打车。"

原炀怒道："你这不就是为了躲我。"

"我以为你不会来。"

"我为什么不来？难道你以为我怕了你了？"

顾青裴看了他一眼，说："跟你说话真费劲。"

"那就不说话。"原炀重重摔上车门。

两人都在赌气，一路上果然一句话都没说。

到了公司，平时都是原炀自己在楼下吃完早餐，再给顾青裴端上来一份，没想到今天原炀端着两份早餐进了总裁办公室，然后把顾青裴拉到茶几前，非要跟他一起吃，一边吃还一边挑剔："我早就说过，食堂做的东西一点都不像样，翻来覆去就那么些东西，你也不嫌腻歪。"

"吃你的，不要钱的挑什么挑。"顾青裴一边吃早餐，一边翻看手机。

原炀把他的手机抢了过去："吃饭的时候玩什么手机。"他看了屏幕一眼，怀疑顾青裴又跟什么圆圆扁扁的联系，在看到他给张律师发的短信后，才把手机还给他。

原炀一脸嫌弃地看着早餐："我做的比这好多了。"

顾青裴心不在焉地说："那你来做。"

"让我给你做早餐，你多大面子？"原炀似乎忘了自己前两天刚给顾青裴做过早餐，顾青裴还不吃，他撇撇嘴，"除非你求我。"

顾青裴猛地抬起头，赶紧把话收回来："我说，你可以去食堂给大家做早餐。"他真担心原炀天天跑他家做饭。

原炀哼了一声，骂道："滚蛋。"

顾青裴快速吃完饭，把碗筷一撂，重新回到电脑前办公。

原炀坐了一会儿，自觉没趣，就打算出去。他刚站起身，顾青裴突然道："上次去 H 市做净值调查，法务和财务的报告已经出来了，你拿去看看，然后出一份并购项目可行性报告，不会写上网搜，实在不会写来问我。"

原炀双手撑着桌面，居高临下地看着顾青裴："做完了有奖励吗？"

"这本来就是你的工作，有什么奖励？"

"不行，要有奖励。"

顾青裴无奈道："会给你额外发点奖金的。"

"你有什么不情愿的，这本来就是我原家的钱。"

"这话你跟原董说去。"

原炀重重哼了一声，拿起一沓厚厚的文件转身走了。

顾青裴靠在椅子上，寻思良久，却怎么也理不清两人现在这种非敌非友的关系。他意识到原炀似乎开始依赖他，并产生了一点微妙的情感需求，也许是因为原炀没能和自己的父亲建立一段良性的关系？

他左思右想，似乎只有这种可能，才好解释原炀这些反常的行为了。尤其是发生了 H 市的事以后，原炀对他的怨气消弭了不少，转而产生了嘴上不愿意承认的愧疚，带着点补偿的心理照顾了他几次，进而促成两人头一次主动地合作，并能够重新客观地审视对方。

那自己该怎么办呢？也许顺着原炀反而更容易控制他。

顾青裴被自己的想法吓了一跳，但是如果撇开一切私人感情，纯粹从利益出发，跟原炀保持平稳良好的关系，能让他省去生活中最大的麻烦来源。虽然他觉得挺憋屈，而且不可避免地要让原炀进入自己的私有领域，包括心理领域，但付出一点代价，就能换来和睦相处。

原炀这小子，只要顺着毛摸，其实挺好料理，越是逆着他，他越是来劲儿。

自己受了这么多气，居然得出这个结论，顾青裴简直哭笑不得，可细想下来，这居然是目前最合适的办法。

他抓起笔，在一张 A4 纸上画个十字线，把和原炀一直这么僵持下去的优劣势以及向原炀妥协的优劣势都写了下来，做利益分析，结果发现，果然是和原炀保持良好的关系更好。

顾青裴用笔尖点着白纸，支着下巴想了好久。他只要放下心头的怒火和芥蒂，就有可能解决一个成天让他烦心的大麻烦，工作和生活质量都会大大提高，显然是有利的。他尝试把自己的情绪和偏见抽离出来，把这件事当成工作去考量，把原炀单纯当成自己的工作对象，这样思考的时候他感觉舒服很多，也理性很多。

最终结论是，顾青裴决定试一试，试一试和原炀做朋友。

不知不觉已经到了午休时间，原炀一进办公室就以命令的语气说："你怎么不吃饭？赶紧吃饭。"他把午饭放到桌子上。

顾青裴看都没看，说："我忙着呢，不饿。"

原炀把他的文件抽走："先吃饭。"

"我真的不饿，早上吃多了。"

"那就去睡觉吧，"原炀一屁股坐在他的桌上，把玩儿着他的钢笔，"你不是经常要睡午觉吗？"

顾青裴靠在椅子上，微微蹙眉看着他："你究竟是关心我睡不睡午觉，还是喜欢对我发号施令的感觉？"

"你挺上道啊，都有。"原炀伸出手，用钢笔挑他的头发玩儿，十足的幼稚，"万一我睡到一半，你又进来，把我吵醒了怎么办？所以，按时去午休。"

顾青裴抓着他的手，夺回了自己的笔。顾青裴站起身，走进了午休间："睡觉就睡觉，你最好老实点，要是敢打扰我，我就换个司机，让你天天早上挤地铁上班。"

原炀从鼻子里哼出一声，颇为不屑。

顾青裴换掉西装，钻进被子里。他确实有午睡的习惯，如果不睡，一下午都会没精神，下午那么多事，休息一下是必需的。

原炀也熟门熟路地摸上床，打了个哈欠，准备美美地睡一觉。上班太无聊了，他每天都盼着能偷懒。

顾青裴闭目躺了一会儿，突然想试试，在和平共处的模式下，他好不好使唤原炀。他抛出一个试探性的要求："我坐久了腰疼，你会按摩吗？"

"啧，你老年人啊？哪儿？"原炀不耐烦地问。

"这里。"

原炀嘴上嫌弃，竟没有犹豫地给他按了起来。

"轻点儿。"

"我根本没用劲儿。"

"再轻点。"

"够轻了。"

顾青裴勾唇一笑。果然，如果顺着毛摸，还挺好用的，他为什么要在被气得死去活来、付出代价之后才明白这个道理呢，简直白吃亏了。

原炀给他捏了半天的腰，手法非常讲究，本来腰又酸又痛，按了一会儿居然缓解不少。按照原炀的说法，这是在部队的必备技能，平时战友们都是互相按摩的。

屋子里黑漆漆的，他们之间难得有这样安静平和的时刻，谁都不想出声破坏。原炀按了十多分钟，顾青裴就这样舒服地睡着了。

直到手机铃声把他们吵醒。

顾青裴抓着电话放到耳边，声音还有些含混："喂？吴总，哈哈，中午休息休息。那当然要去，您不打电话我也要起来了。好的，一会儿见。"挂了电话，他才发现居然两点半了。他睡午觉从来都是浅眠，今天居然睡得这么沉，这一觉太解乏了，身体轻松，心情舒畅，属于高质量睡眠。他忍不住看了原炀一眼，觉得这小子更顺眼了。

原炀嘟囔一声："你又要出去？"

"吴总约我打球。起来，咱们得赶紧出发。"

原炀懒洋洋地爬了起来。

当顾青裴换衣服的时候，原炀就在旁边饶有兴致地看着，一边看还一边评头论足："你这个年纪身材保持得还不错嘛，就是肌肉还不够漂亮，有空我教你锻炼锻炼。"

顾青裴瞪了他一眼："我什么年纪？七老八十？我才三十三岁。"

"你成天跟一群老头混在一起喝茶打球，称兄道弟的，我老觉得你有四十多岁了。"

顾青裴哼笑道："你年纪轻轻眼神不好。"

"我比你年轻这么多，都不嫌弃你，你凭什么总挤对我。"原炀朝他比了根手指。

顾青裴换了一身休闲装，对着镜子整理着头发。他下巴微抬，沉静的目光透过镜片看着原炀，似笑非笑道："我就嫌弃你幼稚。"

原炀看着顾青裴略显傲慢的模样，觉得又好气又好笑。他现在习惯了顾青裴的性格，两人拌拌嘴，互相损，倒也有点意思。

顾青裴快速整理好衣服，催促道："你还不赶紧下床，把你的裤子烫一烫，以后不准穿着西装睡觉，你这副样子怎么见人。对了，你有球鞋吗？不能穿着皮鞋进球场。"

原炀撇了撇嘴："没有。"

"算了，到那儿再买吧，你赶紧把衣服烫一烫。"

顾青裴的办公室里有挂式蒸汽烫斗，原炀裤子也没脱，直接熨了起来，结果蒸汽开得太大，透过裤子烫到了他的腿，他咝咝直吸气。

顾青裴嗤笑一声，看白痴似的看着他。

原炀恼羞成怒："你笑个屁啊，还不是你催我。"

"那你倒是快点啊。"

原炀胡乱熨了几下："行了，走吧。"

顾青裴从储物柜里拿出他的球杆，递给原炀，自己披上大衣，大步流星地走出办公室。原炀把球杆背在肩膀上，双手插兜，迈开长腿跟在他身后。两人穿过公司的办公区域时，所有人的目光都不自觉地追随，因为两个帅哥站在一起实在是太养眼了。

TIT
FOR
TAT

Chapter 8

两人紧赶慢赶，到了球场还是迟到了一会儿。

吴总跟几个人正在大堂喝茶等他，他笑着说："不好意思，让各位久等了。"

吴总带了三个人来，只有一个生面孔，是一个三十来岁的男人，身材高挑修长，相貌俊美，脸上的笑意虽然看似随和，但一双黑眸仿佛天生带些冷峻。他气质超群，让人一眼难忘。他站起身，目光在顾青裴和原炀身上淡淡一扫，随即伸出手："顾总，久仰大名。"

顾青裴笑着看向吴总："这位是？"

"这位啊，是庆达地产的老总，王晋，我亲家的大儿子。我女儿上个月结婚，顾总有事没来，你要是来了，上次就介绍你认识了。"

顾青裴笑道："虽然是第一次见，但王总的名字可是如雷贯耳，幸会幸会。"

庆达地产这几年越做越大，这个年轻老板的名字也越来越响亮，上次吴总的女儿结婚，他人还在 H 市发着高烧。估计那天去了不少有头有脸的人物，错过这种社交场合，多少是种损失。

王晋笑道："顾总客气了，吴总对你赏识有加，今天我刚出差回来，就被抓出来了，非要让我见见你，顾总真是一表人才，这趟值了。"

两人互相吹捧的时候，原炀就微蹙着眉站在顾青裴身后，上下打量王晋。不知道为什么，他对王晋第一印象很不好，可能是这人身上那种做作精英的气质跟他第一次见到顾青裴时有点相像吧，不对，比顾青裴还讨厌。

"这位是？"王晋看向原炀，微微挑眉。

原炀虽然脾气烂，但相貌是一等一的好，一般人见到都不免赞叹一番。

顾青裴还没开口，吴总抢道："这位来头可不小，是原立江的大公子，现在正给顾总当助理呢。"

"哦？顾总这面子可够大的了，原董把儿子都交给你管了。"王晋含笑看着顾青裴，目光深邃。

顾青裴哈哈笑道："谈不上管，我就是一个特聘家教吧，原公子年纪轻，需要多磨砺，刚好我有一点经验罢了。"

吴总看了看表："咱们来一场球？估计也就打一场了，现在天黑得早。"

顾青裴笑道："成啊，老规矩。"

"顾总，上次败北之后，我可是回家练了很久，这回让你尝尝我的厉害，哈哈哈哈。"

一行六人坐了两辆车，顾青裴和原炀、王晋同乘一辆。原炀跟球童坐在了前座，顾青裴和王晋背对着他们坐着，相谈甚欢。

王晋只比顾青裴大两岁，两人年纪相仿，又都年轻有为，颇有点惺惺相惜的味道。

原炀和顾青裴背靠着背，他们说的每一句话都清晰地落进他耳朵里，虽然都是生意场上无关痛痒的闲话，但他听着两人谈笑风生，心里相当不是滋味儿。在王晋约顾青裴下次出来喝茶，而顾青裴痛快答应之后，他终于忍不住了，故意撞了一下顾青裴的腰。

顾青裴身子一抖。

"顾总，怎么了？"王晋扶着他的肩膀，诧异地问。

"没事，我有点儿岔气。"顾青裴回头瞪了原炀一眼。原炀不甘示弱地回瞪他，一副"我又不是故意的"的欠揍模样。

下车后，原炀故意插在顾青裴和王晋之间，顾青裴走哪儿他跟哪儿。

吴总问原炀："原公子，打球吗？"

"不会。"

另一个老总笑道："原公子十来岁就去部队了，玩的都是真家伙，哪有时间玩这些。"

"也对，哈哈哈。"

原炀换上刚买的鞋，一身商务正装配着运动鞋，看着有些不伦不类。

王晋含笑看着他："原公子身材真不错，衣服在你身上，怎么穿都气质出众。"

原炀听出了他的讽刺，心里这个来气，真想照着他那张皮笑肉不笑的脸扇上两嘴巴子。

顾青裴解释道："今天我们出来得匆忙，临时没有衣服，大家见谅啊。"

"哎，咱们都是老朋友了，随意。"吴总爽朗地笑道，"那谁先开局啊？"

"吴哥先来吧。"

"好。"吴总深吸了几口气，有模有样地开了第一杆。

原炀寸步不离地跟着顾青裴，只要王晋一跟顾青裴说话，他就打岔。谁都不是笨蛋，顾青裴的脸色越来越不好看，王晋的笑容也有些勉强。趁着王晋打球的时候，顾青裴把他拽到一边，低声道："你又犯什么病了？"

"我讨厌他。"原炀理直气壮地说。

"你简直没事儿找事。你别在我们眼前晃悠，有一个项目我想找王晋谈合作，"顾青裴推着他，"离我们远点。"

原炀拽住顾青裴："我看他那样就不是好东西，他不会另有企图吧？"

"你脑子进水了？他是庆达的老总，哪能有什么企图，别耽误事儿。"顾青裴狠狠瞪了他一眼，一转身，已经春风满面，笑盈盈的，"王总这杆儿真漂亮，大家都着急了吧？"

原炀脸色铁青地站在一旁，看着顾青裴和王晋热络地谈天说地，仿佛一见如故。

这个王晋真烦人。

顾青裴一场球赢了二十万，王晋赢了三十万，王晋做东，一伙人在海鲜酒楼订了包厢吃饭。

原炀很想拽着顾青裴回家，却见他兴致高昂，已经开始跟王晋谈项目。两人聊得十分投机，根本没顾得上看原炀一眼。原炀一下午都在生闷气，越看王晋越觉得这人虚伪，看顾青裴的眼神也不太对。

吃饭的时候，王晋一直抓着顾青裴敬酒，顾青裴也不是吃素的，三两白酒下肚面不改色，后来王晋自己先扛不住了，才消停下来。

顾青裴是一个优秀的演说家，席间，他滔滔不绝地介绍起手里的项目，把前景描绘得让人怦然心动。原炀看过其中几个项目的资料，有些还有产权纠纷没解决，在顾青裴嘴里都不算个事儿了。论起吹牛，顾青裴绝对不输人。

吃完饭后，原炀去开车，王晋陪顾青裴在酒楼门口等着。

王晋略有些醉态，不知是有意还是无意，往顾青裴身边歪了歪。

顾青裴连忙扶住他，笑道："王总，酒量堪忧啊，还想灌我。"

王晋笑着摆摆手："失策失策，我没考察好敌情。"

"王总，你的车来了，先上车吧。"

"不不，我等你先上车。"王晋轻笑道，"顾总，今天跟你一见如故，无论是打球还是吃饭，都非常开心。你提到的项目，把资料发到我邮箱里，我一定会认真考虑，下次我单独请顾总吃饭。"

"能结识王总才是我的荣幸，承蒙王总看得起，以后哪怕再忙，我也得赴王总的约，哈哈。王总看完资料后，有不清晰的地方，咱们随时沟通。"

"好。哎，顾总，车来了。"

原炀在车里一眼就看到王晋和顾青裴搀扶着彼此，他心里直冒火，一脚油门踩了下去，汽车轰的一声巨响，以相当吓人的速度冲了过来，堪堪停在两人身侧，把他们吓得心惊肉跳。

原炀下车后，顾青裴怒道："有你这么开车的吗？！"

王晋的脸色也不太好，喝完酒之后任何刺激都会被放大，刚才着实吓人。

原炀没什么诚意地说："我不小心踩错油门了。"

王晋摇了摇头，他走上前去，虽然喝了酒，脚下有些虚浮，但依然风度翩翩地给顾青裴拉开了车门，儒雅一笑："顾总，上车吧。"

顾青裴跟他客套几句，才上了车。

原炀迫不及待地把车开走了。他从后视镜看着靠坐在座椅上闭目休息的顾青裴，口气不善地说："你和那个王晋可真投缘啊。"

顾青裴懒懒地说："他是一个很有能耐的人，我们能聊到一起去。"

原炀不想显得自己小肚鸡肠，可他又不能装作不在意，忍不住就想挑刺儿："你跟我就聊不到一起去，是吗？"

"我跟你？我跟你聊什么？是聊创业艰辛，还是聊股市行情？还是聊管理，聊资本，聊政治？你这个不学无术的大少爷，你说你让我跟你聊什么？"

原炀猛地踩住刹车。

顾青裴的身体猛然前倾，差点儿吐出来。

原炀握着方向盘的手直抖。顾青裴的话虽然刺耳，他却反驳不了，认真想想，他和顾青裴除了逞凶斗狠，互相羞辱，好像还真没认认真真聊过什么，也没有平心静气地说说话，谈话到最后，往往都会变成互相攻击和讽刺。他想到王晋跟顾青裴有说有笑、相谈甚欢的样子，就一肚子火。他从来没想过，跟顾青裴没有共同话题这件事也能让他气闷。

顾青裴靠回椅背上："你开车能不能稳当点儿，我差点吐了。"

原炀恶声恶气道："活该，喝死你拉倒。"他重新发动了车子，只是心里依然冒火。他愤恨地想，他跟顾青裴之间不过是暂时的、被迫的合作，不需要共同话题。可是这么想也没能让他心情平静，反而更糟糕了。

原炀把顾青裴送到家后，也跟上了楼。

顾青裴看了他一眼："你不回去？"

"太晚了，我懒得开车。"他脱掉鞋，跟回自己家似的，大大咧咧地进了屋。

顾青裴也懒得阻止，他去浴室洗了个澡，出来的时候，看到原炀还在沙发上坐着，扭头看着窗外，不知道在想什么。

顾青裴洗完澡后清醒了不少："你打算在那里坐一晚上？"

原炀回过头，看着顾青裴穿着居家服的模样，想着他们才是同一战壕的战友，心里多少好受了一些："我一会儿就睡。"

顾青裴打了哈欠，说："我累了，你自便吧。"他转身回了卧室。

可他刚躺下，原炀就进来摇他的肩膀："喂。"还顺手把他翻了过来。

顾青裴眯着眼睛道："你要干什么？我很困。"

"我跟你说个事。"

顾青裴懒得搭理他，闭上了眼睛。

原炀借着月光打量着顾青裴的脸，虽然光线很暗，但眉眼间的倦色清晰可见。他也生不起气来了，只是说："我讨厌那个姓王的，你以后少跟他接触。"

顾青裴敷衍地"嗯"了一声。

"睡吧。"

顾青裴一觉醒来，发现原炀已经跑完步回来，把早餐准备好了。

"吃饭。"原炀的口气有些冲，明显昨天的事还没完全翻篇儿。

"你这方面倒是挺勤快。"

原炀满不在乎地说："本来就是简单的活儿，有什么难的。"

顾青裴边吃边道："赵律师要我去趟唐市，沟通工作，你跟我一起去，把那个领导引荐给我。"

"哦。"

"这趟出差保密，你别跟别人说。"

"嗯。"原炀继续闷头吃饭。

顾青裴挑了挑眉，道："你怎么了？今天忘充电了？"

原炀瞪了他一眼："你不是跟我没什么可聊的吗，我少说话也让顾总不满意了？"

"你小子真是比女人还记仇，媛媛以前……"顾青裴意识到说了不该说的，马上住了嘴。

原炀抬起头，眯起眼睛看着他："媛媛？你那个前妻？她怎么了？"

顾青裴皱眉看着他："你怎么知道媛媛是我前妻？你调查我？"

"这还用调查？户籍上写得明明白白的。"原炀撂下筷子，"既然是前妻，说话腻腻歪歪的干什么？"

"我们现在是朋友。"对这个问题顾青裴完全不想多谈，他冷下脸道，"以后你少打听我的事。"

原炀冷哼："谁稀罕打听你的事了。"想想自己已经打听了，就辩解道，"我有个哥们儿是公安系统的，不过是顺口问了问而已。"

顾青裴道："以后你连顺口都省掉。"

原炀脸上有些挂不住，愠怒道："谁稀罕打听你的事了，少自以为是。你赶紧吃饭，一大早的哪来这么多废话。"

顾青裴埋头吃饭，没再理他。

原炀憋了一肚子气，烦躁地把桌上顾青裴吃不完的早餐都吃了个干净。

开车上班的时候，原炀也没跟顾青裴说话，顾青裴更是乐得清闲。随后整整一天的时间，原炀都没在顾青裴的办公室出现。这倒是挺新鲜，平时原炀有事儿没事儿都爱往他办公室跑，因为他办公室的沙发舒服，尤其是中午，总要占着他的床睡午觉，可今天一整天都没人影，中午也没给他打饭，他反而觉得有点不习惯。

他自嘲地想，看来自己已经被烦习惯了，原炀一天不来烦他，他反而觉得不对劲儿，人哪，怎么这么犯贱呢。

顾青裴想，原炀不来接他下班，他下了班也没事儿，不如带员工们去吃吃饭看部电影，也算一次小团建。他把这件事吩咐给张霞办了。

下班后，顾青裴处理完事情正准备走，原炀回来了。顾青裴诧异地说："你怎么回来了？"

原炀挑了挑眉："我在这里上班，怎么就不能回来了？"

"今天，我要带他们吃饭看电影，你去不去？"

"我听说了。"原炀抱胸看着他，"我是你的司机，你去我当然去。"

"你不想去可以先回去，不用你送我。"

"我要去。"原炀上前拎起他的电脑包，"走吧，顾总。"

晚上看的是一部美国大片，讲海上风暴的，3D视觉效果做得非常好，开场才十多分钟，狂风暴雨就上演了，所有人都聚精会神地看着。

原炀坐在顾青裴旁边，心思却不在电影上。他忍了又忍，终于凑到顾青裴耳边，好奇地问："你和赵媛为什么离婚？"

顾青裴一开始没理他，当他问到第二遍的时候，顾青裴目不斜视地看着电影，低声说："你现在问这个合适吗？"

"你回答就是了。"

"因为我正在事业上升期，没有好好关心她，这个答案你满意？"

原炀耸耸肩说："还可以。"

沉默了一会儿，原炀又凑过去问："那就没人给你介绍对象？你父母不管你？"

顾青裴不耐道："你管得太多了。"

"回答问题。"

"与你无关。"

原炀的脸色沉了下来，他没得到满意的答案，又开始作妖，仗着自己腿长，时不时用膝盖撞顾青裴一下，或者踩脚，把顾青裴烦得想抽他，最后不得不起来去上厕所。

原炀也跟着去上厕所。

两人在厕所里又互相嘲讽了几句，原炀完全没察觉到顾青裴看他的眼神有点古怪。

看完电影，一群同事鱼贯往外走，走到光线很亮的大堂，顾青裴突然拍了原炀一下，大声说："小原啊，是不是你的钱掉了？"

所有人的目光都往原炀脚边看去，却意外停在了原炀的下身，接着纷纷露出憋笑的表情。

原炀低头一看，才发现自己忘了拉拉链，白色的内裤在黑色的西装衬托下格外显眼。

同事们哄笑起来。

原炀脸一热，赶紧把拉链拉上。他眯着眼睛瞪着顾青裴，咬牙道："你早发现了。"

顾青裴笑得温和儒雅，简直让人如沐春风："没有啊，我也才看到。"

顾青裴让原炀顺路送几个女同事回家，原炀不意外地被调戏了一路，到最后脸都绿了。他先把顾青裴送回了家，然后一个一个地送那些姑娘。

顾青裴洗完澡，打算上床睡觉。他看了看表，又决定多等一会儿，原炀那小子今晚不来找他算账，那简直就该改姓了，与其睡下被吵醒，不如等会儿再睡。

可他左等右等，都十二点了，原炀依然没来。他感觉有些奇怪，就原炀那个受不住一点儿刺激的暴脾气，不杀上门来还真挺意外的。原炀不来更好，他可以放心睡个觉了。他回味了一下今天原炀窘迫的表情，愉快地吹起了口哨。

顾青裴睡到半夜，门铃声突然响了起来，他被惊醒了。他看了眼闹钟，大骂一声。深夜三点，这时候谁会来一想便知，这个浑蛋是不是故意挑半夜来搅人清梦的？

顾青裴跳下床。那急促的铃声显然是原炀故意烦他呢，逼着他以最快的速度打开门。

门一开，他愣住了，门外的人是原炀没错，可原炀脚边还立着一个箱子。

顾青裴怔道："星期四出差。"

原炀露出一个邪笑："我知道。"

"那你带箱子干吗？"

"拜顾总所赐，我没钱吃饭，没钱交采暖费，又饿又冷，从今天开始，我要来吃顾总的饭，睡顾总的床。"他不由分说地拎着箱子进了屋。

顾青裴甩了甩睡得迷迷糊糊的脑袋："你要……你要干什么？"

原炀脱掉大衣，把行李箱往玄关一放，打了个哈欠："就是这样，晚安。"

顾青裴愣怔地看着原炀，大脑好像宕机了。

第二天早上，闹钟响起，顾青裴睁开眼睛，听到厨房里传来叮当的声音，以为自己的噩梦还没醒。

他爬了起来，当看到人高马大的原炀穿着钟点工的粉色围裙在做早餐时，他还是有种精神分裂的错觉。

这到底是怎么回事？他到底招惹了什么不该招惹的东西？

"你醒了呀？"原炀道，"为了做饭，我的晨跑时刻表都调整了，不用谢。"

顾青裴恍惚地坐在桌前，原炀端着两碗面条出来了。顾青裴的那碗面上躺着一个黄橙橙的、溢着蛋黄液的七分熟荷包蛋，原炀那碗没有。

原炀揶揄道："家里就剩一个鸡蛋了，你这么虚弱，补补身体吧。"

"你才虚弱。"顾青裴白了他一眼。他咬了一口荷包蛋，又香又热乎，滑进胃里，整个身体都暖和了起来。一早上起来就有人给自己准备好早餐，谁会不喜欢这样温馨平常的画面呢，顾青裴的眼神也变得柔软起来。

吃完饭，顾青裴指着原炀的行李道："你真的打算住我家？"

原炀理所当然地点头。

"新鲜啊，我可没同意，你小子脸皮怎么这么厚呢。"

原炀全不在意道："不好意思，我的脸皮就这么厚，要怪就怪你把我变成穷光蛋。"

顾青裴无奈极了："你这个臭无赖，别想白住我家，交房租交伙食费。"

"我给你做饭做家务，你还要我伙食费？"

"我请个保姆做饭做家务，一个月才两三千，你住我的吃我的，何止两三千。"

"没见过你这么抠门儿的，我就是没钱吃饭才跑你家来的，你还让我交房租伙食费，有没有人性啊？"

"必须交。"

"多少？"

"三千。"

原炀怒道："你直接从我工资里扣得了。"

"不好意思啊，你一个月基本工资就三千，还成天无故早退、迟到、离岗，全部扣完了你还能剩个一千就不错了。你连房租伙食费都付不起，还有脸住我家，难道你想赖账？"顾青裴支着下巴，挑衅地看着他。

原炀被气乐了，说："算你狠，差多少先欠着。案子办成了你不是要给我奖金吗？从里面扣。"

"判决书没下来，你一个子儿也别想拿到。"顾青裴刻薄地笑着。

原炀指了指他，说："顾青裴，你等我拿到钱，我把钱砸你脸上。"

"我等着。"

原炀咬牙道："我怎么还没弄死你。"

"现实点吧，小同志，杀人犯法。"顾青裴说完起身去卧室换衣服了。

原炀冲着顾青裴摇头摆尾的背影狠狠挥了挥拳头。

星期四，两人抵达了唐市。唐市是海滨城市，经济发达，高楼林立，寸土寸金。

赵律师来机场接他们，把他们送到了酒店。三人在顾青裴的房间里沟通了一晚上的工作，把推动案件进展的关键点都讨论了一遍，准备明天就去见一个领导。

赵律师走后，顾青裴继续用笔记本查阅相关文件。他每天都有干不完的事情，虽然很辛苦，但他喜欢这种充实的感觉。

原炀洗完澡出来，见他还盯着电脑，说："都十一点了，你还不睡觉？"

"我还有事情没处理完。"顾青裴修长的手指在键盘上啪啪地打字。

原炀道："我仔细想了一下，虽然那个领导答应签字了，但他受到的来自上面的压力也不小，他什么时候签字，是个问题。"

顾青裴点点头："没错，万一他一直拖着，判决书就下不来，我们一样要面临损失。所以要继续做工作，推动判决书赶紧下来。"

"这事儿会解决的，我还等着你给我发奖金呢。"

顾青裴笑了笑说："你记得就好，办不成我一毛钱都不会给你。"

"你不给我钱，我只能继续吃你的睡你的。"

"你也好意思说。"

第二天上午，他们在一个隐蔽的咖啡厅约见了领导，把案子仔细沟通了一下。情况对他们有利，前景也比较乐观。

中午吃完饭，赵律师自己有事先走了，顾青裴和原炀也赶回了酒店。在出租车上，他们接到了赵律师的电话，说对方现在提出了和解的要求，但是和解条件依然让顾青裴不满意，所以他暂时不打算跟对方商谈，继续打压。

赵律师有些担忧地说："对方是不是得到了什么消息？不然怎么我们上午见完人，下午他们就立刻要求和解了？"

"不见得，他们有可能是感到了压力，觉得会败诉，所以提和解。"

"嗯，有可能，不过他们这个和解条件一点诚意都没有，这种条件谁会答应。"

顾青裴冷笑一声："这个肯定不能答应。不过如果条件合理，我们也没必要逼人太甚，万一对方被逼急了使坏就麻烦了。你给对方回个电话，再往下压二十个点。这件事本就是我们占上风，如果这样的条件他们都不同意，那就等判决书下来，一毛钱都拿不到吧。"

挂上电话后，原炀问他："你觉得对方会答应吗？"

"会吧，主要是补偿问题。"

原炀思索道："上午见完领导，下午他们就要求和解，你觉得这是巧合吗？他们这么快就得到消息，我觉得这个事不简单。"

顾青裴也皱起眉头："现在我还确定不了，看看赵律师跟他们谈得怎么样吧。据说对方在本地很有背景，还是要小心一点，不要给原董惹麻烦。"

回到酒店后，他们换了身便装，打算出去逛逛，休息一下。唐市是一个非常漂亮的度假城市，下午他们正好没什么事，加上难得的冬日暖阳，不到海边走走实在可惜。

两人住的海景酒店，下楼走了两三分钟就到了海边。虽然阳光很暖和，但海边风特别大，人也不多，他们沿着沙滩散步，谈着案子的事。

谈着谈着，原炀突然说："你还说不知道跟我聊什么，我们现在不是聊了很久吗？"

顾青裴愣了愣，嗤笑道："那是因为你开始投入工作了，如果你成天那么吊儿郎当的，我一样跟你无话可说。"

"我又没说我不工作。"

"嘿，你是忘了你刚来的时候什么样儿了吧？"

原炀轻哼了一声，说："我是看在你兢兢业业为我原家打工的分上，给你个面子。只要你一直这么听话，我就好好工作。"

顾青裴摇着头笑了笑。他跟原炀在一起，始终摆脱不了那种带孩子的感觉，可是原炀的个头又和孩子相去甚远。这种反差让他在面对原炀的时候总有种怪异的感觉。不得不说，善变也是一种吸引力，至少他有时候会觉得原炀挺有意思。

两人顺着沙滩走了一公里多，太阳快下山了，才折返往酒店走。

距离酒店还有段距离时，原炀皱了皱眉头，蹲下身来，拍打裤腿上的沙子。顾青裴站在原地等他，印象中原炀不是这么在乎个人卫生的人，只见原炀站起身，一双眼眸在暮色中显得格外亮："别回头，有人跟踪我们。"

顾青裴怔了怔，依然很冷静。他们如常地往前走，到了酒店大堂也没立刻回房间，而是在咖啡厅坐着。

"你确定吗？"顾青裴啜了口茶，眼神有些飘忽。他想回头看看，又怕打草惊蛇。

"确定。你别看，这个角度看不到他。"原炀跷着二郎腿，脸上露出一丝兴奋的笑容，"我好久没碰上这种事儿了。"

顾青裴无奈道："咱们是正经生意人，你可别惹事。"

"这怎么能是我惹事，是别人跟踪我们。"原炀搓了搓手，"如果对方真的派人跟踪我们，那我们上午见了领导的事被他们知道也就不奇怪了。"

"难道我们刚下飞机就被盯上了？"

"不一定，他们一开始跟踪的可能是赵律师，否则上午我就该发现他们了。"

顾青裴的手轻轻拍着扶手："那现在怎么办呢？"

"我们暂时别回房间，坐一会儿后出去吃饭。他们如果要做什么，不会选在到处都是摄像头和人的酒店里。"原炀完全没有一点紧张，反而看上去非常期待。

顾青裴提醒道："我再说一遍，不要生事。"

原炀哼了一声，道："你怎么不跟他们说去？"

"我更担心你乱来。"

原炀勾唇一笑："顾总，你是不是害怕了？一听说对方有什么背景，就这么紧张。"

顾青裴眯着眼睛看着他："我是一个守法公民，不想惹这些事情。不过，我不害怕。"

"你真的不怕？"

"不怕。"顾青裴表情很淡定。他虽然不喜欢暴力冲突，可也不畏惧。而且，这里坐着原炀这个大流氓，三四个月下来他也没缺胳膊少腿儿，那些人总不至于比原炀难搞。

"那就好。放心吧，有我在，他们伤不了你。"

"你这一身蛮力终于能发挥点作用了。"

原炀白了他一眼，说："你再挤对我，出事我可不管你了。"

顾青裴看了看腕表，说："五点了，咱们出去吃饭吧，去哪里比较好？"

原炀眯起眼睛说："地方还真得好好选一选。"

"你就带我来这种地方吃饭？"顾青裴跟着原炀走进一家烧烤大排档，木然看着光着膀子油光满面的老板烤羊肉串。

"不许装模作样，一个老爷们儿哪儿这么多讲究，在这儿吃一顿又毒不死你。"

顾青裴无奈地看了他一眼："我们出来吃饭是公司报销的，你没钱也没关系，我先垫着。"

原炀龇牙咧嘴，道："你少啰唆，人越多的地方越好，能让对方放松警惕，我们也更安全，就在这儿吃了。"

顾青裴犹豫了一下，还是坐下了。他确实好多年没在这种简陋的大排档吃过东西了，有了经济基础之后，人都会去追求更有质量的生活。不过他往小塑料凳上一坐，恍然之间找回了年轻时加班到深夜，在街边吃一碗面的感觉。他笑了笑，把外套一脱，吆喝道："老板，来半打啤酒。"

"好嘞。"

冒着冰气儿的啤酒往桌上一放，顿时让人觉得冬意更浓。

很快，一盘盘烧烤都端上来了。原炀是放养惯了，以前在部队，什么粗糙恶心的东西都吃过，根本没那么多讲究，等烧烤端上来就开吃。顾青裴也挽起袖子，倒了两杯啤酒："来，干一杯。"

原炀笑着跟他碰了杯，两人仰脖一饮而尽。

天气本来就冷，那冰啤酒更是冻得人内里发麻，可是真带劲儿。

原炀不经意地瞄了一眼："他们跟进来了。"

"别管他们，喝我们的。"

原炀含笑看着他："你这样不是挺好的吗，成天端着，也不嫌累。"

"难道请客户吃饭能来这种地方？你呀，有几个人能像你这么随性。"

原炀嘟囔道："你别老逮着机会就教训我。"

顾青裴语重心长地说："用拳头只会把人打趴下，但不能服人。原炀，你要学的东西还多着呢。"

"你怎么有事儿没事儿就爱教训人呢，真烦。"原炀给他满上一杯酒，"喝你的吧，闭上嘴。"

顾青裴也放下了架子，放开了肚子，用心吃喝起来。

原炀喝了几杯酒，对顾青裴说："我出去一下，不管谁过来说什么，发生什么，你一律别管，等我回来啊。"

"你要干什么？"

"有人在里边儿坐着，就一定有人在外边儿等着，我去把那兔崽子揪出来。"

顾青裴一把抓住他的手腕："你小心点啊，别乱来。"

"放心吧。"原炀披上大衣，到门口的时候喊了一句，"老板，附近哪儿有便利店？"

"出门过马路往左走就能看着。"

"谢了。"

顾青裴没有回头，继续该吃吃该喝喝。

几分钟后，他看到坐在角落那桌的一个男人慌慌张张地结了账，跑了出去，临走之前，还恶狠狠地看了顾青裴一眼。

顾青裴淡淡一笑。

又过了一会儿，原炀回来了，出去的时候什么样，回来还什么样，好像什么都没发生。

顾青裴有些惊讶："你搞定了？"

"车里就三个人，一群菜鸟，跟踪都不会，让我揍一顿赶跑了。"原炀一副失望的样子。

顾青裴的脸色反而有些凝重："他们会不会有什么反应？"

"我也担心这个，但如果不把他们赶跑，我们今晚怎么安心回酒店睡觉。"原炀看了看表，"咱们走吧，换个酒店，行李明天让赵律师送过来。"

"好。"

两人结了账，出门打车。附近是大排档一条街，等着打车的人特别多，两人没料到这个情况，等了五分钟，原炀道："别等了，不安全，我们走吧。"

"好。"

他们往街对面的夜市走去，尽量混在人堆里。

当他们横穿马路的时候，街对面驶过来一辆面包车，速度极快，完全没有刹车的意图。

原炀反应更快，一下子拉上顾青裴跑到了隔离带里，对顾青裴沉声道："你往市场里跑，报警。"

面包车转眼冲到了他们面前，门开了，车上跳下来好几个手握甩棍的男人，个个凶神恶煞。

顾青裴额上冒出了冷汗。他虽然不惧怕打架，可有凶器就不一样了，那长长的甩棍让人双腿发软。周围的游客都惊叫着作鸟兽散。

原炀没料到这群人胆子这么大，敢在闹市区犯事儿，看来他对这个城市还不够了解。他推了顾青裴一把："你愣着干什么？跑啊。"

顾青裴犹豫了一下，一头扎进夜市里。

原炀随手抓起路边的自行车，照着第一个冲上来的流氓抡了过去。只听一声号叫，那流氓被砸中了脑袋，砰的一声倒飞出去，瘫在地上不动了。

那群流氓都愣了一下，没料到原炀下手这么狠，直接往脸上干，这一下不脑瘫也得毁容了。原炀眯着眼睛看着他们，周身寒气凌人："一群杂碎，碰上我算你们倒霉。"

顾青裴在夜市里绕了一圈，除了报警，还找到一样趁手的东西———一截铁管。他从夜市里出来，就看到原炀挥舞着一根甩棍，抽得那群流氓东倒西歪。可对方人太多，原炀也挨了好几下。

顾青裴深吸一口气，猛地冲了上来，一管子抽在一个流氓的膝盖窝处。那流氓被偷袭，全无防备，惨叫一声跪在了地上。

原炀惊讶地看了顾青裴一眼："你怎么回来了？"

"废话！"

原炀又抽倒了两个凶徒，脸上浮现一丝笑意。

顾青裴只有在青春期的时候跟男同学打过架，哪里见过这样的阵仗，可他没办法丢下原炀不管，只能挥着铁管硬着头皮往上冲。

场面一片混乱，原炀不知道踩了什么东西，差点儿滑倒。就这么一失神的工夫，他重心不稳，被人一脚踹倒在地。顾青裴眼看着棍子要落下来，举着铁管替原炀挡住了。

旁边有两个人瞅准机会冲了上来。

顾青裴不会打架，但身体素质很好，他一脚踹在一个流氓的腰上，把人踢翻在地，就想把原炀从地上拽起来。

原炀眼中精光乍现，猛地推了他一把。顾青裴栽倒在地，转头一看，一把明晃晃的匕首刺了过来，一声闷哼传进耳中，原炀肩膀上涌出殷红的血。

顾青裴心脏猛跳，脑子嗡嗡作响。

原炀挣扎着跳起来，把那人抽倒在地，然后发狠地对着那人的腰背和腿连抽了好几下。一群凶徒被原炀脸上狰狞的表情和要命的手法惊得不敢上来，有个红毛的小子转而去对付顾青裴。

这下更犯原炀的忌讳了，原炀猛地蹿了上去，抓住他的胳膊狠狠一拧，他爆发出高亢的惨叫。原炀赤红着眼睛，毫不留情地拧断了他的胳膊，然后用脚在肘关节用力踩碾两下。

顾青裴嘴唇有些哆嗦，有医学常识的应该都知道，这条胳膊废了。

原炀一只手提溜着那条扭曲的胳膊，一脚还踩在红毛身上，转过头，瞪着剩下的几个人，眼神阴冷狠戾。那些人被原炀的狠劲儿吓傻了。

真正荷枪实弹执行过生死任务的人，跟这群乌合之众根本不是一个世界的。

这时候，远处响起了警笛的鸣叫。这群流氓冲上车，一溜烟跑了。

原炀一屁股坐在地上，重重喘着气。顾青裴蹲到他旁边，手直发颤：“原炀，你没事吧？”

原炀一直低着头，过了好半天才抬起头来，眼中的暴戾和狰狞不见了，恢复成了顾青裴惯常见到的样子。

原炀满不在乎地说：“没事，一群杂碎怎么会是我的对手。”

警车停在他们面前，警察处理着现场：“地上这些人全拉医院去，你……你也上车，先去医院。”

原炀站起身，两人一起坐进了警车。

顾青裴看着他滴血的肩膀，额上直冒汗：“你……你怎么样？伤口深不深？”

“伤口不深，你把围巾给我。”

顾青裴摘围巾的手微微发抖。

原炀揶揄道：“顾总也会慌？”

“废话，你爸是我的老板，怪罪下来还不是我倒霉。”

原炀睨着他：“就为这个？你就不担心我？”

顾青裴当然担心，那血刺得他眼睛生痛，但嘴上还是说：“我看你挺清醒的，应该没事。”

原炀把围巾系在手臂上，用嘴咬住一头，一只手拉住另一头，用力勒紧。

顾青裴看着他额上冒出来的细汗，知道他不像表现出来的这么轻松：“你要是疼的话就说，别装。”

“我说疼能怎么样？又不是说了就不疼了，”原炀噘着嘴，“反正你也不担心。”

顾青裴实在说不出“我担心”这种话，太肉麻了。他道：“刚才谢谢你。”他用纸巾给原炀擦了擦脸上的汗。

如果原炀没推开他，见血的肯定就是他。

原炀眯着眼睛看着他：“感动吗？”

顾青裴笑了笑说：“有点。”

“你怎么报答我？”

“能不能正经点？”

前面的警察轻咳了一声：“两位同志啊，这不是无人驾驶。”

顾青裴一脸焦虑地问一旁的警察：“同志，还有多久到医院？”

“拐过这条路就到了，再坚持一分钟。”

原炀长长舒出一口气，靠在顾青裴身上，小声说："其实真的有点疼。"

顾青裴揉了揉他的头发："忍一忍。"

警车很快开到了医院。进了诊室，脱了衣服，顾青裴才发现原炀肩上的伤口着实不浅，白花花的骨头已经可以从翻开的肉里窥见。

顾青裴的心揪了起来。虽然他对原炀有诸多不满，甚至暗暗怀着愤恨，可两人毕竟相处了好几个月，更不用说现在已经有些惺惺相惜的味道，看到原炀受伤，他相当难受。他握紧了拳头，那些胆敢当街袭击他们的凶徒，还有背后主使的人，绝对不能放过。

医生给原炀处理完伤口，足足缝了十多针。

赵律师匆忙赶来了，他的脸色苍白如纸，显然也吓坏了。他把顾青裴拽到一边，额上直冒冷汗："顾总，这个事怎么办？原董那边……"

顾青裴蹙着眉，他也在考虑怎么跟原立江交代。这事可以说对方穷凶极恶，但也可以说他们办事不力，逼得对方狗急跳墙。不管怎么样，原家的大公子在异地被一群地痞流氓刺伤这件事，他们都难辞其咎。原家是怎样呼风唤雨的地位，长房长孙被当街砍伤，万一留下什么不可逆转的后遗症，他们拿什么赔？

顾青裴沉静地说："赵律师，这件事你别跟任何人说。"

"我明白。"

顾青裴叹道："我跟原董沟通，这事不怪你，你不用有负担。"

"说怪我就怪我，说不怪我就不怪我。顾总啊，全看人家一句话啊。"

顾青裴拍了拍他的肩膀，说："警察这边的事交给你处理，你知道该怎么做吧？"

"放心吧，一个都不会漏过。"

TIT
Chapter 9
FOR
TAT

警察和赵律师走后，原炀和顾青裴待在单人病房里大眼瞪小眼。

原炀忍不住道："你一直看着我干吗？"

"我在想怎么跟原董说。"

原炀道："没必要让我爸知道。"

顾青裴摇了摇头，说："不行，这种事我不能瞒着原董，世上没有不透风的墙，原董如果知道了，肯定会怪我。"

原炀不耐烦地呼出一口气："算了，我给他打电话吧。"

顾青裴点点头："你把情况跟他说清楚，最好能借助他的力量把对方彻底打压下去，让他们没有翻身的余地，否则我们可能再受到报复。"

"我知道。"原炀掏出手机，"你出去一会儿，我给他打电话。"

顾青裴走出病房，现在已经是深夜，走廊漆黑一片，一个人都没有，有些阴森。他靠在墙壁上，静静地思考。他脑海里全是原炀肩膀上扭曲的如蜈蚣一般的缝合线。想到那明晃晃的刀子，他到现在还心有余悸，那些浑蛋打官司输了就来这手，他不仅要让那些人一个子儿都拿不到，还要他们为今天的事付出代价！

一片寂静的走廊里响起了刺耳的铃声，他不用看，也知道是原立江打来的。

原立江的声音是他从未听过的严肃："顾总，怎么会发生这样的事？"

顾青裴道："对方得到消息，知道自己要败诉，所以提出和解，但是条件贪婪，我没同意，所以就出事了。"

"你这事处理得有问题。"原立江沉声道，"如果今天原炀出了事，赢多少个官司都补不回来。"

"原董，对不起，是我的过失。"

原立江沉吟道："你还是太年轻了。"

这是顾青裴第一次听到原立江用如此严厉的口吻和自己说话，那种气势和威严，隔着电话都清晰地压迫着他的心脏。

顾青裴道："原董，是我没处理好，我承担后果。"

"你能承担什么？青裴，我不是要责怪你，但是我年纪大了，受不得惊吓，还好今天你们没出大事，不然……"原立江叹了口气，"算了，不说这个了。明天我会坐最早的一班飞机过去，任何威胁到我们原家的人，都得清理干净。"

顾青裴心脏微颤。

原立江转而安慰了他几句，他才略微松了口气。

挂了电话，顾青裴在走廊里站了很久，直到病房的门打开，原炀走了出来："你怎么不进来？我爸说你了？"

"没有，我在反省。"

"反省什么？"

"这件事我没处理好，把对方逼急了。"如果当时少打压十个点，是不是就不会发生这样的事？这件事的重点并不是原炀受了多重的伤，而是有人想伤害原炀这件事本身。原家这样的家族，是绝对不能容忍这个世界上有这样的威胁存在的。

原炀皱眉道："这事不怪你，这群人太贪，那种条件换谁都不会答应。我爸说什么了？"

"他说明天过来。"

原炀睨着他："你这个样子一点都不像你。"

"我也不可能总是春风得意啊，也有失败和不得力的时候。"

"你不至于这么受不了挫折吧？"

"怎么会，我的工作经历里到处都是挫折，你以为我一参加工作就是'顾总'了？"顾青裴想起刚参加工作的时候，要什么没什么，这么多年也熬过来了，他只是需要点时间平复情绪而已。

"既然这样，你还愁什么？放心吧，我爸稀罕你稀罕得不得了，不会把你怎么样的。"

"你现在反倒安慰起我来了，不急着赶我走了？"

"把你赶走了，我上哪儿找这么卖命的经理人去。"

顾青裴嗤笑一声。

原炀抬了抬下巴，开始邀功："今天我帅不帅？"

"还成。"

"究竟帅不帅？"

"有点儿吓人。"

"你现在知道我对你多手下留情了吧？"原炀一副大度的模样，"我一直懒得跟你动手，像你这样的，揍你好像欺负你似的。"

顾青裴想到那几个流氓的惨状，再想想自己，确实心有余悸。这么说来，他之前的操作简直是在虎口拔须。他哼笑道："可你也没怎么跟我客气。"

"那是你活该，谁让你一直招惹我。"原炀拍拍他的肩膀，"不过你放心吧，你以后再惹我生气，我也不会揍你的，我找其他办法治你。"

顾青裴笑骂道："我可真谢谢你啊。"

第二天早上，赵律师带来两个保镖，把他们接回了酒店。三人坐在一起，把赵律师一晚上调查到的东西梳理了一遍，并准备下午约见刑事律师。案子到现在已经不是一个简单的经济案件，原炀的安全也显然比任何事都重要百倍，他们准备提起刑事诉讼。

原炀虽然因为失血而脸色苍白，但精神很好，除了手臂行动不便，没有一点病人的样子，反倒摩拳擦掌想着怎么报仇。

中午，原立江到了酒店。原立江平时是一个看上去挺随和的人，心情好的时候还能跟人开几句玩笑，可一旦严肃起来，站在他旁边都感觉寒毛倒竖。他一进屋，看也没看顾青裴和赵律师，径直走向原炀。原炀站起来刚要说话，他一个耳光先招呼了上去。

屋子里鸦雀无声。

原立江厉声道："你是不是仗着自己会几手拳脚功夫就天不怕地不怕了？遇到事情不知道躲，就知道硬碰硬，蠢！"

原炀硬邦邦地说："躲不了，我又跑不过汽车。"

"你不用唬弄我，你的性格我还不知道。"原立江指了指他的胳膊，"残废了没有？"

"没有。"

"哼。"原立江冷着脸坐到了床上，这才看了顾青裴一眼，脸色稍微缓和了一些，"顾总，你没受伤吧？"

"我没事，多亏了原炀。"顾青裴看了原炀一眼，说得很真诚。

原炀微微一笑，能保护自己的朋友，就算任务高度完成，受点儿伤算什么。

原立江又和律师商议如何严惩对方，准备下午带原炀去公安局见办案的警察。

最后，原立江把顾青裴单独叫到了阳台外面，关上了落地窗，道："你和原炀的关系好像变得融洽了些？"

135

顾青裴点点头："他现在懂事了，心思也往工作上使了。"

"那就好，这好几个月来，我也看到了他的变化，他能长进这么多，你功不可没。"

"原董，您过奖了。"

原立江感慨道："其实，我真的有些羡慕你。原炀小的时候，正是我工作最忙的时候，我错过了太多他的成长，导致他跟我一直有些隔阂。"

"原炀还是太年轻，他会越来越懂事的。"

原立江苦笑道："希望吧，看来我看人的眼光没错，我一直觉得你能教好他。"

"我也很怕辜负原董的期望。"

原立江拍拍他的肩膀说："青裴，这次的事我想你也能吸取教训。我现在往回看，自己在三十来岁时候做的事很多也非常欠缺考虑，希望你引以为戒。"

"原董的教诲我一定谨记在心。"

"我看到原炀能跟你相处得来，而且对工作也开始上心，心里很欣慰。他要学的东西还很多，你多提点提点他，只不过这样的事以后再不能发生了。"

"是。"顾青裴感觉胸口压着一块大石头，让他呼吸有些困难。他低估了原立江对原炀的关注度，不像普通父亲那样慈爱关怀，并不代表不在乎，这对父子的关系就是这么拧巴。不管怎么样，他都不会去触及原立江的底线，那不知道要付出什么代价。

原立江冷笑道："这个案子我也参与进来，必须一次就把对方打得不能翻身才行。我们给的条件他不但不接受，居然还敢伤人，那就让他们一个子儿也摸不到，还要蹲监狱！"

"原董，诉讼这边儿还是我继续盯着吧。"

"可以，但是你和原炀不要再露脸，一切让小赵代理。"

"好的。"

两人回房间后，原立江拿起大衣准备走。

原炀低声道："爸，这事儿你没告诉我妈吧？"

原立江反问道："你说呢？"

"不用告诉她。"

"我不告诉她，她自己会不会知道就说不准了。不想让父母担心，就别做出格的事。这些天你好好待在酒店，换药让医生过来换，你不要出门，过几天你跟我一起回 B 市。"

"我知道了。"原炀难得没辩驳什么。

原立江走了几步，又回头看了原炀一眼，叹了口气，又走了回来，在原炀旁边坐下了："算了，都中午了，我跟你们一起吃饭吧。"他看着原炀肩膀上缠着的绷带，想要说些什么，又说不出口。

原炀心里不太好受，他搂着原立江的肩膀摇了摇，笑道："老原，真没事儿。"

原立江哼笑一声，道："臭小子，不让人省心。"

顾青裴看着原立江真正缓和下来的表情，才暗暗松了口气。

吃完午饭，原立江匆匆赶去见人了，赵律师也去忙取证的事。

被勒令不准出门的两人待在了酒店，为了保障他们的安全，他们住在一个商务套间里，客厅里有保安。接下来至少一个星期他们都得待在唐市，配合警方调查，顾青裴只能用电脑和电话远程办公。

原炀吃完饭后睡了个午觉，一觉醒来，天色已经暗了。顾青裴就坐在原炀旁边，后背靠在靠枕上，膝上放着电脑，专注地看着什么。电脑的光打在他的镜片上，让人看不见他的眼睛，但从那紧抿的唇线上也能看出一定不是什么轻松的内容。

原炀轻声道："你干什么呢？"他一张嘴才发现自己喉咙哑得厉害。

"你醒了？"顾青裴从床头柜拿起一杯水，"喝点水。"

原炀起身喝了口水，说："天都黑了，我怎么睡了这么久？"

"你失血过度，身体难免有点虚。"

"就这点儿伤……果然有点疏于锻炼了。"他伸手把顾青裴的眼镜摘了下来，"你的眼睛都红了，看了几个小时？赶紧休息一下。"

顾青裴揉了揉眼睛说："公司一堆事情呢。"

"那也不能把自己累死啊。"原炀调侃道，"老原到底给你多少钱，让你这么卖力？"

"这是责任，你懂不懂？"顾青裴把电脑放到了一边，他确实有些累了。

原炀躺倒在他边上，直勾勾地望着他的眼睛："我睡得头有点疼，你帮我按一按。"

顾青裴便给他揉着太阳穴："你这样晚上该睡不着了。"

"那我就玩游戏。"

"你的手这样了还玩游戏。"

"哦，也对，我忘了。那你给我讲故事吧。"

顾青裴简直要吐血："你几岁了？"

"那我干什么？又不能出去，无聊死了。"原炀眨巴着眼睛说，"要不我给你讲故事，讲部队上的事儿。"

"好啊，我还真不太了解部队生活。"顾青裴来了兴趣。

"有意思的事儿可多了，我刚去的那一年……"

顾青裴认真听着那些陌生又新鲜的故事。两人聊着天，不时发出惊叹声或笑声，气氛竟是前所未有的和谐。

警察办案的效率很高，两天就把人抓到了。原立江做事也是快狠准，找到了那家公司的很多把柄，从刑诉和民诉双管齐下，誓要把胆敢伤害他儿子的人踩到泥坑里。

顾青裴深深感叹果然姜还是老的辣，原立江一出手，打得对方措手不及，站都站不稳。无论是从可调动的人脉层面上，还是能量、手腕方面，他和原立江都是天差地别，原立江这样的战略家能看得上他，他一直以来都觉得挺荣幸。

两人连续在酒店待了几天不能出去，都闷坏了。原炀天天吵着想下去走走，吃顿饭，都被顾青裴阻止了。这个节骨眼儿上，他才不会做任何忤逆原立江的事。

原炀上厕所的空当，顾青裴的电话响了。他拿起手机一看，是一个陌生号码。这种电话他一般不接，直接就挂断了，但对方却锲而不舍地再次打了过来。他想了想，接通了电话："喂，哪位？"

一道阴森的声音传来："顾总。"

这个声音对顾青裴来说全然陌生，他冷静地问："谁？"

"我是谁你不用知道，顾总是聪明人，我只奉劝你一句，得饶人处且饶人。"

顾青裴冷笑一声："现在你跟我说这个是不是太晚了？哦，或者这句话你本来是没打算跟一个死人或者残废说的？"

"顾总，你想得太复杂了，我只是想吓唬吓唬你们。"

"你现在跟我说什么都没用了。如果是咱们俩的矛盾，我一定退让，我惹不起舞刀弄枪的，但是你们现在惹了不该惹的人，事情早就不是我能控制的了，你好自为之吧。"

"你什么意思？我们惹了谁？"

"活得糊涂，死得也糊涂，呵呵。"顾青裴挂掉了电话。

这时，原炀刚好从浴室里出来，看他脸色不对，问道："怎么了？"

"对方给我来了一个威胁电话。"顾青裴把号码给赵律师发了过去，让警方去查。

原炀黑着脸道："这帮浑蛋胆子不小，都说什么了？"

"劝我得饶人处且饶人。"

"放屁。"原炀恨不得把电话捏碎了。这两天他一直休息不好，并不是因为受伤，而是他经常在闭上眼睛的时候想起那把明晃晃朝顾青裴刺过来的刀。他还记得当时那种呼吸停滞、心脏骤然收紧的感觉，如果那一刀真的落到顾青裴背上，他一定会杀了那个杂碎。潜意识里，他将顾青裴纳入需要保护的范围，是他的"自己人"，谁敢动他的人一根汗毛，他会毫不犹豫地给予最凶狠的反击。

顾青裴轻轻拍拍他的肩膀："忌生气。"

"我们必须把这些家伙清理干净，不然以后他们还可能威胁到我们。"

顾青裴叹了口气，原立江把人家老底都查出来了，不可能再有转圜余地，只能把对方赶尽杀绝，以绝后患。只是他心里隐隐有些担忧，毕竟他是一个守法公民，实在不想掺和到这些事情里去，可现在他想抽身也不可能了。

原炀凝望着他的眼睛："你害怕？"

"还不至于。"

"害怕你就说，我又不会笑话你。"顾青裴是一个斯文人，跟带血腥的是非沾不上边，他不会允许顾青裴在自己眼皮子底下受伤。

"真的没有，我只是觉得事情发展成这样，太出乎我的意料了。我觉得自己这次处理得不够好，没有化解矛盾，而是激化了矛盾。"

"这件事不是你的错，而且从另一方面讲，你把我们的利益最大化了，有得必有失。"

顾青裴笑着看了他一眼，说："你居然也会安慰人了。"

"看在你这几天悉心照顾我的分上。"原炀用极为有力量的口吻说道，"你别害怕，我跟你住一起，二十四小时跟你在一起，谁都别想动你。"

顾青裴心里暖烘烘的。虽然他并不觉得自己需要任何人保护，可是有人愿意保护他，感觉真的不赖，即使这种安全感来自向来不怎么靠谱的原炀。

几天后，他们和原立江一起回了 B 市。

原炀的母亲来接机。

"妈。"原炀叫了一声。

"儿子，"吴景兰着急地走过来，对着原炀又摸又看，"你怎么样啊？还疼不疼？"

"没事儿，小伤。"

吴景兰怒道："这些人真是无法无天！你也是，出了这么大的事，你和你爸怎么能瞒着我呢？"

"回来再说嘛，免得你着急。"

原立江把脸转到了一边，当作没听见。

"妈，上车说吧。"

这时候吴景兰才看到顾青裴，勉强笑了笑："这位就是顾总吧？"

"吴总，您好。"

"嗯，顾总真是一表人才，年轻有为，立江经常跟我夸你。"

顾青裴谦逊地说："不敢当。"

"上车吧，你去我家吃顿饭。"

"你们一家人团聚，我怎么好意思叨扰，我自己打车回去就行了。"

原立江道："一起去吧，晚上我让司机送你回去。这段时间你们就别单独行动了。"

顾青裴推辞不过，只好上了车。他其实并不想跟原家人有更进一步的接触，原立江夫妻对他都挺客气，但他明白这种客气并不是因为自己有多优秀，毕竟B市里他这样的一抓一大把，而是自己现在算是他们儿子的"老师"。

顾青裴一进屋，看到客厅里坐着一对少男少女，长得十分好看。那个男孩子就像缩小版的原炀，顾青裴看着他，感觉很有意思。小姑娘叫着"大哥"就跑过来了，那个十来岁的男孩儿却没动。

原炀伸手按住她的头说："你别往我身上扑。"

"大哥，你的伤怎么样了？"妹妹抱着原炀的胳膊撒娇。

"没事儿，你别担心。"

男孩儿走了过来，眨着眼睛看着原炀："大哥，你打架从来不输的，最近是不是缺乏锻炼了？"

"扯淡，对方人多。"

原立江喝道："你别怂恿你哥打架，什么输不输的，这是输赢的问题吗？"

男孩儿缩了缩脖子，又转向顾青裴："叔叔，你是谁？"

顾青裴笑着伸出手："我姓顾，顾青裴，是你爸爸的下属。"

"哦，我知道你。"小姑娘蹦过来，一把拉住男孩儿的手，趴在他耳边说，"大哥说这人非常讨厌，不要跟他握手。"

她的音量虽然低，但在场的人都听见了。原立江瞪圆了眼睛看着原烊，原烊讪笑两下。

"你别这么没礼貌。"男孩儿伸手跟顾青裴握了握，"顾总，我大哥脾气不好，但他对有能力的人是服气的。我爸很赏识你，我哥也会赏识你的，你加油。"

顾青裴忍不住笑了。不错，这种才是人人都想要的儿子，反正怎么都不会是原烊那样的。

原烊拍了拍他弟弟的脑袋，表情有些窘迫："别瞎说。"

原立江道："我介绍一下。这个是原烊的弟弟，十五岁，叫原竞；这个是妹妹，十三岁，叫原樱。"

"你们好。"顾青裴笑着打招呼。

妹妹还是有些戒备地看着顾青裴。

吴景兰笑道："顾总，入座吧，晚饭都准备好了。"

顾青裴坐在原家一家人中间，多少有些不自在。还好原立江和吴景兰都是做生意的，跟他有很多共同话题，三人在席间聊着几个地产项目。原烊不再像过去那样漠不关心，而是参与了他们的讨论，这把夫妻俩高兴坏了，觉得自己的儿子终于开窍了。他们根本不会知道，原烊突然奋起的原因只是不想被顾青裴看扁。

吃完饭，顾青裴和原烊打算告辞。

原竞问道："大哥，你什么时候带我去你那儿玩儿？"

"过段时间吧。"

"你老是说过段时间。"

"等你会开车了自己去。"

"那还要好几年呢！"

吴景兰责怪道："你带你弟弟妹妹去你那儿玩玩儿有什么。"

原烊没脸说自己交不起采暖费，家里冷得住不了人。他敷衍道："知道了，过段时间我就带他们去。你们先在家老实待着，等我抽出空来。"

"原烊，你现在不能开车，平时上班怎么办？要不你这些天住家里吧。"

"不用，我一只手照样开车，这种小伤几天就好了。"

原立江道："一只手开车不安全，调个司机来吧，或者委屈一下顾总，这几天你开车接一下他。"

顾青裴不敢让原立江知道原炀现在住在自己家，这事儿怎么想怎么别扭，而且跟老板的儿子走得太近，有点像大臣偷偷笼络皇子，多少是有点犯忌讳的："没问题。"

"好，麻烦顾总了。"

两人上车之后，原炀笑了笑说："他们要是知道我们住在一起的话……"

顾青裴抢道："他们不会知道。"

原炀扭头看着他。

顾青裴也认真地看着他："他们不可能知道。"

原炀心里有点堵，不知道为什么，顾青裴这种急于隐瞒的态度让他不太痛快："当然，我怎么可能让他们知道。"

顾青裴一边开车一边说："案子的判决书一下来，我会申请给你奖金，到时候你有钱了，就搬回去吧。"

"你说得好像我愿意跟你住一起一样，我只是没钱吃饭。"

"我知道。"

"该搬走的时候我会搬走，不过这段时间你必须照顾我。"原炀心里十分不痛快。

顾青裴低声道："我知道。"

接下来的一路，两人都没说话。进屋之后，原炀在他背后突然说："我要是不搬走呢？你能把我怎么样？"

顾青裴无奈道："我也不能把你怎么样，不过你早晚要结婚吧，还能在我这儿住一辈子？"

"我才二十二岁，结个屁婚。"

"我说早晚。"

原炀怒道："我看是你急着结婚吧。"

"这怎么能扯到我身上？"

"你跟那个赵媛都离婚了还成天联系什么啊，难道是想复婚？"

"你瞎扯什么呢。"顾青裴以为他又犯病了，没搭理他。他隔三岔五总有那么几次会莫名其妙发怒，然后莫名其妙消气，自己都习惯了。

原炀堵到他面前："我要是一直住下去呢？我要是不搬走呢？"

顾青裴皱眉道："你到底想说什么？"

原炀眉毛直跳。他也不知道他想说什么，可一想到顾青裴想赶他走，他就气得团团转。他们这样不是很好吗？

顾青裴一天没休息，着实累了："别闹了行吗？洗漱一下睡觉吧。"

原炀气哼哼地踢掉鞋子，进屋了。

跟小孩子一样……顾青裴苦笑着摇了摇头，他怎么会招惹上这么个玩意儿呢。

顾青裴洗完澡便走向客卧，这几天他临睡前必须检查一下原炀的伤。他打开门，原炀背对着自己躺在床上。他坐在床边，问道："你不洗澡？"

原炀没说话。

"你真的不洗？"

"不洗，怎么了？你嫌我脏啊？"

"不是，你不愿意洗就算了。"顾青裴问道，"还生气呢，别闹了行不行？"

"谁生气了？有病。"

顾青裴拍了拍他的肩膀说："转过来让我看看你。""小狼狗"容易生气，倒也容易哄。

原炀身体僵了僵，没动。

"来呀。"

原炀慢腾腾地转过身，还要防止碰到肩膀上的伤。

顾青裴笑道："我哄你啊，就跟哄孩子似的，真锻炼人。"

"我想什么时候搬就什么时候搬。"原炀小声说。

"成。"

"你再敢赶我试试。"

"我没赶你……算了，我跟你说不清楚。"

原炀重重地哼了一声，道："我烦死你这种态度了，好像我很胡搅蛮缠一样。"

顾青裴失笑："你不胡搅蛮缠？"

"你再挤对我，我就揍你。"

顾青裴揉了揉原炀的大脑袋，声音温柔："睡觉吧，明天要去公司。"

原炀轻轻"嗯"了一声。

顾青裴在心中喟叹了一声。

不知从什么时候开始，他已经习惯这个人的存在。原炀是一个相当不合格的同居人，是他最讨厌的那种幼稚又莽撞的类型，可是也不知道怎么的，他总觉得有原炀围在身边，也不太坏，也许是他孤独太久，也许是他也渴望有个人能与他做伴，总之，他渐渐接纳了原炀贸然闯进他的生活。

两人现在的相处模式简直就像是家人，这让顾青裴心中警铃大作，他们本来就是两个世界的人，不该牵扯太多的感情，可是有人陪伴的安稳又在另一边拼命放松着他的心弦，他时而觉得该立刻停止，时而觉得再享受一下也不错。他向来不是得过且过的人，可在这件事上却想一拖再拖，不愿意去解决。实际上他也没法解决，原炀根本不会按照他的想法行事。

原炀动了动，说："你干吗叹气？"

"你怎么知道我叹气？"

"我感觉到了。"原炀认真地说，"如果是工作的事，以后我帮你就是了，别愁了。"

"真不错，你都能为我分忧了。"顾青裴调笑道。

"要不然你成天挤对我，烦得要命。"

"我那是为你好。"

"哼，不就是挣钱吗，我让你看看我的本事，以后就是我养活公司、养活你。"

顾青裴不自觉地嘴角上扬："你先养活自己吧。"

"我说能养活你就能养活你，我会好好工作的。"

"那我等着看你怎么养活我，我可不便宜。"

"再贵我也全包了。"

顾青裴一个星期没去公司，一进办公室就看到厚厚的一大摞等着他签字的文件。他把原炀派去跟财务总监做一个并购项目的谈判，自己则留在公司处理一些行政事务。

眼看就到年底了，他想着年会的事，手机突然响了起来，是王晋打来的："王总，你好啊。"

王晋的嗓音优雅动听："顾总还没忘了我啊。"

"哈哈，岂敢啊。"

"那你怎么连个电话都不打来？我这可是等着顾总请客呢。"

"小弟早就想找机会请王总吃顿饭了，就是到年底了，实在太忙了，也怕你忙。"

王晋低笑两声："顾总要是约我，我就是再忙也会赴约的。"

顾青裴笑道："那我就厚着脸皮约了啊。怎么样？王总，什么时候有时间？"

"今晚吧。这两天净是饭局，我吃得胃很难受，想去吃点清淡的素斋，我知道有一家很不错。"

"好，"顾青裴看了看表，"那晚上见。"

顾青裴准时到了饭店。进包厢后，他颇为意外，他以为王晋会带些其他老板来——他们这些人吃饭可不只是为了吃饭，而是为了交流信息和建立关系——结果整个包厢里只有王晋一个人。

"顾总，来得挺早啊。"王晋从沙发里站了起来。他身材高大，玉树临风，声线低沉优雅，是一个极富有魅力的男人。

顾青裴笑着走过去，跟他握了握手："王总久等了，今天就我们两个？"

"是啊，就我们两个。"王晋大方地摊了摊手，"顾总还想找谁作陪？"

顾青裴干笑了两声："王总这么大的面子我都吃不消了，还敢找谁啊。"

"来，坐吧。哎，原家那个大公子呢？他没跟你来吗？"

"他办其他的事去了。"

王晋长长地"哦"了一声。

两人双双入座。

王晋道："我已经点菜了，这里东西不错，就是上菜慢，咱们边聊边等。"

"不急，我不饿。"

王晋拿出上次顾青裴发给他的项目策划书："这个我看了，这项目确实不错，盈利空间非常大，而且我对你们提出的建设富豪级山庄的想法很有兴趣。"

"这是原董提出来的，只吸引超高端的客人。"

"理念很好。这个项目的关键在风险方面，现在这两千多亩地毕竟还是林业用地，要把这么一大块地变性，可有好多工作要做的，不知道你们进行到哪一步了？"

顾青裴把他们近期工作的进度跟王晋概述了一番。他对土地变性一事的可行性胸有成竹，这种自信很快也感染了王晋，他说得滔滔不绝的时候，王晋就含笑看着他，不时提出一点建议和想法。两人聊得非常投机，他们在很多事情上都有相似的见地，而且都见多识广，沟通起来几乎没有障碍。能碰上一个有共同语言的人，着实不易。

菜陆续端上来了，顾青裴让道："光听我说话了，王总，您请。"

王晋给顾青裴倒了一杯茶："你别叫王总了，叫王哥吧。"

"那我不客气了，王哥。"

王晋看着他，目光富有深意："青裴，我很少能碰到一个这么聊得来的朋友，我感觉我们共同点挺多的。"

顾青裴也表示赞同："跟王哥聊天，我觉得受益匪浅。"

王晋给他夹菜："尝尝这个，这家的牛蒡丝做得特别对味儿。"

"好。"

席间，王晋看似漫不经心地问道："顾总平时有什么娱乐项目啊？晚上想去哪儿玩玩？"

顾青裴最怕听到这种问题，他不是清高不爱玩儿，而是从来不想带入工作中，那可能会影响他的思考和判断。他婉拒的那套说辞张嘴就来："嘿哟，我都忙成这样了，真是有心无力。等过了年吧，过了年我好好招待王总。"

王晋似乎松了口气："我不是装清高，我跟你说句实话，我不爱去那些地方，又嘈杂又脏乱。"

"太好了，我也不爱去。"

王晋浅抿了一口酒，说："而且，那些花天酒地的事情对我来说都没有意义。我喜欢平静朴实一点的日子，有个能聊得来的人做伴，根本不需要多，一个就足够了。"

顾青裴眉头微微一蹙，头脑清醒了几分。奇怪，怎么扯到这儿来了？他和王晋也没熟到要交流爱情观的程度吧？他心中有了一丝警惕。

王晋眯起眼睛，狭长的凤目特别好看："听说顾总离过婚？那应该能明白我的感受。"

顾青裴最不愿意跟别人谈他的婚姻，却碍于情面不能不回答，只好道："王哥是不是感情生活上有什么不顺？跟小弟聊聊？"

王晋抬起头，笑着看了他一眼，压低声音说："你真的想知道？"

顾青裴大方一笑："我愿意为王哥分忧。"心里却希望王晋赶紧住嘴。他只想从王晋兜里掏钱，而不是听心路历程。

王晋喝了口酒，突然倾身靠近了顾青裴，开口道："青裴，我觉得我们是一种人。"

顾青裴心里一惊，他表面上不动声色，微微退开，装傻道："咱们确实有很多相似之处，所以才适合合作嘛，哈哈。"

王晋笑道："来来来，吃饭，不然都凉了。"

两人之后再没有提这个话题，只是聊了些八卦和市场行情之类无关痛痒的东西。

快吃完的时候，顾青裴的电话响了，是原炀打来的，顾青裴接通电话："喂？"

"你去哪儿了？"

"有饭局。"

"用不用我去接你？"

"不用，我带了老赵来。"

"那好吧，早点回来。"

顾青裴把电话紧紧贴着耳朵，生怕被王晋听道："嗯，我知道了。"说完匆匆挂了电话。

王晋看了他一眼："不会是原公子吧？"

顾青裴敷衍道："是，他现在是我的专职司机，挺尽责的。"

王晋眼中精光一闪，但没有说什么。

回到家，顾青裴刚把钥匙插进锁孔，门就被从里面打开了。

原炀皱着眉看他："现在才回来。"

"有事嘛。"

"你跟谁吃饭啊？"原炀跟在他身后问道。

顾青裴敷衍道："都是生意上的。"

顾青裴隔三岔五有饭局，原炀本来不会多想，可他们刚刚被袭击过，当时受到的震撼还没过去，顾青裴单独行动总让他放心不下："以后你要出去还是等我回来。"

"你有其他任务，不能耽误事。"顾青裴脱下大衣，问道，"信用证办得怎么样？"

"挺顺利，银行同意合同签订之后，先放款五千万。"

"嗯。这个项目是我们明年的重点工作，一定要盯紧了。"

"我知道。"

顾青裴拍拍他的脑袋说："做得不错。"

原炀凑上去："那你什么时候给我奖金？"

顾青裴故意逗他："什么奖金？案子判决不是还没下来吗？"

"融资这件事我也参与了呀，现在马上就要办成了，你都不给我奖金吗？"

"哦，"顾青裴摸了摸下巴，"行，给你两万吧。"

原炀怒了："你怎么这么抠门！"

"这件事的主要功劳是咱们的财务总监，你不过就是跟着跑一跑，知足吧。"原炀重重地哼了一声。

顾青裴笑道："等签了合同我就下文件，奖金跟年终奖一起发给你。"

原炀骂了句脏话，没好气地说："我跟你说了没有？你的车到了。"

"哦？原董给我的那台？"

"嗯，我爸让我跟你说一声，然后带你去提车。"

顾青裴难掩兴奋："好哇，周末吧。"

原炀讥诮道："我砸你一台保时捷，赔你一台宾利，是不是赚翻了？"

"可不是嘛，你要是把宾利砸了，打算赔我什么？"

"滚。"

顾青裴哈哈大笑起来。

第二天，顾青裴正在公司开会，会议进行到一半儿，张霞进来了，趴在他耳边说王晋来公司了。他匆匆结束会议去见王晋，到贵宾室一看，王晋还带了个人来。

"王哥，怎么过来也不打个电话？"

王晋笑着跟顾青裴握了握手："我是偶然经过，正好上来看看。青裴，我给你介绍一下，这是我们公司的法务总监杨总，今天我特意带他来跟你谈谈那个项目。"

"哦，杨总，你好。"顾青裴打过招呼，又转身对张霞说，"小张，把那个两千亩土地变性项目的文件给我拿来，然后把张经理叫过来。"

三人坐下来聊着项目的事。过了一会儿，门被敲响了，顾青裴道："进来。"但进来的不只有地产项目部的张经理，还有面无表情的原炀。

王晋笑着打招呼："原公子，又见面了。"

原炀勉强点了点头："王总。"

"你坐吧，一起聊聊。"王晋指指旁边的沙发。

此时原炀特别想挤到王晋和顾青裴中间去，但是碍于场合生生忍住了。

张经理用PPT演示了那块地的设计和规划，然后又对法务方面的事进行了说明。

让顾青裴颇为意外的是，原炀不再像以前那样事不关己地坐在一边，而是参与到讨论中来，说话居然有条不紊，对项目也了解得八八九九，看上去有模有样的，跟原炀平时幼稚任性的模样相去甚远。看来自己这么长时间的教育终于起到效果了，顾青裴甚感欣慰，他想，差不多可以给"小狼狗"涨工资了。

中午，王晋想请顾青裴吃饭。他推托说上午的会还没开完，下午要接着开，不方便出去吃饭，在食堂对付一下就行了。

王晋面不改色地笑道："既然这样，我就跟顾总一起尝尝食堂的饭菜吧。"

原炀的脸色沉了下来。

顾青裴让张霞先带王晋他们下去，自己还有些事要交代张经理办。王晋走后，原炀想跟顾青裴说话，顾青裴挥手制止他，把张经理拉到一边说话。

等张经理走了，原炀才堵到顾青裴面前，没好气地质问道："你昨天见的人是不是王晋？"

顾青裴不以为然道："是啊。"

原炀一下子就火了："你见他为什么不告诉我？"

"我见他为什么非得告诉你？我生意上的事那么多，每件都跟你汇报？"

"他不一样。"

"他怎么不一样？"

"他有点儿不对劲儿。"

顾青裴一时语塞，这难道就是野兽的直觉？这小子看人还真挺准的，他继续装傻："你别瞎扯了行不行，你知道这个项目多关键吗？王晋是目前出现的最合适的合伙人，我绝对不会放弃这么好的机会，你要是敢给我捣乱，我饶不了你。"

原炀怒道："你沾上他的铜臭味臭死了！"

顾青裴大概能理解原炀的思维，可惜他不是那么好摆布的人，也不觉得自己有义务配合原炀的不讲理，他冷下脸道："你别胡闹了，做生意不是凭着你喜不喜欢一个人来做决策的，谁都像你这样，什么事儿都成不了，你到底什么时候能稍微成熟一点？"

原炀脸色铁青，每次顾青裴嫌弃他不成熟，他都想克制自己，表现得更加成熟一些，可是他就是受不了王晋看顾青裴的眼神，他直觉王晋对顾青裴有企图。他绝对不允许别人觊觎他的伙伴！

TIT

Chapter 10

FOR

TAT

食堂饭菜比较简单，顾青裴一脸歉意地说："今天食堂没来得及准备，希望王总和杨总别介意。"

杨总道："哪儿的话，我们就吃顿便饭，顾总没时间，咱们改天再约就是。"

"一定一定。"

王晋笑道："顾总，咱们约个时间，你带我去看看地吧。"

"可以，这个星期可能没有时间，下个星期……"

"我带王总去吧，"原炀插口道，"顾总前天刚从外地出差回来，公司积压了很多事，下个星期可能还要出差。为了不耽误事，我陪王总去，那块地我去过两次，很了解情况。"原炀似笑非笑地看着王晋。

王晋微微眯起眼睛，道："好哇。"

顾青裴也不愿意去，开车要开三个多小时，还要走一段很不好走的山路，他当即道："这样最好，等王总回来，如果合适的话，下星期我把原董约出来，咱们细谈。"

"没问题。"

顾青裴拍了拍原炀的肩膀，半开玩笑半警告着说："原炀，你要把王总照顾好啊，王总是我们的贵客，你可不能有丝毫怠慢。"

原炀转过头瞪了顾青裴一眼。由于角度问题，其他人没看见，只听原炀答应了一声。

顾青裴虽然有些担心，但他觉得这也是一个考验原炀的好机会，他想原炀不会真的那么不知轻重，故意得罪王晋。

送走王晋后，原炀跟着顾青裴回到办公室，他道："下午你去找张经理，把他也带上吧。"

顾青裴刚在椅子上坐下，原炀就握住椅子的扶手。他弯下身，鼻尖几乎顶到顾青裴的脸上。

顾青裴看着他说："又怎么了？"

原炀的眼眸深不见底："顾青裴，我说我讨厌他，你还挺放心我去的？你什么居心？"

顾青裴轻声道："这不是你主动要求的吗？再说了，这正是考验你的机会，让我看看你是不是真的能让我省心。"

"让你省心是怎么样的？"

"工作上替我分忧，生活上成熟大度，这些你现在能做到哪样？原炀，我不想当保姆，也不是自愿给原董带孩子，你要老让我操心的话……"顾青裴逗他，"我就找机会把你退给原董，是不是正合你心意？"

原炀只觉得浑身血液都沸腾了起来，顾青裴这副皮笑肉不笑的倨傲表情让他恨得牙痒痒。面对顾青裴的挑衅和揶揄，他唯一想做的就是证明自己，一再地，更加有力地证明自己，让这个男人再也不敢瞧不起自己。

顾青裴一看他眼神不对，心也有点慌，怕这只喜怒无常的"小狼狗"又发疯："行了，你干活去吧。"

原炀龇起牙，做出要咬他的动作，然后忿忿地走了。

顾青裴正在午休，迷迷糊糊中，似乎听到办公室外面有说话声，很像孩子的声音。他以为自己睡蒙了，清醒了一下，爬了起来。

正在这时，门突然被打开了。外面光线很亮，顾青裴反射性地用手挡住眼睛。

"叔叔？"

顾青裴再次以为自己幻听了，他睁开眼睛一看，居然是原炀的弟弟原竞，他背着书包站在门口。正值发育旺盛的十几岁少年，好像几天不见就长高了，已经有了一个男人的雏形。顾青裴看着他，总觉得在看缩小版的原炀，觉得他又可爱又讨嫌。

太分裂了，他也被原炀弄得不正常了。

原竞惊讶地看着他。

顾青裴尴尬地说："原竞，你怎么在这里？你哥哥呢？"

"我带我妹妹来找他玩儿，他带小樱上厕所去了。"

"那你……"

"我以为这是我爸的办公室，就进来了。"原竞十分有礼貌，马上道歉，"不好意思。"

"没关系，你去坐吧。我换下衣服。"

原竞带上门出去了。

顾青裴穿上衣服出去，发现原炀正领着他妹妹进来，看到原竞就说："你怎么乱跑？谁让你进来的？"

原竞参观着办公室："我以为是爸爸的办公室。"

顾青裴道："他们怎么来了？"

"他们非要去我住的地方玩儿，我爸就让司机把他们送来了。"

"公司的车借你用一天，一会儿下班你就带他们回家吧。"

原炀看了看表说："我现在带他们走吧，一会儿太堵，我妹妹又该烦我了。"

"你去写个请假条，按程序走。"

原炀不耐烦地说："知道了。"他按着两个孩子的脑袋，"走了，我先跟你们说好啊，我家没暖气，是你们非要去的，去了别叫唤。"

"啊？为什么没暖气？"

"坏了。"

"那你不叫人修？"

"还没修好，爱去不去，不去我送你们回家。"

顾青裴听着他们兄妹幼稚的对话，脸上浮现笑意。

顾青裴回家之后，看着空荡荡的屋子突然有点不习惯。

说来也奇怪，原炀搬到他家快一个月了，他从开始的抗拒到现在的习惯，居然只花了一个月。他时常觉得原炀霸道不讲理，是一个相当糟糕的同居人，可是原炀不在，他又觉得空落落的。可能是独身太久，真的挺渴望有个人陪伴吧，哪怕是原炀这样的，他也勉强接受了。他自嘲地笑了笑，打算泡个舒服的热水澡，然后早点睡觉。

洗完澡，他接到了原立江的电话。

"青裴呀，今天我小儿子和小女儿去公司了，没给你添麻烦吧？"

"怎么会呢，他们待了一会儿，原炀就带他们回家了。"

"这两个孩子都特别崇拜原炀，原炀不常回家，他们就非要去原炀那儿住，真是没办法。"

顾青裴笑笑，心里有点羡慕。他是独生子，没有体会过有兄弟姐妹的感觉。年轻的时候他体会不深，过了三十岁之后，他对有人陪伴的向往变得强烈了一些，虽然也不是迫切需要，可偶尔也会好奇，如果有孩子生活会变成什么样。不过转念又一想，他带原炀，真是又当哥哥又当爹，体验也不太美好，顿时就打消了好奇心。

原立江道："青裴，唐市那边儿的事已经进入诉讼了，那个公司的负责人跑了，现在警察正在抓捕，估计掀不起什么风浪了，不过你们还是要小心点。"

"原董不用太担心，他现在自顾不暇，应该没时间考虑报仇，希望警察能尽快抓到他。"

挂了电话之后，顾青裴的心情并未受到什么影响。一个四处逃窜的人，在他看来构不成什么威胁，这件事早晚会过去，最好以那个人伏法为结局。

这时，家里的固定电话又响了，他拿起电话，一个年轻男人的声音响起："喂，兄弟。"

顾青裴愣了愣，这个声音有点耳熟，不过他没有这么年轻的"兄弟"，他顿了顿，说："请问你是哪位？打错了吧？"

这回轮到对方愣住了，那边儿足足沉默了两三秒，才道："你是顾总吗？"

顾青裴脑中灵光一现："哦，你是彭总吧？你好。"

电话那头的正是彭放，彭放尴尬地问："你在原烊家啊？"

"我在自己家，你怎么会有我家电话？"

彭放干笑道："上次原烊拿这个电话给我打过，我刚才想联系他，但他关机了，所以我就打这个了。难道你们现在住在一起？"

顾青裴也有些尴尬："原烊没告诉你吗？"

"呃，哈哈，没有。"

"我们没住在一起，可能是他上次来我家拿东西吧。彭总有什么事吗？需要我明天转达给原烊吗？"

彭放那边儿似乎松了口气："没什么要紧的，我明天给他打电话吧。"

"好，再见。"

挂了电话，顾青裴想起来自己还有一封重要的资料要发给法务，没想到他的笔记本出了毛病，怎么都开不了机。家里的电脑没有那份资料，只有笔记本……笔记本？顾青裴的目光落在了原烊的笔记本上。

原烊的电脑里肯定有，因为那份资料的初稿就是原烊写的。

他打开原烊的电脑，果然设置了密码，他想打电话给原烊问密码，又想起来原烊已经关机了。他想了想，从抽屉里抽出原烊的健身卡信息，把生日输了进去。密码正确。

顾青裴摇了摇头，原烊这个笨蛋，果然会用生日当密码，傻死了。

电脑一打开，原炀的聊天软件自动登录了。顾青裴刚在桌面上找到他要的文件，一个小头像就闪烁起来，名字是"老彭"。

这是彭放？

顾青裴鬼使神差地点开一看，对方说道：兄弟，你可算上来了，找你有事儿呢。

顾青裴刚想回复说自己在用原炀的电脑，第二条信息来了：你可真牛，你不会住你们顾总家里去了吧？咱们算是有勇有谋了吧，上次那招忒狠了，他没再烦过你吧？日子舒坦了吧？

顾青裴支着下巴，默默把这段话看了两遍，确定是在说自己，他回了两个字：舒坦。

彭放说：我看出来了，舒坦得你都把你兄弟忘了，咱们不知道多长时间没聚了，你就成天围着你那顾总屁股后边儿转悠，也不害臊。他现在见着你是不是跟老鼠见着猫似的？

顾青裴面无表情地打了个"嗯"发送过去。

彭放发了一个很贱的笑脸：说真的，上次给顾青裴找的那个女的，收了一半钱啥都没干成就跑了，我都以为没戏了，没想到你一通操作，彻底把他收拾老实了。果然这人就是欠揍，装模作样，虚张声势，你都没跟他动手，他就跪了，这种欺软怕硬的，就得跟他来硬的。

顾青裴感觉呼吸有些困难，打字的手指都在颤抖，他回道：现在日子真舒坦。

彭放回道：这不废话吗？他都怕了你了，还怎么对你横？我以后再也不说你有勇无谋了。

顾青裴本来还想再套几句话，可他已经气血上涌，拼命克制住才没有把电脑砸了。

虽然他早就知道原炀有多么讨厌他，才会那样恶整他，可后来发生的种种，让他觉得原炀也开始认同自己，甚至产生了一点惺惺相惜的感觉。

但彭放今天的一席话让他清醒了很多。两人之间再和谐，他也不该忘了原炀最初对他的敌视，以及对他施加过的羞辱。两人不可能成为朋友，哪怕原炀或是醒悟，或是愧疚之下对他好了一些，两人也不可能成为朋友。他们的背景、性格、年龄是天差地别，所有的一切都像是两个世界的人，原炀就像一颗阴晴不定的炸弹，他不该放松，反而因为过于靠近，而需更加警惕才行。他们的关系从头至尾都建立在彼此对立的基础上，直到现在，都还在暗中较劲儿，他永远都不该忘了这点。

他应该感谢彭放，是彭放点醒了他。

顾青裴苦涩地笑了笑，匆匆给彭放回复了句"有事，下了"。他把文件发给自己之后，迅速关掉了电脑。

他给自己倒了杯酒。他喝的是一瓶加拿大的冰酒，这种酒过于甜腻，比较适合女人喝，本来是朋友送给他，他准备转送给赵媛的，可他现在就想尝尝甜的东西，非常想。他不太想承认，可心里确实有些难受。愤怒、羞恼、失望，这些情绪全部郁结在胸口，让他呼吸都变得不太顺畅。

原炀总是像条小狗一样跟在他屁股后面，用他招架不住的热情。人与人之间的情感如此复杂，连他自己都理不清，他和原炀现在这样到底算什么。他想把原炀当作后辈，甚至是当作亲友去提携，可原炀又把自己当什么呢？一个征服之后用来证明自己的对手？

简直可笑。顾青裴，你简直可笑。

第二天早上顾青裴一下楼，原炀已经等在停车场了。

顾青裴本来打算打车去的，说道："你的手好了吗？自己开车来的？"

"昨天我就自己开车回去的，这点伤早就没事了。"

顾青裴上了车，神色如常，好像昨天晚上什么都没发生，其实本来也没发生什么，是他忘了一些重要的东西，徒增烦恼罢了。

他一上车，原炀就抱怨道："昨天我妹妹把我手机玩没电了，我的充电器在你家，你公司有充电器吧？"

顾青裴从电脑包里掏出充电宝："这个我是随身携带的，以后你也在身上备一个，手机没电很耽误事。"

"知道了。"

手机充上电就自动开机了，一开机就蹦出好几条提醒。原炀趁着堵车瞄了下，都是彭放的未接来电和信息，是叫自己喝酒的。原炀皱了皱眉，这下又要被那小子念了。有时候彭放那张嘴真是欠得让人想揍他，原炀特别不愿意得罪他，不是怕他，而是怕他那张絮絮叨叨的嘴：打吧，又不能真打，毕竟是自己最好的兄弟；骂吧，也骂不过他，太烦人了。

顾青裴不用猜也知道是谁的未接来电，他不动声色地看着前方，一言未发。

到了公司，一切如常。

原炀从食堂给他把早餐端上来，他则趁着吃饭的时候看看新闻，然后开始一天的工作，似乎什么事情都井然有序。

原炀吃完早餐，又处理了一些顾青裴交代的工作。下午他就要带王晋去看地了，当晚要住在附近，明天才能回来。上午这么一忙活，他就把给彭放回电话的事忘了。

顾青裴本以为原炀会来找他说些什么，没想到直到原炀离开公司，都只字未提。他说不上原炀跟他打完招呼就去出差时，他是什么心情，大概介于心里堵得慌和松了口气之间，既矛盾又可笑。

原炀是打算装作不知道，连解释都省了吧，这样也好，他更懒得应付。原炀变聪明了，或者是他低估了原炀。

原炀和张经理跟王晋会合后，便开车往郊区去。

一行人看完地，晚上在附近吃饭。原炀除了冷淡一些外，倒也让人挑不出大毛病，只是随行的人觉得跟原炀的少爷脾气一比，王晋更显得大度得体。

晚上回到酒店后，原炀累了一天，先去洗了个澡。他手臂上的伤还没全好，依然不能沾水，自己洗得有些费劲。

原炀洗完澡，趴在床上想给顾青裴打电话，汇报一下工作，主要是邀功，毕竟他觉得自己今天表现得真不错，他想听顾青裴夸他。

他打开手机，突然想起彭放那厮了。

电话响了好久才接通，彭放的声音听着就不大高兴，尾音拉得老长，喂了一声。

"你在哪儿逍遥呢？"

"我在家呢。你呢？你是逍遥完了吧？不然会有空给我回电话？"

"你说什么呢。昨晚我的手机被我妹妹玩得没电了，再说昨晚我肯定出不去，那俩小兔崽子都在我家，昨晚我看孩子呢，你约我也不开开天眼，看爷有没有空。"

"我呸。我约你几次了你不是有这破事儿就是有那破事儿，你什么时候调子这么高了？叫你都叫不动。"

原炀也不是不愿意跟彭放出去，主要是他前段时间兜里一毛钱都没有，出门丢人，就算是现在，手里也就那么点儿工资。不过这么长时间不跟他们聚会，确实不太地道。"我这段时间不是忙嘛，现在还在出差呢。过两天吧，这周六？"

"昨天我在网上就想跟你说这周六，你小子说了两句就跑了，跟你说话真是太费劲了。"

原炀皱眉道："我昨天没和你说话……"他心里猛地一惊。

彭放哼了一声："那昨天是鬼回的我啊？"

原炀急促道："我昨晚确实没上网，你跟谁聊的天？几点？都说什么了？"

彭放也意识到原炀不是在开玩笑："十点多吧，如果不是你上的网，那是谁啊？"

"我怎么知道是谁，反正能碰我那台电脑的只有顾青裴。"

彭放顿了顿，呼吸有些沉重："哪台电脑？以前我那台？放那个……录像那台？"

"对！"原炀急得差点儿从床上掉下去，"你们……你们说什么了？说什么了？"

彭放仔细回想了一下，心咯噔直跳。他有些心虚，不自觉拔高了音量道："你傻啊，干吗把电脑留他家里？！连密码都不设一个。"

"我住在他那儿！昨天我弟弟妹妹来，我才临时回的家。我怎么没设密码了，密码就设的我生日，谁知道他……我去，彭放你到底跟他说什么了？提到那个录像没有？彭放，你要是敢提我弄死你！"

彭放也急了："你个大傻瓜啊，这年头哪还有人用生日当密码，你……等等，你住他那儿？你真住他那儿？原炀，你想干什么呢？"

原炀额上青筋都冒了出来，咬牙道："你告诉我，你们昨天说了什么？！"

彭放想起昨天他们的对话，头皮直发麻。

顾青裴看到来电显示是原炀的名字的时候，不太想接，也没什么特别的原因，就是不太想听到原炀的声音。那种任性的、霸道的、耍无赖的口吻，有时候他觉得挺有意思，可有的时候让他厌恶。

就这么一犹豫的工夫，第一通电话过去了，很快地，电话又响了起来。他知道如果自己不接电话，以原炀的性格就会一直打下去。他叹了口气，接通了电话。

顾青裴第一次听到原炀用一种慌张的口气说话："喂，顾青裴。"

"嗯，怎么了？"

"你……你在家呢？"原炀只觉得口干舌燥，他现在一个头两个大，如果彭放就在他面前，他绝对揍死那小子没商量！

顾青裴皱了皱眉，道："你这么急干什么？那边儿没出事吧？王晋他们还

158

好吧？"

原炀又急又怒："你扯他干什么，他好得很。"

"那你这么着急干什么？"

"你……你昨天是不是开我电脑了？"原炀本来想委婉一点套套话，可他觉得以顾青裴的智商，自己肯定什么都套不出来，而且他也实在没心情绕弯儿了。

顾青裴心脏一紧，一只手不自觉地抓紧了睡袍，声音却很平静："是啊，怎么了？"

"你为什么开我电脑？"

"我的电脑出问题了，昨天急着要发一封邮件，我记得你电脑里有，所以就开了。对了，换个密码吧。"

"顾青裴！"原炀大吼了一声。

顾青裴淡然道："没事的话我挂了，好好招待王总，千万不能怠慢了。"

"你不准挂！"原炀大口喘着气，"你昨天……昨天是不是跟彭放聊天了？"

"嗯，说了一会儿。"

"你们……你们说什么了？"原炀心里发虚，额上都冒出了汗。

"我们说什么，你应该早知道了吧。要是不清楚，明天回来看聊天记录吧。"

原炀几乎被顾青裴这种轻描淡写的态度弄蒙了，他胡乱地解释着："彭放那个人嘴特别欠，你……你别瞎想。"

"嗯？"顾青裴顿了顿，"瞎想什么？"

原炀怔了怔，低声道："你没生气吗？"

"我为什么要生气？"顾青裴给自己倒了杯水，润了润喉，慢悠悠地说，"我们俩从头到尾怎么相处的，彼此都心知肚明吧？一开始你不就是因为我在公司管着你了不服气吗？我以为这是咱们俩的共识呢，有什么好生气的。不过彭放肯定理解错了，我现在对你宽容，不是因为我怕了你，是你自己表现得比以前好了，主动想要去学东西和承担责任。我不是徇私的人，你不必觉得因为你姓原，我就会对你额外照顾，也不必觉得你整过我，我就会顺从你，以前不会，以后也不会，所以继续好好表现，给原董争光吧。"

原炀说不清听完这一番话心里是什么滋味儿，他就感觉一只手掐住了他的喉咙，并且还在不断收紧，让他几乎要窒息。顾青裴说得没错，他们俩碰到一起，最开始的原因是什么，彼此都清清楚楚，这里面没包含什么交情，仅仅是一场征服与较量的游戏。

顾青裴一贯聪明，怎么会让自己吃亏呢？对于顾青裴来说，他们只是一开始水火不容、现在勉强合作的"同事"。

所以哪怕彭放说了那些话，顾青裴的心思也不会有半点波动。

原炀定了定神道："顾总真是大度。"

"没什么大度不大度的。你让彭总不必担心，在我眼里，你们还都是孩子，说话放肆一点可以原谅，看你着急忙慌的，我还以为王晋出事儿了呢。"顾青裴笑了两声，眼里却没有半分笑意，"那你早点休息吧，明天可能下雨，山路不好走，你别耽误工作。"

原炀的头几乎垂到胸口了，他沉声道："顾青裴，咱们俩到底是不是朋友？"

顾青裴把手里的水杯放在茶几上，杯底撞得茶几叮当响，他的手在抖，但他的声音冷静如常："你说呢？"

原炀有一种周身的血液在慢慢凝结的错觉，他艰涩地说："你没有一点在乎我吗？"

顾青裴轻笑了两声："傻小子，赶紧睡觉吧。我还有事要忙，以后没有重要的事儿就别打电话了。"说完，顾青裴果断地挂断了电话。

你没有一点在乎我吗？

顾青裴脑子里嗡嗡嗡嗡地响，有一个声音不停地重复这句话，一遍又一遍，逼得他想发火。

原炀哪儿来的自信问出这种话？他们俩能和平共处，已经是彼此付出过代价、经受过教训的结果，他为什么要在乎一个幼稚又任性、霸道又无赖的小流氓呢？他干吗要在乎一个处处给他添麻烦，让他头疼不已的人？

一个理想中的朋友、同伴，应该是成熟、稳重、大方，并且能跟他流畅沟通的人，就好像……好像王晋那样，反正绝不会是原炀那样的。

可是自己心里为什么这么堵得慌？顾青裴想了想，一条狗养久了尚且有感情，何况是人呢，也许是因为原炀成天在他家晃悠，让他多少产生了些许依赖，也许是在唐市原炀救过他，让他心存感激。不过也就这样了，他和原炀的关系至多只能到这样了。

另一边，原炀对着被挂断的电话僵了三四秒。他猛地站了起来，把手机狠狠摔在地上，然后一脚踹翻了离他最近的椅子。暴躁愤怒的情绪一发不可收拾，他一把抓起外套和车钥匙，一阵风般冲出了门。

他要见顾青裴，马上。

心脏被狠狠压迫的感觉是他从未体验过的。以往碰上再强大的敌人，打击的也是他的外在，他只要有强壮的身体和敏捷的身手，就可以抵御敌人，从来没有一个人能像顾青裴一样让他内里受创。顾青裴的每一句话都敲打着他的心脏，让他整个人如同悬在半空一般，不上不下，好像随时会坠落。

他从来没有体会过这样的感觉，也不知道这是为什么，他只知道顾青裴并不在乎他这件事让他愤怒到了极点。

原炀握着方向盘的时候，手都还在抖。

从什么时候开始，他这么在乎顾青裴？那个处处招惹他、挤对他、奚落他的顾青裴，居然成了他依赖、信任、关心的对象。顾青裴有很多他看不惯的地方，但顾青裴的睿智、思敏、学识、胆识、稳重都是他欣赏的，每次顾青裴不厌其烦地教他、提点他，他虽然嘴上说烦，心里却是受用的，因为从来没有一个人这样待过他。他忍不住会想，如果自己有哥哥，是不是就该是这样的。

他喜欢和顾青裴待在一起。

但他不愿意承认，也不想让顾青裴知道这些，否则顾青裴不知道会多么得意，他甚至能想象那小子趾高气扬、颐指气使的样子。就算他心里有仰慕，也不妨碍他同时有想要压过对方的征服欲。

他现在只想马上见到顾青裴。他开着车，沿着黑暗的高速公路飞速前行。他想看看顾青裴的脸，想看看那张脸上的表情，是不是也跟电话里的声音一般波澜不惊，是不是顾青裴从来都没把他当朋友，是不是对顾青裴来说，他随时都能抛弃，根本无足轻重。

原炀眼睛发红，死死地握着方向盘，力气之大，甚至能听到骨骼摩擦的声音。原炀在较劲儿，从头到尾都在跟顾青裴较劲儿。他几乎偏执地认为，如果他把顾青裴当朋友而顾青裴不这么认为，他就输了。他习惯了和顾青裴较量，怎么都不愿意在这件事上认输。

顾青裴睡到半夜，突然被开门的声音惊醒了。大半夜有人闯门而入，谁能不害怕。他跳下床，没找到什么趁手的武器，刚拿起床头柜上一个牛角雕，客厅的灯就亮了，原炀的声音在寂静的夜里格外响亮："顾青裴。"

顾青裴愣了愣，以为自己在做梦，原炀不是出差去了吗？怎么突然回来了？没等顾青裴多想，原炀已经进了卧室，他那么急躁，甚至连鞋都没脱。

顾青裴揉了揉眼睛，大脑还没完全清醒："你……你怎么回来了？"

原炀一个箭步冲上去，他想质问顾青裴是不是对他丝毫不上心，可这话怎么问却成了一个难题。他不想表现得在乎，因为顾青裴可能不在乎。他突然觉得鼻头发酸，心脏如针扎一样难受。

顾青裴皱眉道："你说话啊，突然跑回来干什么？"

原炀死死盯着顾青裴，呼吸有些沉重，哑声道："我想见你。"

顾青裴微微蹙眉："做什么？难道是因为彭放的事？我说了没什么大不了的，你为了这个大半夜跑回来，到底在想什么？你赶紧回去，快天亮了，不要为了无聊的情绪耽误工作。"

他没戴眼镜，不太看得清原炀的表情，但他能感觉原炀情绪的剧烈波动。原炀一把揪住他的领子，把他顶到了墙上。

两人四目相对，眼中火光大盛，激烈的情绪在彼此的呼吸之间碰撞。

顾青裴凌厉地看着他："原炀，你到底还想怎么闹？"

原炀嘴唇微微颤抖着，艰难地说："你一点都没在意过我，对吗？"他心中有道声音，大声地要求顾青裴给他一个积极的答案，只要顾青裴说出他想听的话，他会……

顾青裴冷冷地说："你没忘了你给我下套，然后很长一段时间拿这个羞辱我的事吧？就算你忘了，我也没忘，我们两个有什么做朋友的余地吗？我让你住进我家，只是因为我赶不走你。我能给你好脸色就不错了，你还想要什么？"

原炀面目狰狞，猛地抡起拳头，狠狠朝顾青裴的脸砸了过去。

顾青裴下意识地闭上了眼睛。

耳边传来砰然巨响。

想象中的痛苦没有发生，他张开眼睛一看，那个坚硬得像石头一样的拳头砸在了他脸旁，余光一扫，就能看到鲜红的液体正顺着碎裂的瓷砖往下流。

原炀复杂的眼神是顾青裴从未见过的。

顾青裴心惊，看着原炀的肩膀，由于用力过猛，那刚刚愈合的伤口又崩开了，隔着一件毛衣，血慢慢渗了出来："你的伤口裂开了，包一下……"

原炀拍开他的手："用不着你管。"他的声音饱含怨愤和委屈，藏都藏不住。

顾青裴沉下脸道："我送你去医院，然后我自己去找王晋吧，交给你的事真是不能放心。"

原炀听到"王晋"两个字，简直是火上浇油。他一把扣住顾青裴的肩膀，冷声道："你欣赏王晋那样的吗？又成熟又事业有成，处处跟我相反。"

顾青裴沉默了一下，道："这跟他没关系。"

原炀死死盯着他："你心里一直很烦我，对吧？你巴不得我赶紧搬出去，赶紧滚蛋，别再给你添麻烦，是吗？"原炀说这些话的时候，感到一种窒息般的恐惧感，他对顾青裴的答案恐慌不已。

顾青裴低下头，抿了抿嘴唇，暗自握紧了拳头。有的时候原炀真的很烦人，可是……顾青裴脑海里闪现出原炀坏笑的样子、对他撒娇或邀功的样子、蛮不讲理耍无赖的样子，还有在唐市迎着刀锋推开自己，坚定的、无畏的样子。

顾青裴的态度在原炀看来就好像是默认了。

原炀胸中气血翻涌，心脏压抑不已。他这辈子从没在乎过别人对他是否有好感，能硌硬到那些看他不顺眼的人，他更高兴，可唯独顾青裴，唯独顾青裴的抗拒让他无法接受。他是不是应该做些什么来扭转顾青裴对他的印象？可是他该做什么？顾青裴这个浑蛋从头到尾都讨厌他，从头到尾！他们一开始就是剑拔弩张的关系，就差没打起来了。可两人相处这么久，他对顾青裴哪里不好？顾青裴为什么就不能也放宽胸怀呢？

他该怎么形容这种伤心、羞耻的滋味儿？他上赶着想和顾青裴好好相处，顾青裴却一直对他有诸多不满。他觉得脸颊发烫，又羞又怒。他气得心肺都要炸开了，一把捏住了顾青裴的脸颊，强迫其抬起来头来。

顾青裴神情复杂，深深地看着他。

原炀咬牙道："我才不会让你如愿，你不是烦我吗，我就天天在你眼前晃悠，谁稀罕你在不在意我，我根本不在乎。顾青裴，咱们俩自始至终都是对手，这一点我从来没忘，你最好……你最好也一直记着！"

顾青裴维持着表面的冷静，颤声道："小同志，自尊心挺强啊，以为所有人都该惯着你不可？你想太多了，你放心吧，我从来没忘过。"

原炀真想狠狠堵住他的嘴。这张嘴……这张嘴如果不说话就好了，他就不用听到顾青裴讽刺他，说出那些让他想杀人的屁话！

原炀甩了甩还在滴血的拳头，恶狠狠地瞪了顾青裴一眼。

顾青裴感到前所未有的疲倦。

前段时间两人和平共处的画面在脑中浮现，虽然他不愿意承认，可是那样的生活状态他是喜欢的，是称得上温馨的。他宁愿没有用过原炀的电脑，没有和彭放对话。反正都是一些无关紧要的事，他何必知道？如果不知道的话，至少他和原炀可以继续维持着和平的假象，过那种互惠互利的生活，他何必知道呢？

原炀把手往衣服上随便蹭了蹭，转身往外走去。

顾青裴叫道："你去哪里？"

原炀头也不回，讽刺地说："陪你的王总。"

顾青裴叹道："你把伤处理一下吧。"

"关你屁事。"原炀把颤抖的手揣进兜里，摔门走了。

顾青裴慢慢坐到了地板上，有些不知所措地看着地上的斑斑血迹，心里难受得无法形容。他总觉得什么环节出了错，可他一直非常信任的大脑却给不了他答案。想到原炀离去时那落寞的、孤独的背影，像是被抛弃的小狗，他心里难受极了。

这间房子里大部分是不错的回忆。其实只要摸透了原炀的脾气，顾青裴觉得原炀并不难相处。原炀就像一个小孩儿，总是会提出各种无理取闹的要求，并不一定顺着他，他才会高兴，只要循循善诱，想办法转移他的注意力，这方面不能满足他，但只要其他方面对他好一点，他锋利的棱角就会收起来。不知不觉间，顾青裴已经把跟原炀的相处模式摸得这么透了。他能保证自己享受原炀勤快的服务，还不至于让自己太过心烦。其实和原炀相处的每一天，都还是……都还是开心占大多数。

可他说不出口。彭放说的那些话，几乎把他的自尊踩在了脚底下。他在原炀面前假装全然不在乎，不过是为了面子，可他怎么骗得了自己呢，那种被一个半大小子戏耍玩弄的羞耻感怎么都消解不了。所以他说不出口，他只想用最刻薄尖锐的话讽刺原炀，以缓解他心里的憋屈。于是两人都没讨着好。

顾青裴轻轻用后脑勺撞着墙，期望自己能清醒几分。他从小就聪明，他是被人夸着长大的，也一直觉得自己的智商优越于人，可唯独在原炀这件事上，他觉得自己处理得太差劲了。怎么一碰上原炀，他的智商情商都被拉低了，他的处世原则统统被抛到脑后了，他的镇定冷静都悄然不见了呢？他抱住了脑袋，心烦意乱。

第二天中午，顾青裴想问问原炀那边的情况，却不好打电话给他，只好打给张经理。张经理不知道原炀昨晚开夜车跑回市里，待了不到二十分钟又开了回去，只说他精神状况不太好。顾青裴想想有些后怕，那边儿路况不好，他的

164

手还受着伤，幸好没出什么意外。

昨天他不该让原炀回去的，万一真出点什么事……他不敢往下想了，只是嘱咐张经理回来的时候千万别让原炀开车。

下午，顾青裴夹着笔记本出门开会的时候，看到原炀坐在自己的办公桌前发呆。他连原炀什么时候回来的都不知道。

原炀听到开门的声音，转头看了顾青裴一眼，黑眼圈有些重，眼底泛着红色，一脸疲惫，看上去状态很不好。顾青裴看着他，平静地说："你回来了。我听张经理汇报了，事情挺顺利。"

原炀冷冷地看着他："我没怠慢王总，你满意了吗？"

"满意，"顾青裴点点头，"差旅费尽快报了吧。"说完转身开会去了。

原炀趴在桌子上，盯着顾青裴的背影，直到他在转角消失不见。

下班以后，顾青裴收拾好东西打算回家。

原炀走到他桌前，敲了敲桌子："我爸让你今天去我家提车。"

顾青裴忙得几乎忘了这件事，他愣了愣，说："今天？最近我太忙，改天再去吧。"

原炀不耐烦地说："说了今天就今天，我懒得跟他打电话解释。"

"好吧。"

两人下到地下停车场，原炀拉开车门就想上驾驶位，顾青裴拽住他说："我来开车。"

原炀嘲道："怎么能劳烦顾总给我开车。"

顾青裴皱起眉："你旧伤没好又添新的，为我们的安全着想，我来开车。"他想拽开原炀，原炀却抓着车门不肯让。几番拉扯下，原炀火了，一只手揪着他的衣领子把他顶到了车上。

顾青裴气息不稳地看着他，两人的脸贴得极近，近到可以感觉到对方喷在皮肤上的热气。原炀咬牙切齿道："你别管我的事儿，你以为你是谁？"

顾青裴看着他张牙舞爪的模样，平静地说："我只是担心自己的安全。"

"撞不死你。"原炀拉开后座车门，粗暴地把顾青裴推了进去，自己则上了驾驶位。他一肚子邪火，开车难免有些冲动。顾青裴默默系上了安全带，一路有惊无险地到了原炀家。

原立江把车准备好了，就停在车库里。顾青裴看到这辆车时，眼睛亮了亮，车是地位的象征，没有几个男人不向往。他恭维道："原董太慷慨了，我真不知道怎么谢你了。"

原立江笑道："就当我提前给你发年终奖吧。"原立江送出这辆车，一来当然是为了赔顾青裴那辆被原炀砸了个稀巴烂的卡宴，二来也是对顾青裴带了原炀这么长时间的奖励和补偿。他知道自己儿子是个什么德行，顾青裴绝对不会过得安生，如果花个几百万就能收买人心，让顾青裴继续心甘情愿地当保姆，值。

顾青裴没怎么客气就收下了。不过，如果让他选，他宁愿从来没接手过原炀这块烫手山芋，也不想要这辆车。

吴景兰留他吃了晚饭。

吃完饭，外面下起了大暴雨，顾青裴一直坐到十点多，雨都没有停的趋势。他觉得时间实在太晚了，就准备告别。

吴景兰道："雨太大，这种天气别开车了。顾总，不如你今晚留下吧，家里空房多。"

顾青裴笑道："不用了，原炀留下吧，我自己开车回去，再恶劣的天气我也开过车，何况这还是在城市里，没事的。"

原炀道："我送你，不然明天你没车上班。"

吴景兰劝道："别走了，都别走了，何必冒这个险呢？雨这么大，你们的车要是淹在半路上可怎么办？这大雨天的，谁有空管你们？"吴景兰是那种风风火火、有些强势的女人，不仅生意做得有声有色，性格上也不输男人，她一开口，就有不容人反驳的架势。反观原立江，平时总是温和有礼、风度翩翩，只有触及他利益底线时才会暴露出真实的一面，这对夫妻个顶个的厉害。

原立江也跟着劝他们，顾青裴不好推辞，只能留了下来。

保姆收拾好房间后，原炀领着顾青裴上了楼。他打开一扇门，扭头看着顾青裴。顾青裴以为是客房，就走了进去，没想到原炀也尾随了进去。灯一开，顾青裴环视了这间超大型的卧室，立刻意识到这是原炀的房间。左侧的玻璃展柜里放着一整柜的兵人和高达模型，还有一些不知道是真是假的枪械。顾青裴后退了一步："这是你的房间吧？"

"嗯。"原炀的背抵着门，堵住了出口，不让顾青裴出去。

顾青裴皱眉提醒他道："我们现在就在你父母楼上，你想干什么？"

"他们在最南面的房间，我在这里大声喊一句，他们什么都听不到。"原炀咧嘴一笑，"顾总，你在担心什么？怕我在这里揍你吗？"

顾青裴冷笑一声："我是怕你父母受不了刺激。"顾青裴特别强调了"父母"二字，希望能让原炀有所顾忌。

"我只是有话要跟你说。"

"说吧。"

"我要你记住，我们之间的较量是我赢了。"原炀双手环胸，目光有些凶狠。

顾青裴嗤笑出声："随你便。"

"你别想敷衍我，就是我赢了。"原炀加重了语气，"之前我们能相安无事，也是我出了气，大人有大量不想再跟你计较，你明白吗？"

"原炀，你到底几岁？你能不能……"

"所以你不准讨厌我！"原炀低吼道。

顾青裴怔了怔。

"你没资格讨厌我，是我放过了你。"原炀咬了咬牙，满眼挣扎地看着顾青裴。

那副受了委屈又要冲人龇起獠牙的模样，又可恨又可怜，让顾青裴的心彻底软了下来，他无奈道："好，是你放过了我。"

"所以，我想怎么样就怎么样，我不想搬走，你别想赶我，别想甩掉我，美得你……"

顾青裴啼笑皆非："你呀，有一点你说对了，你确实是想怎么样就怎么样。"

"大不了……"原炀很小声地说，"大不了我以后尽量对你好，你凭什么讨厌我。"

顾青裴喟叹一声："傻小子。"

TIT
Chapter 11
FOR
TAT

早上天还没亮，原炀就醒了。他有晨跑的习惯，生物钟特别准。他大大咧咧地进了顾青裴的房间，连门也不敲，上去就拿冰凉的手贴顾青裴的脖子。

顾青裴啊的一声惊醒了，睡眼蒙眬，额发披散，全无平日那副端着的精英总裁的模样，反倒像一只受惊的食草动物。

原炀扑哧一笑，心中不禁感慨，似乎顾青裴所有不同于"顾青裴"的样子他都见过。

顾青裴小声抱怨："你干什么？"

"起来跑步，我家后面有一条步道，特别漂亮。"

"几点了？"顾青裴将脸闷在被子里问。

"五点半。"

"你神经病啊。"

"你成天加班又不按时吃饭，还不好好运动一下。"

"我每周都去健身房，你别烦我。"顾青裴推开原炀的手。

"你需要呼吸新鲜空气。"原炀嬉笑着把顾青裴从被子里捞了出来。

顾青裴无奈地被拽了起来，用浮肿的眼睛瞪着原炀。

"去洗把脸。"原炀将他拖下床。

顾青裴故意把身体的重量都往原炀身上压，耍赖般就是不好好走路，把原炀都逗笑了："怎么，堂堂顾总居然也会为了赖床而做这么幼稚的事？"

"这么早搅人清梦，是你有病。"顾青裴打了个哈欠，在经过门口时，突然一把将原炀推了出去，并迅速关门锁门。

"喂！"原炀站在门外，哭笑不得。

顾青裴倒回床上，翻了几个身，却睡意全无。他漫无目的地盯着落地灯架，脑子里却全是原炀。

他无法定义两人之间到底算什么，朋友？师徒？还是对手？他们的关系越亲近，他越忐忑。他无法坦然地与原炀好好相处，生怕这只阴晴不定的"小狼狗"这一刻还对着他摇尾巴，转头就咬他一口。他们中间仿佛隔着一块毛玻璃，看得见彼此的影子，却看不见彼此的真面目。

他觉得自己的心好像也被什么东西蒙蔽了，那种模模糊糊的感觉让人心里堵得慌。

诚然，和原烨剑拔弩张没有任何好处，可想想那天彭放无意中说出来的话，他就无法放下芥蒂与原烨真心相待，而原烨又咄咄逼人，好像急于与他建立一种……一种原烨喜欢的相处模式，在这种模式下，两人还在暗暗争夺主导权。

他知道这样下去一定是不行的，一定会出问题的。很多事情他预见了弊端，却无法更正，这让他感到无力。

顾青裴闭上了眼睛，深深叹了口气，胸口闷得几乎喘不上气来。

到了早饭时间，顾青裴洗漱一番下了楼。原家人已经早早坐在餐桌前，他换上标准的社交微笑："不好意思，我起来晚了。"

吴景兰笑道："不晚，这时候吃饭上班正好。"

顾青裴看着他们一家人，心里有几分感慨。

他在京城混了十多年，从最基层的小助理混起，一直到现在能被人客气地叫一声"顾总"，多年来，形形色色的人他见得多了，接触过的富家子弟更是数不胜数。这些人绝大部分都不是坏人，却多少都有一些让人看不惯的臭毛病。原烨也一样有很多臭毛病，但绝对是顾青裴见过的所有富家子弟里面最勤快的一个。原烨虽然专横跋扈，却没见其用原家的势力压迫过谁，最多只是用自己的拳头。顾青裴有时候觉得原烨耍流氓，有时候又觉得这小子真是做事全凭喜好，单纯直白得让人咋舌。

原烨看了他一眼，然后把粥往他面前推了推："快点吃，不然会迟到。"

原立江满意地说："原烨，不错啊，你现在也有时间观念了。"

原烨撇了撇嘴："我的时间观念比你们强一百倍，难道你试过十五秒拆弹？"

"那你刚上班还老迟到？"

原烨不咸不淡地说："那也得看这件事值不值得我准时。"

原立江哼了一声，说："现在就值得了？"

原烨看了顾青裴一眼，不置可否。

"现在原烨有遵守公司规定的意愿了。"顾青裴道。

吴景兰道："这是对的。原烨，任何一个地方都有需要你遵守的规矩，在这一点上，部队和公司没有差别，千万不要觉得自己有特权。顾总，原烨现在能够把心思放在工作上，是你用心教导的功劳，作为一个母亲，我要感谢你。"

顾青裴客气道："原炀天资过人，我只是在恰好的时机起到了一个引导的作用。最近的诉讼案和几个项目都有他的参与，而且做得都不错，我已经决定给他一笔奖金。原炀，这才是你真正意义上的第一笔钱，靠你自己得来的。"

原炀嘴角微微上扬，想笑，又不太好意思笑。他在乎的并不是奖金，而是顾青裴当着他父母的面儿夸奖他，那感觉竟然让他雀跃不已。

原立江和吴景兰都很高兴，对顾青裴连连夸赞。

吃完饭后，原炀载着顾青裴去了公司。

到了停车场，原炀将车熄了火，然后扭头看着顾青裴。顾青裴已经打开车门准备下车了，却在接触到原炀的眼神后顿了一下，说："怎么了？"

"你真的给我发奖金？"

"当然，我言出必行。"

原炀垂下眼帘："你真的觉得我干得不错？"

"比起以前，你进步很大。"

原炀别扭地说："就算你夸我，就算你给我钱，我也没打算从你家搬出去，我住习惯了。而且，这样我不用起来接你，早上还能多睡四十分钟。"

顾青裴的身体僵了僵，推门打算下车："随便你。"

原炀将他拽了回来，嘀咕道："我就要和你住在一起，我不想搬走。"

顾青裴怔住了。

原炀咬了咬牙，硬着头皮说："反正你别想赶我走。"

顾青裴没有给他一个正面的回应，只是拍了拍他的手，说："走吧，要迟到了。"

原炀在车里看着顾青裴走出好几米远了，才失望地下了车，跟着他上了楼。

一进公司，张霞就迎了上来："顾总，有位女士找您。"

"哦？谁呀？"

"她说她姓赵，是您的老朋友。"

顾青裴想到可能是赵媛，于是吩咐张霞把会议延迟，往会客室走去。原炀耳朵尖，听得清清楚楚，瞬间肝火烧了起来，亦步亦趋地跟在顾青裴身后。

顾青裴开门一看，一个女人背对着他站在窗前，乌黑浓密的秀发披散在肩背，衬得腰身细如柳，实在是优雅动人。

"媛媛？"

赵媛回过头来，脸色有些苍白："青裴，你来了。我路过你的公司，正好来看看。"

原炀也挤了进来。虽然他看过这个女人的照片，但证件照过于呆板，看到真人才发现，这个女人极富魅力，浑身散发着成熟和知性的气息，虽然五官不算精致、衣着不见露骨，却十足的性感妩媚。

赵媛看了原炀一眼："这位是？"

顾青裴敷衍道："我助理。"他注意到赵媛脸色不太好，肯定是有事找他，"你跟我来办公室吧。"

顾青裴把赵媛领回了自己办公室，原炀依然想进去，他回身给了原炀警告的眼神。

原炀愣怔的工夫，顾青裴已经当着他的面关上了那扇门，把他气得不轻。他拼命克制着想一脚踹开门的冲动，贴在门边，想听听他们在说什么，却听不清。

"媛媛，这么大清早来找我，肯定有事吧？"顾青裴给赵媛倒了杯水，示意她坐。

赵媛的鼻子皱了皱，一副泫然欲泣的模样："我跟他大吵了一架，可能过不下去了，心里难受，想找你聊聊。"

顾青裴柔声道："因为什么？"

"他太幼稚了，真的，你看得出来吗？一个三十多岁的男人，却一点都不成熟，跟你比，简直差远了，你以前……"

顾青裴打断她，一针见血地说："媛媛，你不能总拿别人跟我比。"

赵媛愣了愣，随即眼圈红了，哽咽道："那你说该怪谁呢？"

顾青裴沉重地说："怪我，可我也不是一个好的伴侣，我也让你失望了。"

赵媛吸了吸鼻子，说："青裴，这么多年了，有时候想想，我还是忍不住恨你。"

顾青裴垂下眼帘："我知道。"

"你这种人，除了工作，你在乎谁呢？"赵媛的肩膀微微颤抖着。

顾青裴将她搂进怀中，轻抚她的头发，闷声说："媛媛，对不起，真对不起。"他心中满是愧疚。

赵媛闭着眼睛，在他怀里呜咽起来。

这时候，门突然被粗暴地打开了，原炀一脸不快之色，硬邦邦地说："顾总，九点钟开会，到时间了。"

他看着赵媛窝在顾青裴怀里哭泣的可怜样子，心里烦躁极了。

赵媛受惊地抬起头，看着原炀。

顾青裴冷声道："会议推迟了，出去。"

"没接到推迟通知，所有人都在会议室等着你。"

张霞办事一向稳妥，顾青裴根本不相信原炀所说的，他分明就是在找碴儿。顾青裴黑着脸，冷声道："我再说一遍，出去。"

原炀一脚跨进办公室，嘭地摔上门："如果我不出去呢？你们可以当着我的面继续。"

赵媛在他们之间来回看了看，擦了擦眼泪，表情难掩惊讶和不解："青裴，我先回去了。"

"媛媛，你不用走，我们好好聊聊。"

"不……不用了，我今天失态了，我走了。"赵媛擦了擦眼睛，抓起自己的包就跑了。

顾青裴追了两步，就颓然停了下来，恶狠狠地瞪了原炀一眼，怒道："滚出去。"

原炀讽刺道："你们都离婚了，跟自己前妻藕断丝连的有什么意思？"

顾青裴被惹火了："这是我们之间的事，跟你有什么关系？"

原炀鲜少见顾青裴如此愤怒，第一次是他给顾青裴下套之后，还有就是这次，难道在顾青裴心里，冒犯他和冒犯他前妻一样不能容忍？这个女人就这么重要？

"就一个女人，至于你这样？她是看你有钱了才回来……"

顾青裴一把揪起了原炀的衣领，拳头高高举了起来。

原炀一动不动地瞪着他。

顾青裴的拳头悬停在半空良久，最终还是放下了。他指着原炀的鼻子说："这是我的私事，与你无关。"说完大步往门外走去。

原炀整个人都被点着了火，他猛地扭过身，抓着顾青裴的肩膀把人按到了墙上，恶狠狠地说："我还不是关心你，她要是喜欢你，你们会离婚吗？"他从来没觉得这么委屈过。

两人怒瞪着对方，良久，顾青裴才垂下肩膀说："放开我。"

顾青裴疲倦地看了他一眼，说："原炀，恐怕给你一辈子时间，你也不会懂事。你恶意揣测一个完全不了解的女人，算什么男人？你听好了，我欠赵媛太多。我顾青裴这一生没做过什么亏心事，唯一辜负的、对不起的，就是这个真心爱过我的女人。你能理解就理解，理解不了就算了，现在你放开我，我不想跟你多说一句话。"

原炀嘴唇颤抖着说不出话来。

顾青裴推开他，开门走了。

原炀狠狠一脚踢在沙发上，最后又颓然坐了下来。

送走赵媛后，顾青裴在公司顶楼吹了半天的冷风，头脑才算清醒过来，身体里躁郁的气也消解了一些。原炀的幼稚和不懂事常常让人无法忍受，他想，他和原炀之间越沟通越堵的原因就是这个，他实在理解不了一个二十出头的男孩子的脑回路，也没义务谅解那种说话不经大脑的处事方式。

他冷静地想一想，原炀恐怕永远不能成为一个合适的同伴，不管对象是他，还是别人。

顾青裴看着面前耸立的一座座写字楼，心情就跟被水泥丛林遮挡的天一样，完全没了该有的开阔，只剩下一条窄缝，只要一遇到关于原炀的事情，就会发堵。原炀给他造成的困扰，已经远超过任何艰难的工作任务，他不能用经验、知识甚至是常识去战胜，只能稀里糊涂地被原炀激怒，或者稀里糊涂地被原炀感动。原炀的存在让他矛盾，深深地矛盾。

顾青裴在顶楼待了半个小时，才下楼开会。

人员已经到齐了，原炀坐在最后一排，从顾青裴进来开始，他的眼睛就一直跟随着，直到顾青裴坐到主位。顾青裴则是从头到尾没有看他一眼，他失落地低下了头。

刚才发生的事，他还在生气，却没想到顾青裴反应那么大，完全被惹毛了，这让他多少有那么点后悔。

其实他只是心底有一点不爽。那个女人可能是与顾青裴最亲近的，她见过的顾青裴的不同样子一定比自己多得多，这种好像输了一样的错觉让他难以忍受。

他嫉妒赵媛。有没有那么一天，顾青裴也会那么维护他，也会用那么温柔的态度对他？

会议结束后，正好到了午饭时间，顾青裴没胃口，关在办公室里看新闻。过了一会儿，原炀推门进来了，手里拿着托盘。顾青裴扫了他一眼，就把目光转回了电脑屏幕上。

原炀硬着头皮走过去，把托盘放到了桌子上，低声道："吃饭。"

顾青裴一言未发，表情甚至都没有一丝波动。

他见顾青裴态度如此冷硬，心里又气又急，敲着桌子没好气地说："快吃饭。"

顾青裴终于抬起头来，说："我不饿，你把饭拿出去。"

原炀火道："你就为了这么点儿事生气到现在，你才不像个男人。"

顾青裴不为所动，用下巴朝托盘的方向点了点："拿出去。"

原炀用拳头狠狠敲了下桌子。

顾青裴抬起头，冷冷地看着他。

原炀在那种目光的逼视下僵持了几秒，低下头，别别扭扭地说："我以后不会再说她坏话了，你吃饭吧。"

顾青裴惊讶地看着原炀。他认识原炀这么久，这个人可从来没服过一次软，哪怕原炀没明白说出来，他也听得出来原炀口气里的妥协。

原炀被他看得脸颊发烫："赶紧吃饭啊，一会儿都凉了，你下午不是要去打球吗？不吃饭你还打什么球。"

顾青裴心里的阴翳一扫而空，他忍不住有些想笑，问原炀："你知道错了？"

原炀脸色涨红："放屁，我只是让你吃饭。"

"原炀，你这样的道歉很难让人接受，不过算了，你会道歉已经是进步，我勉强接受了。"

原炀羞恼道："赶紧吃饭！"

顾青裴端起托盘走向沙发，把饭放到茶几上，然后拍了拍自己旁边的座位："过来坐。"

原炀犹豫了一下，坐到他旁边，看上去不太精神。顾青裴仿佛看到一条做错事的小狼狗耷拉着耳朵垂头丧气地坐在一旁，却还要瞪大了眼睛做出气焰嚣张的模样。

顾青裴在心里跟自己说了三遍"孩子要教育"，才缓缓开口："原炀，你现在看我混得有模有样，你知道吗？赵媛跟我结婚的时候，我没车没房，当时追她的人不少，她父母也不同意我们结婚，可她还是嫁给我了，但我却辜负了她。"

原炀是第一次听顾青裴说自己以前的事，那些都是他没能参与的顾青裴的过去，他聚精会神地听着。

顾青裴叹了口气，说："我小时候性格比较内向，大学学的又是石油炼化专业，接触女人少，年龄到了，父母又催婚，我也许根本没想清楚自己想要什么，就稀里糊涂地结了婚。婚后，我的事业突然迎来上升期，结果就忽视了她。她是真心喜欢我的，我却辜负了她，这是我这辈子最大的失败。一个年过三十、离过婚的女人，哪怕她再聪明漂亮，能再找到一个合适伴侣的机会也比别人小太多，我欠她的真的一辈子都还不清。你只看到我对她加倍关怀，你想过为什么吗？你想象过永远亏欠一个人是什么心情吗？"

原炀低下了头，如鲠在喉。

"我为什么说我跟你聊不到一起去，你不仅冲动莽撞、蛮横不讲理，甚至还从不去考虑别人的感受，只凭自己的喜恶为人处世，跟我完完全全相反，所以我看不惯你的我行我素，你看不惯我的虚伪圆滑，我们要么有一方改变，要么永远这么针锋相对下去。而我是不会改的，原炀，我永远都不会改变我的行事作风，你如果希望我们能平和地相处，就只能你改，或者不该说是改，而是成长，你不成长，我们永远不对盘，我永远看不惯你。"

原炀静静地看着他，漆黑的瞳仁像一弯深潭，里面藏着无数的情绪。

顾青裴别开了脸："我就说这么多，还是那句话，你能理解就理解，理解不了就算了。"他低下头开始吃饭。

过了半天，原炀才低声说："我改了的话，有什么好处？"

顾青裴抽出纸巾擦了擦嘴："你说呢？"

"我让你说。"

顾青裴道："你变得成熟起来，对你自己就是最大的好处，你父母也跟着你省心。"

"不够，我要你对我刮目相看。"

顾青裴淡淡一笑："如果你真有这个能耐的话。"

原炀冷哼道："你等着，我一定会比……比如那个王晋，他算什么，你用不着供大爷似的供着他，我会超过他。"

顾青裴摇了摇头，说："你别成天说大话，干点实事儿吧。"他继续埋头吃着饭。

原炀凑近了些，小声说："你不生气了？"

"嗯。"

"'嗯'个屁，是生气还是不生气？"

顾青裴哭笑不得："我懒得跟你置气，浪费时间。"

"你生气就揍我好了，不生气你就……你就别跟哑巴似的一句话都不跟我说。"

"我暂时不生气了，看你以后的表现。"

原炀跷着二郎腿，故意碰撞顾青裴的膝盖，幼稚地想引起他的注意。

"我吃饭呢，别闹。"

原炀无意识地撒着娇："吃完饭我们就睡午觉吧。"

顾青裴心想，就当哄孩子了："行，睡午觉。"

原炀的表情这才缓和过来。

顾青裴心中暗叹原炀是一个矛盾的综合体，有时候可爱，有时候可恨，所以他才会在对上原炀的时候犹豫不已。他现在不但看不透原炀，甚至连自己的心都看不透了。

从那天起，原炀对工作的积极性有了明显的变化。他本身已经参与了几个项目的运作，现在更是主动承接了不少工作。之前那个诉讼案的判决书下来了，顾青裴按照约定，给了他二十万的奖金。

原炀接到短信提醒的时候，高兴地拿给顾青裴看："我收到钱了。"

顾青裴含笑道："自己挣的钱是不是特别有成就感？你可别以为钱这么好赚，是这个项目本身收益大，而你确实有功，不然也不可能一下子奖你这么多。"

"反正钱是我的了，这回我看你拿什么理由要回去。"原炀心里确实挺高兴的，在他以前的人生里，从来没觉得钱是个什么重要的玩意儿，可是在顾青裴撺掇他老爹把他的财产搜刮得干干净净之后，他才知道没钱的窘迫，而且还要被顾青裴瞧不起，这是他最不能忍受的。

顾青裴挑眉一笑，拿出计算机噼里啪啦地按了起来。

原炀皱眉看着往上跳的数字。

顾青裴道："你在我这儿连吃带住三个月，我给你个友情价，两万。"

原炀瞪大眼睛："两万？你怎么不说我家务活全包了呢，现在雇个保姆都得三四千吧？"

顾青裴逗他："我又没让你做。"

"两万就两万，臭资本家。"

"快去做饭。"

"不做，我让你压榨我。"原炀白他好几眼。

顾青裴笑道："行吧，我做。"

"你？你会做饭？"

顾青裴挑眉道："我什么都会。"

判决书下来，顾青裴赶在年前完成了一个最重要的工作，心情非常好，整个人都放松了不少，所以也就有闲心做些平时不想花心思做的事，比如做饭。他已经好多年没有下过厨房了，其实一个在陌生城市打拼十年，终于站稳脚跟的人，还能有什么不会的。以前没钱的时候，这些事自然不假他人之手，后来他工作太忙，就没有这样的时间了。今天，他确实是兴之所至，想要给两人做一顿饭。

原炀兴奋得眼里直放光，紧紧尾随在顾青裴身后进了厨房。

顾青裴挽起袖子说："看我今天给你露两手。"

"做得不好吃，别怪我挤对你啊。"

顾青裴低笑两声："你等着吧。"

原炀站在一旁，含笑看着顾青裴在厨房里忙活。

顾青裴料理食材的手法娴熟利落，一看就是干过活儿的，这让他颇为意外。没过多久，他就弄出了四菜一汤。

两人面对面坐在餐桌前，一边聊天拌嘴，一边吃了顿热乎乎的饭菜。

在冬日里有这么一个人，可以一起吃一顿刚出锅的饭菜，说些彼此感兴趣的话题，简直比暖气、厚被还要驱寒，那是一种从内往外的温暖，真正温暖的是彼此的心。

吃完饭，原炀乐呵呵地去刷了碗。

晚上一起看电影的时候，原炀的手机不断传来提示音，他只看了一条就没再看了。

顾青裴嫌吵："谁呀？你不回呀？"

原炀哼道："我妈给我介绍的女朋友，说起来还要谢谢顾总的大力支持呢。"

顾青裴几乎忘了这茬，哦了一声，说："好事儿啊，男大当婚，女大当嫁。"

这时，顾青裴的手机也响了，他看了一眼屏幕："喂，王总。"说着拿起电话往书房走去。

原炀竖起耳朵听得清清楚楚，想起身跟上去，又想起两人前两天刚闹过一次，他也许应该表现得"成熟"一些，可是……

原炀想到王晋，嗤之以鼻。王晋这个浑蛋，表现出强烈的合作热情，却又至今拖拖拉拉不出钱，连意向合同都不签，三天两头给顾青裴打电话，不是约喝茶就是约打球，对顾青裴殷勤得都不太正常了，就这样顾青裴还要他别乱想。

原炀忍不住了，倒了杯茶，进了书房，一进门就看见顾青裴笑呵呵地说着什么。他把茶往桌上一放，故意提高声音："别聊了，喝点茶润润喉。"

顾青裴皱眉看了他一眼。

王晋那边儿顿了一下，说："青裴，你不是在家吗？"

"嗯，是。"从顾青裴的立场出发，他当然不想让任何人知道自己和老板的儿子住一起，不过王晋这样聪明的人，多半是瞒不住的。

"你跟谁在一起？不会是……"王晋的口吻有几分调侃。王晋虽然听不出来那边是谁，但可以肯定是一个年轻男人。

顾青裴看了原炀一眼，心想：这人算是他的"宠物"吧。

原炀抱胸看着顾青裴，一副你能把我怎么样的表情。

顾青裴敷衍道："哈哈，王总，明天我去公司给你回电话吧。"

挂上电话，原炀的眼睛直勾勾地盯着他："你们说什么了？"

"生意。"

"那你看我干吗？"

顾青裴心不在焉地说："你好看。"

原炀得意地哼了一声，说："我好看我知道。你们到底说什么了？"

"我说了，生意。"

原炀不太满意这个答案，但最终忍下了继续质问的冲动。他坐到顾青裴旁边："你说生意就生意吧。"然后他用邀功的语气对顾青裴说，"我这次表现得很成熟吧？"

顾青裴看着他认真的表情，扑哧一声笑了。

原炀有些羞恼："你笑什么？"

正当这时，门铃响了，原炀打开门一看，是快递员，他高兴地说："这么快到了。"

"什么东西？"顾青裴好奇地看着这个大箱子。原炀拆开箱子，里面是一个体积不小的足浴盆。"你要泡脚？"

"我给你买的。"原炀蹲在地上研究着说明书。

"给我？给我干吗？"

"你脚凉啊，每次在被窝里都冰凉的，睡午觉的时候，我最讨厌我快睡着的时候你拿冰凉的脚碰我的腿。"

顾青裴眨了眨眼睛，心里涌上一股暖意。原炀敲了敲足浴盆："我早就想买它了，就是没钱。你每天睡之前泡一会儿。"

顾青裴嘴角忍不住上扬，嘴上却说："买来干吗？多麻烦。"

"麻烦个屁啊，倒上水就行了。我告诉你，我已经买了，你必须用，不然我揍你。"原炀朝他挥了挥拳头。

顾青裴抿嘴一笑："你帮我倒水？"

"啧，你怎么懒成这样？"

"你勤快我自然就懒呗。"

原炀笑骂道："你还好意思说。"

顾青裴眼中满是笑意："谢谢了。"

原炀莫名脸颊有些发烫："谢什么，你别总拿脚冰我就好。"

顾青裴赞赏道："有心了。"

原炀的嘴角止不住地上扬，因为顾青裴的夸奖而雀跃不已。

顾青裴心中感慨，原炀有时气得自己七窍生烟，有时又让自己窝心、让自己感动，他时常分不清究竟哪一个才是真正的原炀，而眼睛却渐渐地总是跟着原炀走。跟一个人相处这么久，若说一点感情都没有是不可能的，可他和原炀注定是短暂的缘分，迟早要分道扬镳，对原炀产生一些不舍的情绪并不是一件好事，绝对不是一件好事。

顾青裴眼中爬上了忧虑。

原炀手里有了点钱后，终于敢跟兄弟出去聚会了。

上次的事件后，彭放都不敢联系他，是他主动联系了彭放，彭放还不愿意出来。在原炀再三保证不揍人之后，彭放才勉强同意。两人没叫别人，约在他们以前常去的一个清吧。

原炀先到了清吧。彭放一进屋，就看着原炀这个煞星坐在沙发上等着他，不禁有些心虚，站在门口犹豫着要不要过去。

原炀瞪了他一眼："你别在那儿装孙子，我说了不揍你就不揍你，过来。"

彭放认识原炀这么多年，知道他是个说话算话的人，这才凑了过去："兄弟，啥也不说了，我先自罚一杯，给你赔罪，行吗？"

"一杯？"

"三杯，三杯。"

原炀冷哼一声，给彭放倒上一杯酒，满得都快溢出来了。彭放欲哭无泪，硬着头皮灌了下去。原炀还要给他倒，他抓着原炀的手说："别别别，慢慢喝，咱俩聊聊，好好聊聊。"

"嗯，我也正想跟你聊聊。"

"原炀，我真没想到你和顾青裴住到一个屋檐下了，你怎么想的？你们俩这么好了？"

原炀有些不自在地说："其实相处久了，他这人也还可以，起码是真心给我们原家打江山的。"

彭放啧啧两声，说："原炀，别怪兄弟没提醒你，玩智商，你根本不是那种老狐狸的对手，你可别被他耍得团团转。"

"你说什么呢，当我傻啊。"

彭放腹诽道：你就是傻。

原炀闷了一口酒，说："我们现在合作得不错，还一起做成了一个项目呢，我现在也慢慢觉得有点意思了。"

彭放观察着他的表情，说："真要这样也是好事，反正兄弟的意思就是，你别被他牵着鼻子走。"

"我知道。"原炀的眉头皱了起来，他认真想了一下，不知不觉中，他好像真的越来越听顾青裴的话了，可是顾青裴说的话有时候确实挺有道理的。

彭放看着原炀茫然的样子，直叹气："我彭放一世英名，怎么交了你这么个傻兄弟，你可别忘了，你才是少东家，他只是个打工的。"

原炀烦了："你少废话，我叫你出来喝酒的，你跟我扯这些干什么，弄得我心烦。"

"这还成我错了？我这是好心提醒你。"

原炀不耐地挥挥手："我说我知道了。"他知道彭放说的每一个字都没错，可还是不大痛快。他从来不能容忍受人牵制，连他爸都管不住他，难道他真的被顾青裴管住了？

原炀握紧了酒杯，感觉心乱如麻。

第二天一大早，顾青裴再次接到王晋的电话，他客气地说："王哥，你昨天提到的那个问题，我一会儿找底下的人问问再答复你，我的事情太多了，有时候会忘事儿。"

"没关系。我有个好消息想告诉你，经过这段时间慎重的考虑，我决定入股这个项目。"

"哦？太好了。"顾青裴高兴地说。原立江手头上好项目太多，无奈资金有限，很多都启动不了，如果能和王晋合作开发，三年之后，这个项目将成为公司最大的产业之一，到时候他们将收益巨额利润，恢复上市指日可待。这个消息实在让他兴奋。

王晋含笑道："青裴，我希望你明白，我考虑这么久，绝不是有意拖延，这毕竟是一个数额庞大的投资项目，这个提案上了两次股东会才通过的。"

"谢谢你，王哥，没有你的推动，这个事儿根本成不了。"

"虽然我想谦虚一点，不过你说得也没错。你要怎么感谢我呢，青裴？"

"王哥，你说呢？"

"我想说为我打工，是不是俗气了一些？"

顾青裴无奈道："你就是换个说法，也不会太时髦。"

"哈哈，青裴，怎么办呢？我觉得你越来越有趣了。"

顾青裴笑道："王哥，既然你们已经有了决策，不如找个时间先签个意向性协议吧，我们也不再寻觅其他投资商了，以后的工作也好展开。"

"好啊，你想什么时候签合同？我们找个时间签。"

"您定。"

"明天下午三点，来我公司吧。"

"好。"

为了准备合同，顾青裴打电话和原立江沟通了一番，然后找了法务过来拟合同。这么一忙活，就到了吃饭时间。原炀上午去看一个项目，刚从外边儿回来，还给他打包了他喜欢吃的鱼片粥。

顾青裴看原炀脸色不太好，就问他怎么了。

原炀仰躺在沙发上说："那帮家伙太能吹了，把我忽悠过去，结果一看，什么垃圾项目，公司债务都理不清，还敢要价那么高，浪费我一上午的时间，真想削死他们。"

"这个啊，以后你会碰到数不清的骗子，有些你一眼就能看出来，就像今天这样的，只浪费了一上午的时间，已经很好了。有些藏得深的，能把牛吹到天上去，稍有不慎，损失可就大了。多锻炼锻炼，对你有好处。"

原炀眯着眼睛看着他："你是不是早就知道了，故意让我去的？"

顾青裴吃了一勺粥，说："温度正好，要是多一份小咸菜就更好了。"

原炀哼道："你这个大骗子。"

顾青裴挺无辜的："你免费上了一课，他们得到了自我满足，这是双赢啊，你抱怨什么？"

原炀走过来，道："再有这事儿少找我，听那俩笨蛋吹牛，烦死我了。"

"你知道做生意辛苦了吧？行了，你去午休间睡一觉，休息一下。"

"你呢？"

"我看一份合同。咱们这个法务水平不行，得再聘一个。"

原炀轻声道："休息一会儿吧。"

"没事，我不困，你去睡吧。你记着两点之前起来啊，不然我算你迟到。"

原炀撇了撇嘴，自己进屋睡觉去了。

顾青裴逐条审核着合同条款。其实意向性合同很短，不足两页纸，但他对这次的合作项目很重视，而且这里的很多条件都将适用于正式合同里，需要格外细心。

也不知道过了多久，突然有人敲门，顾青裴头也没抬："进来。"

门被推开了，然后又轻轻关上了。顾青裴抬头一看，惊讶道："原董！"

原立江哈哈笑道："我看你这么认真，都不好意思打扰你了。"

"原董，您……您怎么来了？"

"上午你不是跟我商量合同条款吗，我觉得电话沟通效果不太好，正好下午有时间，我们当面谈吧。我这段时间太忙了，都好久没来公司了。"

顾青裴赶紧起身："原董，您坐。"

原立江坐在沙发上，感慨道："刚才我在公司转了一圈，发现整个公司焕然一新，人员增加了不少，运营状况蒸蒸日上，员工精神抖擞，充满了干劲儿。青裴，你有功啊。"

顾青裴谦虚道："原董，这些都是您轻易就能做到的事，只不过您还有那么大个集团要管，分身乏术，所以才找了我来替您分忧。这些都是我该做的，谈不上功，但求无过。"他一边说，一边额上直冒汗。原炀就在他身后的房间里睡觉，随时可能醒过来，而且原炀睡觉的毛病是不爱穿衣服，万一被原立江看到了，多尴尬。

原立江满眼激赏："青裴，我果然没看错你，你这样的青年才俊，前途不可限量，好好干，天地广阔得很。"

"谢谢原董。"

"哎，原炀那小子呢？"

顾青裴笑了笑："他……"

原立江皱眉道："他是不是又跑出去玩儿了？不像话，我打电话让他回来。"说着掏出手机就要打电话。

183

顾青裴只好硬着头皮说："原董，原炀在里边儿睡觉。"

原立江愣了愣："里边儿？"他指了指顾青裴的午休间。

顾青裴若无其事地说："嗯，今天他跑项目累了，我让他在这儿睡个午觉。"

"他怎么跑你办公室睡午觉？太没规矩了，再说我的办公室空着，他怎么不去那儿睡？"

原立江却不让他如愿，反而起身朝那个午休间走去，猛地打开了门。外面光线太亮，原炀一下子就醒了，他没看清来人是谁，就嘟囔道："干吗呀？到两点了吗？"

原立江愣了愣，随即怒道："你小子怎么跑到总裁办公室来睡午觉，像话吗？"

原炀瞬间清醒过来，猛地翻身坐起。原立江脸色铁青地看着自己的儿子。

顾青裴试图模糊重点，笑着对原立江说："原董，这个事儿就别计较了，原炀确实太累了，凌晨五点多就起来，一直忙到中午。规矩之外也有人情，就让他睡一会儿吧。"

原立江看着原炀一脸不耐烦地穿衣服的样子，心里微讶。原炀和顾青裴的交情已经好到这份上了？他们不是一直不和吗？

原炀穿好衣服，冲原立江说："爸，不就是睡个午觉嘛，你激动什么呀？"

"你睡在顾总的床上，你觉得合适吗？你让顾总怎么睡？想睡午觉不会去我办公室？"

"你的办公室一股霉味儿。"

"让人打扫。以后你不许在这儿睡觉，顾总是看你是我儿子，不好意思说你，你自己长点儿心吧。"原立江拍了拍他的脑袋，"赶紧穿衣服。"

顾青裴尴尬地笑道："原董，没事儿的。"

原立江道："顾总，别把他当成少爷，就把他当成普通的员工，千万别有差别待遇。"

原炀哼道："差别待遇当然有，他对我特别苛刻。"

原立江朗声道："那是为你好。"

顾青裴忙点头："放心吧，原董。"

原立江瞪了原炀一样："去洗把脸，我和顾总要召集法务和财务开会，你做纪要。"

"知道了。"原炀看了顾青裴一眼，那眼中含着戏谑。

顾青裴松了口气。

TIT
FOR
TAT

Chapter 12

好不容易把原立江送走了，应付老板多少是有些伤神的，顾青裴回到办公室就躺在椅子上闭目养神。

原炀轻笑道："你怎么了，吓成这样？"

"还不是你，睡觉不能穿件衣服吗？"

"都怪我妈，小时候老跟我说穿衣服睡觉长不高，我就习惯了。"

"所以你就长成现在这傻大个儿？"

"你嫉妒啊？男人个子高有什么坏处？"

顾青裴说："好处呢？你妈给你介绍那么多姑娘，你怎么还没动静？"

"我现在没那个心情。"

"这还要心情？你喜欢什么样儿的？我也帮你留意留意。"顾青裴故意逗他。

这话果然令原炀不悦起来，他白了顾青裴一眼："你是不是又着急摆脱我？"

"什么叫'摆脱'？什么词儿啊。"

原炀重重哼了一声，转了转眼珠子，说道："我妈说了，让我找个成熟聪明的，能管着我的，个子高皮肤白的，你有合适的吗？"

"我得想想。"

"其实咱们公司就有一个符合条件。"

"谁呀？"顾青裴将公司的女同事都在脑子里过了一遍，没能锁定目标。

原炀戏谑道："你呀。"

"你又胡说八道！"

原炀看着顾青裴吃瘪的脸，憋笑憋得腮帮子都酸了。他在顾青裴这里从来没讨到过嘴上便宜，能反将顾总一军，够他得意几天了。

知道这臭小子在戏弄自己，顾青裴的脸上也烫了起来，他反讽道："你就知道扯淡，挣那点儿钱，不够我买条领带呢。"

"啧啧，挑吃挑穿挑排场，你可真难养活。"

顾青裴笑骂道："你别瞎说了，赶紧干活去。"

玩笑归玩笑，原炀看着顾青裴，心中有些异样的情绪。虽然顾青裴又傲慢又虚伪又狡诈，可这个男人却也聪明有魅力，他有时候被顾青裴气得牙痒痒，有时候又被其吸引，无法移开目光，这些矛盾的情绪汇聚成了他对顾青裴全部的感觉。他想更靠近顾青裴，越近越好，可他却忘不了他们曾经争吵过的内容，忘不了他们俩之间有一场不知何时能结束的较量。

顾青裴已经成为他生活的一部分，也许还会晋升成人生的一部分，毕竟这个人对他的影响实在太大了。

顾青裴看着原炀脸上变幻莫测的表情，心脏狂跳了起来。他究竟在想什么？为什么他们之间会有这么荒诞的对话？他加重了语气："你怎么还不走？是不是工作太少了，才有时间在这儿闲扯淡？"

"怎么了？你慌什么？我不过开开玩笑，难道你当真了？"原炀的眼睛一眨不眨地盯着顾青裴。

"你赶紧出去干活。"

原炀犹豫了一下，终于出去了。

第二天下午，顾青裴带着原炀和几个负责项目筹划的员工去了庆达集团见王晋。他们准备得很充分，只要意向合同一签订，后续的很多工作都可以展开了。

顾青裴见过王晋很多次，不是在球场就是在饭店，这还是第一次见王晋穿着如此正式的西装，显得他整个人英俊挺拔、卓尔不凡，像从电影电视里走出来的"霸道总裁"。

"青裴，我等你好久了。"王晋笑着上来跟顾青裴握手。

顾青裴也是满面春风："我也巴不得早点见到王哥呢。"他环视四周，"这庆达大厦我还是第一次来，真是气派啊。"

"哈哈，一会儿忙完了，我带你四处转转。"说话间，他很随意地揽住了顾青裴的肩膀，"这边请。"

王晋把他们带去了会议室，众人坐定，开始谈合作。王晋平日里从容儒雅，但在谈判桌上，杀伐果决的那一面才是他的真面目。当然，顾青裴也不是吃素的，在一个多小时的谈判里，就见两人唇枪舌剑、你来我往，对合同的各项条款都明争暗斗了一番。后来大家都累了，王晋安排了茶歇。

两方在几个条款上没能达成一致，不过顾青裴也不急，谈判本来就是一波三折的事，这回不行下回来。王晋这么用心，看得出来是真心要合作的，那就不怕到嘴的鸭子飞了。

茶歇的时候，顾青裴无心吃东西，倒了杯茶站在窗口，沉默地看着窗外的景色，脑子里飞速运转着，想着如何才能把股份再往下压一压。

原炀端了一小盘点心走到他旁边："吃点东西。"

顾青裴摆摆手，说："我不饿。"

"快吃，中午你就没好好吃饭，敢不吃我揍你。"

顾青裴无奈地接过甜点，咬了一口，把那香软的蛋挞咽下之后，他才意识到自己真的挺饿的，就干脆把整盘都吃完了。

王晋走了过来："青裴，中午你没吃饭吗？还是这茶点特别好吃？"

顾青裴笑道："都有，这个味道真不错。"

"是我们公司附近一家西点店做的，我们有什么活动都从他们家订甜品，确实做得很好吃。"王晋温和地笑着，"你要是喜欢，下次去你公司拜访的时候，我挑几样招牌点心给你带上。"

"那我可不客气了。"

两人旁若无人地聊了起来，刚才谈判桌上对峙的气氛好像从来不曾存在过。原炀翻了个白眼，他算是见识到这些属狐狸的多能装了。

王晋脸上那笑容太刺眼了，原炀没忍住，就插嘴道："王总，那西点店叫什么名字？下次如果我们顾总想吃的话，我去给他买就行了，不用麻烦王总。"原炀在"麻烦"两字上特意加重了语气。

"不用，怎么能劳烦原公子，就在楼下，很近，下次我多带一点儿就行了。"

原炀冷着脸道："办公区域内不准吃东西。"

王晋哈哈笑道："青裴，那我只能送你家里去了。"

原炀恨不得削他。

比嘴刀子的利落，原炀哪里会是商场上摸爬滚打多年的王晋的对手，顾青裴以前都抱着看笑话的心态看原炀吃瘪，不知怎么的，此时却不大乐意王晋欺负他。顾青裴笑道："王哥，这种事儿我可不敢劳烦您，让庆达老总给我送甜点？哎哟，您给我带来，我还未必敢吃呢。"

"青裴，你跟我这么客气，我心里可是会难受的。"

原炀心里骂道：你早点死吧。

顾青裴看原炀脸色不对，怕他发飙，就冲他说："时间差不多了，你去厕所看看张经理是不是在里边儿，叫他赶紧回来。"

原炀当然不愿意被支开，粗声道："他要是没解决完，难道我硬把他拽出来？"

顾青裴瞪着他："快去。"

原炀不想当众让顾青裴难堪，负气转身走了。

王晋看原炀走远了，才凑近顾青裴："青裴，跟他一起工作，不是跟养个儿子差不多吗，何苦呢？"

顾青裴不置可否，只是笑笑："差不多了，咱们回去吧。"说完他转身想走。

王晋一把扣住他的小臂，在他耳边低声说："青裴，你是聪明人，应该做出聪明的选择。"

顾青裴淡然一笑："跟王哥一比，我就发现我也不是那么聪明了。"他不着痕迹地抽回手，往会议室走去。

会议结束后，王晋一定要请他们吃饭，顾青裴推脱不过，只好去了。席间，王晋一直大肆夸奖顾青裴，顾青裴也笑盈盈地吹捧王晋。生意场上那一套说辞，听来听去都差不了多少，原炀心里忍不住地鄙夷。

顾青裴喝了点酒，但并不影响行动，他起来要上卫生间，王晋马上站起来，作势要搀扶。

顾青裴摆摆手："不劳烦王哥。"

原炀也腾地站了起来："我扶你去吧。"卫生间就在包厢里，不过七八米远，顾青裴看看这两人，好不尴尬。他没法说王晋，只能对原炀道："我真的没事儿，几口酒算什么。"顾青裴推开原炀的手，自己上厕所去了。

王晋挑眉看了原炀一样："原公子真是尽职尽责。"

原炀下巴微抬，挑衅道："应该的。"

王晋不动声色地笑笑："青裴有你这样的助手，肯定省心不少，我想为我这个老弟谢谢你。来，我敬你一杯。"

原炀看着王晋给他满上的酒，心里那个来气，心想：你是谁啊，代替顾青裴谢我，我照顾自家员工用得着你谢！他推开酒杯，皮笑肉不笑地说："王总，我还得开车呢。"

"哦，对，我给忘了，那就意思意思，抿一口吧。"王晋晃了晃酒杯，自己啜了一口，然后静静地看着原炀，等着他喝那口酒。

桌上的几个人都看着他们，哪怕喝得再糊涂，也嗅出了王晋和原炀之间的火药味儿。

这要照原炀以前的脾气，早把酒杯甩王晋脸上了，可是想到顾青裴为了这个项目费尽心血，经常加班加到深夜，他的脾气就发不出来。要是他得罪了王晋，顾青裴又该用那种失望透顶的眼神看他了。他冷冷地看了王晋一眼，端起酒杯喝了半杯，并硬邦邦地说："我怎么也得卖王总一个面子。"

王总哈哈笑道："你小小年纪，挺豪爽嘛。"

吃完饭后，王晋送他们出饭店，抓着顾青裴说了半天的话，原炀很是窝火。好不容易上车了，顾青裴长舒一口气，呢喃道："累死了。"原炀看了一眼他疲倦的脸，又生气又心疼。

车驶进顾青裴家楼下的停车场后，顾青裴还闭着眼睛躺在座位上，好像睡着了。原炀拍了拍顾青裴的脸，说："你喝迷糊了？"

顾青裴半睁开眼睛，看了他一眼，笑了笑："还行，不是醉，是有点困。"

"我让你中午不睡觉。"

"他那会议室有点闷，我一下午都在说话，脑袋缺氧，你把窗户打开，我呼吸点空气。"

"不行，停车场太冷了，一会儿到家里，把窗户打开换换气。"

"哦，行。"

原炀看着他泛红的脸颊，心莫名地变得柔软，便忍不住埋怨道："赚的钱够花就行了，干吗这么拼命？"

顾青裴摇了摇头，说："我刚毕业的时候，觉得一个月能赚一万就了不得了，可等越走越高的时候，看到的却是更广阔的天、更了不得的人。跟他们一比，就觉得自己还差得远了，不用别人催，自己都想往上爬。"他看着原炀年轻俊美的脸道，"你这个投对了胎的大少爷，肯定不明白。"

"我用不着明白，反正你想功成名就，我会帮你。"原炀静静地看着顾青裴，心涨得满满的：你想要的，也是我想给你的。

顾青裴也看着原炀，温柔地笑了笑："你小子……我是不是喝多了，怎么看你最近越来越讨人喜欢了呢？"

"我本来就讨人喜欢。"

"以前真没看出来。"

"你现在看出来也不太晚。"

顾青裴闭着眼睛，享受这难得的宁静。

原炀哑声道："怎么样？我讨你喜欢没有？"

顾青裴低笑道："有一点。"

原炀感觉心里美滋滋的，有一点，都让他雀跃。

在酒精的作用下，顾青裴卸下了平日里的伪装，抛却了很多顾忌，有胆量表露自己真实的想法。他对原炀微笑道："我们回家吧。"

回家，一个多么温暖动听的词。

两人边聊着天边往楼上走。

"哎，顾青裴，咱们好像都没一起出去玩过，你都不休假的吗？"

"公司现在一堆事儿呢，我哪有空休假。"

"工作狂，劳碌命。"原炀不满道，"你什么时候能放个假？咱们找个山清水秀风景好的地方，钓钓鱼，喝喝茶……啧，我怎么也被你带得跟老年人似的。"

顾青裴哼笑道："这些爱好修身养性，有什么不好。"

"行，我就当陪你嘛。"原炀兴奋地"摇着尾巴"，"什么时候？"

"等我有空。"

"你这人什么时候有空啊？我就没见你有空过。"

"那就不好说了。"

"跟王晋合作的这个项目动工之后，你请一个星期的假，我们出去玩儿。"

"一个星期？太长了，公司现在这样，可离不开人。"

"不管，一个星期我还嫌短呢，至少一个星期，你不休假，我也不能休假，你不能这么压榨我。"

两人开始讨价还价，原炀不依不饶地逼着顾青裴休假。顾青裴其实早有休假的打算，可是看着原炀着急的样子，忍不住就想多逗逗他。

两人就这么上了楼，却骇然发现家里的防盗门是虚掩着的！他们瞪大眼睛，跑了过去。原炀一把拽住顾青裴，捂住他的嘴，做了一个嘘声的动作，然后把顾青裴拽到自己背后。

顾青裴扯了扯他的衣袖，压低声音道："先报警吧，别进去，太危险。"

"没事，多半人已经走了，否则会锁门。我会小心一点，你在后面，别进来。"原炀缓步走到门边，他一看，防盗门门锁被暴力破坏了。原炀猛地推开了门。

屋里静悄悄的，没有任何反应。原炀探头一看，房间里一片漆黑，不过就着走廊的灯，还是能看到屋子被人翻过。他打开灯，站在门口往里看去，客厅被翻得乱七八糟的，不用想也知道其他房间是个什么状况，光从表面上看，是遭了贼了。

顾青裴的脸色很难看，抬脚就想进去看看自己丢了什么。

原炀拉住他说："先报警，别破坏现场，等警察来了再说。"

顾青裴叹了口气，说："我家里值钱的东西可不少，希望他看不出来。"他喜欢收集一些玉石之类的摆件，太贵的没有，但是几万几十万的不少，看上去也并不起眼，希望这小偷看不上，不然他会肉疼死的。

原炀给自己一个当警察的战友打了电话，说明了情况。挂上电话后，他拍了拍顾青裴的肩膀说："警察一会儿过来，你买保险没有？"

"有的有，有的没有。"顾青裴烦躁地扒了扒头发。

"小区有录像的，肯定能抓到人，别太担心了。丢了什么东西算我头上，我都赔给你。"

顾青裴被气乐了："你小子就会说，等你多挣点钱再来充大头行不行？"

"你急什么，我都说过了，早晚我会挣很多钱的。"

顾青裴没什么心情跟他开玩笑，任谁看着自己家被翻箱倒柜搜罗一空，心情都好不到哪儿去。他摇头叹气，木然地看着自己一片狼藉的客厅。

原炀不擅长安慰人，只能别扭地说："行了啊，你别难受了，想开点。"

顾青裴无奈道："可那都是我的血汗钱，真想弄死这个贼。"

"会找回来的，肯定能，找到之后我先削他一顿给你出气。"

顾青裴勉强笑了笑。

他们等了二十来分钟，警察来了。

"兄弟，我好长时间没见着你了。"一个穿着警服的年轻人过来拍了拍原炀的肩膀。

原炀笑骂道："见着你果然没好事儿，以前在部队就这样。"

"嘿，大半夜的我跑过来，你就这态度啊？"

两人闲聊两句，他的同事开始跟顾青裴了解情况，并在现场取证。顾青裴心急，想进去看看究竟丢了什么，但警察不让他进去，他只能等着。警察又是拍照又是采集指纹的，弄了一个多小时才结束，顾青裴已经困得直打哈欠了，心情也平静了下来。

警察走后，两人迫不及待地冲进屋里，直奔书房。顾青裴看到自己的玉器都还好好地摆在展柜里，才长舒了一口气。原炀却是在书房转了一圈后，面色骤变，又连忙跑到卧室，然后又急忙冲到客厅，把屋里屋外都看了一遍，最后脸色煞白地僵在了原地。

顾青裴看着原炀，心里有些不安："怎么了，什么重要的东西不见了？"

原炀握紧了拳头，背上冒出了冷汗，低声道："电脑，我的电脑不见了。"

顾青裴皱眉道："电脑里有不少公司的资料吧？有几个项目的策划方案贵得离谱，真要泄露了，我都未必赔得起，你那里没有整体方案吧？我记得都在我的电脑里。"

原炀颤声道："没有。"顾青裴根本不知道他究竟担心的是什么，他担心的是那段顾青裴的录像，一旦那段录像外泄……

必须尽快抓到小偷！原炀紧紧握住了拳头。

两人一晚上没睡，盘点家里丢失的财物。

最后顾青裴发现，除了原炀的电脑外，他还丢了一些现金和黄金摆件，保险柜有被破坏的痕迹，但是没打开。这个贼挑的都是好出手的东西，品位却不怎么样，真正值钱的东西并没有拿走。顾青裴见损失不算大，心情稍微平缓了一些，只是一屋子的狼籍让他心情烦躁。他看了看原炀，发现原炀脸色依然很阴沉，就反过来安慰道："丢的那些东西加起来也就几万块，损失不大，你别想了。"

原炀的脸色并没有缓和，他勉强打起精神说："你去睡觉吧，我把房间收拾收拾。"

"别收拾了，天都快亮了，咱们俩都累了一天了，都睡吧，明天再说。"

原炀摇了摇头，从口袋里掏出烟来，低着头道："我睡不着，你睡吧。"

"你怎么了？电脑里有很重要的东西吗？"

原炀按打火机的手一抖，火苗从他的手指上燎过，一阵热辣辣的刺疼，明明是极其微弱的痛感，却让他心悸不已。他沉声道："有一些资料而已。没事，你睡吧，我收拾完再睡。"

顾青裴叹道："那我先睡了，你也早点休息。"他脱下外套挂在衣架上，转身往卧室走去，原炀却突然拽着他的手臂。

顾青裴扭头看着他："怎么了？"

原炀闷声道："如果我不在，你会不会睡不着？"

顾青裴嗤笑道："你看我几岁了？"

原炀沉默了一下，突然没头没脑地说："在 H 市那晚我对你做的事，我很后悔，对不起。"

顾青裴愣了愣："你……"他认识原炀大半年了，这是他第一次从原炀口中听到正式的道歉，他感觉自己的心在发颤。

那一晚的记忆充满了羞耻和难堪，虽然他反复开导自己，一个男人不至于耿耿于怀，可那始终是横在他心里的一个结，也是拴在两人间的定时炸弹，随时有一点火星就能爆炸。上次彭放调侃的几句话就是最好的例子，他到现在都忘不了自己坐在电脑前，想着网线那端的年轻人用怎样轻佻的态度在谈论他时那种面红耳赤、羞愤难当的感觉。在这件事上，原炀确实欠他一个道歉，但他从来没期望过原炀会道歉，因为原炀根本就不像是会说"对不起"的人。

然而他真的说了。不管是出于什么原因，不管他今天发了什么神经，他确实说了。

顾青裴不知道如何形容现在的心情，有一点点欣慰，但对这个迟来太久的道歉也有些怒意，他只是低下头，嗯了一声，道："你知道错就好。"

原炀闷声道："你睡吧，家里的事交给我处理，你什么都别想了。"

"好，我睡了。"顾青裴冲了个澡，就上床休息了。周围很安静，他能听到客厅传来的细微的脚步声和整理东西的声音。想到原炀就在一门之隔的外面，即使家里刚刚遭人入室盗窃，他也没有一丝不安，反而充满了安全感，因为原炀就在外面。

原炀的一句道歉消解了他不少怨气，让他心里的症结减轻了很多。原炀这小子的进步，他几乎每隔一段时间都能看到，这种看着自己栽培的幼苗慢慢抽枝的感觉真是难以形容的美好。

顾青裴突然想起原炀问他的那句"如果我不在，你会不会睡不着"，他轻轻笑了笑，说不定还真会有一点儿不习惯。

顾青裴一觉睡到了中午，原炀把他叫醒了，让他起来洗漱吃饭。他眯着惺忪的眼睛道："你一晚上没睡？

原炀甩了甩脑袋："没事，收拾不完我睡不着。"

顾青裴叹了口气，把他拉到床上："你赶紧休息一下。"

原炀拍拍他："吃完饭再说，快起来吃饭。"

顾青裴起床穿衣洗漱，然后吃了一顿热腾腾的午餐。屋子被收拾得整整齐齐，一点儿都看不出来昨晚刚遭过贼，顾青裴简直要怀疑自己昨天晚上是不是喝多了出现幻觉了。他看着原炀的黑眼圈，温柔地一笑："辛苦了。"

"没事儿。"原炀含糊地答应着，继续埋头吃饭。顾青裴有种奇怪的感觉，好像原炀心虚不敢看他似的，但是他又觉得没有理由，实在奇怪。

吃完饭后，原炀要收拾碗筷，顾青裴道："我睡饱了，要活动活动，你赶紧去睡觉，一晚上不睡，明天该没精神了，明天咱们还得加班呢。"

原炀犹豫了一下，终于点了点头："我洗个澡去。"

顾青裴收拾完厨房，打算看部电影放松一下，这时候原炀洗完澡出来了，走到他身边，躺在沙发上。顾青裴问："你怎么还不去睡觉？"

"我就在这儿睡。"

"我看电影呢，你在这儿睡干吗？腿也伸不开。"

"多吵都影响不了我，我就想在这儿睡。"原炀翻了个身，寻了一个舒服的姿势，"你看你的，别管我。"

顾青裴笑了笑，妥协了。原炀闭上眼睛，疲倦感顿时涌了上来。

他和顾青裴经过了数不清的明争暗斗，才有今天的和谐相处，他不会允许任何人、任何事破坏他和顾青裴现在的关系，这样温暖的、满足的片刻，谁也别想夺走。

当顾青裴一心扑在工作上的时候，原炀正焦头烂额地催促自己的战友赶紧把小偷找出来。

他的战友也是有心无力，为了一个失窃金额几万块的小盗窃案调动大批资源，他哪儿有这个权力，案情一直拖着。原炀没办法，只好找关系，多雇了人去一些二手 IT 市场跑，希望那个贼转手卖了他的电脑。一个星期下来，不但一无所获，反而惊动了他爸。

这天，原立江给原炀打了电话，原炀无精打采地接了："喂，老原。"

"我听说你丢东西了。"

"你怎么知道？"

"你不是找的小张吗，小张特意给我打了电话，就为了你这个事儿，还让人家为你加班。但是你的电脑怎么会在顾青裴家丢了？"原立江听到这件事的时候就觉得特别怪，原炀的电脑为什么会在顾青裴家？

原炀暗骂那个张局浑蛋，明明他再三叮嘱张局别告诉别人，结果张局还是跑到他爸面前邀功去了。他只能硬着头皮解释："顾青裴当时要传资料，把我的电脑借去了。"

原立江哦了一声，总觉得还是有些疑虑，问道："里面有重要资料？"

"嗯，有。"

"多重要啊？不行就别找了，这么大的城市，一台小电脑哪儿那么好找。"

"很重要，必须找到。"

"你跟我说吧，哪个项目的，兴许没你想的那么严重。"

原炀叹道："你别问了，反正很重要。"

"顾青裴知道吗？"

"他……嗯……知道。"

"他都没跟我说，估计也没什么特别重要的，你别在那儿浪费资源了，翻整个 B 市就为给你找台电脑，像话吗？"

"爸，你别管了，行不行？"

原立江气哼哼地说："好像我愿意管你似的。对了，上次那个女孩子，你不是说挺好的吗？人家约你，你怎么不回应呢？"

"我不喜欢她。"

"她不是挺好的吗，你还不喜欢？"

"不喜欢就是不喜欢。你们别再给我介绍对象了，我看着烦。"

"你有女朋友了？"

原炀含糊地说："嗯。"

"真有了？那你带回家看看。"

"没有，你别跟我妈乱说。"

"行吧，你们年轻人的事我也不好管，不过你记清楚啊，咱们家的门不是什么人都能进的，不要带些乱七八糟的人回来。"

原炀不耐烦地道："我知道了。挂了啊，电脑的事你不用操心了。"

这头刚挂了电话，那头就传来了顾青裴的声音："原炀，进来一下。"

原炀推门进了办公室，顾青裴看了他一眼说："你给王晋的秘书打个电话，约他吃饭。"

原炀接过文件夹，看着里面厚厚的一沓报销单，再看看他桌上一大堆等着他审批的各种文件，光是看着都觉得累。

顾青裴抬头瞄了他一眼，推了推眼镜："你怎么还不去？"

"你不休息休息吗？已经连续几天加班了。"

"怎么了？你扛不住？"

"我？我是怕你扛不住。"

"这点工作量不算什么。"顾青裴摘下眼镜，揉了揉眉心，开玩笑道，"怎么，你心疼了？"

"嗯。"原炀毫不避讳地说。

顾青裴愣了愣，想笑又觉得不合适，表情有些古怪。

"我爸只是付你工资，又不是跟你签了卖身契，用得着这么拼命吗？"

"看着一个企业成长、壮大是很有成就感的。"顾青裴自信满满地说。

"那我们的休假呢？你到底什么时候安排？"

"眼看不就过年了嘛，过年咱们彻底休息一个星期，可以吧？"

原炀笑了起来："去哪里我安排。"

"行。"

原炀轻声道："就我们两个。"

顾青裴语带宠溺地说："行，就我们两个。"

原炀这才心满意足地拿着文件夹出去办事儿了。

顾青裴伸了个懒腰，靠在椅背里休息。现在的一切好像太美好了，不仅事业上顺顺利利，就连和原炀的关系也越来越趋于稳定，虽然原炀是一枚让人捉摸不透的定时炸弹，但是太远的事情他已经无暇去想，想了也只是徒增烦恼，至少眼下他觉得挺好的。对于原炀说的度假，他也开始期待了。

原炀下午接到了他战友的电话，说在街边一个摄像头里发现了疑犯的影像，他听到这个消息再无心工作，扔下手里的事赶往警局。他战友调出录像，录像不太清晰，但原炀依然觉得有那么一点眼熟，可就是想不起来是谁。他一定在哪儿见过这个人……

原炀回家的时候，一路都在想这件事，如果这事是有预谋的，那麻烦可就大了，但是他一时怎么都想不起来，谁会这么对付他们。正巧到了下班时间，顾青裴给他打电话，问他去哪儿了，怎么又无故离岗，他随便找了个理由。

顾青裴说："上次那个案子，主犯还没抓到，对方的律师发过来一份谅解书，并且开出了一些条件，希望我们能签字，你回来看一看。"

"谅解个屁，有多重判多重。"

"这件事要原董做决定。"

"我知道了，那帮家伙，一个都不能放过……"突然，原炀脑中灵光一闪，猛地一脚踩住了刹车。后面的车猛按喇叭，发泄不满。

顾青裴道："怎么了？"

"急刹车了，没什么。"原炀的声音都冒着寒气。他甩了甩脑袋，终于想起来了，录像里那张脸，他知道自己为什么觉得眼熟了。他看过那个公司几个负责人的照片，那个小偷就是公司真正的老板！派人当街行凶的，也正是这个十多岁就出来混的流氓头子。

原炀匆匆挂了电话，浑身冒出冷汗来。他握紧方向盘，快速往家赶去。他记得那个人叫刘强，这个姓刘的能随随便便进出顾青裴家，即使换了锁又能顶什么用，太危险了！他居然把顾青裴一个人放在家里！

这人显然是有针对性地偷盗，估计是想从顾青裴那里得到什么东西用以要挟。他爸那边儿警戒太严，没法下手，所以只好找上顾青裴。

那台电脑……原炀不敢往下想了，必须尽快找到那个畜生！如果录像泄露出来，他绝对无法原谅自己！

他一边飞速地开车，一边给他的战友打了电话，说了自己的发现，让人立刻调查，只要能确定嫌疑人的身份，那就好查多了。原炀真的没想到，发现了小偷的身份，并没有让他感到放松，反而心情更加沉重了。

到家之后，他快速地冲上了楼，打开家门看到顾青裴正好端端地坐在客厅打电话，这才松了口气。顾青裴挂断电话，一脸疑惑地看着他："你怎么了？气喘吁吁的。"

"没什么，你吃饭了吗？"

"没有呢。"

"你想吃什么？"

顾青裴想了想："你上次做的那个手工肉丸子不错，咱们今天吃那个吧。"

原炀笑了笑："行，走，你跟我去超市买东西去。"

"你自己去吧，我还有点儿事。"

"不行，你跟我一起去。"

顾青裴揶揄道："买个东西还要人陪，你几岁了，还是你不舍得花自己的钱？"

"我不放心你一个人在家。"

"啊？为什么？"

"家里刚刚遭了贼，这小区的安保太不靠谱了。"原炀把他从沙发上拽了起来，"我只相信自己的眼睛，看着你我才觉得安全。"

顾青裴笑了笑说："好吧，我陪你去。"

吃完饭后，原炀让顾青裴把对方律师发来的谅解书拿出来，仔细地看着。

那个刘强在顾青裴家里走一遭，带走了足够要挟他们的东西，却至今还没有动静，不知道是出于什么原因，也许是还没到时候。从刘强连一两万元的现金和黄金摆件都拿这点可以看出，他的逃亡生涯很是窘迫，恐怕是被逼到绝境了，才会想出这个方法。

现在电脑在刘强手里，可能发生什么，原炀实在不敢往下想，只能让人赶紧追查。

他现在对着顾青裴就止不住地心虚。当初打算拍来威胁顾青裴的录像，如今却成了悬在他们头顶的达摩克利斯之剑，他现在真的悔得肠子都青了。

TIT
FOR
TAT

Chapter 13

两天后，公司放年假了。顾青裴要回老家陪父母，他跟原炀定初四回来，然后两人去热带海岛度假。其实原炀已经没有任何心思度假了，心一直悬着，弄得自己焦头烂额的。但原炀生怕他看出什么来，硬着头皮订了行程。

顾青裴回家之后，原炀放心不下，隔几个小时就要给他打个电话或者发短信。放假了事儿少，两人经常一个电话说半小时，弄得吴景兰都怀疑自己儿子谈恋爱了。

吴景兰想套原炀的话，原炀却只字不提。

每过一天，原炀心里的焦虑就增加一分，对方哪怕来个电话提提要求也好，最可怕的就是自己有把柄在对方手里，对方却纹丝不动。如果不是他在部队里锻炼出了坚强的意志力，此时早就崩溃了。

大年三十晚上，原家的亲属都集中到原家大宅一起过年。原家上下二十多口人，有老有小，场面热闹非凡。原炀叼着烟缩在角落里，不怎么搭理他们。他才被他爷爷训了一顿话，现在连吃饭的心情都没有了。

口袋里的手机振动了一下，他赶紧拿出来一看，顾青裴发来一条短信：我妈把鸡肉炖得太烂了，不太好吃。

原炀会心一笑，回复道：等你回来，我给你做好吃的。

顾青裴回道：等我回去，给你带我们老家的特产，看你能不能抗辣。

原炀快速回道：没问题。

短信发过去之后，那边没有回应了。原炀想了想，又发了一条：过年真无聊，我居然有点想你。然后他静静地等着，等着顾青裴给他回应，等待的每一秒都忐忑和心悸，这是一种前所未有的心情。

过了一会儿，顾青裴的短信来了：想我使唤你，不错，小同志有进步。

原炀的嘴角忍不住上扬，真恨不得能穿过手机，马上出现在顾青裴面前，两人拌拌嘴，一起做顿饭，也有趣得很。

亲戚们散落在客厅的各处，各自聊天喝酒，不知不觉间，指针已经走进了新的一年，原炀听到耳边礼炮齐鸣，整个中国都沸腾了。

就在这时，他爷爷的警卫员进来了，跟他爸说了几句话，并将一个大信封递给了他爸。

原炀愣了几秒，心里突然升起一种强烈的不好的预感，他脸色大变，想要阻止已经来不及。

原立江随手就打开了，把里面的东西抽出来一看，接着就瞪圆了眼睛，眉毛狠狠抖了抖。他生怕别人看到似的，猛地将东西收进了信封里，扭头看向原炀，眼中的情绪可谓风起云涌。原炀脸色铁青，心口炸响了一道闷雷。

原立江狠狠地指了指他，指尖都在颤抖，然后扭身上楼，往书房走去。原炀硬着头皮跟了上去。

书房厚重的实木门一关，和外面喧闹的世界彻底隔绝开。

"这是什么？"原立江厉声道。他抖了抖手里的信封，然后猛地往桌上一拍。信封里的一沓照片都撒了出来，他随手拿起一张照片看了一眼："你……"突然，他猛地瞪大了眼睛，往那照片仔细看去。原炀一个箭步冲了上去，抢过了他手里的照片，可桌上还摆着几十张，原炀根本遮不过来。原炀的脸跟火烧一样，热辣辣地疼。

原立江感觉心脏都漏跳了几拍。

原立江颤声道："这是……这是谁？这是谁？"他狠狠一拍桌子，眼珠子都要瞪出来。那个人虽然表情有些扭曲，全身红得像泡过酒，可他依然认得出来，这是他欣赏有加的青年才俊，高薪聘来的职业经理人——他公司的大总裁顾青裴！

原炀迅速把所有照片收进了信封里，他的呼吸有些不畅，低着头不知道说什么好。如果今天这照片是被其他任何一个人看到，他不会感到羞愧，只会揪着对方的领子，警告对方敢瞎说就把那双眼珠子挖出来。可是眼前的是他爹，他无法形容此刻的懊悔、难堪和羞愤。他强迫自己冷静下来，从信封里抽出一张字条，上面只写了简单的几个字：撤诉，五百万。上面还有一个电话号码。同时在信封里的，还有一张光盘，不用猜也知道那是什么。他狠狠地捏着字条，恨不得把刘强当作那张纸捏碎。

原立江见他不说话，怒极攻心，站起来啪啪扇了他两耳光："你倒是放个屁！这是不是你和顾青裴？是不是？"

原炀沉声道："你都看到了。"

"我看个屁，瞎了我的眼睛！"原立江气得想掐死原炀，"你……你和顾青裴，你们两个人是不是疯了？怎么这副模样被人录了像，拍了照片？"

原炀低声道："爸，是我的错，跟顾青裴没关系。但事实不是照片上这样，刘强故意截的我们俩在一起的画面，我只是把他拽进浴室浇了冷水。我刚进公司，跟他不和，当时为了整他，给他下了套，结果电脑被刘强偷了。"

原立江气得又是一个耳光，扇得原炀嘴角见了红。他暴喊道："你还有脸说！"

原炀嘴唇微微颤抖着："爸，对不起。"

原立江坐进椅子里，额上冒出了冷汗。暴怒过后，他还要想想怎么收拾残局。他万万没想到，一个经济诉讼案能牵扯出这么多事端来。现在最让他头疼的，已经不是官司的问题，而是这堆见不得人的照片。

即便那晚上倒霉的是顾青裴，可是这些影像经过剪辑后，任何人看到都会误会，他唯一关心的只剩下自己儿子的声誉。

原炀拿起桌上的字条，快速扫了一眼，眼神阴冷："爸，我自己去处理。"说着就想把字条塞进口袋里。

原立江一把将字条夺了起来，厉声道："你想干什么？你还能弄死他？这么多人都抓不着他，你以为自己多能耐？你要是能耐，就不会让人抓着这种丢人现眼的把柄！"原立江越说越激动，狠狠地捶着桌子。

原炀暗暗咬着牙，说："爸，你不用管了，我自己想办法。"

"你想个屁，这种照片如果流出去，咱们老原家的脸就被你丢尽了。"原立江把字条揉成了一团，"这件事我来处理，你去给顾青裴打个电话，让他明天回来见我。"

原炀沉默了一下，硬邦邦地说："爸，不行。"

"你说什么？"

"你不能告诉他。"

"他是事主，我不告诉他，难道……"原立江突然一愣，猛地抬起头，"你什么时候开始这么护着他了？你们不是一直不和吗？你说实话，你的电脑为什么在他家？"

原炀面无表情地看着原立江，说："爸，我住在他家。"这件事早晚都要瞒不住，原炀也不想瞒了，索性一次硬着头皮都说出来，以后也不用再提心吊胆。

原立江眯起眼睛，眉毛微微抖动着："你再说一遍。"

原炀咬着牙，说："谁让你把我的钱都没收了！我住他家省钱！"

原立江怒到极致，反而冷笑了出来："原炀，我生下你就是向我讨债的，你就是我的债主！"他站了起来，"滚出去，这件事我来处理。"

原炀双手撑着桌面，急道："爸，你别告诉顾青裴。"

"那你想怎么样？"

"别告诉他，他不知道这个录像。"

原立江冷笑道："你怕他怪你？"

原炀犹豫了一下，点了点头。

"你敢做缺德事不敢当？你知不知道如果顾青裴要告你，这些证据够你进去三五年的？"原立江眼神阴暗而复杂，"出去，我怎么处理，你管不着，滚吧。"

原炀认真地看着原立江，说："爸，你先答应我，绝对不告诉他。"

"我说滚出去。"

原炀一步不退："你先答应我，这件事错不在他，你不能告诉他。"

原立江气得脸色铁青："你真当我有脸提！"

原炀将信将疑地看着自己的父亲。

"滚，我现在不想看到你。"

原炀抓起放照片的大信封，紧紧按在胸口，转身出去了。

原立江静静地坐在桌前，思考着整件事的解决途径，不仅仅是刘强，还有顾青裴。

另一边，顾青裴浑然不知大祸将至，正忙着和父母欢度春节。十二点的钟声敲响后，拜年的短信接连不断，顾青裴想第一个问候的却是原炀。他以为原炀肯定也捏着电话等着打给他呢，没想到电话响了好久，那边才接通，他笑着喊道："新年快乐。"

原炀的声音却有些低沉，说了几句话顾青裴都没听到，他叫道："太吵了，你大声……"电话此时却被挂断了，不一会儿，一条短信发了过来：太吵，晚点给你回。

顾青裴有些失望，不过也没往心里去，他妈招呼着让他看烟花，他急忙跑了过去。

晚一些的时候，原炀果然打了电话过来，但是声音很疲倦。顾青裴问他怎么了，他说应付亲戚，累了。

顾青裴笑着说："过两天我就回去了，你可撑住，不然咱们机票白买了。"

"嗯，我等你回来。"原炀看着腿上放着的刘强的资料，还有那串他扫了一眼就铭记在心的电话号码，眼神阴冷，让人不寒而栗。

原炀挂了顾青裴的电话，给彭放打了个电话，跟他要一个人的电话号码。

彭放惊讶道："你不是挺看不上他的吗，怎么突然要他的号码？你不是要找事儿吧？他犯着你了？"

"没有，是我有事找他帮忙。"原炀平静地说。

"你？你有事找李文耀帮忙？你找他帮什么忙？"

"帮忙找一个人。"

"你不会找张局？"

"我不能再惊动我爸，而且张局速度太慢。我要找李文耀，他肯定有办法。"

彭放沉默了一下，说："你先跟我说怎么回事。"

"我现在没时间跟你说，真没时间，你把他电话给我。"

"李文耀可不好打发。"

"我知道，你把电话给我。"

彭放犹豫了一下，叹了口气，说："我发给你。"

"嗯。"

"原炀，如果是为了顾青裴，那我奉劝……"

原炀直接挂断了电话，过了一会儿，短信发来了，原炀照着那个号码拨通了。

"谁呀？"那边儿传来一个懒洋洋的声音。

"李总，我是原炀。"

李文耀长长地哦了一声："原炀小老弟，呵呵，你怎么会给我打电话，真意外呀。"

"你帮我找个人，条件随你开。"

李文耀哈哈笑道："挺直接嘛，不错，我喜欢。条件嘛，我一时也想不好，就当你原炀欠我一个人情，怎么样？"

"好。"

"你把你有的资料发给我。"

"好。"

"对了，活的死的？"

原炀握紧了拳头："活的。"

"交给我吧。"

原炀用手指弹了弹刘强的照片，各种阴毒的点子在肚子里翻滚。

初三那天，顾青裴回到 B 市，原炀去机场接了他。

不管原炀再怎么掩饰，顾青裴也看出了他的不对劲儿，一上车就问道："你怎么了，看着无精打采的，没睡饱？"

"嗯，我这几天应酬多。"

"可我看你不像是累的，到底怎么了？碰着难题了？你跟我说说。"

原炀摇了摇头，说："没什么，我就是累，心累。"他的难题没法跟顾青裴开口。

顾青裴调笑道："哟哟，还心累，多大点儿岁数。我知道你不喜欢那些应酬，不过这些都是你避免不了的。别愁了，咱们明天一早就飞 S 岛，没人能烦着你了。"他放松地伸展了一下胳膊，"总算能好好玩两天了。"

顾青裴颇为期待的同时，原炀却在琢磨着以什么理由取消这次度假。两天过去了，李文耀那边随时可能有消息，这个时候他不能走，只要一得到刘强的消息，他会第一时间赶过去，解决那个家伙。

顾青裴道："我妈让我带了不少好吃的回来，咱们可以带些去度假。"

原炀心不在焉地说："哦，好。"

顾青裴看了原炀一眼，皱眉道："原炀，你相当不在状态，这跟平时的你一点儿都不像，肯定是发生什么事了吧？你若真的是被应酬弄烦了，见我第一件事儿应该是骂人。你不想说，我也不逼你，不过如果是工作上的事情，你不告诉我可以，但你要保证自己能解决。"

原炀烦躁地扒了扒头发，说："我自己会解决好。"

顾青裴点了点头："成，你自己解决。"

车厢里的气氛迅速降了温，两人都不知道该继续说什么，心里堵得慌，却无法沟通。

到家之后，原炀提着顾青裴的行李，跟在他后面上了楼。他不想大过年的给自己添堵，就主动说："你这个点儿还没吃饭吧？我给你做几道我们家乡的菜，我这次回去刚学的。"

原炀身体微颤，低着头说："好啊。"

顾青裴拍了拍他的肩："开心点儿，咱们进屋好好暖和暖和。"

电梯门开了。两人一出电梯，就看到原立江正站在顾青裴家门口。

两人顿时脸色铁青。

原立江平静地看了他们一眼："飞机晚点了吧？我预计你们应该早半个小

时回到家的。"

"爸，你……"原炀直勾勾地瞪着原立江，眼中分明传递着凌厉的警告。

原立江冷冷看了原炀一眼，又看向顾青裴："顾总，咱们谈谈。"

顾青裴做了个吞咽的动作。他做梦也没有想到，新年伊始，一回到 B 市，等待他的会是面色不善的原立江，莫非是原炀跟原立江之间有什么问题？难怪今天如此反常。

只是原立江究竟来干什么？

顾青裴深吸一口气，道："原董，里面请。"

原炀先一步拦在原立江面前："爸，你不该在这里。"

原立江厉声道："你更不该在这里！"

"爸，你答应过我……"

原立江一个耳光扇了过去："闭嘴。"

顾青裴握紧了拳头，知道必然是出了什么大事，多年纵横商场将他的定力锻炼得极强，他面不改色地打开门，做了个请的姿势："原董，请进。"

进屋后，原立江扫视一圈屋内。原炀那个刺头居然愿意和顾青裴住在一起，可见对这个人多么信任和依赖。而他们是亲生父子，原炀在自己家的屋檐下都会显得生疏，思及此，他心里非常不是滋味儿。当初是他希望顾青裴能帮他好好管教原炀的，可如今顾青裴仿佛取代了他这个真正的父亲的位置，这让他感受到了威胁和不悦。加上那些照片，更令他怒火中烧。

"原董，您喝点什么？"顾青裴试图缓解气氛，"我这里有很好的……"

"不必，我说几句话就走。"原立江冰冷地看了他一眼，"顾总，你把原炀管教得很好，他现在简直唯你是从了。"

顾青裴皱起眉："原董的话，我不太明白。"

原立江眯起眼睛看着顾青裴，突然叹了口气，说："顾青裴呀，我原立江对你寄予厚望，把公司和儿子都交给你，希望你把他们都往正确的方向引导。公司，你管得很好；我儿子，你也管得很好。可是，原炀毕竟是我的儿子，他现在为了你，转过矛头对向我，仿佛你们才是一家人，我是一个外人。原炀年纪小，不懂事，你还不懂事吗？你这么一个聪明人，不懂有些事是忌讳吗？"

顾青裴倒吸一口气。他是一个聪明人，可他也是现在才有醍醐灌顶的感觉。是啊，不知不觉间，他忽略了一些很重要的事，有哪个皇帝能容忍大臣笼络还未登基的太子？他手里的股份和原炀手里的股份加起来，能直接控股这个公司，但从来没有人往这个方向想过，除了原立江。

可他还是不明白，原立江为什么会突然发难，明明一切看起来都还挺和谐，一定有什么事情是他不知道的。过年期间，可能这对父子因为什么发生了大的冲突，所以原立江迁怒于他。他沉声道："原董，有些事可能确实是我欠考虑，我希望今天能解除一些误会。"

"不必了，你是明白人，我也不想多说什么了。你在公司工作了九个月，我给你结算一年的工资，你手里的股份我会按照估值加百分之三十溢价赎回，年后你就主动离职吧。"

顾青裴露出难以置信的表情。只是因为他和原炀走得近，竟严重到要赶他走？他想到自己这几个月为公司的付出，想到费了多大的力气，付出了什么代价才"驯服"了原炀，怒意和难堪便直冲脑门。

用完即弃，原立江怎么敢这么对他？！

可他却是敢怒不敢言，这是一个他绝对开罪不起的人，这个人不费吹灰之力，就能狠狠收拾他。

顾青裴咬了咬牙，以极大的意志力压下情绪："原董，我来到公司九个月，自认大大改善了公司的经营和管理方式，我们当初约定的计划，也在稳步进行中。如果中间有什么误会，我们可以沟通，这样生硬地辞退我，我实在难以接受。"

"不是辞退，而是你个人原因主动离职，"原立江冷酷地说，"理由你自己找。"

"原董……"

"不必再说了，"原立江面无表情地说，"你这个年纪了，应该知道不是所有事都需要一个答案。如果你一定要一个，那我只能告诉你，这是你工作失误造成的。"

顾青裴突然猜到了什么："难道跟上次我们遇袭的那个唐市的案子有关？"

原立江不置可否。

顾青裴的脸色变得苍白。那个案子后来由原立江处理，他没怎么跟进了，也许是出现了新的、他无法预估的事端，给原家造成了更大的损失。他颓然地低下头："我明白了。"

原立江又道："原炀现在挺依赖你的，你离职，他肯定不满，你打算怎么处理？"

顾青裴身体一颤，如鲠在喉。

"怎么处理？"原立江的声音刚硬有力，给人以强大的压迫力。他看着顾青裴，眼神几乎能将人刺个对穿。

怎么处理？顾青裴也想有人能给他一个答案。以原炀对他的依赖，是不会轻易让他走的，原立江一定担心他怂恿原炀为自己求情，那就更犯忌讳了。

最让他头疼的是，比起被莫名驱逐的愤慨和羞辱，原炀得知此事的反应竟更让他揪心。他也更清楚地意识到，比起不愿意离开公司，他更不愿意抛弃原炀这个伙伴。

原立江正紧紧盯着他，逼迫他给出一个答案。

顾青裴搓了搓脸，疲倦地看着原立江：“原董，我需要些时间，我会处理好的。”他别无选择。

原立江沉默了半晌，才起身往门口走去。他握着门把手，顿住了身体，沉声道：“顾总，我会给你让你满意的补偿，请你速战速决。”

原立江开门出去后，原炀急匆匆地冲了进来。

顾青裴转头看着他，看着他脸上的仓皇和着急，心里想着，果然就是个小孩子。他真是越活越回去了，为了一个小孩儿，把好不容易规划出来的大好前程堵死了，再寻一条，哪儿是那么容易的。他忍不住问：值吗？究竟哪里值？

原炀走了过来，说：“我爸跟你说什么了？”

“唐市的那个案子，是不是出什么事了？”

原炀张了张嘴，却不敢把真相说出来。

顾青裴眯起眼睛道：“你早就知道了，却不告诉我，到底发生什么事了？”

“我……老原不准我说。”原炀低下头。

顾青裴深吸一口气：“所以，真的是我的工作失误。”

“跟你没关系！”原炀叫道，“是那几个浑蛋……你别担心，我会把一切都处理好的，包括我爸，你别担心。”

顾青裴有些失神地看着前方的书架，道：“你走吧，我想安静一下。”

原炀一把抓住了他，声音有一丝颤抖：“我爸到底跟你说什么了？”

顾青裴把目光移到他身上，苦笑了一下：“原炀，年后我就要去办理离职了。”

“你不准走！”原炀紧紧抓着他，“你相信我，我会处理的。”

顾青裴抽出手臂，做了一个阻止的手势。他看着原炀，哑声道：“原炀，我们也不过萍水相逢，被迫被原董凑到一起共事，天下无不散之宴席，你不必这样。”

原炀的心一阵抽痛：“所以你挺高兴的？终于能摆脱我了？”

顾青裴闭了闭眼睛，说："我没有，我们只是到时候结束了。"他一向是个自私的人，他怎么可能为了一个外人去得罪原立江，他可得罪不起，他的事业、地位，他在B市辛辛苦苦打拼十数年积累起来的一切，在原立江面前屁都不算，他凭什么要为了原炀去冒险？

原炀是他什么人，他怎么可能干那种蠢事。

原炀咬着牙，道："结束？顾青裴，你盼着这一天吧？"

"我没有。"顾青裴眼神游离，脑子一片空白，他都不知道自己在说什么了。

"我爸是我爸，可是只要你说一句话，我才不管他说了什么，你……你倒是说句话。"

"说什么？"

"说……"原炀嘴唇颤抖，鼻头发酸，"说你想留下，说我们不分开。"

顾青裴的目光终于聚焦，他直直地看着原炀，哑声道："你凭什么让我说？凭什么？你呢？你究竟把我当什么？你只是想赢我，还是真的在乎我？原炀你个白痴，你连一句实话都不敢说！"

原炀哽咽着低吼："我当然在乎你，我又不是有病，我跟前跟后地照顾你，非要赖在你家，如果这都不是在乎你，那我一定就是疯了。"

顾青裴只觉得心如刀绞。

原炀低喃着："我不知道我们这样算什么，但你教会我很多，让我变成一个更好的人。我从来没打算跟你分开，你也别想跟我分开。"

顾青裴似哭似笑："你这个臭小子还赖上我了？"

"我就赖上你了，你呢，有没有一点在乎我？"

顾青裴轻声道："有点……很多点。"他觉得自己大概是越活越回去了，三十好几了，兜兜转转、坎坎坷坷地和一个小男孩牵扯不清，做了种种有失水准的事情。他说不清楚从什么时候开始对原炀上心的，开始接受这个人闯入自己的生活，成为自己的同伴，那应该算不上一个好时候，反而是不理智的开始。最让他难过的是，原炀在他身边，他经常因为对方的幼稚而心烦，可真到了被逼着离开的时候，他又一千个一万个不舍。

他怎么走出这道门，怎么结束这个假期，怎么了结这段关系？他巴不得时间就停在这里，因为他一步也不想往下走了，在可预见的将来，路只会越来越泥泞、越来越坎坷，而且坚持走下去，还未必是一桩划算的买卖。他第一次如此迷茫，理智告诉他应该和原炀断个干净，否则肯定损失惨重，可是他……

原炀吸了吸鼻子，脸上挂着复杂的情绪："我不许你离职，我说了，我爸那边儿我会解决的。"

顾青裴扒了扒头发，说："原炀，你别把事情想得那么简单，你怎么得罪原董都没关系，但是我得罪不起。"他低下头，"我真得罪不起。"

"我爸不会对你怎么样的，我会护着你，我会……"

"你拿什么护着我？"顾青裴看着他，"你现在什么都不是啊，原炀。可我现在有很多东西是舍不得放掉的。"

原炀抓着他的手臂，咬牙道："你想要的，未来我都会给你，我一定给你，但你现在不能离开。"

顾青裴喟叹一声："原炀，你先回去吧，我现在只想一个人待一会儿。"

原炀踌躇道："那你要按时吃饭。"

"回去吧。"

原炀走后，顾青裴坐在沙发上，看着这个充满了原炀的痕迹的家，眼前的画面仿佛定格了，他的视线被塞得很满，却又好像什么都看不见。孤单一人的房子，开着再暖的暖气也让人心底发寒。一想到他们和谐的日子可能再也无法回去了，他的心就揪成了一团。

如果一个人已经在心里，他就哪里都在，记忆里、视线里、屋子里，还有未来的画面里。把这些都统统扔掉，究竟需要多大的意志力？他连想都不愿意去想。

顾青裴很早就上床了，但直到后半夜才勉强入眠。他格外想念自己的父母，早知道回来会面对这样的窘境，不如在家陪陪两位老人。

第二天早上，他被电话声吵醒，拿起来一看，是王晋打来的，他强打起精神道："王哥，新年快乐。"

"青裴，你没睡醒？不会吧，你还会睡懒觉，还是过年这几天你待懒了？"王晋含笑说道。

"不是，昨晚我喝了咖啡，没睡着。"

"哈哈，睡前喝什么咖啡。你回 B 市了是吗？我的秘书跟我说了。我只有今天下午有时间，你呢？我们出来坐坐？"

"下午……"顾青裴本来习惯性地想答应，却突然想起来，自己年后就要离职了，现在再继续代表公司和王晋谈项目，合适吗？

"怎么了？没空吗？"

"哦，可以，下午几点？"做事有始有终是他的原则，这个合作案他推动了这么久，就这么放弃实在可惜。他想，不为原立江，也为原炀吧。

"三点吧，我们找个地方喝茶，然后一起去吃顿饭吧。"王晋顿了顿，"不为难吧？我们这是为了工作，如果你觉得不方便，可以把原炀带上，但是我希望你自己来。"

顾青裴干笑两声："怎么会，三点见。"他爬起床，用冰水洗了把脸，头脑才清醒一些。他换了身衣服，打算早点出门，待在这个到处都充斥着原炀痕迹的房间里，让他有些压抑。

一开门，顾青裴就愣住了。原炀裹着大衣站在电梯口，旁边的垃圾桶上扔了一堆烟头。原炀听到开门声，抬起了头，满脸疲倦，耳朵冻得通红。

顾青裴愣道："你……你昨晚没回去？"

"我不放心你自己在家。"原炀一张嘴，嗓子干痛，声音都变调了。

顾青裴心里一酸，上去就把他拽进了屋里。

原炀的羽绒服表面上有一层霜，摸上去冻手，他的脸被冻得煞白，一点儿温度都没有。

顾青裴心疼道："你傻啊，大冬天的在走廊站一晚上。"

"没什么，冷不到哪儿去。"

顾青裴看着他的脸，又心疼又心酸："傻小子，你真是傻透了。"他像一条被主人惩罚关在门外的小狗一样，在原地等了整整一晚上，被冻得像一块石头，也要坚持守在门口，毫无怨言。

原炀趁机说道："我不想回家，我怕你跑了。我知道我现在差远了，比起王晋，比起你，都差远了。你给我点时间，我很快就能赶上你。"原炀眉头紧皱，眼里全是不安与彷徨。他和顾青裴的面前竖起了好几道墙，一道比一道坚固，他感受到了从未有过的挫折。

顾青裴的眼圈有些发红，他颤声道："原炀，我真希望我能年轻个十岁，那我就能跟你一样，天不怕地不怕。原炀啊，我的难处你理解不了。"

原炀哑声道："我是理解不了，可是你明明不想走，你还说我是孽种，你怎么就不敢在我爸面前硬气一回？"

"原炀，他是你爸，不是我的。我要怎么跟你说呢……"

原炀吸了吸鼻子："我不接受你那么多理由，我只知道你要是敢走，我就把你绑起来。我不会让你离开，绝对不可能。"

顾青裴叹了口气，不知道如何回答。凭着自己那股劲儿想怎么活就怎么活的原炀看上去真潇洒，可那是他有这个命。

他顾青裴没有。

手机突兀地响了起来，顾青裴掏出手机一看，是一条短信，王晋提醒他一条路出了车祸，车道被封了，让他绕行。

顾青裴抹了把脸，说："原炀，我约了王晋谈项目，来不及了，我先走了。"

原炀拽住他，难以置信地看着顾青裴："我爸都让你离职了，你还跟他谈项目？谈个屁啊！"

"原炀，原董对我有知遇之恩，而且唐市的事，我确实有责任。总之，我希望自己就算走，也能给公司留下些有用的东西。"顾青裴心想：我走了，你可以接手一个有优质项目的公司。

原炀愠怒道："我跟你一起去。"

顾青裴犹豫了一下，说："好吧，但你不要捣乱，离职的事……回头再说吧。"

原炀一只手扣着他的胳膊，低声道："我们的事，还没你的生意重要是吗？"

原炀的眼睛又黑又亮，顾青裴对上他的双眸，仿佛要被吸进去了，他叹道："原炀，你……"

"你又想说让我懂事，是吗？"

顾青裴一时语塞。

原炀的脸色沉了下来："走吧，我不会让你跟王晋单独见面的。"

两人驱车前往约定地点，一路上谁都没有说话，车厢里的气氛异常压抑。

车开到停车场后，原炀还没来得及熄火，他的手机响了，他拿出来一看，是一条陌生号码发来的短信，里面只有一串地址，在唐市。他的心脏猛地收缩，他知道那是李文耀发给他的刘强的地址。找到了，终于找到了！他握紧了手机，恨不得现在就把刘强嚼碎了吞下去。

顾青裴察觉到他的异状："怎么了？"

原炀扭头看着顾青裴："我有点事，要马上走，不陪你上去了。"

顾青裴愣了愣，说："好。"

"等这件事解决了，我会回去找我爸。"

"你别白费力气了。"

原炀的表情突然有几分狰狞："什么叫白费力气？难道我爸说什么是什么？我爸随便吓唬你两句，你就想走。"

顾青裴直直地看着原炀，轻声道："原炀，我不想走。"

原炀怔了怔，道："有你这句话就够了。"

顾青裴下车之后，头也不回地往电梯口走去。他是真不敢回头，他害怕原炀那种毫不迟疑的感情，这让他觉得自己无论做出什么决定都是错的。

王晋早已经到了，悠闲地喝着茶等他。两人见面后，王晋夸张地看了看顾青裴身后，调笑道："你的小助理没跟来吗？"

顾青裴笑了笑说："没有。"他从公文包里掏出文件，"这些请王哥过目。"

王晋用手按着文件压到了桌面上："大过年的，你一见面就谈工作，会不会太扫兴了？"

顾青裴看着王晋道："我们这次出来，不是为了谈意向合同的事儿吗？"

"一半一半吧，主要是我想见见你。"王晋从口袋里掏出一个小木盒子，"我昨天刚从老家回来，送你的礼物。"

顾青裴犹豫地看了那木盒子一眼。

"你打开看看呀。"

顾青裴打开一看，是一个做工有些粗糙的手工艺品，从造型上看，勉强像一个号角。

王晋笑道："是我自己磨的。有点儿难看，作为送你的第一件礼物，我希望你不会嫌弃。"他的态度非常诚恳，让人根本无法拒绝这样的善意。

"挺好玩儿的，谢谢王哥。"他大方地收下了这个礼物。

王晋看着顾青裴收下礼物，笑容灿烂了起来："来，我让你看看我给你准备的第二份礼物。"他把一个文件袋放到桌面上，"打开看看。"

顾青裴开玩笑道："空头支票我可拒收啊。"他心里已经猜到是什么东西了。

不出所料，是王晋重新起草的一份意向性合同书，顾青裴快速地浏览了一遍，条款做出了实质性的让步，现在的条件对他们较有利，完全可以签了。

王晋道："我想这回你该没有异议了，只要你愿意，现在就可以签。"

顾青裴小心把合同收了进去，笑道："谢谢王哥，这真是今年的好兆头，我非常高兴，我会回去跟原董汇报的。"

王晋挑了挑眉："难道你对合同条款还有意见？青裴，我觉得自己都有昏君的嫌疑了，要不是因为你，我可不会这样牺牲利益。你明白我这么做，是想向你示好吧？"

"王哥，合同条款我没有异议。"

"那么你是不信任我？总不至于签个不具有实际约束效力的意向性合同，你这个大总裁都做不了主吧？"

顾青裴在脑子里飞速思考了一下，究竟要不要告诉王晋，他马上就要离职的事。最后他决定说出来，王晋把话都说到这份上了，如果他瞒着，太不真诚了，恐怕这场合作也就到此为止了。他脸上的表情有几分难以掩饰的落寞："王哥，我没法代表公司签这个合同，因为年后我就打算离职了。"

王晋愣住了："什么？你要离职？"

顾青裴点了点头。

"为什么？你到原立江那儿不是还不到一年吗？"

"我有了其他的规划。"

王晋眯着眼睛道："青裴，你觉得这种话能糊弄我？你做得这么好，如果不是和原立江之间出了什么问题，怎么会还不到一年就跳槽？"

"瞒不住王哥。我们在工作上有些分歧，所以我打算换一个环境了。"顾青裴苦笑道。

王晋以审视的目光看着他，摇了摇头："青裴，以你的智商和情商，不至于连自己的老板都摆不平，如果原立江是那么难伺候的人，你当初就不会为他工作。作为一个职业经理人，你没做好足够的了解怎么会轻易跳槽？你跟他认识有三四年之后才决定跳槽的，这次呢？你为他工作还不满一年吧？这么短的时间，你找好下家了吗？"

顾青裴觉得跟王晋这样太聪明的人说话真是挺累的。

王晋抱胸看了他半晌，突然神秘地一笑："我大胆地猜一下，难道是因为原炀？"

顾青裴脸色微变，他有种堵上王晋那张嘴的冲动。虽然这是胡扯，但原立江对他的愤怒确实有他和原炀走得太近的因素在。

虽然他表情的变化细微到几乎无法察觉，可依然逃不过王晋的眼神，王晋低笑两声："果然如此。对不起，青裴，我并不该笑的。"

顾青裴也懒得再遮掩什么："王哥，你只要知道我无法代表公司签这个合同就行了。但是这个项目我付出了心血，从土地置换，到项目评估、规划、报建，再到和你谈成合作，前后好几个月的时间，就这么撒手不管了，我心里始终觉得不妥。当然，我的努力也只能到这里了，我衷心地希望王哥能够继续和我们公司合作，毕竟这将是一次共赢。至于我还是不是公司的总裁，在利益面前都是次要的，你说是吗？"

"青裴，你可真会说。放心吧，我还不至于因为你走了，就放弃这个好项目。我为这次的合作也付出了不少，只不过……"王晋从顾青裴手里抽回了合同，"如果你不能从中获益的话，那我何必开出这样的条款呢？"

顾青裴无奈道："这个全凭王哥决定。"

王晋笑看着他："离职之后，你有什么打算？"

"我先回家陪陪父母吧，离家打拼这么多年，都没能好好照顾老人。"

"好哇，真孝顺，然后呢？"

"然后，看情况吧，我一段时间不工作，倒也还饿不死。"

王晋倾身向前，认真地说："然后你来为我工作吧，我愿意为你付出的，绝对是原立江比不了的。"

顾青裴微微一怔，身体有些僵硬。他沉默了。

"你不用现在就答应，你有足够的时间考虑。但是青裴，你这么聪明的人，一定会做出聪明的选择吧？你的条件非常好，但是现在国内经济形势不好，哪个公司雇用你，要额外支出几百万的成本，你能在短期内找到理想工作的概率非常低。你明白的，我这里是最好的选择。"

顾青裴当然明白，只不过他是不会去王晋公司的。同样涉足地产行业，王晋和原立江既有合作，但同时也是竞争对手，他跳槽到王晋那儿，于理不合，有原炀在，于情不合。

条件再诱人，他也不能去。

王晋却似乎很有信心："青裴，我知道你心里很多顾虑，不过最终你会发现，实实在在握在手里的东西比什么都重要。我有足够的耐心，我等着你这样的优秀人才加盟。"

顾青裴客气地笑了笑："谢谢王哥，我会考虑的。"

王晋低声道："那么，你和原炀终于要分道扬镳了吧？"

顾青裴的心脏狠狠一缩，这句话比王晋前面说的任何一句都尖锐得多。

原炀裹紧衣领，拉低帽檐，往那栋毫不起眼的居民楼走去。到了小区楼下，原炀绕着楼走了一圈，打量一下外观，把刘强可能从四楼逃跑的路径模拟了一遍，这才上了楼。

他站在那扇破旧的防盗门前，按下了门铃。门铃响了半天，屋里才传来有些急促的脚步声，一个男人在里面说："谁？"

"物业。"原炀压低声音说。

"物业来干吗？"

"楼下说你卫生间漏水。"

门里面的人犹豫了一下，才打开了房门："你哪家……"刘强的声音卡在了喉咙口。

一把明晃晃的刀子架在了他脖子上。

原炀一脸阴寒地看着他。

刘强冷笑一声，嘲讽道："娃娃，这玩意儿不适合你玩。"

原炀逼着他往屋内走去："你试试。"

刘强额上冒出了冷汗，他把两手举了起来，歪着嘴角扭曲地一笑："自己找上门儿的，你可别后悔。"

原炀一脚踏进客厅，在瞄到客厅里还有别人时，他飞起一脚将刘强踹翻在地，刀横在身前。在双方看清彼此后，皆是一愣。

"原炀？"

原炀皱眉道："秦叔，你怎么会在这里？"

屋里的另一个人是他爷爷的保镖，从小看着他长大，他小时候的拳脚功夫都是这个秦叔教的，两人的关系一直不错。

原炀对着想要爬起来的刘强又是一脚，并死死踩住他的胸口，凶狠地说："废话我不跟你说了，你的案子已经撤诉了，想完整地带着你的胳膊腿儿走出去，把录像和照片都交出来。"

刘强蹭了蹭鼻血，狰狞地一笑："那是我保命的家伙，我怎么能交出来。"

原炀用匕首的把砸得他满脸是血。

秦责上来架开了原炀："原炀，你冷静点，我正是为这个事儿来的。"

原炀挣开他，语气不善道："秦叔，你真的知道是什么事吗？我爸都告诉你了？"

秦责愣了愣，有些尴尬："大概知道吧，总之他交代我要把东西拿回去。"他看了刘强一眼，"你要的东西我都给你带来了，你还想怎么样？把东西交出来。"

217

刘强挣扎着从地上爬了起来："我现在不可能把东西给你，等我出了国，到安全的地方了再说，不然我交了出去，你们再对付我怎么办？当我是傻瓜吗？"

原炀啐了一口："你就是个傻瓜。秦叔，你居然跟他谈条件，我今天把他活剐了，看他能挺到第几刀。"原炀一把掐住了刘强的脖子。

刘强脸涨得通红，嘶哑道："有本事你杀了我，我死了之后，那些精彩的录像可就满天飞了，哈哈哈。"

秦责硬是分开了两人，沉声道："你冷静点，你爸这么做自然有他的道理。"

原炀握紧了拳头，恶狠狠地瞪着刘强。他根本不赞同他爸的做法，真让刘强出国了，到时候再找人可就难上加难了。他根本没打算放过刘强，不给这个杂碎足够的教训，难消他心头之恨。

不过他还是给了秦责一个面子，他打算看看秦责怎么处理。

秦责有些鄙夷地看着刘强："原董的意思，设立一个共管账户，两方同时确认才能支取。把钱存进去，你到了自以为安全的地方，把东西销毁，我们这边就同意你支取。"

"哼，万一到时候不给我呢？"

"万一到时候你留底呢？"秦责冷冷看着他，"我们同样承担风险，这件事我们只能相信对方。我奉劝你一句，不要得寸进尺，把你从这个世界上抹掉，是轻轻松松的。"

刘强脸色铁青，考虑了几秒，说："好，就这么定了。"

秦责拿出一个公文包："这里面有共管账户的信息，还有护照、机票和现金，等你到了安全的地方，联系我们。"

原炀看着刘强，满目寒霜，就像看着一个死人。

刘强被原炀的眼神吓得心脏直跳，他接过文件袋，抽出来一看："明天的飞机？"

秦责挑了挑眉："你还想继续待下去？"

刘强的表情有一丝犹豫："不想。"

秦责拽着原炀的胳膊道："事情我交代完了，希望你好自为之。原炀，走。"原炀目光凌厉地看着秦责。秦责朝他使了个眼色，示意他赶紧走。他犹豫了一下，被秦责拖下了楼，并拽进了小区外的一辆车里。

原炀怒道："你这么放过他？我办不到，就是追到欧洲我也废了他。"

"你别急，他对我们是一个极大的隐患，自然不能就这么放过。"秦责道，

"明天上飞机之前，他肯定会联系家人，他手里掌握的东西，一定就在他最亲近的人手里。拿到东西之后，我们才好对付他，现在不能把他逼急了。"

原炀的脸色这才缓和下来，他道："费那个劲，我现在进去，有一百个法子让他把东西吐出来，根本不需要这么折腾。"

秦责揉了揉他的脑袋，笑道："你小子，别这么血腥嘛，这是文明社会，能不犯事儿就别犯事儿，划不来。再说你性格这么冲动，真把他弄死了就麻烦了。"

"我下手有准儿。"

秦责摇摇头道："原炀，给秦叔一个面子，这个办法尽管麻烦一些，但是稳妥。"

原炀烦躁地扒了扒头发："我就在这里等到明天。"

"在车里窝着多难受。我订好酒店了，你放心，有专人盯着他的，他说的每一句话都在我们的掌控下。"

原炀这才勉强点了点头。他回头看了一眼那个小区，目光阴鸷。

TIT FOR TAT

Chapter 14

回到酒店后，原炀急不可耐地给顾青裴打电话。

顾青裴清清淡淡的声音从电话那头传来："原炀。"

"你在哪儿呢？见完王晋了吗？你回家了吧？"

"我跟他吃完饭后回家了。"

原炀不满地哼了一声，道："那你们谈什么了？"

顾青裴苦笑一声："原炀，你别跟查岗似的。"

原炀沉默了一下，道："我想过了，就算你离开公司，也没什么。好好休息一段时间，你去哪里，我都陪着你，我跟着你干。"

顾青裴叹道："你陪不了，做自己该做的事吧。"

"我就想跟着你，或者你跟着我。"

"原炀，你不能跟着我，我也不会跟着你，如果你不快点长大……我不能一辈子带孩子。"

原炀心里一阵难受："你只要不抛下我，我一定会让你刮目相看。"

顾青裴沉默了，随后哑声道："你上哪儿去了？"

"我处理一些事情，明天就回去。"

"明天几点？我给你做咖喱蟹怎么样？"

"可能晚上。好，那个好吃。"

俩人就像往常那样，聊着没有意义的话题，他们都不提来自各方的压力，这样就好像那些困难都不存在，他们只是互通个电话，讨论晚上吃什么，就这么简单。

只是顾青裴很清楚，假期结束之后，他们也就该分道扬镳了。

挂上电话，顾青裴看着空荡荡的屋子，从来没觉得时间这么富裕过。想到自己即将没有工作了，很多事也就不急了，不用加班了，也不用趁着节日送礼、约见客户了，他现在甚至不知道自己该干什么。好像他的生活支柱就是工作，一旦这个支柱被抽离了，他就不知道围着什么转了。

他看看时间，超市还没有关门，他决定去买点东西，明天给原炀好好做一顿饭。

这家超市是他和原炀经常来的，他推着手推车在一排排货架间穿梭，看着一些零食，就想到原炀。这些东西他是从来不吃的，但是原炀喜欢吃，一般到了这儿就塞半车，他不自觉地把原炀平时喜欢吃的零食都扔进了车里。

超市快要关门了，人特别少，顾青裴下意识地回头一看，一排排货架空荡荡地立在他背后，孤零零地等着人挑选。

可是没有人。

顾青裴双手颤抖着握紧了推车的把手，他从未觉得如此孤独。他和原炀相处的时间不算长，可是因为原炀这个人的存在感太强烈了，不知不觉间，他已经把原炀当成他生活的一部分。他的家，他的周围，甚至于他们经常来的超市，处处都是原炀的影子，如果原炀突然从他生活里消失了……他无法再想下去了，他匆匆结了账，落荒而逃。

回到家后，他给原炀发了条信息：你在哪里？我去找你怎么样？

原炀的电话很快打过来了，语气有些紧张："你怎么了？没事吧？"

"没事，就是我在家待着无聊。你在哪儿呢？方便我过去吗？"

"我不在 B 市。"

"哦，"顾青裴的语气难掩失望，"那就算了，明天你就早点回来吧。"

"怎么，你想我了？"原炀调侃道。

顾青裴笑道："没有你烦我，还真有点不习惯。"

原炀的嘴角禁不住上扬："我明天一处理完事情马上回去，咱们重新安排假期怎么样？我还想跟你去度假呢。"

顾青裴心酸地一笑："行。"

挂上电话后，两人各怀心事，彻夜未眠。

刘强临走前，果然联系了他前妻给他生的大儿子。他大儿子才十六七岁，但胆子特别大。这小子人在外地，是他们目前唯一找不到的刘强的近亲，因为这通电话才暴露了行踪。秦责联系自己的同事，第一时间找到人，把人扣下了。刘强的前妻、情妇还有他的父母早被他们监视着，全部被盯上了。刘强也在上飞机之前被抓了。

没过多久，录像在刘强儿子住的小旅馆里发现了，现在正在调查，看还有多少备份。

原炀本来打算去警察局看看，但他又急着回去见顾青裴，想着刘强要在监狱里过一辈子，也就不急这一时半会儿了。他现在心急如焚，只想见到顾青裴。

原炀在晚饭之前赶到了家，顾青裴正围着围裙调咖喱汁，满屋子都是那浓郁诱人的香味儿。原炀进屋之后，迫不及待地凑到顾青裴身前，想着录像的事情暂时解决了，心头大石终于能放下了，也终于敢看顾青裴的眼睛了。

"怎么了？"顾青裴拍了拍原炀的背，感觉他仿佛经历了一场恶战，现在终于能够卸甲休整，到底发生了什么？

原炀摇摇头，闷着不说话。

"你不饿吗？想吃饭吗？"

"嗯。"

顾青裴做的泰式咖喱蟹非常正宗，自从电脑失窃后，原炀几乎没正经吃过饭，他现在终于找回了食欲。两人像往常那般吃着饭、聊着天，还喝了点酒。谁都没有提那些令人压抑的话题，生怕破坏了这短暂的美好。

最后，是刺耳的电话铃声打破了平静。

原炀拿起电话，在看到来电显示的人名时，眉头深深皱了起来。顾青裴看了一眼，手机屏幕上写着"老原"两字，他尽管表现得很镇定，却下意识地把呼吸的频率都压低了。

原炀忍着把手机砸了的冲动，沉默着按下了通话键。

"你回来一趟。"

"我有事。"

"你有个屁事，马上回来。"

原炀沉声道："等我吃完饭吧。"

"家里不缺你那一口饭，你过年就在家待了一天，像话吗？！你回来，给我解释解释你跑去唐市找他干吗！"

屋子里太安静，他们俩的通话内容顾青裴听得一清二楚，原炀不敢再说下去，生怕他爸说出什么来。他道："行了，我知道了，一会儿就回去。"

挂了电话，顾青裴狐疑地看着他："你昨天去了唐市？找谁啊？"

原炀假装漫不经心地说："以前一个朋友，我爸看不上他。"

顾青裴沉默地看着原炀。不知道为什么，他觉得原炀从这扇门走出去之后，他们之间就再也回不到过去了。这种预感让他的心都揪了起来，他不想让原炀走，他张了张嘴，却最终无法说出什么。

原炀冲他一笑，露出一排洁白的牙齿。

顾青裴勉强笑了笑："快走吧，一家人等你吃饭呢。"

"我过去随便吃点儿就跑，你等我回来，螃蟹这么好吃，我还没吃够。"

"好，"顾青裴始终微笑着，"去吧。"

"等我啊，很快就回来。"原炀穿衣服、穿鞋，目光却始终放在顾青裴身上，好像少一眼没看人就会消失似的。心头那种挥之不去的感觉让他分外不安，他可以想象回家要面对的是什么，所以他格外不想离开这里。

顾青裴神色如常，多少让原炀安心一些。

原炀急匆匆走后，顾青裴看着桌上吃了一半的饭菜，默默收拾了起来。

他知道，原炀不会回来了。

收拾到一半，顾青裴一只手撑着桌子，闭上了眼睛，肩膀微微颤抖着。

原炀一踏进家门，就感觉到了家里的低气压。他走上楼，深吸了一口气，敲响了书房的门。

"进来。"原立江冰冷的声音隔门响起。

原炀推门进了屋。

原立江站在窗前，慢慢回过身看着他："你这几天还待在顾青裴那里吧？"

原炀平静地说："是。"

"混账，我说的话你当耳旁风吗？"

原炀抬起头，直视自己的父亲："爸，你为什么一定要赶他走？现在刘强的事已经解决了。"

"你怎么就这么蠢！"原立江指着原炀的鼻子骂道，"我这么做是为了谁？还不是为了你。那段录像你觉得是在威胁顾青裴吗？那是在威胁我们！如果录像爆出去，顾青裴只是一个受害者，最多私德有点问题，又不犯法，你呢？顾青裴手里有股份，有公章，有公司的实际掌控权，现在你这个吃里爬外的东西还对他言听计从，他有了这段录像，能搅出多大的风浪，你想过没有？"

原炀倒吸一口气，他终于明白他爸为什么如临大敌，又做得这么绝。他心中生出一阵厌恶："爸，顾青裴是你挖过来的人，是你可以把亲生儿子交给他教导的人，难道你对他的人品就没有半点信任？他怎么可能要挟我们？"

原立江的眼神沧桑又冷酷，那是常年精于算计、深于城府的人才能有的眼神："我不相信人品，我相信人性。顾青裴是一个多聪明的人，靠着这个视频，他甚至可以把公司的控股权抢过去。如果公司按照计划上市，那就是几亿、十几亿的利益，但我现在赶他走，至多赔个几百万。什么高级经理人，不过是高级打工仔，他这种人，会抓住一切机会往上爬。"

原炀难以置信地看着自己的父亲，只觉得眼前人太陌生了，虽然他们父子俩从小到大都不太亲近，可直到这一刻他才发现，他似乎从来不了解自己的父亲。

"你不要跟我说你了解顾青裴的为人，你了解个屁，他要弄你跟玩儿一样，你们一开始怎么针锋相对，现在你怎么对他服服帖帖，你自己心里没点数吗？"原立江恨铁不成钢地说，"就算他的人品真的没问题，但我是一个生意人，一定要把控风险，他必须走，你也必须和他断绝往来。"

原炀握紧了拳头，硬邦邦地说："我不会和他断绝往来，我觉得留在他身边能学到更多东西，起码不会学成你这样。"

原立江气得发抖。

原炀深吸了一口气，话锋一转："爸，我的脾气自小就这样，这么多年让你操了不少心，我一直不懂事，对不起。"

原立江愣了愣，这话能从原炀嘴里吐出来，他的眼珠子都要瞪出来了。

"但在顾青裴这件事上，你错了，我坚信他不是那样的人。我以后可以什么都听你的，你让我学什么我就学什么，唯独这件事我答应不了你，我想跟着他，别人都不行。"

原立江仔细回忆了一下，这恐怕是原炀头一次向他低头。

一直以来，两人的关系不能说差，但总归不太亲密，脾气又都倔强，谁也不让谁，导致他们经常意见相左。青春期时，原炀几乎是跟他对着干，不管他怎么打骂惩罚，原炀也不会示弱，可如今为了一个外人，原炀却向他俯首，他这个当爹的心里头五味杂陈。

不得不说，自从他把原炀托付给顾青裴管教之后，这孩子在不到一年的时间里成长了很多。可惜，顾青裴所做的事，功劳远远不足抵过。

原立江长舒一口气，让自己气得发热的头脑冷静了一些："你自己换位思考，如果你是我，你会怎么做？难道不会牺牲外人保护自己的儿子吗？"

原炀面无表情地说："爸，你究竟是为了保护我，还是为了保护利益，你心里很清楚。我不能让你用还没发生的事否定顾青裴，这件事我不会让步，你同意也好，不同意……我也没有办法，我不会让顾青裴离职。"

原立江咬牙切齿地说："我怎么生了你这么个玩意儿，你哪里有一点咱们这种家族子孙该有的觉悟？”

原炀低下头道："爸，对不起。"

"你这几天老实在家待着，不准再往外跑。"

原炀脸上有一丝犹豫。

"怎么了，你不是说从现在开始什么都听我的吗？"

原炀抬起头："那你同意……"

"看你表现。"原立江瞪着他，"这件事你妈还不知道。因为炒了顾青裴的事，我不肯告诉她原因，她跟我吵了一架，如果让你妈知道了，你自己想想后果吧。"

"我妈那里，我去跟她解释。"

原立江指着他的鼻子说："你少多嘴，什么都不许和她说。这几天你老实待在家里，好好反省反省，我也不看着你，你要是自己往外跑，那就证明你一点儿都没长进。"

原炀垂下眼帘："我会待在家，但是假期结束后，我会回去上班。"

"滚回你房间去。"

原炀坚定道："爸，你不要去找顾青裴的麻烦，我什么都答应你，但你不要再为难他。"

原立江冷笑道："就凭你现在这个样子，拿什么跟我谈条件？你除了会两手拳脚，你还会什么？原炀，你做事就凭着一股冲动，从来不会瞻前顾后地想一想，不，你想了，你只想你自己，你不想想父母为你操心，也不想想自己还有一对弟弟妹妹需要你做表率，你只想你自己，怎么高兴，就怎么行事。就你这样一个人，我就想不明白顾青裴怎么会看上你！他在 B 市打拼那么多年，什么样的人没见过，你不想想他图你什么！图你会打架？我明白告诉你，你要不是我原立江的儿子，你看谁会多看你一眼！"

原炀脸色微变，原立江的一席话扇了他好几个耳光。他确实没资本和他爸谈条件，他爸说得对，他现在什么都不是。他一直以为自己这么潇潇洒洒无欲无求照样能快活过一辈子，可只有当他有了真正想要得到的东西的时候，他才发现只靠蛮力什么都办不到。

原立江恨铁不成钢地看了他一眼："想跟我原立江谈条件，你先让自己站到和我对等的高度再说，否则，你说的话屁都不是。"原立江狠狠瞪了他一眼，拂袖而去。

原炀一动不动地坐在书房里，一晚上没有睡。

第二天上午，顾青裴顶着两个黑眼圈，无精打采地起床了。虽然他已经料到原炀不会回来，心里却无法平复，辗转一晚上无法入睡。

当他无所事事发着呆的时候，家里的门铃响了。顾青裴家几乎不会有什么人来，他一下子从沙发上跳了起来，他想会不会是原炀昨天走得急，忘了带钥匙……他走到门口打开了门，却见外面站着一脸严肃的原立江。

他有种摔上门的冲动，但最终还是硬着头皮打开了门，并恭敬地说："原董。"

原立江踏进了屋里，开门见山地说："我以为我不会再来这里了，可惜事情比我想的还要难解决，我家那个傻小子倒是真的挺服你，说即便你离开公司，他也要跟着你干。青裴，你说这事儿该怎么解决？"

顾青裴的嘴唇微微颤抖着，却不知道如何回答。

"上次我问你这个问题，你给了我一个敷衍的答案，希望今天你想清楚了。"

顾青裴抬起头，平静地说："原董，我不会让他跟着我的，离开公司后，我们就各走各路了。"

他和原炀就是两个世界的人，出身、背景、性格、为人大相径庭，他们这样的两个人，因为一个错误的原因凑合到了一起，注定了从头到尾都是错的。顾青裴觉得自己不该错下去了。

"是吗？但仅仅是离开了公司，对你们之间根本没有实质的影响，他那个倔强的狗脾气，还会去找你。"原立江目光犀利，紧紧盯着顾青裴，"你去国外吧，我最近在加拿大并购了一个水利能源项目，薪酬是这里的三倍，环境也很好，很适合你。"

顾青裴愣怔地看着原立江。

出国？他的家在这里，他的亲人、朋友、工作、关系全部在这里，他为什么要出国？他想都没想过。他对上原立江的眼睛，两人无言地较着劲儿，都想从对方眼中看出些什么来。

原立江开口道："你可以考虑考虑，我给你……"

"不用考虑了。"顾青裴胸中怒意翻涌，在自己没明确做错任何事的情况下，被几乎驱赶一般地辞退，这已经是极大的侮辱，他忍了，可原立江得寸进尺，甚至想将他驱赶出国。他用了毕生的修养，才克制住熊熊燃烧的怒火："原董。我十八岁来到 B 市，在这个城市打拼了十多年，这里曾经满载我的梦想和抱负，我花了这么多时间和心血获得自己在这个城市的安身之所，走到今天的位置，

227

虽然这些在您眼里依然什么都不是，可也是我点点滴滴努力出来的，我的事业和人脉全部在这里，这是我十多年的积累，我一样都舍弃不了。何况，我现在很容易就能见到父母，我不想去国外任何地方，让二老牵挂。"

原立江面无表情地看着他："所以说，你不肯走了？"

"我哪儿也不会去，何况就算我出了国，原炀也不差一张机票。"顾青裴目光凌厉，无惧地直视原立江。

原立江挑了挑眉："只要我不允许，原炀一辈子都出不了国。顾总，我现在还是想和你把问题和平地解决，希望你能理解一个父亲的心情。我也不是让你永远不回来，只要两三年，我相信原炀小孩子心性，早晚会放弃跟着你的。"

"两三年？原董，两三年短吗？我父母已经六十多了，我跟他们之间不剩下几个两三年了。"

原立江的面色沉了下来："你是怎么都不答应了？你这样的聪明人，真要做这样的决定？"

顾青裴握紧了拳头，咬牙道："原董，我知道 B 市我混不下去了，我会回老家的，这也算离开了，希望您得饶人处且饶人。"

"顾青裴，我一直以来都比较欣赏你，并不想对付你，你不要逼我。"

顾青裴怒极反笑："原董，我多少在您分公司待了快一年，对公司的大小事无一不知，无一不晓。现在是我逼您，还是您逼我？"

原立江怒急反笑："好，顾青裴，不愧是顾青裴。"

"原董，您的种种不合理的条件，我都答应了，也打算卷铺盖走人了，希望您别逼人太甚，否则弄个两败俱伤，何必呢？您说是不是？"

"既然如此，就没有谈下去的必要了，顾青裴，你好自为之吧。"原立江转身往门口走去。

"慢走不送。"顾青裴木然地立在原地，默默地盯着窗外，眼神渐渐从迷茫到清明。

原炀忍了一整天，最后还是忍不住了，给顾青裴打了个电话，但是电话却关机了。他心里不安，在接下来的两个多小时里接连打了好几个电话，却一直都没打通。他终于坐不住了，抓起钥匙想回去看看，刚走到楼下，就被原立江的眼神逼回来了。

原立江抖了抖手里的报纸，冷冷道："才一天你就按捺不住了？我不是让你冷静冷静吗？"

原炀低声道："爸，这么做有什么意义呢？我不会因为几天不见他就改变什么。"

"你确实改变不了什么，你真的以为顾青裴会为了你损害自己的利益？他根本没打算跟你继续共事下去，你也早点清醒吧。"

原炀握紧了拳头："你怎么知道？你去找他了？"

"这还需要问？"原立江冷冷看了他一眼，"顾青裴会放弃自己的名誉地位和多年奋斗的成果，就为了和你过家家？你自己都不觉得可笑吗？"

原炀的身体轻微颤抖："不管你说什么，我都不会放弃。"他抓紧钥匙，开门走了。

新年假期明天就结束了，街上的人也多了起来，原炀抓着方向盘猛踩油门，恨不得飞到顾青裴面前。

他爸说的每一句话都正中他焦躁的内心。他比谁都担心，自己在顾青裴心里的分量太轻，轻到顾青裴根本不愿意为了他承受任何实质的损失。他在顾青裴心里究竟算什么呢？

原炀赶到顾青裴家后，发现屋内空无一人，在桌上找到了顾青裴留给他的字条，上面写着简单的几句话：我回老家陪陪父母。原炀，我没法当面和你说，以后我们各走各路吧。

原炀额上青筋暴突，狠狠把字条捏成一团，只觉得心痛如绞，眼中迸射出犀利的寒芒。他把字条塞进兜里，开车往机场赶去。

原炀心急如焚，恨不得下一秒就见到顾青裴。他要把这张字条摔在顾青裴脸上，他要问问顾青裴，谁给的胆子，用这么轻飘飘的几句话和他"道别"。

他在晚上七点多找到了顾青裴家。那是一栋很普通的公寓楼，看上去非常有生活气息。他抬头往楼上看，灯亮着，顾青裴应该就在里面，还有顾青裴的父母。

他上去之后该说些什么？他站在顾青裴家楼下，想着他们不过几十米的距离，他却胆怯了。他不想看见顾青裴冷淡的表情，也不想从那张嘴里听到他不想听到的话。顾青裴已经做了选择，他却根本无法接受。

他爸说得没错，顾青裴不会为了他放弃自己的成就，而那些恰好是他全然不在意的，这是他们之间最大的矛盾。他为什么会对顾青裴这样一个跟他截然相反的人如此上心呢？顾青裴明明是他最看不上的那类人，从他们见面的第一天起，他就怎么看顾青裴都不顺眼，只想狠狠打压，可为什么到了最后，他只想为顾青裴分忧，只想跟随这个男人，他究竟出了什么问题？

他抹了把脸，满眼疲倦，裹紧衣服，走上了楼。他站在那扇新换的防盗门前，僵立了很久，终于按响了门铃。

一位阿姨打开门，隔着防盗门看着他，问他找谁。原炀看着她，眉目之间跟顾青裴极像，他心中生出一种难言的亲切，扯着僵硬的嘴角想笑一笑，肌肉却仿佛被冻僵了一样，没有成功。他只好道："阿姨，我找顾青裴。"

"哦？你是青裴的……"

原炀刚想开口，房门被彻底打开了，顾青裴站在他母亲身后，略带惊讶地看着原炀："你怎么找到我家的？"

原炀放在大衣兜里的拳头不自觉地握紧了，他低声道："你们家往 B 市邮过东西。"速记是他在部队里学过的最基本的本领，跟顾青裴有关的事，他几乎全部记得。

顾母的目光在两人脸上来回移动，眼神充满狐疑："青裴，这个小伙子是谁啊？哎哟，怎么长这么高，这个子……"

"是我的下属。"

"哦哦，快请进来。"顾母打开门，微笑着要把原炀让进屋。

顾青裴却一步挡在原炀面前，平静地看着他："我们出去说吧。"

原炀眸中怒火大盛，一动不动地看着顾青裴。

顾母察觉到两人之间的不对劲儿，犹豫着说："青裴，天儿冷，让人家进来坐坐吧。"

顾青裴犹豫着。

顾青裴的父亲从屋里走了出来，嘴里叼着卷烟，皱着眉头看了他们一眼："进来吧，来都来了，怎么好把人往外赶，都进来吧。"

顾青裴脸色铁青地后退几步，把原炀让进了屋。他叹了口气，看着原炀，心里越发难受。

顾母慈祥地笑了笑："家里正要开饭呢。你说多巧，我平时做饭都有数，今天也不知道怎么的就做多了，可能就是给你准备的。孩子，你叫什么？"

"我叫原炀。"

"哦，原炀。不错，挺好，"顾母上下打量了原炀一番，"长得真俊，就是看着年纪不大，你得比青裴小好几岁吧？"

顾父咳嗽了一声，说："你去多拿一副碗筷。"

顾母含笑着进厨房了。

顾青裴坐到桌前，脸色很是苍白，既不看原炀，也不看自己的父亲，只是低头看着碗里白生生的米饭。

顾父把烟掐了，看着原炀："这还是第一次有青裴公司的人来家里，你是从B市特意过来的？"

"对，我来这边玩儿，想给顾总拜个年。"

顾母拿着碗筷出来了，笑着摆到原炀面前："这么客气，你们在公司关系挺好的吧？青裴平时有没有好好吃饭？"

"有时候他忙忘了，我会提醒他。"原炀看着顾青裴，目光不禁变得温和。

顾青裴却不看原炀，他简直如坐针毡。

顾父看出两人的不对劲儿："你们是不是有什么问题要解决啊？前几天他说要回去工作，现在又说不工作了，我就觉得奇怪呢。"

顾青裴不想当着自己父母的面再多说什么，他低声道："先吃饭吧。"

顾母给原炀倒了杯酒："我自己酿的米酒，喝了暖和。"

原炀端起酒杯，看着那半透明的白色液体，鼻间嗅到淡淡的酒香，顾青裴的父母就跟这自酿的酒一样朴实温和，偏偏顾青裴把自己武装成了让人难以企及的烈酒，喝上一口烧心烧肺，却又欲罢不能。

席间，为了不冷场，顾青裴的父母主动跟原炀聊着天，几岁呀，哪里人啊，家里几口人啊，做什么工作啊，虽说算不上巨细无遗，但能问的他们都问了。

顾青裴一开始还想阻止，后来发现自己根本插不上话，索性也就不再开口，只是沉默地吃着饭，看着原炀跟自己的父母聊天。就好像他们本来就是一家人一样，这幅画面令他备感心酸。

吃完饭，顾青裴趁着父母收拾碗筷的时候，终于有了和原炀单独相处的机会，他垂下眼帘，轻声道："我们出去走走吧。"

原炀看着他，眼中饱含埋怨："我出去了，你还会再让我进这个门吗？"

"我父母的家，你本来就不该来。"

"为什么我不该来？"

顾青裴叹了口气，道："起来，我们出去说。"

原炀额上青筋鼓动着，似乎在极力克制着某种要爆炸的情绪，他僵硬地站了起来。

顾母正好端着水果从厨房出来："怎么了？要走吗？"

原炀没说话，顾青裴道："妈，我们有些事情要谈，我过会儿回来。"

"怎么刚吃完就走，多坐一会儿吧。"顾母客气地挽留。

顾青裴面无表情，口气却有些强硬："妈，改天吧。"

"你把我给你织的毛衣套上。"

顾青裴套上毛衣，把原炀带去了顶楼的天台。天台寒风阵阵，月朗星稀，空无一人。

顾青裴裹紧衣襟，眼神空洞地看着万家灯火："我真没想到你会来我家。"

"你留下这种东西跑了，你觉得我会在 B 市等着你回去？"原炀把那张字条扔到了顾青裴身上，气息有些不稳。

"原炀，我在上面写的就是我想说的话。我们的性格、经历、观念都是天差地别，其实并不适合共事，连朋友也难做。你年纪还小，早晚你会懂的。"

原炀一把揪起他的衣领："我不想听你说这些屁话，我原炀这辈子没对谁上过心，我就认准你了，我不准你这个时候打退堂鼓。我把我房子卖了，和朋友在天津合作的一个地产项目已经筹集到了资金，下个月就能启动了，我会好好工作。你说我幼稚，我会改，我都改，我需要你帮我，你来帮我吧。"原炀凶狠的眼神中透着一丝狼狈，"你别放弃我，我能为你对抗我爸，你为什么就不能？"

顾青裴脸色铁青，咬牙道："为什么？你父母会放过我吗？会让我爸妈安宁吗？我已经打算离开 B 市了，因为那里没我的容身之处了，我在 B 市奋斗多年，现在什么都要放弃了，你知道我什么心情吗？这也没什么，我在家里找个工作，足够供养双亲，可是我只能容忍这么多了。"他颤声道，"原炀，你自己活得太优越，所以看不到别人的难处，觉得我放不下的那些东西都太世俗，那是因为你唾手可得，我跟你不一样，原炀，我们太不一样了。就到这里结束吧，咱们俩都能省心。"

"放屁！"原炀大吼一声，双眼通红，"省心？你这样走了就能省心了？顾青裴，我们相处的这些时间，对你来说什么都不算？我对你哪里不好，你就没有一点犹豫吗？"他死死按着顾青裴的肩膀，眼中饱含愤怒和伤心，似乎恨不得扑上来咬死顾青裴。

顾青裴低下头，跟丢了魂儿一样重复着："我们不适合当朋友。"一个自负霸道的、我行我素的、年轻气盛的小男孩儿，做事只会横冲直撞，全凭喜恶，和他几乎没有任何共通之处。这些他早该知道，却还是自欺欺人，在原炀这件事上，他做了很多错误的决定。

　　现实逼得他该清醒了，也该做出明智的决定了。他现在失去的，是在京城多年的积累，如果继续和原炀纠缠下去，还不知道要失去什么。他是顾青裴，他怎么能为了不切实际的感情而冲动行事呢，那根本不是他。

　　原炀只觉得心被一盆接着一盆的冰水浇透了，他的人生中从来没有经历过这样的挫败，几乎所有他品尝过的委屈、伤心、羞愤，都是顾青裴给的。只有这个男人能让他这么狼狈，可他长这么大，偏偏只遇见这么一个顾青裴，他被迫着剥离过去的自我，痛苦地成长。可他心甘情愿，为了顾青裴，他心甘情愿，但他不能忍受顾青裴放弃他。

　　原炀愤怒难受到了极点，却对顾青裴无可奈何。他捏着顾青裴肩膀的手不自觉地收紧，眼看着顾青裴疼得脸都白了，却一声不吭，心里竟有种扭曲的快感，他恶狠狠地看着顾青裴，声音沙哑："如果你不回 B 市，我就跟你留在这里，我陪你从头开始，我们一定能闯出一番天地！"

　　顾青裴愣怔地看着他，在他坦率而执着的目光下，自己竟觉得无所适从。他永远活得比自己真实、比自己自我，这些东西哪怕是自己年轻十岁的时候也不会有。

　　原炀松开了他，低声道："你敢留下那么一张纸跑了，我看到的时候真想弄死你。顾青裴，你是不是觉得我不正常？我就这样了，我早警告过你，别招惹我，现在晚了，你对我很重要很重要，我承认我依赖你，在我不知道往哪里走的时候，我知道跟着你没有错。所以我没法和你分开，我会好好工作，努力挣钱，你的顾虑我会消除，你看不上的毛病我会改，真的。"

　　顾青裴闭了闭眼睛，长叹一口气："原炀，你别这么逼我。"

　　"我如果不逼你，你会拔腿就走，你哪儿也别想去。"

　　顾青裴看着原炀眼里跳动的火焰，拒绝的话就没法说出口。他了解原炀的脾气，也早明白不能跟原炀对着干，否则碰上这样不讲理的，吃亏的肯定是他自己，如果他真的把话说绝了，他不知道原炀会做出什么来。

　　他真的不知道该怎么办了，他无论怎么退缩，原炀都会迈出更大的一步，紧跟在他身边。或许原立江说得对，只有他出国，和原炀彻底地分开，才能对他们两人都好。但他不能出国，他怎么能离开年迈的父母跑到国外去？他陷入了前所未有的两难之地。

　　原炀在逼他，原立江也在逼他。

手机铃声突兀地响起，原炀掏出来一看，脸色立刻沉了下去。

顾青裴瞄了一眼，看到是原立江打来的，他趁机推开原炀，转身想下楼。原炀一把抓住了他的手腕，反手一拧，就把他的手腕扭到了背后，扣着他的手腕把他按住。

原炀力气极大，顾青裴一个一米八几的成年男人竟然挣了几下都动弹不得。原炀一只手控制着他，一只手接了电话："爸。"

"你去哪里了？"

电话那头的声音顾青裴听得一清二楚。

"我在哪里，你肯定知道得一清二楚，何必再问？"

"你去找顾青裴了，"原立江寒声道，"你现在立刻给我回 B 市，顾青裴的态度已经摆明了，你还纠缠不休，嫌不嫌丢人？"

顾青裴拼命想推开原炀，却又不敢弄出动静，两人暗中较着劲儿，都面红耳赤，场面有些滑稽，可是谁也笑不出来。

"爸，我不怕丢人，"原炀看着顾青裴，讽刺道，"我又不为了脸皮活着。"

"你不嫌丢人我还嫌丢人！原炀，你是不是得了失心疯？"

"我不知道，爸，你当时又为什么要把我交给他？"

原立江怒道："我是让你跟他学管理、学经商、学做人，不是让你吃里爬外帮着一个外人！"

原炀嘲弄道："太晚了，爸，正因为我跟他学了做人的道理，我才不能认同你的所作所为。他如果不打算回 B 市了，那我也要留下来。"

原立江沉默了，最后阴冷地说道："你别后悔。"说完就挂了电话。

原炀捏着电话看着顾青裴，状似轻松地耸耸肩："我爸应该不想要我了，你如果也不想要我，那我要去哪里？"

顾青裴心弦一颤。原炀的执着让他无法回避，他从小到大被不少人追随，可从来没有人能像原炀一样带给他这样的震撼。原炀就像一头最凶猛却也最单纯的野兽，初见时对他亮出獠牙，现在却只对他展示柔软的腹肉，用所有真实的一面毫无保留地面对他，敢爱敢恨。他看着原炀眉头紧皱的样子，心就不可抑制地疼了起来。他根本不想看到原炀这样的表情。

顾青裴扭过头，哑声道："你这么做一点好处都没有，先放开我。"

"好处？你就会用利益衡量一切吗？也成，我告诉你，留在你身边，对我来说就是最大的好处。"

顾青裴颤声道："你这傻小子……我真是拿你没办法，你真是……"

原炀的眼睛盯着远方，眼神笃定："你听到了，我没有退路，你也没有。明天我带你去天津，我们一起去考察项目。中国这么大，去哪儿做生意不行。我们开自己的公司，我给你当助理也好，司机也好，什么都行，只要能跟着你。我就不信我们还能饿死。"

顾青裴叹道："你以为做生意那么容易吗？你以为只要投入就一定能生出钱来？"

"所以我带你去看项目。你不是要教我很多东西吗？我全部学，我给你挣很多钱，让你走到哪儿都风光。"原炀一副胸有成竹的模样，"我会比王晋还要厉害，让你也佩服我。"

顾青裴露出一个似哭似笑的表情，心中酸楚不已："你先放开，我的胳膊都快断了。这么重大的决定，我要考虑考虑。"

"不急，你慢慢考虑，我今晚睡你家。"

"滚，你去酒店。"

"我就要睡你家，你爸妈挺喜欢我的，我看得出来。"

"他们只是客套，你从哪儿看出他们喜欢你了。"

"感觉。"原炀耍赖道，"你家又不是住不下，我看房间挺多的，我创业初期要省钱，对吧？"

顾青裴不太想让父母和原炀接触太多，他害怕那样其乐融融的家庭气氛会让他失去判断力。原炀却不依不饶，非要跟他回家，他赶也赶不走，没办法，只得把人又领了回去。

顾母看到顾青裴把原炀又领了回来，很是惊讶，单纯地问了一句："你们和好啦？"

顾青裴温和说道："妈，这么晚了不好找酒店，你把客房收拾一下，他在这儿住一晚上。"

"哦，好啊。"

顾父眯着眼睛笑了笑，对原炀说："小原，你会不会下棋啊？围棋。"

"会啊。"

"来，你跟我来两盘，这两天都是青裴陪我下，我老下不过他。"老爷子擦了擦手，一副兴致很高的样子。

顾青裴搬了张椅子坐在一旁，静静地看着他们下棋。顾母端着姜茶走了过来，放到旁边的茶几上，手搭在顾青裴肩头，一边轻轻顺着他的头发，一边看两人下棋。顾青裴看着原炀专注的侧脸，看着父亲和母亲平和的笑容，心中淌过一股暖流。

晚上睡觉的时候，原炀被安排在了顾青裴隔壁的客房。

老房子隔音不好，大家熄灯躺下后，顾青裴听到耳朵边的墙被人轻轻敲了几下。他知道是原炀敲的，他本不想做这么幼稚的回应，可原炀却不依不饶地一直敲，声音很小，但是持续不断，有点儿恼人。他无奈，只好也伸手敲了敲。原炀那头更兴奋了，用某种他弄不懂的节奏敲击着墙壁，声音依然很轻，但是持续不断。

顾青裴索性拿起电话拨了过去，原炀的铃声响了半下就接通了，显然在等他。

顾青裴缩进被子里，低声道："你敲什么呢？"

"摩斯密码。"

"什么意思？"

"你猜猜。"

"肯定不是什么好话。"

"你过来我告诉你。"

"老实睡你的。"

"作为顾总的助理兼司机，我随时愿意效劳。"

顾青裴忍不住笑了出来，他突然觉得身体暖和了起来，仅仅是因为有个人牵挂着自己。

想到一墙之隔的原炀，他再一次质疑自己一贯坚持的利己主义是否真的能让他笑到最后，放弃原炀，就为了保全自己的成就和地位，到底是不是真的能让他高兴。

他一直以来都把感情放在次等位置，即使是在很年轻的时候，他也一直坚信男人最重要的是功成名就、是受人仰望，太重感情只会使人软弱和惰怠。他拼命工作，不放弃任何一个出人头地的机会，到头来，身边连一个知心人都没有。没有就没有吧，他还会是风光无限的顾青裴。然而现在却彻底不一样了，原炀用年轻人特有的天真和热情撼动了他早已固化的思想。

他总以为是自己在教导原炀，带领原炀成长，其实原炀何尝不是给他上了沉重的一课，让他重新审视自身，让他在而立之年打破茧缚的虚伪外壳，迎来难能可贵的成长。

原来他们作用在对方身上的力一直是相互的。

而原炀也同样辗转难眠。在他的人生中，从来没有哪一刻像现在这样，极其迫切地希望自己强大起来。如果没有遇见顾青裴，他不会知道自己其实还什么都不是，只靠着拼狠耍横，根本没法保护自己重视的人。他现在不但在他爸面前没有底气，哪怕是遭遇顾青裴的质问，都会心虚。他必须强大起来，真正地强大起来，为顾青裴遮风挡雨，让他爸不能再左右他，他要真正掌握自己的人生。

原炀笃定地说："你等着瞧，我会让你知道，跟了我绝对没错，我一定让你刮目相看。"

顾青裴半玩笑半认真地问："原炀，你是怎么决定跟着我的？我吧，长得是挺帅，又聪明又成熟稳重，可毕竟咱们的性格差别太大了。"

"哟，你还自夸上了。"

"说。"

"你那副跩了吧唧的精英模样，特别欠。"

顾青裴笑骂道："你找抽呢。"

"真的，我看着你那模样就想教训你，就想看看你伪装的面具下真实的样子，结果……"

"怎么？"

原炀闷声笑道："结果我发现你这个人其实也没那么讨厌，甚至有的时候说的话、做的事还挺有道理。慢慢地，我就被你收服了呗，心甘情愿为你鞍前马后一辈子。"

顾青裴撇嘴笑了笑："你才活了几岁，就敢说一辈子。"

"你别不相信，从小到大，做不到的事我从来不说，说了我一定做到。"原炀认真地说。

顾青裴低声道："我暂且当你说的是真的。"

"就是真的。"

最好是真的，顾青裴想。最好这只霸道无赖的小狼狗一辈子只认他一个主人，那样的话，他就敢放手一搏。一向小心谨慎，做事十拿九稳，几乎从不出错的他，也想为了自己的直觉大胆地赌一把。

顾青裴睡了一个好觉。只要有原炀在他身边，他大多能睡得很安心很舒坦。

原炀醒得很早，他起来喝水，顾青裴也醒了。

顾青裴问道："你要去跑步吗？"

"在这里就算了，连双跑步鞋都没有。"

顾青裴道："我们今天就走，走之前你先跟我说说项目。"也许这真的是一个好的契机，也许就像原炀说的那样，不一定要回 B 市，不用非得顾忌原立江，他们一起重头开始，也一定能成。

"好。"原炀难掩兴奋地笑了起来，那如释重负的笑容就像春天的风，温暖了顾青裴身体的每一个细胞。

这个城市的冬天太冷了，两人不愿意下床，就窝在被窝里，对着电脑研究着项目。

顾青裴做了个简单的分析，原炀听得不住地点头。顾青裴眼光犀利，总能一针见血地发现问题的关键，这一点总让原炀佩服不已。一想到今天下午要带这么牛的伙伴去见合作方，他心里就充满了自豪感。

顾青裴装模作样地叹气："我呀，可真不容易，三十好几了，还要带着你这个毛头小子重新创业。"

"不挺好的嘛，你也早该自己创业了，给别人打工多屈才啊。"

顾青裴扑哧一笑："你讽刺我呢？"

"哪儿敢，我就不信你没动过创业的念头。"

"当然动过，谁愿意给别人打一辈子工呢？但我自己评估过，条件还不成熟，我把创业当作我四十岁的目标，现在被迫提前了。"

"等你四十岁的时候，咱们一定赚了好多好多钱，你一定会感谢我的。"

顾青裴撇撇嘴："借你吉言。"眼睛却笑弯了。

"说到做到。"

"对了，你哪儿来的钱入股？"

"我那房子卖了七百多万，又找了朋友投资。"

"你可真敢干啊，胆子真大。"

原炀得意地轻哼一声。

"我股市里还压着钱，随时能套现，只要这个项目合适，二期投入我拿得出来。"原炀道，"到时候钱都让你管。"

"那是当然的，你就会败家。"

"我怎么败家了？我多好养活。"

"傻小子。"

"你别成天用这种笑容说我傻，瘆死人了。"

"傻小子。"

"好了好了，起来吧，我们去机场。"

顾青裴伸了个懒腰，他好像彻底从被解雇的阴霾中走出来了，现在的他浑身都是干劲儿。

TIT

Chapter 15

FOR

TAT

两人下午坐飞机去了津城，打算看完项目后，回 B 市拿些东西，然后再回 C 市。他们虽然嘴上不说，却也有了共识，这时候避开原立江比较好，顾青裴一点也不想留在 B 市触他霉头，甚至连办理离职的事都想拖一段时间再说。

落地后，合作方负责接待，他们看了一天这个商品楼的项目，晚上吃了顿专门吹牛喝酒的饭。

回到酒店，顾青裴就夸原炀有眼光，显然他对这个项目挺满意。

原炀特别高兴，自己难得被顾青裴夸奖，脸上的笑意掩都掩不住。顾青裴也很高兴，第一是这个项目确实前景很好，第二是原炀跟他的这一年里进步很大，从一个自负、我行我素、对经商完全不感兴趣甚至是充满不屑的富二代，变成了现在这样一个脑袋里有正事、有考量、有目标的男人。

原炀其实非常聪明，而且记忆力和精力惊人的好，是一个可造之材，如果说以前顾青裴培养原炀，是因为原立江的嘱托，现在则是把原炀当成了自己人在用心栽培，期望两人有一天能够携手驰骋商场。心中有了期望，顾青裴整个人也放松了不少，他开始勾画他和原炀在这个项目上的成功，没错，属于他们两个人的成功。

只要能在其他地方站稳脚，他就不用那么惧怕原立江，而且他相信原立江也不会对自己的亲儿子下狠手，他们的项目应该也是安全的。既然原炀一次都没有放弃过他，他也不想辜负原炀。

第二天，两人回到了 B 市。

当回到顾青裴家的时候，他们心里都有着不同程度的感慨。明明几天前刚刚从这里离开，可再次回来，他们的心境都发生了变化。

顾青裴想起冰箱里还有那天剩的螃蟹，放了这么多天，已经不新鲜了，这一顿螃蟹注定是吃不完了。顾青裴感到有些可惜，可惜了当时的心意。

冰箱里没菜了，原炀便出门买菜，顾青裴在家收拾东西。这时，他的手机响了，是张霞打来的。

"顾……顾总。"张霞的声音听上去充满了慌乱。

"怎么了？"

"我……我不知道怎么跟您说，恐怕没人敢告诉您，我是真心敬重您，可是我觉得……"

顾青裴皱了皱眉头，阻止了她的语无伦次，并笑着安抚她："小张，你还在休产假，心情最重要，慢慢来，好好说，怎么了？"

张霞吸了吸鼻子，道："顾总，您自己去公司的邮箱看看吧。"

"看什么？"

"看……"张霞说不下去了。

顾青裴挂上电话，满腹疑惑地登录了公司邮箱，发现了一封群发邮件，文件名字就叫"顾青裴"，他的心脏微微一颤，不明所以地打开了。

邮件里面是几张照片。光线昏暗暧昧，背景一看就是酒店的客房，顾青裴在那几张不甚清晰的照片上看到了自己的脸。

他浑身的血液瞬间冻结了。他不会忘了这家酒店，那是在 H 市的一晚，他和原炀水火不容的时候，两人一起出差，原炀就是在这家酒店指使一个女人给他下套，然后……

一共五张照片，看起来是从视频里截的，仅从他腰部以上的部分截取，不算露骨，而那个女人的脸被遮得严严实实。可仅仅是这几张照片，也足够让人确定这是一组不雅照，哪怕他们当时并没有实质发生什么，但画面传达出来的信息却足够人脑补许多。他对着镜子看了三十几年的自己的脸，就这么又熟悉又陌生地出现在他面前，那张脸上遍布着红晕和细汗，眼神迷茫、尽显醉态，是彻底沦陷于酒精和情欲的模样。

顾青裴的脑子嗡嗡直响，目光一再失焦，然后再集中到那几张刺伤他双眸的照片上，模糊了又清晰，清晰了又模糊，反反复复，让他头疼欲裂。

他终于明白张霞的声音为何慌张又尴尬，因为全公司的每一个人在这个没有任何特别之处的晚上突然收到了这份爆炸式的礼物，看到了他们总裁的不雅照。

顾青裴简直分不清自己是在现实里，还是在做噩梦。

他这个人从小到大不落于人后，极要面子，上学的时候是优等生，工作了也是最优秀的员工，要论勤奋刻苦，少有人比得过他。他这么努力地学习、工作，仅仅是因为他不服输。他是带着周围人的夸赞长大的，他万万没想到，自己的隐私会以这种令他颜面尽失的方式被公布于众。

他仿佛被当街狠狠扇了好几个耳光，那一张张照片都在昭示他的不堪。他顾青裴在物欲横流的商场里摸爬滚打多年，什么委屈挫败都受过，每一次他都面不改色地挺过来了，可唯有这次，他有种被人撕了脸皮的屈辱感。他的骄傲和尊严被几张照片毁了个彻底，从此他顾青裴要以什么颜面面对自己那些朋友、同事？他几乎把牙齿咬碎。

不用多想，他也知道这是谁干的。这段录像还有第三个人，那就是原炀，把原炀保护得如此彻底，却将他示众，能下此狠手的，除了原立江还能有谁。

他低估了原立江，他以为原立江仅仅会在事业上打击他，所以他天真地想避其锋芒，在其他地方另起炉灶。却没想到原立江会这样毁他，他又如何能想到自己有这样的把柄在别人手里！

这是原立江给他的警告吗？他只觉得浑身冰凉，瘫在椅子上几乎无法动弹。

为什么？为什么会有这么一段视频？是谁录的？是谁？答案呼之欲出，顾青裴却紧闭双眼，痛苦得不想承认。

顾青裴摇摇晃晃地站起来，走进浴室，用冰凉刺骨的水洗了把脸。他抬起头，看着镜子里那张苍白的脸，眼前的画面不自觉地跟照片里那张沉溺情欲的脸重合了。他挥起拳头砸向了镜子，精致的镜子从被击中的地方龟裂，玻璃碎片毫不留情地割伤了他的手。他木然地看着手上的血，僵硬地站了很久，直到耳边传来开门的声音。

原炀提着东西进来了："我去，外边儿可真冷，不让你出去就对了，你一点儿都不耐寒。"

顾青裴只觉得浑身血液都在逆流，他握紧了拳头，鲜血滴答滴答地落在他脚边，他却感觉不到疼，因为身体的某个地方比他的手疼上千百倍。

原炀听到里面没动静，放下东西走了进来："人呢？"他走到浴室一看，吓了一跳。顾青裴拳头上正滴着血，神色冰冷地看着他，镜子碎了一地，一切都看上去那么不正常。他的心脏狂跳起来："你怎么了？镜子是你弄碎的？你的手……"

顾青裴机械地开口："在 H 市那天晚上，你录像了？"

原炀如遭雷击，僵在了当场。

"是不是？"顾青裴逼视着原炀的眼睛。

原炀方寸大乱："你……你怎么知道的？"

顾青裴冷声道："我知道得太晚了。"

"你……你是怎么知道的？谁告诉你的？"原炀脸色铁青，他看着顾青裴有些扭曲的脸，心都凉透了。

"怎么知道的？"顾青裴讽刺地一笑，"我是在公司的一封群发邮件里看到的。真是有意思，作为那段录像的男主角之一，我居然比公司的下属知道得还晚。"顾青裴咬着牙说完最后几个字，那眼神恨不得吞了原炀。

原炀从未觉得如此害怕，从未。他清晰地看到了顾青裴眼中的痛恨和怨愤，那被羞辱的愤怒是如此的强烈，以至于他都能感觉到顾青裴此时此刻是什么心情。顾青裴是个那么要面子的人……

他常常取笑顾青裴活着就为了表面功夫，顾青裴享受成功、享受优越、享受被人敬仰，那是对一个男人的肯定。成功的荣光是这个世界上绝大多数雄性生物一生都在追求的，顾青裴欣赏自己的所得，这没有任何不妥之处。原炀向来知道顾青裴在乎自己的声誉和地位，所以刘强偷走电脑的时候，他才会焦头烂额，找到刘强的时候，他才会抱着即使灭了对方也要把录像拿回来的心思。他就怕那段录像被公之于众，怕顾青裴会受不了，怕顾青裴会恨他。

原炀几乎要崩溃，他折腾了半天，最害怕的事却还是发生了！他冲进书房，一眼就看到了那几张刺眼的照片。

是他爸，一定是他爸干的！

原炀冲回浴室，抓着顾青裴的肩膀语无伦次地喊道："顾青裴，那段录像是我录的，可我从来没想过要公开，我……你听我解释。"

顾青裴轻扯嘴角："哦，那它怎么就跑到公司所有人的邮箱里去了呢？"

"是刘强！你还记得上次你家失窃吗？他偷走了我的电脑！"

"刘强？如果真是刘强，为什么独独把你遮了起来？"顾青裴眯着眼睛看着他，"刘强可真够心疼你的。"

原炀嘴唇颤抖着，哑口无言。

"让我帮你说吧。刘强有了这么厉害的把柄在手，岂能不好好利用，所以他以此敲诈原立江。我此前还想不明白，唐市的案子过去那么久了，他当时没怪我，为什么留到现在发难，难道仅仅因为我跟你走得太近，就要赶我走？现在我什么都明白，我什么都明白了！"顾青裴的大脑无比清醒。从某种意义上说，他能理解原立江的所作所为，既要保护自己的儿子，又要保护公司利益，那就理所当然要牺牲掉他这个雇用来的外人。可惜原立江没料到儿子的胳膊肘会往外拐，所以才放出这一杀招，让他们反目成仇。

原炀瞪着血红的眼睛看着顾青裴，顾青裴周身那种冷硬的、憎恶的气息刺得他浑身疼。

顾青裴咬牙切齿地说："现在刘强被抓，录像带落到了原立江手里，放出这些照片不过是一点点警告，如果我还不知难而退，可就不只是露个脸那么简单了。我说得对吗，原公子？"

原炀颤声道："顾青裴，这件事是我对不起你，我以为我能阻止刘强，我确实阻止了刘强，却没想到老原……你不要用这种眼神看我，顾青裴，你别这么看着我。"

"你当时为什么录这个？你有很多次机会告诉我，为什么不说？"顾青裴狠狠推了他一把，啪啪扇了他两个耳光，怒吼道，"你为什么不跟我说？要等到我的秘书打电话来告诉我，我才知道我都出不雅照了！我顾青裴从今往后还有没有脸走出这扇门？"

原炀一把抱住了顾青裴，哽咽道："对不起，对不起，你不要恨我，不要恨我。你不要恨我，顾青裴，不要恨我。"原炀翻来覆去只会说这么一句话，他被顾青裴的敌意深深刺伤了。

"我还记得你那晚说过的话，你说跟你作对的都没有好下场，你说我不该招惹你，我会后悔。我现在后悔了，我服了，我斗不过你原大公子，我服输了行吗？你给我有多远滚多远，别再出现在我面前，放开我！"

原炀鼻头一酸，眼眶湿了："那些都是以前的事，现在就算杀了我，我都不愿意那段录像曝光，我都忘了它的存在了，我应该早删了它的，我不敢跟你说，我知道你会生气……对不起，你怎么打我骂我都行，但是你不要恨我。"

顾青裴挣扎了半天挣不脱，疲倦道："你放开我。"

原炀将近一米九的大个子，却像一个小孩子一样微微弯着腰，紧紧抱着顾青裴不肯放手。他吸着鼻子，还在重复着那句话："你别恨我。"

顾青裴浑身冰冷，他已经被巨大的压力和担忧压得喘不过气来，他根本不知道明天会发生什么，他又将面对什么。此时此刻，他甚至不愿意再多和原炀说半句话，他缓慢地、坚定地推开了原炀，吐出一句话："你走吧，我现在不想看到你。"

原炀抹了把脸，一脸狼狈："我不走，我要看着你。"

"你从我家滚出去。"顾青裴冷冷看了他一眼，"你说过你要怎么帮我，却连自己家的事都处理不好，你还有脸站在这里。"

原炀双颊发烫，脸上青一阵红一阵。他紧紧握住了拳头，从来没这么怨过自己的父亲，他简直不能相信，他爸会用这么狠的招，让他和顾青裴从内部决裂。他低声道："我会回去找我爸，你不要回家，在这里等我行不行？回家也可以，我去你家找你。"

顾青裴低头指着大门："滚。"

原炀咬了咬牙，带着一身戾气和伤心，还是红着眼睛走了。

他现在要回去找他爸，他终于明白，他一天不能自立，他和顾青裴一辈子都不能安生。顾青裴说得对，他连自己家的问题都解决不了，凭什么说自己能帮他？他就不像个男人！

顾青裴坐在沙发上，看着自己手上的血，眼眶一酸，差点落下泪来。他抱住了脑袋，期望能从这个姿势里获得安全感。

他以为他人生中大部分的挫折都已经留在了他奋斗和原始积累的那几年青春岁月里，却没想到到了这个年纪，有了点儿身家成就的这个年纪，却碰上了最大的危机。

他不知道这轻飘飘的几张照片会对自己造成怎样的影响，以往任何时候都迎着困难往上冲的他，此时只想逃避。因为这次的危机不属于以往的任何一种，这件事让他颜面尽失，让他名誉扫地，让他根本不知道如何面对那些熟悉的面孔。

原立江这一手真是高，发现他们俩开始同仇敌忾了，不再逼他走，也不再逼原炀死心，而是让他们自己翻脸。他明知道自己中了个大计，却没法不怨原炀，此时的焦虑和恐慌让他恨不得从未认识过原炀。

他不知道事情究竟会演化到哪个地步，他最害怕自己的父母知晓。他那以光明磊落为做人的最高原则的父母，如果知道他们一向引以为傲的儿子出了这么大的丑，六十多岁的人怎么承受那样的打击？他真想这一刻就此消失。

顾青裴不知道在客厅坐了多久，坐到身体都僵硬了，才拿起电话，给张霞拨了电话过去，让张霞给他准备离职文件。张霞听说他要走，难过得哭了。他心里有些酸楚，也有些感动。

挂了电话，顾青裴把旅行箱里的当季衣物倒掉，往里面塞夏天的衣服。他在S岛订了一个星期的房，那本来是他和原炀准备去度假的，现在算一算，明天刚好是最后一天，不如明天签了离职文件就飞过去，还能住上一晚，免得浪费。

一个人的度假不也是度假吗？

246

原炀回到家后，他爸不在家，吴景兰看着自己的儿子一身戾气、跟罗刹一样冲进家里，惊讶道："你这是怎么了？"

原炀握了握拳头，说："我爸呢？"

"他出差了。"

"什么时候回来？"

"不知道。"吴景兰走到他身边，皱眉看着他，"原炀，你怎么了？你跟你爸爸之间究竟出什么问题了，他成天黑着一张脸，弄得家里乌烟瘴气的，你呢，成天不回家，一回家也这个德行。我是你妈，你有什么事非得瞒着我？"

原炀看着吴景兰道："他做了一件我不能原谅的事。"

吴景兰瞪大了眼睛："你说什么？你们怎么了？"

"妈，这是我和我爸之间的问题，他不在我就先走了。"

"等等，"吴景兰蹙眉看了他半晌，"是因为顾青裴吗？"

"你猜到了？"

"我才跟你爸因为解雇顾青裴的事吵了一架，他给我的理由糊弄不了我。我实在想不通究竟是因为什么，连我们夫妻间都不能说。"

原炀烦躁地扒了扒头发："我也不知道怎么跟你解释，但顾青裴没有错，全是我的错。"

"无论发生什么事，顾青裴到底是外人，他把顾青裴辞了你就这么激动？你至于吗？顾青裴这种人，到哪儿都能混得好好的。"

原炀不想再说下去了，转身就走。

"你站住！"吴景兰上前一步，摸了摸他的脸，口气软了下来，"炀炀，我三个孩子，就你让我最操心，我这个人对谁都厉害，就是对自己的孩子狠不下心。你能不能让我和你爸省点心，别为了一个外人，跟你爸不对付？"

原炀轻声道："妈，他对我来说不是外人。对不起，我真对不起你，跟着他工作后，我才觉得自己成长了不少。我从小就不懂事，总惹你生气，我都改，行不行？这是最后一次了，以后我可以什么都听你的，但我不能看着他受这种委屈，他明明什么都没做错。"

吴景兰眼眶一酸，对着自己这个英武出众的大儿子狠不下心，简直无奈透了："原炀，你能说这番话，妈妈心里很欣慰。妈妈不知道你们中间到底发生了什么，但我相信你爸一定是为你、为咱们家族考虑，你这么维护一个外人，换作我也无法忍受。顾青裴比你成熟老道，利用你跟玩儿一样，你爸一定是想要保护你。"

原炀淡道："我知道你会这么说，妈，算我对不起全家所有人。"他抚了抚母亲的背脊，愧疚地说，"你早点休息吧，我回去了。"

吴景兰紧张地拽着原炀的袖子："你去哪儿？"

"回家。"

"这里不是你家吗？"

"我先走了。"

"原炀，"吴景兰扳过他的脸，逼他直视自己，"我们并不是不能沟通的父母，等你爸回来我们再谈谈，好吗？你做事最容易冲动，最后受伤的都是自己，爸妈是一心为了你好，你别这么伤我们的心。"吴景兰口气凌厉了几分，"你看着我。"

原炀始终没有抬头，他把吴景兰的手从自己身上抓了下去，转身走了。

吴景兰在身后叫道："原炀——"

原炀迅速钻进了车里，几乎逃着离开了家。他确实对不起父母，可他更对不起顾青裴。顾青裴和他的家人本来不该形成对立的关系，却偏偏形成了。这都是他的错，他在为自己当初的幼稚任性付出代价，可为什么受到伤害的是无辜的顾青裴？

他把车停在路边，掏出手机，给原立江拨了一个电话。

原立江沉稳的声音从电话那头传来："我在忙，有话快说。"

原炀冷道："你为什么要这么做？"

"我的目的达到了吗？"

原炀握紧了手机，如果电话那头不是自己的亲爹，他早已经破口大骂。

"我本来不想用这样的手段，可你们显然不够自觉。我说过，无论是作为父亲，还是作为经营者，我都要维护自家人的利益。原炀，我们是亲父子，我对你下不去手，但对顾青裴我不会客气，如果你真的在乎他，哪怕是为了他好，以后别和他联系了。"

原炀的胸膛剧烈起伏着："爸，如果你再动顾青裴半根汗毛，我就把录像带放到网上去，跟你做的正好相反，我会把顾青裴遮起来，让我自己露露脸。我原炀向来不怕丢人，如果你也不怕，你可以试试！"

原立江顿了一下，寒声道："你这个浑蛋！"

"我是认真的，"原炀握紧了拳头，"我知道你理解不了，顾青裴是我最敬重的人，你却这么羞辱他，这跟羞辱我没有任何区别。如果你不是我爸……"

248

原立江喘着粗气，被气得不轻："你说什么？原炀，你是不是疯了？"

"你没听错，我是认真的，如果那些东西你再散播出去半点，我什么都做得出来。"

原炀不想再从自己父亲的嘴中听到任何尖酸冷酷的话，索性挂掉了电话。

他趴在方向盘上，一个人静静地待了很久。他没办法摆脱内心那种被遗弃的沮丧和难过，迷茫得不知道现在该去哪里、该做些什么。他不愿意回家，他想去找顾青裴，却不敢。偌大的城市没了他的容身之处，让他即使被暖气环绕，也觉得连心尖都凉透了。

顾青裴现在在做什么呢？那些照片都造成了什么影响？他应不应该回去？如果顾青裴还是让他滚……

原炀眼中尽是迷茫。

他的手机响了起来，是彭放打来的，他接通了手机，却不想说话。

"原炀，顾青裴是不是出事儿了？那些照片是怎么回事？"

这么快……连彭放都知道了。原炀的身体猛地颤抖了一下，想着顾青裴要面对什么，他就觉得心如刀割。

"原炀，你说话啊，还好把你遮起来了，不然可就丢大人了。是谁这么害顾青裴？多大仇啊？"

原炀哑声道："你在哪儿？"

"我？在家，怎么了？"

"我去找你。"原炀扔下电话，驱车去了彭放家。

彭放自己住，家里除了他还有俩保姆，不过听原炀要来，他把保姆都打发走了。原炀一进屋他就看出不对劲儿了，他跟原炀从穿开裆裤起就认识，这么多年了，原炀不管闯多大祸，都没心没肺的，不知道着急，他是第一次看到原炀失魂落魄成这样，好像整个人被抽离了什么东西一样。

"兄弟，你这是怎么了？"彭放把原炀拉到沙发上坐下，担忧地说，"其实吧，那个照片也没啥，顾青裴就说那是他女朋友就完了，而且也就露了个上半身，我相信以顾青裴的定力，能挺过去的。"

原炀摇了摇头。

"不是，那照片到底怎么流出去的？难道你也修电脑了？"

原炀摇晃着站起来，从彭放的酒柜里拿出一瓶酒，打开就猛灌了一大口。

彭放急了："你倒是跟哥们儿说说啊，我给你想想办法啊。"

"是老原干的。"原炀转过头看着他，眼神黯淡。

彭放愣了愣，显然被吓着了，嘴里就剩"我去"了。

原炀一口接着一口地喝酒，把目瞪口呆的彭放晾在了一边。

"不是，为什么呀？"

原炀咬着牙："他说，为了保护我，保护原家的利益。我不会让他继续伤害顾青裴。"

彭放算是对他们俩的事儿最清楚的人，略一思考，就明白了原立江的用意。他长叹一口气："原炀，你看你把你爸逼成什么样儿了，让他放低身价，用这种手段去对付区区一个顾青裴。"

原炀把酒瓶子摔了个粉碎，咆哮道："为什么处处给我添堵？处处都给我添堵！"

"哎，你冷静冷静，别跑我家撒酒疯。你给我好好说说，事情怎么演变到这步的？"

原炀抱着脑袋揪了半天，彭放都怕他把自己揪秃了，他才断断续续地把事情说了一遍。

彭放听完后更加不淡定了，他不得不重新审视自己的发小。原炀这人总是吊儿郎当的，对什么事都没这么上心过，现在却成天想着做生意、挣大钱，整个人着了魔一样努力，而这一切的转变都是因为顾青裴。

他犹记得原炀当初刚认识顾青裴时，是用怎样鄙夷的、厌恶的表情和口吻对自己形容顾青裴的。当时原炀憋着一肚子损招阴顾青裴，没想到那损招最终报应到了他自己身上。因果这个东西真是够玄的。

他看着原炀颓丧的样子，也不知道怎么安慰了，毕竟是人家的家务事。他要是支持原炀，就对不起原立江；他要是不支持原炀，又对不起自己的兄弟。他只好陪着原炀沉默地喝了半天的酒，最后终于憋不住了："那你以后打算怎么办？"

原炀甩了甩脑袋："我短期内不会回家了。"

彭放叹道："一家人何必闹成这样？"

原炀双眼迷离："老原不该那么做，他不该那么做。"

"那顾青裴呢？他肯定怨你。"

一提到这个名字，原炀脸上就蒙上了一层阴影："等他消消气我再去找他。"

"什么时候？"

"明天。"

彭放无语了。

第二天一早，张霞将离职文件带给了顾青裴，顾青裴签了字，安慰了她几句，把她送走了。她走后，顾青裴提上行李准备去机场。

下了楼，就像以往上班时很多个早晨那样，他在地下停车场看到了原炀。原炀也还像从前那样，背靠着车门，有时候点上一支烟，有时候只是站着发呆，天气再冷也不会坐进车里，他一下楼，第一眼就能看到原炀。原炀就像怕他会错过自己一样，用这个方式闯入他的视线。这幅画面已经深印在他记忆里，他感到鼻头发酸，心脏传来不可抑制的痛。

原炀看着顾青裴，眼中流露出无法掩饰的难过："你要去哪里？"

顾青裴道："S岛。"

原炀心头一颤，苦涩地说："我们应该一起去的。"

"没什么应该不应该。"顾青裴裹紧了大衣，想从他身边经过。

原炀拉住了他的胳膊："我跟你一起去，我现在去哪里都可以，你去哪里，我就去哪里。"

顾青裴道："我想一个人静一静，不想看到你，也不想看到任何我认识的人。"

"那本来就是我们两个人的假期。"

"现在不是了。"顾青裴挥开他的手，大步往外走去。

原炀攥紧了自己空荡荡的手心，握得越紧，心却越痛。

顾青裴打车去机场后，原炀上了楼，在卧室翻了半天，找出了自己的护照。他带上护照和钱包，开车尾随顾青裴去了机场。

他到机场买了机票，只比顾青裴晚三个小时到S岛。没想到办理登机的时候却出了问题，柜台的小姐说他的护照处于管控状态，不能出国。原炀找人调查，才发现他的护照信息被列入了特殊人员的管理范畴，没有上级的批准文件，根本不能出国。

原炀知道这肯定是他爸干的，而自己竟全不知情。他不知道他爸当初是打算把顾青裴弄到国外去，才提前准备了这么一手，只以为他爸在监视他，连他要出国都知道。他愤恨地撕了机票。

顾青裴一个人去了他们计划好了要一起去度假的小岛，他却临到了机场才知道自己连国门都出不了，气得脑仁疼。

顾青裴不知道原炀跟了过来，他通过安检，给父母发了一条出差的短信后，就关机了。

不用多想，他也知道自己这条娱乐消息会在熟悉的圈子里传得多快、多广。说不定他以前那些球友还会在打球的时候拿他的照片当谈资，就像他们当初谈论某落马高官跟情妇的不雅照一样有趣。手机这种能够让别人和他建立联系的东西，显然不该存在。

他准备在S岛多住一段时间，避避风头，他的身体、他的心，都需要彻底休息。也许等时间长了，他就麻木了，就敢回来面对了。他总要面对的。

从冰天雪地的B市到椰风海韵的小岛，顾青裴的心在阳光的普照下舒畅了一些。到处都是陌生面孔，这里没人认识他，太好了。

他连续三天都待在酒店里，每天睡到自然醒，在海边散散步、晒晒太阳、看看书，生活原本可以如此惬意，他却差点儿忘了自己有享受懒散时光的权利。他一直都是个大忙人，一旦他闲下来，他会比工作积压得令他焦头烂额的时候还恐慌。他可能天生就是闲不住的命，所以在国企做到高管后，他嫌弃生活太平淡，才跳槽到了原立江那里。如果不是因为这个，哪儿有后面他和原炀的事呢，想想就讽刺。

顾青裴决定去睡一觉，睡着了他就什么都不想了。他刚洗了个澡出来，酒店房门被敲响了，他问了句是谁，对方回了句"room service（酒店送餐）"，那嗓音低沉浑厚，真是好听。

顾青裴打开门就傻眼了。

"王总？"穿着一身没来得及换的西装，拿着一瓶香槟，成熟英俊的脸上洋溢着笑意的人，正是王晋。

王晋眨了眨眼睛："你叫我什么？"

"王……王哥，你怎么在这里？"

"我这几天给你打了无数的电话、发了无数的邮件，但一直联系不上你，我没办法，只好亲自找来了。"

顾青裴还没从惊讶中回过神儿来，皱眉道："你怎么找来的？"

王晋含笑道："我说了你能原谅我吗？"

"算了，不重要。"顾青裴懒得追问了，他甚至懒得为王晋出现在这里而震惊。

"其实也没什么，我只是让朋友查了下你的护照而已。"他放下酒，声音

252

少了一分嬉笑，多了一分严肃，"青裴，我只是担心你。"

顾青裴说："王哥，我没失踪，我只是出来度假而已，不用昭告天下的。"

王晋苦笑了一下："在发生那件事后，所有人都联系不到你，怎么能不让我多想。"他说这句话的时候，仔细观察着顾青裴的表情。

顾青裴反而笑了笑："没事，王哥，我顾青裴能为了那么几张照片一蹶不振吗？我休息几天，避避风头，过段时间就回去了，多谢关心。"

王晋皱了皱眉头，轻声道："青裴，你始终把我当外人，跟我说话总是客气又生疏，什么时候你跟我能像个朋友一样，说句心里话呢？"

顾青裴掩饰般低头喝了口水，没有接话。

"我一直觉得，咱们有很多共同点，所以我自认了解你。"

顾青裴笑了笑："王哥，咱俩除了都是男的之外，真没多少共同点。"如果是王晋，B市里敢这么对付王家人的，那都得做好了被报复的准备。他不知道王晋怎么就了解他了，两人压根儿从来没在一个水平上。

王晋轻叹了一口气，说："青裴，作为朋友，我只是想帮帮你。"

王晋说得极为真诚，顾青裴看了王晋一眼，敷衍道："王哥，谢谢你，但我现在只想慢慢消化。"

王晋温柔地笑了笑："我明白。我这次来是来陪你散心的。"

顾青裴无奈道："我的状态确实不好，现在你面前的这个顾青裴，可能不是你想看到的那个。我不想辜负你的好意，不想冲撞你，不想让一个关心我的人不舒心，所以王哥，算我求你了，你回去吧，让我一个人待着吧。"

王晋露出一个优雅的笑容，他拍了拍顾青裴的肩膀，温和说："青裴，你跟以往不同的一面，让我觉得我在碰触真正的你，而不是伪装过的'顾总'。如果你心里有怨气，就尽管发泄出来，我愿意为你分忧。"

顾青裴轻叹一声，闭上了眼睛，但他还是婉拒了一起喝酒的提议。

王晋就真的在他隔壁住了下来。

下午，王晋再次敲响他的门："我猜你一个人哪儿都懒得去，我租了车，雇了当地的司机，咱们在岛上逛逛，然后找一个好的餐馆吃饭，这个安排你满意吗？"

顾青裴颔首："随王哥安排。"

司机带他们在附近热闹的海滩和步行街逛了逛。王晋一改生意场上的沉稳严肃，全程脸上带笑，和司机聊得不亦乐乎，到了步行街，更是看到什么新鲜的东西都要跟顾青裴讨论一番。

"王哥是很久没出来玩儿了吧？"

"可不是，我这些年去过很多地方，但几乎都没时间静下心来好好休息、游玩。其实没有时间并不是最主要的原因，主要是没有合适的人陪。你明白那种感受吗？看到美好的、动人的风景，身边却没有一个想与之分享的人，挺寂寞的。如果是一个人的话，在再漂亮的地方都索然无味。"王晋笑道，"所以现在对我来说，才是真正的度假，因为有你在我身边。"

司机很殷勤，到了什么地方都不忘给他们拍照。顾青裴并没有多大兴致，倒是王晋很来劲儿，跟他拍了好几张合影。

两人确实有很多共同语言，从S岛的殖民历史聊到了M国的经济，进而又开始谈国内的投资形势。他们交换着彼此的信息，均受益很多。王晋是一个见识广博而且口才极好的人，两人说起话来特别有共鸣，顾青裴还是挺喜欢和王晋交流的，并非他自负，而是他接触的大部分人跟他都说不到一块儿去。

而且，王晋对那些照片的事只字未提，他对这一点很是感激。

吃饭完后，回到酒店，他们又打了会儿桌球，喝了点酒。顾青裴惊觉和王晋在一起的时候时间竟然过得如此快，好像有说不完的话题。

人失意的时候有一个聊天很投机的人陪伴，似乎很不错。

第二天，顾青裴睡到十点多才醒。躺在床上的时候，他听到窗外传来游泳的声音。他住的这个房间是海景套房，打开落地窗，直接走出去就是一片游泳池，应该是其他住户在游泳。

顾青裴洗漱一番，然后走到窗前，用力拉开了窗帘，阳光瞬间洒满了卧室，唤醒了这一天。顾青裴眯着眼睛一看，竟是王晋在游泳。他打开落地窗走了出去："起这么早。"

王晋朝顾青裴游了过来，他抹了一把脸上的水，笑道："我起得早，吵着你了吗？"

"没有，自己醒的。"

王晋用浴巾擦着身上的水："我在等你醒过来，一起去吃饭。"

"早饭还是午饭？"

"早午饭。"王晋哈哈笑了起来。

吃饭的时候，王晋问起他今后的打算。

顾青裴搅拌咖啡的手顿了顿，摇摇头："老实说，我还没想好。"

"你是一个有规划的人，即使突发意外，我也不相信你会乱了阵脚。"

顾青裴苦笑道："这次确实乱了，真的没想好。"他本已经决定离开B市，跟原炀一起做生意，可是当初的期望随着那几张照片全部破灭了，他现在只想离所有姓原的越远越好。假期结束后究竟该做些什么，他是真的没有答案。

再回B市找工作是不可能了。以他的能力，去哪里也饿不死，只是重新立足商场，需要勇气。越是担心回国后会面临的困境，他就越是想逃避。

王晋看穿了他的心思，诚恳地说："青裴，我之前对你的offer（邀请）依然有效，不，应该说是永远有效。我公司的大门永远对你敞开，我永远需要你这样的人才。"

顾青裴看着他真诚的样子，老实说有一点动心。

现在国内经济形势不好，这个时候创业时机很不理想，王晋对他抛出的橄榄枝，是综合了所有考虑因素后对他来说最有利的一个。何况，他现在再也不用觉得对不起原炀了。反而如果他加入王晋的公司，才能依靠王晋这个能够和原立江分庭抗礼的强大后盾，让原立江不再对付他。

王晋很能抓人心，接着道："青裴，我想我为你考虑到的，你自己也考虑得到。原立江让你在B市举步维艰、陷入困境，其他人是不会有那个胆量帮你的，但是我愿意，因为你是一个不可多得的人才。"他凝视着顾青裴的眼睛，"来我公司吧，你在B市打拼多年获得的成就，难道就想这么放弃吗？青裴，你是如此聪明的一个人，你知道怎样的选择对你最有利。"

顾青裴沉默地看着自己杯中的咖啡，脑中思绪翻滚，灵活的思路瞬间帮他把接受和不接受的利弊以及可能遭遇的风险列得清清楚楚。

王晋拍了拍顾青裴的肩，说："我们还有一个假期的时间让你好好地想，你不用现在就答复我。我想在接下来的几天跟你深入地交流，让你更加了解我的公司，分析我公司的前景，再想想自己的处境。青裴，我相信你会做出正确的选择。"

这一回，顾青裴没有拒绝，而是低声说："让我……考虑考虑吧。"

TIT

FOR

TAT

Chapter 16

相处了三天之后，顾青裴终于确定王晋这次来的主要目的，是来劝他跳槽的。

他花了一整天斟酌利弊。去王晋的公司有各种好处，不过有一个无法回避的麻烦，就是会进一步惹恼原立江，原场肯定也会暴跳如雷。

不过所有事情都是如此，有得必有失，世上没什么事可以让人完全顺心，他只需要比较利弊，利益大于弊端很多，那就值得一试。

王晋向他递过来的聘任书是一个极大的利益，光是摆在明面上的年薪就非常可观，更何况王晋承诺的入职满一年后得到的股份和分红，以及他能够接触到的那些利益庞大的项目和高高在上的人。这些有形的无形的资产，都在向顾青裴散发诱惑，只要他点个头，他的事业就将得到一个质的飞跃。

这对于现在的他来说，几乎就是一根救命稻草。如果他没有以完美得让人眼红的姿态重回商界，那么所有人对他的最后印象都将是因为流传了不雅照而被迫从原立江公司滚蛋的蠢货，在B市混不下去了只能灰溜溜回老家，沦为所有人的笑柄。但是，如果他以王晋副手的身份泰然自若地回归，他最多会被人拍着肩膀调侃一句"顾总好不风流"。

一个扶摇直上，一个坠入地狱，他一想到这两番截然不同的结果，就越发觉得自己几乎是没有选择的。现在除了王晋，没有人会给他这样一个机会。而如果他没有这个机会，就会陷入人生中最大的一次危机，他的自尊将遭到前所未有的、毁灭式的打击，他不知道自己需要承受多少，尤其是他不知道自己的父母要因为他承受多少。

怪不得王晋胸有成竹，一点儿都不着急地这么跟他耗着，因为王晋早已经把他的处境看得清清楚楚。他在感叹王晋心机之深的同时，也为自己感到心酸。

他这些天一直在逃避，不愿意去想那些照片，不愿意去想后果，因为他害怕。可王晋的出现逼着他回到了现实，他终于静下心来分析自己的困境，这才发现，这件事将会对他造成的影响，恐怕比他想的还要严重。他几乎是没有退路了，要么接受王晋给予他的职务，要么像一条丧家犬一样滚回家乡。

他顾青裴一辈子心高气傲、从不输人，后者叫他如何接受？可是，如果他真的去了王晋的公司，那原炀……原炀一定会气疯吧？

至今想起原炀，他的心还是一阵阵地抽痛。

他确实怨恨原炀。就在他想放手一搏，抛开自己十几年的奋斗成果，跟原炀一起创业的时候，他却因为原炀而尝到了被羞辱到极致的滋味儿。他实在无法原谅。

只要一想到原炀，他就连头都痛了起来。他扑倒在床上，把脸深深埋在了被子里。那种揪心的滋味儿实在无法言说，他只能一次次悄无声息地扛过去。

房间的门被敲响了，不用想也知道是谁，顾青裴抹了把脸，起身给王晋开了门。

王晋手里端着个托盘，是一份丰盛的海鲜意大利面："你一下午没出房间，饿了吧？"

"叫客房送来就好了。"

"没事，反正我也闲着。"

顾青裴确实饿了，没怎么顾及形象就吃了起来。王晋含笑看着他。

等他吃完了，王晋说："我一会儿要赶去德国，参加一个很重要的谈判，可能要两三天后才回来，你会等我吗？"

顾青裴心里暗自松了口气，没有正面回答："我计划的假期还没结束。"

"等我回来的时候，你能给我答案吗？我有个项目急缺领头人，你是最合适的。"

顾青裴点点头："等你回来，我会有答案。"

王晋拍了拍他的肩膀，说："好，我万分期待。"他站起身，"白天别总待在空调房里，去附近逛一逛，你的脸色真的不太好。"

顾青裴不禁摸了摸自己的脸。

王晋笑道："虽然还是很帅。"

顾青裴也笑了。

王晋跟他道了个别，往外走去。顾青裴从背后叫住他："王哥。"

王晋回头。

顾青裴诚恳地说："王哥，不管怎么样，我非常感激你。"在事情发生后，王晋是唯一愿意帮助他的人，原炀虽然也愿意，却没有能力，多么悲哀。

王晋朝他点点头，笑着走了。

王晋走后，顾青裴在电脑前端坐了良久，终于打开了自己的邮箱。果然，里面有好几封朋友发来的邮件，有的问得很隐晦，有的很直白。但是里面大部分都是原炀发来的，直接用标题简短地询问他在哪里，今天做了什么，什么时候回去。

顾青裴盯着原炀这两个字看了很久，才动了动鼠标，把所有未读邮件都删了。

突然，房间的座机响了起来，他吓了一跳，挪到床边儿接起了电话。他还没来得及说话，那边儿已经传来了他熟悉得不能再熟悉的声音："顾青裴。"

顾青裴一愣："原炀？"他怎么会把电话打到这儿来？不过想想王晋都能找到这里，原炀打个电话过来也并不奇怪，只是那口气很不对劲儿。

原炀的声音就像从最阴沉的深渊传来，冷得人头皮发麻："你和王晋在一起！"这不是疑问，而是质问。

顾青裴沉默了一下，道："你怎么知道的？"

"我怎么知道？"原炀几乎是从牙缝中挤出一声冷笑，"我本来不该知道是吗？可惜，他把你们两个的照片发到了我手机上，巴不得我快点儿知道。你不解释解释吗？"

顾青裴心一沉："我没什么义务跟你解释。"说完就想挂电话。

"顾青裴！"原炀在那头大吼一声，"你听着，你怎么怪我，我都受着，我欠你的我还不清，但王晋是谁，是我们的竞争对手，你敢背叛我，我一定会让你后悔！"

顾青裴利落地挂掉了电话。他僵硬地看着天花板，深深喘了两口气。

他终于一狠心，把自己的手机打开了。跳出来的未接电话提醒和短信响了足足两分钟。他叹了口气，先给父母回了个电话。幸好，他父母还不知情，只是打不通他的电话有些担心，他安抚完后，又打给了王晋。

"喂？青裴，你终于开手机了。"

顾青裴单刀直入地问："你把我们的照片发给了原炀？"

王晋呵呵笑了两声，坦然地说："是啊，你生气了？"

顾青裴皱起眉，心里有些不舒服："王哥，你这么做是什么意思？"

"如果你生气了，我很抱歉。"

面对如此从容的态度，就连顾青裴也哑口无言，他沉默了半响，才道："王哥，我和原炀的事就是我和他的事，希望你不要掺和。之前我没说，你做那些我也无可奈何，但我现在说了，你能尊重我吗？"

王晋笑道："我当然会尊重你，我以后再也不会这么做了。青裴，对不起。"

这毫无诚意的道歉，加上已经惹来的麻烦，自然不会让顾青裴舒心半分。如果他去了王晋的公司，早晚都要面对原炀的怒火，可他还是不想以这种方式让原炀知晓。原炀行事冲动，今天在电话里那咬牙切齿撂下的狠话，让他多少有些担心。他已经心力交瘁，光是回 B 市就会消耗掉他大部分的意志力，实在不想再去应付来自原炀的责难，尤其原炀还是整件事的罪魁祸首。

　　他不认为自己欠原炀半句解释。

　　接下来的路怎么走，他心里其实已经有了决定。除了王晋那里，他没有别的去路了，他实在没有理由放弃唯一能让他翻身、重生的机会。接下来需要思考的，就是聘任合同的细节。听王晋的意思，是让他去公司做兼管资产处置工作的副总裁。王晋确实对他足够重视，让他挑这么大一个担子，他心里很感激。

　　看来入职以后，工作未必是最头疼的事，最头疼的是如何解决人际关系，这还真是他从前没有经历过的挑战。

　　只能走一步看一步了，他已经被逼到了这份儿上，不硬着头皮往前走，还能如何？

　　顾青裴提前结束假期，回了 B 市。他离开这里刚好两个星期，仅仅是短短两个星期，再回来时，心境已然大不相同。他走的时候灰头土脸，这次回来心里多少有了点底。

　　他给王晋回复了邮件，就等王晋回国，详谈合同细节。

　　他没回老家，也没告诉任何人他回了 B 市，只是一个人待在家里发呆。

　　他没有想到，在自己的前途问题得到了解决之后，心却依然无法平静。因为他跟离开时没有任何差别，脑子里不是那些照片，就是原炀。现在，他已经尽量不去想那些照片，因为有了退路，这件事的影响对他的打击就不那么可怕了，可他还是在想原炀。直到现在他才意识到，他所恐慌的、痛心的、难受的，不仅仅是事业的失败，还有被背叛的愤怒。这两点究竟哪一个更让他痛苦，他根本无法衡量。

　　他常常想不通，像他这样一个聪明又功利的人，怎么会让自己陷入这样的困境。他明明什么道理都知道，他一直都清楚原炀这个定时炸弹会给自己带来麻烦，可他一直没能成功阻止自己。走到今天这步，他自己也有责任，他的责任就是没有为自己做出最正确的选择。

　　在这无所事事的半个月里，顾青裴做得最多的事情就是思考，然而无论他怎么用儒释道的各种智慧来开解自己，他都走不出名为"原炀"的阴影，他真的不知道该如何是好了。

　　回到家的第二天下午，他正在听着音乐看书，门被毫无预兆地打开了。顾青裴心脏狂跳，猛地从沙发上蹿了起来。原炀带着一身寒气进屋了，看到他的时候没有任何意外，就像早知道他在家。两人隔着几米的距离互相凝视，明明几步就能碰触到对方，却仿佛有一道无形的沟壑横亘在他们之间。

　　顾青裴嘴唇颤抖，轻声道："你把我的钥匙给我吧。"

　　原炀没有说话，只是自顾自地脱鞋进屋，就好像以往无数次那样，如同进自己家。然后，他朝顾青裴走了过来。顾青裴后退了一步，不知道为什么，他有些心慌。

　　原炀面无表情地走到他面前："昨天有些事耽搁了，不然我应该去机场接你的。"

　　顾青裴没有说话，就那么看着他。

　　"度假愉快吗，和王总？"

　　"我没有和他度假，是他自己去了 S 岛。"

　　"那么照片是假的？"原炀的眼神一片冰冷，让人不寒而栗。

　　"我说了，我没义务向你解释。把我家的钥匙留下，然后你走吧。"

　　"他去找你做什么？"

　　顾青裴只觉得浑身直冒冷汗，原炀看上去很不寻常，遇到事情会暴躁狂怒的原炀反而让他感觉熟悉。他低声道："原炀，你够了，把钥匙留下，然后离开。"

　　"离开？我一直把这里当自己家。"原炀突然一把掐住他的下巴，逼他抬头看着自己，"我再问你一遍，他去找你做什么？"

　　顾青裴怒从心生，恨声道："你放开我，你没资格质问我。"

　　"说。"

　　"放开我！"顾青裴挥起一拳砸向原炀的脸。

　　原炀一把抓着他的手腕，用力一拧，他痛叫一声，整个身体被翻转了过来，被原炀按倒在地，根本没有反抗的余地。

　　"原炀！"顾青裴喊道。

　　原炀脸上没有一丝表情，瞳眸更是深不可测，那里面不知蕴藏着多少怒火和戾气，让人背脊发凉："王晋是不是趁机挖你？嗯？"

顾青裴扭头瞪着他，目光又惊又怒，心如刀绞。他真不知道自己在执着什么，从头到尾，给予他最多羞辱的总是原炀："与你无关！"

顾青裴赤红的、怨恨的双眼，终于让原炀的神志恢复一丝清明，他从临近崩溃的情绪中找回一点自己，松开了手。顾青裴从地上坐了起来，狠狠扇了他两个响亮的耳光，力气之大，扇得他脑子嗡嗡直响，耳中轰鸣。他看着顾青裴，也红了眼圈："你记得你签过竞业协议，你不要坐实了我爸对你的评价。如果你敢背叛我，我不会放过他，也不会放过你。"

顾青裴差点儿咬碎牙齿："你给我滚！"

原炀道："你现在对我除了说滚，还有别的吗？"

顾青裴冷冷看着他："没有。"他已经对原炀彻底失望了。

原炀的视线有些模糊："我没法帮你，是我的错，但你不能等等我吗？我很快就会跟上来。你不要恨我，不要跟别人走，我真的受不了。我这些天已经快疯了，你知道我每分每秒是怎么过的吗？"

顾青裴已经寒心："原炀，你别说帮我之类可笑的话了，你不给我带来无穷无尽的麻烦和羞辱，我已经要谢天谢地。你愚弄我还不够吗？我现在几乎身败名裂了，你还要怎么样？我跟你本来就是两个世界的人，我现在终于清醒了，你也快点醒醒吧。你出了这个门，不要再来找我，从今往后，我顾青裴的一切跟你再没有半点关系，算我求你行吗？我顾青裴吃了上顿没下顿的时候都不求人，但我现在求你，给我留点余地吧。"

原炀明亮的双眸仿佛被蒙上了一层厚重的尘埃，再没有光彩，只剩下一片死灰之色。他已经无法形容自己的心究竟有多痛，顾青裴的每一句话，一刀一刀地剜他的心，他痛得不知如何是好。他从小到大闯过不少祸、干过不少坏事儿，他受过教训也挨过惩罚，但他从来没后悔过，唯独他对顾青裴做过的事，他悔不当初。

顾青裴眼中的冷意让他不知所措。他摇了摇头，却说不出话来。

顾青裴奋力推开他，狼狈地回了卧室，嘭地关上了门。

原炀留在客厅，很久很久，才跟丢了魂儿一样晃晃荡荡地走了。

三天之后，王晋也回来了，先没回家，而是先约了顾青裴谈合同。顾青裴把王晋给他的一些有利条款主动压低了一些，目的是能获得更大的自主权。

顾青裴有自己的考虑。王晋作为一个大地产商，和原立江在很多项目上既有合作，也有竞争，主要是竞争。决定入职王晋的公司之前，他做了大量调查，发现最近有一个土地竞标项目，是几家大型地产公司挤破了脑袋想要的，而王晋和原立江是这里面最有实力的两家。王晋这时候挖他，巧合也好、有意也罢，多少会利用他曾在原立江手下工作的经历来对付原立江。

生意人就是这样，对人对事，物尽其用，顾青裴并没觉得有任何不妥，王晋不是慈善家，他也不是白给王晋干活，说白了是老板和雇员的关系，不存在利不利用。只是，他断然不会帮着王晋对抗原立江，要如何在这里面独善其身，就要看自己的手腕了。

当然，他觉得原立江也不敢拿竞业协议威胁他，他手里有不少原公司的机密，没有哪个企业的账面是没问题的。此前原立江敢对付他，是因为这些东西在他手里，掀不动原立江这艘大船，但如果是被王晋利用，那就大不相同。虽然这些东西不至于对原立江造成巨大影响，王晋也不想把原立江逼急，但制造一些舆论方面的小麻烦，让原立江竞标失势，却对王晋大大有利。顾青裴何等头脑，自然不会让王晋拿他当枪使，所以他自己拟了劳务合同，光改合同就改了两天。

这些目前都只是他的猜测，但他做事自然要给自己留后路，哪怕他手里有原立江的把柄，也不会不自量力到想去对付原立江。他并非不记恨，实在是惹不起。而且，原立江毕竟是原炀的父亲。他为王晋干活，是服务于企业，他可不会蠢到让自己卷入这两人的竞争里，那是一个深不见底的旋涡。

王晋对合同条款没有太多异议，全程嘴角一直带笑。两人签了合同后，王晋给顾青裴送上了精心挑选的小礼物，祝贺他的加盟，并希望他尽快入职，投入到项目中来。

考虑到王晋的公司离他住的地方有些远，他打算搬家，正好他在离王晋公司不远的地方有套房子，装修完就一直空着没住。他也确实该换个环境了。

现在的房子让他每次回去，都有种窒息般难受的感觉，因为房子的每一个角落都有另外一个人的气息。

他跟王晋约定好下星期一上班，趁着剩下的几天时间，他匆匆选购生活用品，然后搬了过去。脱离了那个充斥着太多回忆的环境，他感觉轻松了一些。

晚上，顾青裴给一些朋友打了电话，约他们吃饭。他所谓的朋友，也不过是生意上有往来或者指不定哪天用得着的人。他们从他出事开始就一直想看他八卦，现在是时候满足一下这些人了，正好借他们的口宣传宣传，让那些等着看他笑话的人哑口无言。

天气渐暖，晚上赴宴，顾青裴穿了身浅色的休闲西装套装，里面是一件米色的羊绒衫，挺拔俊逸、潇洒迷人，举手投足之间尽显成熟优雅的男性魅力。当他信步穿过大厅，走进包厢的时候，他看上去春风得意、满面容光，哪里有半点颓丧狼狈？

列席的人多少有些意外，没看成热闹自然失望不已。

顾青裴周旋在众人的疑问调侃中，始终面带微笑，游刃有余，斜风细雨之间把那些尖刻的问题一一摆平，并且把自己即将入职王晋公司的消息透露了出去。

他的目的确实达到了。如果少了王晋这个名头，他今天必定颜面扫地，因为连他自己都会底气不足。可现在，他非但没受到多少负面影响，身价反而看涨，他深为恐惧的那几张照片，只要他自己能泰然处之，别人也伤不着他半分。

离席回家的路上，顾青裴的脸上再也装不出虚伪的笑容，他只感到无尽的疲惫。哪怕他再度名利双收，回家之后，也不会有一个知冷知热的人跟他共同做一顿热腾腾的饭菜。短短的时间里，他却失去了很多很多，多到他承受这些的时候痛苦不已。

星期一早上，王晋隆重介绍了他的入职。这里面绝大多数的员工都不认识他，也不会知道他"不雅照"之类的传闻，但他知道，谣言这个东西是生生不息的，很快公司所有人都会知道。他要在那之前，把这些人压住，让他们对自己产生敬畏之心，这把椅子才能坐得牢。他做了个激动人心的就职演讲，绝佳的口才加上极具魅力的外表，让他的出现在庆达地产上下引起了大骚动。

开完例会，王晋又召集了资产处置部的骨干人员开小会，正式把他们的新领导介绍给他们。顾青裴在会上侃侃而谈，他曾经供职十数年的国企是世界百强企业，他在那里吸收和运用的都是国际上最先进的管理理念，无论拿到哪儿，都足够忽悠人。

会议结束后，王晋嘱咐顾青裴尽快进入工作角色，就自己先走了。

在公司的王晋一本正经，颇有威严，顾青裴看得出来公司的员工都有些怕这个董事长。

顾青裴的秘书把一些急于着手的项目资料都拿了过来，他一边喝茶，一边随便翻了翻，并不意外地发现了那个跟原立江有竞争的土地竞标案。他淡淡一笑，仔细研究了起来。不需要用任何乱七八糟的手段，他的能力加上庆达的实力，他对夺标也充满信心。

顾青裴花了两天时间熟悉项目，带着底下的人加班加点地工作了起来。离开标日期只剩下两个星期，他看过之前出的两个投标方案，都不太满意。他尽管只在原立江手下干了一年，但对原立江的行事风格很了解，一味降低利润的结果最终将直接导致质量下降，这种投标文件一定会被原立江攻击得一无是处。他带着一堆骨干从工程报价到材料选用再到进度日期，一个细节一个细节地抠，力求做到盈利的同时，又最具竞争力。

转眼过去了一个星期，顾青裴用实力征服了他的下属，并在公司获得了一席之地。

而原炀自那次之后，没再联系过他。

顾青裴很少有空闲时间，他巴不得自己二十四小时都有事情干，这样他就不会有空去想原炀。可偶尔坐下来休息的时候，他想到原炀，依然是挡不住的难受和寂寞。

晚上有一个饭局，王晋要带顾青裴出席。他到饭店后，王晋将他介绍给这个总那个长，他隐隐觉得有些人看他的眼神怪异，但他一直镇定自若，表现得无懈可击。

一桌人谈笑风生时，一个老总上完厕所回来，喝了点儿酒，扯着嗓子说："哎，巧不巧，原哥就在咱们隔壁，老刘、王总，跟我敬杯酒去。"

顾青裴脸色微变，能让这种有头有脸的人物叫"哥"，还姓原的，几乎可以确定是原立江。

席间知道王晋最近和原立江顶上的人，纷纷看着王晋。王晋面不改色地笑道："真巧啊，走走走，怎么也得去敬原董一杯。青裴，我可不是躲酒啊，接下来你可得替我喝了。"王晋哈哈笑着拍了拍顾青裴的肩膀，示意他别去。

王晋自然是为他着想，可他如何能不去。这些人大多知道他曾在原立江手下干过，原来的老板就在隔壁，他要就这么坐着不动，岂不是坐实了他被原立江扫地出门，无颜相见的窘迫。不管是出于什么，他都不能躲着，相反，他要大大方方地去给原立江敬一杯酒！

他还未动，旁边一个外地来的老板拉着他："顾总啊，咱们也跟着见见世面去。刘哥，帮我们引荐一下。"

刘总喝多了有些口无遮拦："哈哈，顾总以前就在原董手下干过，你该找他引荐。"

王晋脸色微沉，不太高兴。

刘总也反应过来，气氛有些尴尬。

顾青裴笑道："说起来有点儿不好意思。原董一直舍不得我走，最近还给我打电话让我回去，可王总对我的知遇之恩我也无以为报，只得甘为他左膀右臂。你们看看，一个是对我提拔有加的前老板，一个是对我恩重如山的现老板，可把我为难坏了。"说完还自嘲一笑。

知道内情的人只得在心里感叹这人脸皮真厚，表面上却奋力恭维一番。

顾青裴还是跟着王晋去了，门开的一瞬间，他和原立江四目相对。原立江喝了点酒，脸色微红，面上的笑容还没有褪干净，在看到顾青裴的一瞬间僵住了，但他很快恢复如常："哎哟，王老弟、赵局长、刘总，今儿什么日子啊，太巧了。嗯？这不是顾总吗？我以为你回老家了。"

知情人的眼睛在原立江和顾青裴之间转动，兴奋地等着看热闹。

顾青裴笑道："对，前几天我回去陪了陪父母，没办法，过年我都没闲着，有时间总得回去尽尽孝道，可惜啊，还没待够呢，王总就把我给叫回来了。一年之计在于春，好多项目都等着播种。"

顾青裴最后那句话说得意味深长，原立江微微眯起了眼睛。

王晋笑道："原董，来，我带我们顾总来给您敬酒了。"他特别强调了"我们顾总"四个字，让原立江的眼神又暗了几分。

两人客客气气地敬了原立江一杯酒，原立江还未来得及多看顾青裴几眼，就被轮番而上敬酒的其他人缠住了。

王晋和顾青裴就拿着酒杯巡了一桌，认识不认识的都客套了一番。完完全全的交际场合，没有空隙让原立江和顾青裴好好对峙，但对顾青裴来说，他以胜利之姿回归的目的已经达到。原立江在说话的空当看了顾青裴一眼，顾青裴也在看着他，两人的目光在空气中交汇，充满了火药味。

一伙人敬完酒后，全部回包厢了，坐下就开始谈论原家的事儿，都是些顾青裴听腻了的老料，他心不在焉地喝着茶，眼神有些游离。一只温暖有力的手突然拍了拍他的手，顾青裴抬头一看，见王晋正举杯与对面的人寒暄，此时下巴微偏，斜斜看了他一眼，眼中尽是沉稳从容的力量，让人心生一股安全感。和这样的男人并肩，好像世间没什么值得害怕的，和原炀在一起却像与虎狼并行。

不，谁是虎狼，还说不准呢。顾青裴微微甩了甩头，找回了一些理智。王晋出身显赫，一生所见所历，根本不是他能相比，这是个比他要厉害得多的男人，如果他疏忽大意，玩不过王晋，就会被王晋玩于股掌之间。他无法对王晋产生信赖，而是充满戒备和敬畏。

顾青裴面色如常，大笑着喝下一杯酒。

饭局结束后，两人喝得都有点儿多，不过顾青裴酒量更好一些，他跟司机一起把王晋扶下了楼。司机打开后座，顾青裴把王晋弄进了车里。

顾青裴轻声道："王哥，早点回家休息吧。"

王晋醉醺醺地说："顾青裴，你能来帮我，我真的很高兴。但是，我觉得你还是没放下。"

顾青裴不知道怎么回答这个问题。

王晋必然是对自己极有自信的，他也确实有这个资本。顾青裴看得出来，王晋从未把原炀那样幼稚莽撞的小男孩儿放在眼里，绝大多数人如果有机会在王晋和原炀之间做个选择，胜利的多半也是王晋，而不会是还没长大的原炀。硬要说他们之间差了什么，恐怕就是机缘吧，如果自己先认识的是王晋，也许今天是另一番光景。王晋虽然对人对事永远有所保留，绝不会像原炀那样直白坦荡，但却恰恰能让顾青裴更加安心。大家各取所需，又有什么不好呢，至少，会好过自己和原炀闹个翻天覆地，最后狼狈收场。

可惜放不放下，事情也都已经成定局了。

顾青裴避重就轻地说："王哥，早点回去休息吧。"

王晋叹了口气，上了车。顾青裴给他关好车门，目送着汽车离开。

这时，顾青裴的司机也把车开了过来，他正要上车，背后却传来熟悉的声音："顾总。"

顾青裴身体一顿，慢慢回过头去。原立江站在酒店正门的台阶上，居高临下地看着他。原立江身边跟着两个助理，都曾是和顾青裴在酒桌上称兄道弟的人，此时却神情冷漠。

顾青裴从容一笑："原董，别来无恙。"

原立江面无表情："顾总，借一步说话？"

顾青裴笑道："晚辈不胜酒力，要回家睡觉了，以免醉酒之下再出丑，被昭告天下。"

原立江脸色微变，眯着眼睛看着顾青裴。顾青裴毫不退让地跟他对视。他从台阶上走了下来，走到顾青裴身边，伸手轻轻一带，把车门关上了。

顾青裴微微蹙眉。

原立江用只有两人能听见的音量说："顾青裴，你骗走了我的儿子，我也做了不地道的事，咱们俩多少可以算扯平了。你去王晋那里，其实犯了我的大忌讳，但我不想追究了，我只希望你量力而行，不要做一些损人不利己的事情。"

顾青裴也低声道："原董尽管放心，那个竞标项目，我顾青裴只凭自己一个脑子，希望原董也能磊落行事、公平竞争，最后花落谁家，可都不许生气哟。"

原立江冷冷一笑："我以前非常喜欢你这份自信。"

顾青裴呵呵一声："我也喜欢。"他打开车门，潇洒地坐进了车里，扬长而去。

第二天，王晋领了一个人来他办公室，说这个人跟招投标项目组组长的助理是高中同学，打算通过这个人把那个助理约出来吃饭，让顾青裴提前了解一下情况。

顾青裴仔细打量了一下那个人，神情萎靡、衣着陈旧，一看就知道生活状况不太好，那个助理会不会搭理是一方面，即使能把人约出来，泄标是犯法的，尤其还是国有资产，对方恐怕不敢冒险。

顾青裴以前主管过招标，每一次涉及金额过亿的招标，都是一场腥风血雨暗藏杀机的角斗，这种说法一点都不夸张。他知道因为受贿泄露标底，进去好几年的高管就有两个，其中一个还是他调查的。他对这一套实在是太熟悉了，背地里的手段怎么用，能用多少，如何能天衣无缝，他心里门儿清，所以他对王晋把这么一个人带来搅浑水不太满意。

他把人打发出去了，然后跟王晋单独谈了谈。虽然王晋表现得一直很沉稳，但他还是察觉到了王晋背上的压力，毕竟王晋为这次投标投入了大量的资金。这个项目进行到现在，基本上变成了他和原立江的角逐，输了不但一切努力付之东流，而且颜面扫地。但病急也不能乱投医，他跟王晋聊了很久，把事情的利弊都给王晋分析了一遍。王晋听得连连点头，最后叹了口气："我最近压力有点大，肩上挑着的事儿太多了，一个个的都不让我喘气。"王晋看着他，眼中满是激赏，"青裴，还好我现在有你。"

顾青裴笑了笑："我的工作就是为你分忧。王哥，你一个人分不了八个身，有紧迫的事情就赶紧去处理，这件事就交给我吧。成败我不敢定论，但请你相信，我会拼命的。"

王晋深深地看着他，淡笑道："青裴，辛苦了。"

"应该的。"

和原立江见的那一面，并没有影响顾青裴的士气，反而让他更加斗志昂扬。他虽然不能给自己申冤，但如果此次夺标成功，也能为自己出一口恶气，因此他更加全身心地投入工作中。

最后那个助理，他们还是找到了，不过不是通过那个高中同学，而是更稳妥的关系。那助理年纪不大，行事却很谨慎小心，只是再谨慎的人，也受不住巨大利益的诱惑，他选择性地透露了一些模糊的信息。顾青裴有把握把自己的投标文件做得天衣无缝，他相信原立江也没闲着。两家公司的基本条件相当，无论是人脉关系还是投资实力都在伯仲之间，这时候拼关系拼财力已经无法决出输赢，只能看谁的投标文件更对领导心思了。

顾青裴连续几天每天只睡三四个小时，就为了给自己争回一口气。

投标文件报上去之后，顾青裴大睡了一场，睡得昏天暗地，最后是被电话声吵醒的。他眼睛干涩得睁不开，也没看来电就接了电话："喂？"

电话那头的人好半天才说："你在哪里？"

顾青裴猛地睁开了眼睛，是原炀。

电话那头熟悉的声音，顾青裴觉得已经有很久很久没有听到，其实细算下来，不过才过了半个多月。顾青裴没有说话，却也没挂电话，他不知道自己想听什么。

"我回家了，刚从津城回来，项目启动了，一定会盈利的，我有把握。我忙完了马上回来了，你在哪儿呢？你说句话，你到底在哪里？回家吧，我在家等你。"

原炀反复强调着"家"这个字，口气越来越急。

顾青裴好半天才缓缓开口："我不住那里了。"

电话那头陷入了沉默。

顾青裴慢慢坐了起来。他捂着胸口，呼吸困难，但还是坚持说："原炀，我们换一个场景相遇就好了。不过没什么如果了，以后不要再联系了。"

原炀沉重的呼吸声传进顾青裴耳朵里，让他鼓膜生痛。

原炀哑声道："无论我做什么都没用吗？我整天东奔西跑都是为了谁？顾青裴，你不能让我为了你彻底变了个样儿，又不要我。"

顾青裴握紧了拳头，默默挂断了手机。就这样吧，他这个年纪跟年轻人折腾不起了，这样对谁都好，对谁都好。

他放下电话之后，虽然头晕脑涨，困倦不已，却再也无法阖眼。

等待开标的过程是漫长而又焦虑的，但是他们除了等待，已经不能做什么了。投标时一家企业主动退出了角逐，实际上只剩下了三家，结果谁也无法预料。

有一天，顾青裴接到吴景兰打来的电话。他颇为意外，他和吴景兰接触并不多。

吴景兰的声音很沉，但语气还算客气："顾总，近来可好？"

顾青裴也很客气："还好，吴总呢？"

"我养了二十多年的儿子现在不肯回家，不肯透露行踪，不肯和自己的父亲说一句话，你说我好不好呢？"

顾青裴沉默了。

"顾总，你应该知道他在哪里吧？"

"我不知道，我跟他已经很久没有联系。"

"他为了你有家不回，你却说你们很久没联系，你这话说得叫我怎么相信？"吴景兰的声音终于出现了一丝激动。

"是事实，我们已经很久没有联系。吴总应该高兴才对，原董的目的达到了。"顾青裴并不想出言讽刺，他对原炀的母亲还是尊重的，他只是说了一个事实。

吴景兰足足停顿了三秒才开口："立江这件事做得欠妥，但是你没有孩子，体会不了为人父母的心。"

顾青裴没有说话。在这件事里，原立江为了维护儿子和为了维护自己的利益，究竟哪个占比更大，只有他本人清楚了。

"我也不想再纠结对错，我们原家本是通情达理的人，这件事也不能全算你错。青裴，我现在只希望你把儿子还给我们。"

若不是呼吸不畅，顾青裴险些失笑。还？为何找他要？

"吴总，不管你信不信，我和原炀确实已经很久没联系，我也早已下定决心，和他再不往来。您找我要儿子，我很无奈。"

吴景兰没再说话，两人僵持了一会儿后，吴景兰悄无声息地挂断了电话。

顾青裴坐在办公桌前，身体僵硬，久久都缓不过劲儿来。

开标那天一大早，王晋和顾青裴带着一众下属到了那家国企，原立江没来，他集团的高管代他出席。三家公司集中在大会议室里，等待项目负责人开标评标。

会议室里气氛颇为凝重，所有人都不苟言笑。开标之前，他们彼此之间都还是竞争对手，开标之后，输的输、赢的赢，尘埃落定，反而可以开怀畅饮，否则就会失了风度。

负责人在投影仪上放出了整个项目的标底。

顾青裴和王晋对视一眼，目光皆有些阴沉。他仔细观察着其他两家的表情，发现他们表情均有些异样，就跟他看到标底时的感觉差不多。他猜测，那个助理有可能分别收了三家的钱，每家透露的标底都真假参半，因此每家都没拿到真实的标底，却又部分吻合。顾青裴没想到这年轻人胆子如此大，不但敢收三家的钱，还故作聪明，弄出一堆不伦不类的标底。他只知道那人泄标必定有所保留，却不料竟然敢这样敛财不要命。

国企的领导不是傻瓜，泄标这种事在投招标过程中屡有发生，何况是做得如此拙劣的。泄标，表面上看似是对招标公司有利，打压了投标企业的利润，但却严重破坏了市场规则，这次国企却没有动静，估计跟他们内部利益有很大关系。不管怎么样，他们三家是被坑了。还好他没有全信，做出来的投标文件比照这个标底依然非常有竞争力。不过其他两家看上去脸色就不太好看了。

负责人要宣布中标单位了，顾青裴浑身血液都沸腾了起来，当他听到庆达地产的名字时，他瞪大了眼睛，肾上腺素快速分泌，口干舌燥，整个人都处于无与伦比的兴奋之中。

他们赢了！赢了！他多么遗憾原立江不在这里，他多想看看原立江脸上的表情！

王晋猛地站了起来，哈哈大笑起来。下属们一派欢腾，一群三十多岁的盛年精英控制不住地在会议室里欢呼。其他两家脸色铁青，却还是强颜欢笑着祝贺。

接下来的事宜留给下属处理，王晋带着顾青裴赶赴早就订好的酒店，召开新闻发布会，宣布庆达中标，明天庆达的股价肯定一路飙升！

王晋在发布会上做了一个简短的演说，慷慨激昂，把这个项目的前景描绘得如梦似幻。顾青裴脸上带着胜利的笑容，出现在各大媒体的摄像机里。

发布会结束后，顾青裴第一时间给自己父母打了电话，嘱咐他们看新闻。从来没有哪一次事业上的成就让他如此雀跃，因为他不仅从原立江那里争了一口气，也让自己从不雅照的阴影中走了出来。如果他欠谁一个交代，那只能是他父母的，他必须一辈子都做让他父母骄傲的那个儿子。

新闻发布会后的庆功酒会上，王晋当场宣布奖励他们整个团队三百万现金，并给顾青裴放了一星期的假。顾青裴天天熬夜，一个月瘦了五六斤，经常胸闷胸痛，确实需要休息。

司机把他送回家，他喝酒喝得已经有些晕乎，不过还是没让司机扶他上楼。

他太高兴了，尽管没人可以分享。

走到家门口的时候，他心脏紧缩，无言地看着站在他家门口，明显已经等待多时的原炀。

原炀穿着一身西装，头发用发胶固定着，短短一月不见，看上去成熟了不少，和他平日里的样子大不相同，只有那双狼一样充满侵略性的眼睛分毫未变。顾青裴一看到他，头就开始疼。

原炀从阴影中走了出来，一步一步，好像踏在顾青裴心上。他开口了，声音寒气四溢："你真的背叛了我。"

顾青裴低声道："我只是换了一个地方工作。"

"你是故意的吗？故意报复我？"

"除了庆达，我在 B 市找不到工作。"顾青裴说的是实话，但他知道，原炀理解不了。

原炀恶狠狠地说："顾青裴，你是故意的，你知不知道，我在电视上看到你跟王晋站在一起时心里在想什么？"

顾青裴看着他，嘴唇不自觉地颤抖。

原炀贴近他的耳朵，轻声道："你背叛我。"

顾青裴身体一抖，想往后退，却被原炀拉住，冰冷的声音持续在他耳边响起："我原本不是这样的，我也不知道为什么，遇见你让我变成了这样。"

顾青裴心中有些恐惧，他下意识地狠狠推了原炀一下。然后他后颈一痛，临昏迷前，他看到的是一双如狼似虎的眼睛。

顾青裴醒来的时候，第一反应就是脖子疼，跟落枕差不多。他翻了个身，喉咙里发出干哑的声音。

"醒了？"男人幽森的声音在他旁边响起。

顾青裴猛地回头，脖子疼得他脸都扭曲了。他看到了原炀的脸。屋内光线很暗，分不清现在是什么时候，只知道外面全黑了，原炀的脸色在昏黄灯光的映衬下越发阴沉。

"原炀……"顾青裴看了看这间陌生的房间，"这是哪里？"

"B 市。"

顾青裴辨认出窗外山的轮廓和葱郁的森林，这里即便是 B 市，也离市区十万八千里了，他目光凌厉地看着原炀："你这是干什么？"

原炀从沙发里站起来，坐到了床上，冷笑道："你还欠我一次度假，在这里还了吧。"

顾青裴脸色铁青："原炀，你别把我惹急了。"

原炀捏着他的下巴，死死地盯着他的眼睛："晚了，你已经把我惹急了。你真该庆幸我不舍得伤你，否则我就是把你的腿打断，也不会让你去庆达。"

顾青裴咬牙道："你这个神经病。"

"你说得对，我就是神经病，我绝对不会允许任何人背叛我。"

"你打算怎么样？一直关着我？"

"从庆达那里辞职。"原炀倨傲道，"庆达能给你的，将来我一定加倍给你。"

顾青裴颤声道："你是不是疯了？"

"是啊，我做错了事，我向你解释，向你道歉，你理都不理我，转眼就去竞争对手的公司，你还希望我怎么冷静？"原炀瞪着顾青裴，"我们说好的要一起去做项目，你却背叛我，抛弃我！"

"你……你简直……"顾青裴气得说不出话来。

在那副伪装出来的体面躯壳下，原炀骨子里依旧是那个霸道无赖的痞子，是一个还没长大的熊孩子，做事只凭喜恶，根本无法用常理去沟通。

TIT

FOR

TAT

Chapter 17

顾青裴不管不顾地睡了一觉，醒来后，发现一切都不是做梦，原炀这个神经病真的把他关起来了。

他躺在床上，浑噩的大脑对周围的一切都感到茫然恍惚，他想不通自己为什么会在这里，想不通他和原炀怎么就走到了这一步。

门开了，原炀走了进来，他把顾青裴从床上拉了起来："你去洗个脸刷个牙，然后吃饭。"

顾青裴挥开他的手，起身走了。

两人面对着面吃饭的时候，顾青裴面无表情地问他："你能二十四小时看着我？"

"不能，如果你不想待在这里，给王晋打电话说你要辞职，然后跟我去津城。"

"我在王晋的公司刚取得了重大的成功，你让我这时候辞职？原炀，你就看不得我事业有成，是吗？你毁了我一次又一次，我上辈子是不是欠着你什么了？"顾青裴说到最后，狠狠一拍桌子。

原炀拿筷子的手僵了僵，他慢慢抬起头来："你在哪里发展事业不好，非得去庆达？你明知道我恶心王晋。"

"因为没有人敢要我！"顾青裴咬牙说，"拜你和你那个了不得的爹所赐，我顾青裴拼十几年的成就眼看就要分毫不剩。你觉得整个 B 市，哪个企业会冒着得罪原立江的风险，还要额外支出几百万的年薪聘用我？谁能？你吗？你这个就会吹牛的兔崽子能吗？"

原炀脸上青一阵红一阵，表情扭曲，顾青裴的话比扇他大耳刮子还让他羞愤。他比不上王晋，如果他有王晋的能耐，顾青裴就不会走，道理如此简单，却让人痛不欲生。

顾青裴的心在滴血，他说这些话的时候，也在往自己身上捅刀子："只有王晋能。我不管王晋出于什么目的，没有这份工作我顾青裴就是一条丧家之犬，灰溜溜地滚出 B 市，有了这份工作，我顾青裴还是顾青裴。我十几年的心血终究会换来一个什么结果，这个结果对我来说有多么重要，你懂吗？你懂个屁！

你为我考虑过半点吗？你满脑子只有自己，只有你自己是不是高兴，除此之外，你考虑过谁？原炀，你别逼我恨你。"

"不是！"原炀饶是有一颗铁打的心，此时也被捅成了筛子，他眼圈红了，"不是，我不是……"他越说越小声，现在的他能有多大的能耐？面对顾青裴的质问，他连反驳都做不到。

顾青裴脸上除了失望，已经不剩下什么了，他撂下筷子说："原炀，你一辈子活在以自我为中心的世界里，我不想进去给你当配角，如果你真的想跟我做生意，你首先要学会尊重我，否则你没资格像一个成年人一样跟我谈合作。"

原炀握紧了拳头，耳根都红透了。

顾青裴起身离席。

"给我点时间，"原炀抬起头，看着顾青裴，"我也说过，给我点时间。庆达能给你的，我会加倍给你，给我时间，我只差……只差时间！"

顾青裴没有转身，他觉得眼眶发热，他明明不想哭，鼻头却酸胀难受。他强压着情绪，冷声说："我有什么义务等你？"

原炀眸中布满血丝："算我求你，给我时间，我欠你的，我加倍补偿。"

"你先放我走。"

原炀厉声道："不行！你先辞职。"

顾青裴头也不回地离开了。

原炀颤抖着呼出一口气，伸手捂住了眼睛。他痛恨自己无能，对抗不了自己的父亲，也比不过王晋。他一直以为自己是个爷们儿，到头来却是个连自己的工作伙伴都保护不了的孬种。整件事情里他一错再错，可到头来他没有受到半点影响，只有顾青裴背负了全部的责难和羞辱，他恨自己无能，无能！

顾青裴在房间里呆坐了一下午，无所事事。他没想过跑，这一眼望过去连路都看不着，原炀是不会给他车钥匙的，他往哪儿跑？原炀毕竟不可能关他一辈子，只不过就原炀的性格，胡闹一通已是家常便饭。如果他真的跟原炀合作，想到未来的生活里时不时还有这些荒唐事，他就觉得特别累。他觉得跟原炀在一起前路黯淡，他们本就不是一路人。

顾青裴心里憋闷得不知如何纾解，看屋里的任何东西都烦躁不已，想全砸了泄愤。

正巧这时候原炀进来了。

原炀的情绪稳定了不少，他手里拿着电脑："你帮我看一个合同吧。"

顾青裴冷冷看了他一眼："跟我有什么关系。"

"这个项目是给你准备的。"原炀把屏幕对着他，待开发的那个小区，是用他的名字命名的。

顾青裴皱眉："你做这种事有什么意义？"

"我只是想告诉你，我原炀的东西都可以跟你分享，现在是，以后也是。你说得对，我现在什么都比不上王晋，但有一点他没法跟我比，他敢这样做吗？他赠你股份都要开会决定，只有我能对你毫无保留。"

顾青裴伸手推开笔记本："我不需要这些东西。我工作不只是为了挣钱，如果是为了钱，我的钱已经足够我和我父母衣食无忧了。我努力工作究竟是为了什么，你这个一出生就带着显贵光环的少爷理解不了，我们不是一个世界的，我也不想再跟你解释。"

原炀眼中爬上失落，他坐到顾青裴旁边，转移了话题："你帮我看看，我需要你帮忙。"

顾青裴眼见他不依不饶，扫了一眼屏幕："打开吧。"

一涉及工作，顾青裴的神情变得专注起来。不需要原炀解释什么，他曾经对这个项目了解得和原炀一样深入，因为他当时已经决定注资，把这个项目作为他们的第一次创业好好发展下去。

只是后来都完蛋了。

顾青裴专注于内容的时候，原炀则专注地看着他的侧脸，他皱起眉，原炀的呼吸也跟着一滞。

"这个小节给我解释一下。"

原炀难掩失落，还要振奋起精神让顾青裴看到他正经做事业的模样。

两人讨论了一会儿，原炀的电话响了。

顾青裴趁着原炀接电话，迅速打开自己的工作邮箱，一开邮箱他就傻眼了。王晋和他的下属疯了一样给他发了二十多封邮件，粗略一扫，是投标案被举报泄标，司法介入调查，他们的合同无限期延迟了。他脸色一沉，点开一封邮件，原来有人匿名举报这次招标案暗箱操作，参与项目员工被行贿，向三家公司泄露标底。

由于涉案的一个是超大型老牌国企，一个是雄踞北方的地产集团，还有原立江在 B 市根深蒂固的综合性投资集团，名字叫出来都响当当，不管案件的真实性有几分，光是这样的丑闻就已经足够掀起一轮舆论风暴，何况投招标行贿泄标的事情屡见不鲜，并不让人意外。邮件里，王晋问他在哪里，为什么不开机不回邮件，要他火速赶回公司，这是王晋第一次用如此严厉的上级对下属的语气和他说话，可见问题的严重性。

当他正待搜索新闻的时候，原炀不知什么时候已经走到了他旁边，合上了笔记本。

顾青裴抬头看着他："你早就知道了，却不告诉我？"

原炀说："庆达跟你没关系了，解约合同我替你寄出了，明天他们应该能收到，违约金我会为你支付。不要再见王晋，王晋不是什么好东西。"

顾青裴拍案而起，大声喝道："出了这么大的事，我能拍屁股就走？我顾青裴这辈子没干过这么不负责任的事，而且招标案是我全权负责的，庆达出了事，我脱得了干系？我必须回去处理！"

"你哪儿都不用去，庆达不管出什么事，都不会牵连到你头上。你这么聪明，何不趁现在跟庆达撇清关系？"

"混账，已经有司法介入的案子，我撇得清？而且我一走了之，公司怎么办？底下那些人怎么办？事情也许根本没那么糟糕，只要我回去就有希望解决，我如果这时候跑了，算个什么东西？！"

原炀眯起眼睛道："我放你回去，让你和王晋患难见真情？绝不可能。而且，我不让你回去是为你好，相信我一次吧。"

顾青裴敏感地捕捉到了什么："你是不是知道什么内幕？"

原炀不置可否："不管有什么内幕，都不会扯到你身上。"

顾青裴揪起原炀的领子，寒声道："你到底知道什么？做了什么？"

原炀看着他，眼里放出狼一样的光芒："我只是给我爸和王晋一点教训，那是他们应得的。"

顾青裴僵硬地看着他："是你举报的。"

"你别想了，跟你都没关系了。"

顾青裴咬着牙道："你知不知道，我为了这个项目付出了多少心血？"他终于明白原炀为什么突然把他关起来。

原炀冷笑道："如果你不是这么卖力为王晋干活，我说不定不会这么恶心他。放心吧，你付出的心血不会浪费，该你的还是你的，不过你记住了，以后你的心血不能浪费在别人身上。"

顾青裴遍体生寒，他突然觉得有些不认识原炀了。他揪着原炀的领子把人按到了墙上："你到底做了什么？原炀，如果你陷我于不义，我这辈子都不会原谅你。"

原炀皮笑肉不笑："放心吧，我说了跟你没关系，你只要一直失踪就行了。我只是觉得，我爸想要，王晋也想要，连你都这么卖力想要的东西，一定不错。"他眸中闪过精光，"所以，我也想要。"

"招标已经结束了，就算举报也未必会立案，凭王晋的手腕，一定能化险为夷。更何况你爸也不会让自己被牵扯进来，在这种情况下，最后多半不了了之。你以为自己是谁，你除了搅浑水，还能干什么？难不成你想中标？"

"为什么不行？"原炀眯起眼睛，脸上的表情让人心生防备，"难得有这么一个机会，一次教训两个，我怎么能错过呢。"

顾青裴咬牙道："原炀，你脑子里到底在想什么？"

"我不会输给王晋，他有的，我都要有。"原炀凝视着顾青裴，"但是我有的，我让他想都不敢想。"

顾青裴深深地看着原炀，心往下沉。他觉得原炀整个人都不一样了，以前生气了会撸袖子上去打架的原炀，现在却会在背后捅人刀子，甚至连自己的亲爹都可以拉下水。

这并不是他想教给原炀的。

在被原炀扣在别墅的第四天，顾青裴越来越烦躁。外界的事情他一概不知，哪怕他每天心急如焚地想回公司，原炀却几乎二十四小时在他周围晃悠。原炀会跟他一起讨论工作，哪怕见他爱搭不理，也不会放弃。

两人之间的那根弦绷得越来越紧，只要有一字不合，顾青裴就会控制不住自己的怒火，他已经忘了自己曾经有极好的修为和风度。他实在无法再待下去了！

有天原炀出了门，屋里多了两个陌生男人，也不跟他说话，只是盯着他，失去自由的滋味儿让他怒火中烧。

直到晚上，原炀回来了，那两人才走。顾青裴坐在客厅等着他，他看了看表，居然笑了一下，那笑容还有往日里的几分痞气："你是在等我吗？"

"对，我要跟你谈谈。"

原炀这才发现，顾青裴穿着来时的衣服，他的心沉了沉，脸上的笑意也不

279

见了。他走过去，把手里的东西放到桌上："我给你打包了你喜欢的汤粉，快来吧，冷了不好吃。"

顾青裴看也没看，说："你坐下。"

原炀坐了下来："无论你跟我说什么，我不会放你走。"

顾青裴压抑着怒意，沉声道："原炀，你了解我是个怎样的人吗？"

原炀微微一愣。

"我好强，我不服输，我最讨厌屈居人后，我对自己的要求一向比别人苛刻。"顾青裴静静地看着原炀的眼睛，"我跟王晋之间，是老板和雇员之间的责任。我不管你能不能理解，在我经历人生低谷的时候，是王晋拉了我一把，给我一个漂亮的头衔，让我主持工作，而且旗开得胜，让我重新找回了自己，我很感谢他。这个投标项目，我带着一堆人忙活了大半个月，为的不仅仅是回报王晋，更重要的是，我想从你爸那里给我自己争口气，可你现在却把我的努力摔在泥地里。原炀，你为什么要这么做？"

原炀低沉的嗓音在空荡的客厅响起："我没法忍受你背叛我去了王晋那儿工作，你表现得越好，他对你越是器重，你就越是不会从他那里离开。"

顾青裴看着他道："你能不能心胸宽广一点？"

"太晚了，我不给王晋一个教训，他怎么知道有些东西他抢不得。我知道你口才好，但你跟我说下去毫无意义，你想离开，等这件事结束吧。"

顾青裴暗自握了握拳头："只要你让我回去把事情处理完，我可以从王晋的公司辞职。我做事不能有始无终，不能把烂摊子扔给下属，我必须回去。"

"我说了，太晚了，现在让你回去，是跟我对着干。我一定会把这件事推动到做废标处理为止，我要让他们重新招标，而且让王晋和我爸没有资格再参与。"

顾青裴脸上的肌肉因为愤怒而扭曲。

原炀苦笑了一下："你生什么气，如果你跟我合作，中标之后，我的项目就是你的项目，这跟你在王晋的公司有什么区别？除非你舍不得离开王晋，舍不得那个副总裁的头衔。"

顾青裴寒声道："原炀，我一年之内从原立江那儿跳到庆达，转眼耍手段把庆达踹了自己夺标，我在别人眼里会是个什么形象？你是不是巴不得我身败名裂？"

"这不是我的本意，但是……"但是什么，原炀没有说完，但他的态度已经很明确。

顾青裴怒极攻心，抓起桌上的烟灰缸狠狠朝原炀的脑袋砸了过去。原炀眼神一暗，哪怕他的反应神经快到看清楚了顾青裴的所有动作，他却硬是没有躲。

砰的一声响，原炀摔倒在地，鲜血顺着额角哗哗流了下来。

顾青裴抓着烟灰缸的手剧烈地颤抖着，他确实气疯了，好长时间都处于大脑缺氧的状态。他看着地上的原炀愣了半天。

原炀脑袋直迷糊，额头很疼，可一颗心更疼。他抹掉了眼睛上的血，默默地看着顾青裴："解气吗？没解气的话，继续。"

顾青裴猛地抓起茶几上的车钥匙，往门外冲去。原炀使劲甩了甩被砸得晕晕乎乎的脑袋，站起身追了过去。

顾青裴打开车门，刚把车发动，原炀已经追了上来，一把按住了他。他扭过头，两人瞪着对方，气氛剑拔弩张。

原炀咬牙道："下车。"

顾青裴张嘴要骂，却在看到原炀脸上触目惊心的血时，瞬间就泄了气。他身体发软地瘫坐在座位上，看了看自己的手，直发抖。

他真的被原炀气昏头了，他不知道是因为两人年纪相差太多，还是原炀的个性非同常人，他从未觉得世界上有一个人如此难缠。他甚至觉得自己根本就无法跟原炀沟通，两人之间的沟壑越来越深，却无力改变什么。他疲倦地看着原炀："我送你去医院。"

"不需要。"

顾青裴叹道："去医院，别逞强。"

原炀固执地看了他半晌，才道："这里路不好走，我开车。"

"不行，你这个状态怎么开车？"顾青裴厉声道，"赶紧的，上车。"

原炀这才坐上副驾驶座。

顾青裴沿着山路开了出去。山路又窄又陡，一路上惊险万分，顾青裴全神贯注，车速不敢太快，怕翻下山去，可又不能太慢，怕原炀出问题。走到半路他终于被煎熬得受不了了："你选的什么破地方，医院还有多远？"

原炀低声道："快了。"

好不容易到了医院，原炀虽然神色镇定，但面色惨白，衣领都被血染透了。顾青裴心里有些愧疚，平时巧舌善辩，此时却不知道能说一句什么。

两人挂了急诊，医生让原炀去拍片，原炀的眼睛却盯着顾青裴不放，明显是怕他跑了。他面无表情地说："我陪你去。"原炀这才肯进拍片室。

原炀的伤不算很严重，脑袋上缝了几针，顾青裴记不起来自己砸他的时候心里在想什么，大概是被逼急了吧，脑中一片空白。现在看着原炀脑袋上一圈圈的纱布，他有些后悔。

医生让原炀留院两天，原炀不愿意，但是这时候谁也没体力再开一个多小时的车回去，何况顾青裴根本就不想回去，所以他还是强硬地办了住院手续，两人当晚都住在了医院。

失了血的原炀昏昏欲睡，他靠意志力撑着不闭眼，他觉得他一睡着，顾青裴肯定会走。

顾青裴知道原炀一直强撑着，看看时间，已经三点多了。他知道原炀撑不了多久，索性自己先睡了。他这一觉睡得很不踏实，满脑子都是事情，跟原炀有关的，跟原立江有关的，跟招标案有关的，纷乱复杂，充斥着他的脑海，让他噩梦连连，越睡越累。

他醒过来的时候，天蒙蒙亮，他看了看原炀，果然已经睡着了，而且看上去睡得很沉。这些天原炀为了看着他，肯定没怎么好好睡觉。他就这么在黑暗中看着原炀的脸，看了很久，然后轻轻爬起床，悄无声息地走了。

顾青裴赶回公司的时候刚好是上班时间，每个见到他的人都用"你可回来了"的眼神看着他。他的秘书气喘吁吁地跑了过来："顾总您可回来了！王总找您呢！"

顾青裴神色凝重地进了办公室，王晋沉着脸看了他一眼，到底没发出脾气，只是道："青裴，责怪的话我就省了，我相信你心里比我清楚。"

作为公司的领导干部，一天二十四小时保持通信畅通是基本要求，哪怕再怎么累，都不该不接电话，就是预防出现类似这样的紧急事情。这个道理顾青裴自然明白，他平时都是这么要求自己和下属的，可他也没法跟王晋解释他被原炀关起来了，只能愧疚地说："这事是我的错，我愿意全权负责。"

"现在说这个没用，你将情况了解清楚了吗？"

"清楚了。"

王晋道："我得到一些消息，说举报人来自第三家公司。他们背后不知道站着什么人，有这么大的胆子跟我们叫板。那个助理连带他的顶头上司都被调查，此次招标很可能会作废标处理，我想这就是举报人最大的目的。想靠这个让我们吃官司，证据远远不足，但是制造舆论压力，迫使集团重新招标，是完全做得到的。到时候我和原立江因为信誉危机，只能自动退出，获利最大的就是第三家公司，所以他最值得怀疑。"

顾青裴知道王晋不知道的真相，心中忧虑不已，难怪原炀胸有成竹地要推动废标，按照目前的情况发展，废标是对公众最好的交代。

目前，涉案的几家公司的股票都受到了不小的影响，尤其是那家国企最为严重，一路暴跌，哀鸿遍野，市值三天之内蒸发了四十多个亿。庆达紧随其后，原立江的公司虽然相比之下稍微好一点，但是通过行贿知道标底的情况下依然败给了王晋，让他丢尽了脸。

事情发展到这一步，谁都别想全身而退了。

顾青裴沉声道："这件事，我一定会把损失降到最低。"

王晋走了过来，拍了拍他的肩膀："无故失踪的事，你确实有些失职，不过招标一事，你做得已经足够好，如果没有你统领全局，恐怕现在站在风口浪尖上的会是我们。你不用过于自责，我们还有机会。"

顾青裴接下来一整天都没闲着。他的手机和家门钥匙还在原炀那里，全身上下就一身衣服，打车费都是公司前台垫付的，晚上怎么回家都是个问题。但他没有时间考虑，只想抢在原炀找上门来之前，把手头的事解决几件是几件。

顾青裴下班后留在公司加班，晚上打算就睡在公司了。这时，他的座机响了起来，顾青裴接起了电话。

"我在你公司楼下，你究竟什么时候下班？"话筒那边传来原炀冰冷的声音。

顾青裴连生气的力气都没有了："我还有很多事要处理。原炀，你别逼我了，这个项目结了，我会辞职，你能放过我吗？"

原炀沉默了一下，道："我给你这个时间，但是我奉劝你别白费力气了。你如果不想做无用功，把事情料理清楚了，尽早离开。"

顾青裴静静听着，沉默了一会儿，才缓缓道："原炀，我以前总希望你能成熟起来，但是你的劲儿使错方向了。"你让我们两人之间的距离越来越远。

原炀咬了咬牙，道："你究竟想要我怎么样？"

"这个问题我正想问你，你想要我怎么样？你想要我事事唯你是从？原炀，你觉得可能吗？"

"我没那样想。"

"那你把我关起来是想干什么？"

原炀："……"

"我去哪家公司，选择什么样的工作，都是我的自由，正因为你理解不了我有选择自己生活的自由，所以我们没法沟通。原炀，你记着，我顾青裴只归自己管，你一而再再而三地逼我，把我的生活搅得天翻地覆，我十数年巩固起来的声誉和成就被你轻易毁了。我现在无法工作，无法正常生活，希望这个结果能让你满意，但是这是最后一次了。原炀，这绝对是最后一次。"

顾青裴第一次如此心平气和地谈起原炀所做的种种，却听得人背脊发凉。

原炀忍不住想要再次确认："你真的会辞职吗？"

"会。"顾青裴低声道，"这段时间，你别来烦我。"

挂断电话后，他靠在椅背上，半天缓不过劲儿来。偌大的办公室昏暗空旷，安静得吓人。他站起身，走到窗前，拉开窗帘一看，果然在楼下看到了原炀，但也只能看出一个模糊的影子。从楼上看下去，原炀显得那么渺小。

顾青裴眼眶一热，眼泪掉了下来。他没想到自己会哭，毫无预兆地……

他摸了摸自己的脸，他都记不起来自己上次掉眼泪是什么时候了。他就愣愣地看着指尖透明的液体，有些不知所措。

第二天，顾青裴正打算带律师去趟局里了解情况，王晋来了，表情很不对劲儿。他举了举手里的文件："你给我解释一下，这是什么？"

顾青裴不明所以，翻开一看，竟是一份单向解约书。他这才想起来，原炀那天说寄了解约书给王晋，这两天刚好送到。他忙得焦头烂额，麻烦又添一件，可他已经生不出气来，只剩下深深的无力感。他老实地说："是原炀寄来的。"

王晋微微一怔："原炀？你跟他还有接触？"王晋的音量不自觉地抬高了，"你失踪那几天是跟他在一起？"

顾青裴疲倦地揉了揉眉心："王哥，我解释不清了，你能别再问了吗？我现在只想把案子摆平，让这起风波过去。"

王晋叹了口气，道："你专心应付调查组的人吧，国企那边儿我正在做工作，不过没什么希望了，废标几乎是板上钉钉的事儿了。"

顾青裴闭了闭眼睛，那种付出心血到头来一场空的滋味儿苦涩极了。

"调查组这周末会出一个结果，公之于众，能不能挽回公司形象，就在此一举了。"

"王哥放心，他们证据不足，无法立案，现在主要是公司声誉问题，我会想办法的。"

顾青裴带人去了调查组，跟负责人探了探底。他们以前有过接触，顾青裴通过他看了调查组的通报稿件。

离开调查组后，他给王晋打了电话，让王晋马上找关系，把通报稿件改一改，坚决不能提庆达的名字。两人马不停蹄地忙活，费了极大力气，才把案件通报上的"庆达"改成了"个别公司"，从心理暗示上为庆达撇清关系。

案件通报发布后，庆达紧接着召开了记者会，把庆达塑造成了忍辱负重洗脱冤屈的良心企业，并声明将重新参加竞标。

而另一头，原立江却退出了角逐。

一场甚嚣尘上的风波看似就这么过去了，国企宣布废标后，决定进行内部整顿，两到三个月之后重新招标。顾青裴和王晋也有了时间喘口气，继续收拾遗留下来的问题。

顾青裴在公司住了三天后，原炀把他的钱包和钥匙寄给了他，并给他发了条短信，说：我不敢见你。

顾青裴对着短信发呆了半天，长叹了一口气。

他当天终于回了家，并把自己和王晋签的合同调了出来，仔细研究。

解约……他和王晋签了一年的合同，他入职还不到一个月，本以为能给公司做点什么，到头来反而捅出了大麻烦。虽然王晋没有怪他，但他自己心里堵得慌。

余事还没料理干净，他却辞职，他实在无法想象公司的人会怎么看他。他自以为重振雄风的日子过了不足一个月，就又要灰头土脸地滚蛋。

他怎么能不恨原炀？

他反复看着屏幕上王晋的电话，却不敢打过去，他根本没脸和王晋说。

王晋却在这时候打了电话过来。

顾青裴吓了一跳，调整了一下情绪，接通电话："喂，王哥。"

王晋的声音很是阴沉："青裴，中显投资带着合伙人约谈我，为了投标案的事。你猜猜，他们带来的人是谁？"

中显就是参与招标的另外一家公司，跟他们比起来，规模小了很多，现在反而成了最清白的一家。

顾青裴的心脏猛地一颤："谁？"

王晋咬牙切齿道："原炀。"

"原炀……"

"我现在才明白，原立江为什么那么干脆地退出了，他恐怕先我一步知道了。那么你呢，青裴？你是什么时候知道的？"

顾青裴艰涩道："王哥，我是现在知道的。"他说的话也并非是撒谎，他只知道是原炀举报泄标一事，但现在才知道原炀成了中显的合伙人。

"青裴，我可以相信你吗？你在泄标被举报，公司陷入重大信用危机的紧要关口消失四天，和原炀在一起，不接电话、不回邮件，简直是人间蒸发。然后，让我现在知道原炀也参与了这件事。青裴，你告诉我，我可以相信你吗？"

顾青裴郑重地说："王哥，我从没有做过一件对不起公司、对不起你的事，这一点你可以相信我。"

王晋放缓了口气，说："我现在以私人的身份问你，你和原炀那四天究竟发生了什么？"

"我和他……没什么。"

王晋叹了口气，说："青裴，这个招标项目你以后就别再管了，我这里还有几个产权纠纷，足够你忙活的。"

顾青裴张了张嘴，辞职的事无论如何都没能说出口。

挂了王晋的电话没多久，他又接到了一个陌生号码的电话。他依稀觉得这号码看着熟悉，却想不起来，接通之后，他才知道，是已经删除了的原立江的电话。

原立江此时打电话，多半没安好心，顾青裴把声音控制得颇为平静沉稳，问原立江有何贵干。

原立江的声音没有一丝感情波动："你现在的处境我多少猜得出来，你在王晋那里不会混很久的，王晋多疑，绝不会养一个可能对他有二心的人在身边。"

"原董，您何时关心起我来了？"

"不管你相不相信，我对自己做的事有些后悔。我没有充分考虑后果，导致我儿子现在处处跟我对着干，让我很头疼。"

顾青裴静静地听着。

"你们之间的事，我全部知道，包括前几天的事。顾总，我这个儿子从小就浑，对谁都浑，尤其是对亲近的人，我现在觉得你也挺可怜的。"

顾青裴额上青筋直跳，道："我实在不太需要原董可怜。"

"我知道你怨我，没关系，至少现在我们有了合作的契机。"

"什么意思？"

"我希望他不再跟你共事，而你恐怕也不想再跟他合作了，没错吧？"

"原董有话不妨直说吧。"

"我上次说的加拿大那个职位。依然有效，随时有效，只要你一点头，王晋那边儿，我为你摆平，你随时可以去。两年时间，很多矛盾都能迎刃而解，原炀终究会长大，而你也开辟了新的天地，这不是一举多得吗？"

顾青裴失笑："原董总是有如此好的考量。"

"你不必讽刺我，聪明的人才能在一个层面上沟通，所以我选择这个时候给你打电话，因为时候到了。两年之后，你想回来随时可以回来。"

这一次，顾青裴却没有毫不犹豫地拒绝，他沉默了。

原立江沉声道："青裴，相信我吧，王晋心里只要有了猜疑的种子，就会生根发芽，何况还有原炀煽风点火，步步逼近，他早晚会容不下你。你若是等到那一天再走，可就晚了。"

顾青裴握着手机的那只手不可抑制地颤抖了起来。

第二天他到公司，被王晋叫去了办公室。

顾青裴料到王晋要跟他说些什么，也做好了被责难的准备。

王晋冲他微微一笑，指了指沙发："坐。"

顾青裴坐了下来："王哥，有什么事？"

"昨天晚上我想了想，觉得这个招标的事情还是应该由你来负责。"王晋笑道，"一来，你是最熟悉的人，整个投标文件都是你一手策划的，团队也是你带起来的，虽然你来公司时间短，但大家都对你挺信服。说实话啊，临阵换将，我还真找不着合适的人。"

顾青裴刚想开口，王晋抢先道："二来，你和原炀毕竟有些私交，你去跟他周旋，肯定更便利一些，因为你了解他。"

顾青裴不动声色道："王哥，正因为我和他有私交，这反而不合适吧。"王晋居然让他去对付原炀，这不仅是向原炀示威，乱原炀阵脚，更重要的是逼自己表忠心。他如果答应了，就要一个人承受原炀的怒火和各种不理智的行为；他如果不答应，王晋不会再信他。

不，可能从来也没信过。王晋这一招真够歹毒。

"有什么不合适？你是我公司的员工，青裴，我相信你能做到公私分明。虽然这样你可能会有些尴尬，不过你和原炀以前合作过，这一点刚好可以利用一下，这又不违纪，你说对吗？"王晋态度温和恳切，一点都不像在给人下套。

顾青裴正色道："王哥，如果真的是我冲在前线和原炀接触，只可能把事情闹得一团糟，绝不会达到你想要的效果。王哥不信任我，是我的过失，既然这样，我还是辞职吧，免得你心有芥蒂。这时候退出，咱们还能当个朋友。"顾青裴站起身往门口走去。

背后急促的脚步带起一股风，顾青裴的肩膀突然被用力抓住，还没待他反应过来，他已经被推到了墙上。顾青裴握了握拳头，最终没有打出去，只是用力推开了王晋，冷声道："王总，请你冷静一些。"

王晋按着他的肩膀，哑声道："青裴，我真的很欣赏你，你却一次次让我失望。"

顾青裴有些内疚："对不起，但我发誓，他是中显合伙人的事我绝对不知情，我没有做对不起公司的事，只是因为我给公司带来了损失，我确实难辞其咎。"

王晋明亮的眼睛一眨不眨地盯着顾青裴的脸，半晌，他道："好，我相信你，但我不想再看到你和原炀有任何牵连。"

顾青裴垂下眼睑，道："王哥，我们的事，我没法和你解释，但我说辞职是认真的，我考虑了很久，我……"

王晋沉声道："辞职？什么意思？"

"原炀的事已经严重影响我的工作，现在甚至影响了公司的利益，我不能再待在这里。"

王晋失笑："你是想跟我说，原炀是因为你才在背后阴我的？"这理由他实在觉得可笑，简直荒唐，可是看顾青裴的表情，他知道顾青裴不是在说笑。他摇了摇头："青裴，我该说你什么好呢？"

顾青裴自嘲一笑："王哥，别寒碜我了，我只希望你能原谅我。"

"你要我原谅你……"王晋苦笑一声，"你不如问问，我有没有舍得怪过你，尽管你总是让我失望。"

顾青裴叹道："王哥，我真的特别对不起你，违约金我会足额支付，我真的不想再给你添麻烦了。"

"我可还没答应。"

"王哥……"

"原炀在 B 市是出了名的小痞子，你这样的斯文人只适合动脑，不适合动武，你斗不过他，并不奇怪。但是你因为这个要辞职，我接受不了。辞职之后，你打算干什么呢？"

"我打算去 X 国，我有个大学同学在那儿创业，企业已经很有规模，我随时都可以去。"

看来暂时离开是他唯一的出路，但是他不能接受原立江的邀请，否则他就真的里外不是人，更加对不起王晋。选一个离家比较近的国家，逢年过节，他可以很快就回来，也可以把父母接过去，恐怕是现在最好的出路了。

王晋叹道："你既然执意要走，我知道自己说服不了你。不过你不必辞职，如果你想去 X 国，依然可以为我工作。"

"你在 X 国有公司？"

"具体来说，是我太太的。"王晋道，"我和她性格不合，后来分开了，反而能和平相处，现在就跟亲人一样，毕竟我们还有两个孩子。不过，由于涉及财产问题，我们无法离婚。"

顾青裴有些惊讶，这其实是王晋真正意义上第一次跟他谈及自己的私事。

"那个公司我是大股东，她在管理，她的能力有限，公司运营还可以，但一直做不起来，你去了，正好帮帮她。另外，我的两个孩子也在 X 国，我们还能经常见面。青裴，我不会同意你辞职，如果你真的不愿意待在 B 市，这是我能给你的最好的安排，你的薪资待遇会跟这里没有任何差别。"

顾青裴没办法继续跟王晋打官腔，低下头，哑声道："王哥，你别对我这么好。"

"我这也不全是为了你，X 国那边的生意，我太太一直做得不温不火，我也没时间管，如果你去了，企业肯定能发展起来，这也是双赢。"

顾青裴第一次受到感动。

王晋跟原炀是截然不同的两种人，王晋或许不如原炀执着，可他给予的却是理智的、务实的、经过充分考量的，让人挑不出半点毛病，只能感激他的好。

他想了想，道："王哥，这样对我来说是一个很好的选择，但我担心原炀会找你麻烦。"

王晋笑道："我怎么会怕他？放心吧，原立江不会坐视自己的儿子骑到自己头上的，早晚要收拾他，我看热闹就行了。"

顾青裴叹了口气："王哥，我被一个二十来岁的毛头小子逼成这样，让你看笑话了。"

"说哪儿的话，"王晋拍了拍他的肩膀，温和道，"我同情你。"

顾青裴只觉阵阵心酸。

王晋安慰了他几句，最后笑了笑："你走之前，招标的事情还是帮我个忙吧。"

"你说。"

"中显想跟我谈判，让我退出竞争，或者合作开发。合作开发虽然是退而求其次的选择，却也是眼下最好的选择了，但是条件我不太满意，我希望你去跟中显谈判。"

"是跟中显谈判，还是跟原场？"

王晋道："都是。"

虽然他知道王晋要利用他，他也没法拒绝。不说他是王晋的雇员这件事，就说王晋对他的帮助，他都没法拒绝这么一个任务："好，我去。"

王晋满意地一笑："我会跟你一起去的。"

王晋把谈判安排在了两天后，顾青裴趁这时间回了趟家，见了父母，把他要调去 X 国的事说了。

他父母反应并不大。两个老人退休之后，儿子渐渐长大，而且很有能耐，家里面大事小事其实都是儿子说了算，他们觉得儿子去国外发展事业很了不起。

顾母说："好事儿啊，我听说 X 国是个好地方，人人都很有礼貌，你去那边儿稳定下来，我们俩也去旅旅游。"

"对对，挺近的，我们也能去玩儿。"

顾青裴心里难受起来，幸好他的父母不知道他经历了怎样乌七八糟的事，被逼无奈才出的国。面对父母的单纯，他越发觉得自己窝囊。他勉强笑了笑："我去那边儿可能会很忙，平时就不会像在 B 市回来那么频繁了。如果我回不来，你们去 X 国陪我过年好吗？"

"行啊，我们还没在国外过过年呢。"

"我走了之后，你们一定要注意身体。"

顾父笑道："你不用担心我们，我们身体挺硬朗的，你放宽了心走，多打电话回家就行。"

顾母摸了摸他的头发："你到了国外好好照顾自己。"

顾青裴握住母亲的手，心里涌出一股暖流。

"青裴，你是不是有点紧张？"

顾青裴笑道："还不至于。"他和王晋此时正赶往和中显谈判的酒店。这类合作谈判，没个七八回合较量都出不来什么结果，王晋带着他，并不是让他决定什么，完全是为了震慑原场。

顾青裴不想做这件事，却无可奈何。这种物尽其用的做法，果然很符合王晋的性格。也罢，他欠王晋的怎么都要还的。

290

"没事的，我负责说，你负责掠阵。"

顾青裴但笑不语。

到了酒店，中显的人和原炀都已经到了。

原炀看到他的时候，眼神一下子变了，脸色也沉了下来，面上的肌肉变得僵硬。

顾青裴面无表情地扫了他一眼，然后风度翩翩地问候所有人。

王晋一派大将风范，跟中显的人说话的态度完全就是"我是大哥你是小弟"。中显的老总来头并不小，不过不是王晋的对手，也不愿意得罪他，就笑着附和着。

"哟，小原也来了，怎么去中显工作了？我没听你爸爸说啊。"

原炀皮笑肉不笑地说："王总不至于那么了解我家里的事吧？"

"我好奇嘛，放着那么大的公司不去，却跑去了……哦，中显当然也是一个相当有实力的公司，我的意思是，放弃家里那么好的条件，挺让人佩服的，哈哈。"

原炀的手在背后握成了拳头："大家时间都不宽裕，题外话我看就不说了吧。"

"对，节省时间。"王晋亲切地拍了拍顾青裴的后背，"青裴，来，把资料拿出来。"

顾青裴接过助理递来的文件夹，取出文件后递给中显老总："陈总，我们对合作开发一事非常有兴趣，因此草拟了一份合作意向书，请您过目。"

陈总还没伸手，原炀已经抓住了那份文件，同时鹰隼般的双眸冷冷地看着顾青裴，一副狩猎的姿态。

顾青裴笑了笑："请过目。"

原炀拿过文件草草翻了翻，然后递给了陈总。

王晋突然对顾青裴说："青裴，你想喝点儿什么？"态度之亲近，让原炀恼火。

他用了极大的意志力才阻止自己扑上去揍王晋。他现在恨极了王晋，如果他们之间没有王晋一直挑拨离间，情况会比现在好很多，王晋这个小人太虚伪、太能装。他看着顾青裴对王晋和颜悦色的态度，再想想这个人对自己的冷漠，心脏就痛得厉害。他把外在的筋骨锻炼得再皮实，顾青裴却只要一个眼神一句话，就能轻易戳进他心窝子，伤得他鲜血淋漓。他简直都害怕顾青裴了。

今天，王晋把顾青裴带来，目的很明显，而且也确实达到了，他脑子里已经装不下谈判的事，完全因为顾青裴给王晋站台而怒火中烧。一想到顾青裴这是在帮着王晋对付他，他就恨得团团转。没有人能这样对他，没有人能让他痛到这个地步，只有顾青裴，只有顾青裴。

有好几分钟原炀都无法从那种情绪中解脱出来，王晋和中显谈了什么，他几乎没听进去。

王晋看着原炀的表情，露出一个浅浅的、得意的笑容。

顾青裴同样如坐针毡，他巴不得这场他本不该出现的谈判早点结束。在长达一个小时的时间里，对于面对面坐着、伸手可及对方的两人来说，是无尽的煎熬。谈判结束的时候，顾青裴的后背已经被汗打湿了，而原炀的眼睛如一潭死水，深不可测。

王晋满意地拍拍手："希望这些条款陈总回去好好考虑，咱们是有合作机会的，就看陈总赏不赏脸了哦。"

陈总笑道："哪儿的话，还要请王总高抬贵手。"

两人说了一堆互相吹捧的话，王晋这才带着顾青裴起身告别。

顾青裴直到转身离开，也没再看原炀一眼。就这样吧，两个世界的人硬要凑到一起，结果就是两败俱伤。

走出酒店坐上车后，顾青裴收到一条信息，是原炀发来的。他指尖微微颤抖着，犹豫再三，没点开，直接删掉了。

王晋笑道："青裴，你还好吗？"

"还好。"

"你会怨我吗？非要带你来。"

顾青裴的声音毫无波澜："不会，应该的，效果不错。"

"我是生意人，我只想在合理的范围内达到自己的目的，我相信你能理解的。而且，我想用这种方式跟原炀做个了断，挺不错的，你说是吗？"

理不理解有什么所谓呢？顾青裴根本不想回答，只是敷衍地应和了一声。

王晋问道："调职手续都办好了，你想什么时候走？"

"什么时候都可以吗？"

"可以啊。"

"明天。"

王晋愣了愣："这么急？"

"嗯，就明天。"

王晋叹了口气，道："我会给你安排。"

顾青裴看向窗外，长安街到处都是他熟悉的风景，尤其是初春之际，树木开始抽枝，一派繁盛的景象，是他非常喜欢的季节。这个城市凝聚了他太多的东西，是他第二个故乡，如今他却要无可奈何地离开，此时的心情实在无法言表。

两年后他再回来，会是怎样一番情景，他无法想象。面对未知的前路，说不害怕是骗人的，但更多的是遗憾，让他不知如何自处的遗憾。

回到家后，他简单收拾了一下行李。他本就没打算带太多东西，到了那边再买就行，所以拼命缩减行李，减了一圈才发现，居然没有什么是不能舍弃的。用惯了的日用品，穿惯了的衣服，所有习惯了的东西，都可以从头再获取。人生没什么过不去的坎儿，说不定两年后，他能轻松地嘲笑自己居然被一个小了他十岁的毛头小子害成这样。也许两年后的原炀也已经幡然醒悟，到时候他们见面，还能相视一笑泯恩仇。

不得不说，原立江这个提议真是不错，两年时间足够改变一个人。

他希望自己能改变，他希望自己变回从前那样。

当天晚上他没合眼，在那个房子里走来走去。他感到心慌，因为他总感觉有什么忘了带，却又想不起来是什么。似乎有一件很重要的东西他忘了带，但是他实在是想不起来了，只知道心里空落落的，无法填满。

第二天临上飞机前，顾青裴给原立江打了个电话。

原立江很快接了，直白地问："你考虑好了？"

"是，我考虑好了，我现在正在等飞机，去 X 国。"

"X 国？"

"对，王晋外派我去 X 国。原董，我不想再跟你有什么牵扯了，从你的公司到你的儿子，这个结果，我相信你是满意的。"

原立江沉默了一下，然后叹了口气。

顾青裴刚想挂电话，原立江突然说："如果两年后，他……"然后原立江就顿住了。

顾青裴不太想知道原立江究竟想说什么，两年后的事，他懒得预测了，只希望那个时候他还是那个能让自己满意的顾青裴。

他关机前做的最后一件事，是把原炀发给他的所有信息一键清空。

彻底清空。

TIT FOR TAT

Chapter 18

两年后。

顾青裴刚下飞机，王晋的电话就打来了。

"青裴，到了啊。"

"嗯，我刚落地。"

"不好意思啊，今天公司事情多，我迟到一会儿。"

顾青裴道："王哥，你不用亲自来接我。"

王晋笑道："可我想第一个见到你啊。"

顾青裴哈哈笑了起来。

两年的时间，王晋爱开玩笑的习惯依然没改，顾青裴终于能够敞开心扉，接纳他为自己的朋友。这两年间，他和王晋见了几次面，甚至和王晋分居的妻子还有两个可爱的孩子都建立了不错的关系。他见识了王晋很多面，两人现在的关系比两年前要亲近很多。

在回 B 市之前，经过跟王晋的深入沟通，他决定辞职。他觉得自己现在无论是资金的积累、人脉的积累还是能力的积累，都已经足够了，甚至三十五岁的年龄都刚刚好，他想开始创业了。

两年的时间，足够很多人释怀很多东西，他相信自己可以重新扬帆起航。

王晋一开始极力挽留，毕竟能在一年多里把 X 国那个中规中矩的贸易公司发展壮大几倍的能力，不是随随便便找个人就能做到的，顾青裴是一个不可多得的人才。可顾青裴已经打定了主意，他虽然觉得惋惜，但最终还是尊重顾青裴的选择。

顾青裴这样的人，注定不会一辈子给别人打工，一旦条件满足了，他肯定要单飞。现在就是时候了。

一见面，王晋就给了他一个大大的拥抱。两人皆是高大英俊、风度翩翩，在机场吸引了不少眼球。王晋拍拍他的背："你终于回来了。"

顾青裴眯起眼睛看着当空的烈日，轻叹一声："是啊，我终于回来了。"

坐上车后，两人闲聊了一下 X 国那边的情况，王晋话锋一转，淡笑道："青裴，既然你回来了，关于一个人的消息我觉得你还是应该知道。"

顾青裴呼吸一滞，故作轻松地说："哦，说来听听。我们这两年没有联络，我也没打听过他的消息，说不定哪天在什么场合遇到，还是提前知道一些消息比较好，免得尴尬。"

王晋笑着看了他一眼："你平时话不多，除了心虚的时候。"

顾青裴笑了笑："王哥，你别消遣我，都是过去的事了。"

王晋耸耸肩："我只是给你提个醒，现在的原炀已经不是你认识的那个原炀了，不，应该说在他身上找不出当初那个横冲直撞的傻小子的影子了，才短短两年，人的改变能这么大，也实在是一个奇观。"

顾青裴笑道："是吗，他现在变成什么样了？"

王晋嘲弄道："出息了，生意做得很大，不过处处跟我对着干，也挺有意思的。"

"是吗？"顾青裴看着窗外不断掠过的风景，心思已经飘到了两年前。昨日种种，一直封印在他记忆里，从来没有消失过，只是他不愿意想起。

王晋又看了他一眼，轻声道："对了，他交了个女朋友，据说马上要订婚了。"

顾青裴的表情有一丝僵硬，旋即道："好事儿啊，他爸妈这回能放心了。"

"是啊，两年时间，确实改变了很多。你这回可以放心地在 B 市施展拳脚了。"

顾青裴露出淡然的笑容。

王晋把顾青裴送回了家，嘱咐他好好休息。

顾青裴到家之后，先给爸妈打了电话，然后订了一张明天回 C 市的机票。他两年多没回国，一想到终于能回家了，更按捺不住思乡情。

挂上电话后，顾青裴看着久未有人住、落了一屋子灰的房间，感到有些疲倦。

这房子当时本来就是为了去王晋公司方便才搬过来的，不，应该说最大的原因是他想躲开原炀。他在这里加起来住了不足两个月，本就缺乏人气，如今闲置两年，更是，一点儿家的样子都没有。

他洗了个冷水澡，洗去了一身的燥热，却没能让他内心的浮躁缓解。洗完澡，他倒在床上，想睡一觉，却发现自己睡不着，他想起了王晋的话。

原炀变了，成了大老板了，有女朋友了，两年的时间，过得真的很快，人也变得很快，真让人唏嘘。顾青裴苦涩地笑了笑，好事儿，都是好事儿，原炀终于长大了，他们之间终于两清了。

顾青裴第二天回了老家，二老没什么变化，还是成天乐呵呵的。他跟父母说了自己的创业计划，二老笑得合不拢嘴，看着自己有出息的儿子，怎么看怎么自豪。

吃饭的时候，他妈犹犹豫豫着说："青裴啊，妈一直没跟你说，怕你工作分心，你出国没多久，小原那孩子来找过我们一次……"

顾青裴拿着筷子的手顿了顿，说："哦，他来做什么？"

"他说就是来看看，带了些东西，也没提你。那孩子跟第一次我们见他很不一样，也说不上哪里不一样，就是感觉有点阴沉，死气沉沉的。"

顾青裴淡淡道："都过去了，以后就别提他了。"

顾母小心翼翼地问："我就是想问问，那孩子过得还挺好的？"

顾青裴笑了笑："好，很好。"他们两个都很好，皆大欢喜。

顾青裴待了两天就回 B 市了。他把自己以前的几个下属和同学挖了过来跟着他创业。公司正是初生阶段，事情又杂又多，他有好多事儿需要忙活，虽然辛苦，但他甘之如饴，因为公司的前景充满了希望。

回 B 市一个星期后，王晋邀请他参加一个庆达投资的电影的首映式。

首映式规模不小，除了一些跟电影投产相关的人之外，还邀请了商界和娱乐界有分量的人物出席。顾青裴驾轻就熟地周旋在众人之间，口若悬河、谈笑风生，有个颇有风情的女演员已经偷偷往他西装口袋里塞了香喷喷的名片。像王晋和顾青裴这样俊逸非凡又事业有成的青年才俊，简直是满足了女人对男人的全部幻想，怎能不叫人动心。

电影放映途中，顾青裴起身去洗手间。他走到剧院大堂的洗手间，保洁人员却告诉他洗手间出了点儿问题，让他上三楼。三楼没有任何演艺活动，所以他一路走来都没看到半个人，异常安静。

顾青裴上完厕所，刚一出门，迎头撞上了一个人。他惊讶地抬头，在看到来人是谁时，全身的血液都往脚底跑，身体如坠寒窟，整个人都僵硬了。

原炀……

站在他面前的人，正是两年未见的原炀。

原炀确实变了太多，明明容貌五官没有丝毫变化，可气质却和两年前截然不同。他穿了一身定制西装，将他完美的身材衬托无遗，他的头发没了两年前的随性，而是用发胶打理得整整齐齐，最重要的是他的眼神，已经不见了当初

297

的年轻和狂妄，反而是深邃沉稳的、难以捉摸的。他气质的变化，是彻底地从一个霸道莽撞的半大小子变成了一个男人。他简直和以前判若两人。

顾青裴的心狂跳了几下，但很快恢复了镇定。

原炀的表情没有一丝变化，似乎看到他一点都不意外，甚至眼神都没有波澜。原炀上下打量了他一番，勾唇一笑："顾总，好久不见了。"

顾青裴看着他，两人的目光在空气中接触，不同寻常的气息在他们之间流转。顾青裴推了推眼镜，笑道："是啊，好久不见了。"

原炀道："真没想到会在这里碰到你，我以为你打算在国外定居，再也不回来了呢。"

"人生有很多选择，说不准的嘛。我说，是不是先让我出去，咱们就在厕所门口说话吗？"

原炀后退了一步，顾青裴走出了厕所，两人站在空旷的走廊上，气氛诡异非常。

顾青裴没有想到，他和原炀的再度相遇，会这么快就到来，而且原炀的态度也绝对不在自己的意料之中。可他也说不清楚自己意料的是什么样，这样也好，不会太尴尬。

原炀从口袋里拿出烟点上，放到嘴边，看着顾青裴道："这两年你过得怎么样？听说顾总在那边干得有声有色、大展宏图，一定遂了你的心愿吧？"

"挺好的，我的每段旅程都值得回味，都有所收获。"

原炀嗤笑一声："顾总说话还是这么爱咬文嚼字，所以才跟王总有那么多共同话题，今天这么文艺的片儿，你和王总肯定有好多心得可以交流了。"

顾青裴的手插在裤兜里，轻轻地握紧了拳头。他不想再待下去了，和这个男人站在一起，仿佛周围的空气都变得黏稠，让他呼吸困难，头晕目眩。他敷衍道："原总要是没什么事儿，我就先回去了。本来我们应该找个时间好好聊聊的，可是人家首映式我这么出来不回去，不太合适，那我先走了？"

原炀嘴角轻扯，露出一个讽刺的笑容："你真的想跟我好好聊聊？"

顾青裴当然只是随口一说。

原炀嘴角含笑，笑意却全不在眼底："顾总，你这么急着走，不会是害怕我还纠缠你吧？"

顾青裴一怔，干笑一声："哪儿的话，那都是过去的事了。原总现在事业有成，佳人相伴，怎么还会那么糊涂呢。"

原炀眼中闪过一丝狰狞，可惜顾青裴并没有捕捉到。他笑得轻慢："顾总说得是，两年的时间真是不短，足够改变很多事了。比如说，顾总就明显见老，不如两年前那么吸引人了。"

顾青裴笑着点点头："我这个年纪，肯定一年不如一年。不过男人嘛，又不靠脸吃饭，谢谢原总的关心，那我就先回去了，原总自便。"

原炀大手一挥，做了个请的手势。

顾青裴转身的一瞬间，脸上虚假的表情再也支撑不住，嘴唇开始无法抑制地颤抖，心脏的疼痛超过了他的想象。他需要极大的意志力才能让自己不至于弯下腰，痛痛快快地走下去。

昔日旧人再相见，是这么一副分外生疏的情景，顾青裴已经无法形容自己的心情，他只觉得可笑，命运可笑，自己可笑。

在顾青裴转身之后，原炀面上的表情也发生变化。他的目光如同怒张的黑网，将顾青裴的背影牢牢锁定在自己的视线内，那眼神如同一匹饿极了的狼，泛着绿莹莹的光。

顾青裴回到座位上后，王晋轻声道："你去洗手间这么久？"他眨眨眼睛，"难道吃坏肚子了？"

"不是，洗手间维护，我跑三楼去了。"

"维护？我刚才才去啊。"

顾青裴愣了愣，说："可能……可能好了吧。"

王晋也没在意："你是不是觉得这部电影太文艺了，有些闷？"

"很有艺术欣赏价值，不过票房反响恐怕不会太好。"

"嗯，我也觉得，虽然是做投资，可我不想投资些粗制滥造的东西，这个剧本我很喜欢。"王晋耸了耸肩，"反正我也不在乎少赚点钱。"

顾青裴附和着恭维了王晋几句，心思却已经因为刚才的相遇而被跑到了不知名的地方。他以为两年的时间足够他忘记曾经和原炀之间的种种，现在他才发现，两年的时间显然太短。

电影结束后，顾青裴已经恢复了平静。

他跟王晋离场时，和原炀在剧场门口又不期而遇。这一次，原炀身边站了一个年轻的女孩子，高挑漂亮，和他非常般配。

散场离开的人群挡在他们中间，顾青裴和原炀就隔着一拨拨的人群相望，眼神复杂到无法形容。

王晋看了看原炀，皮笑肉不笑地说："你们见过了？"

顾青裴不置可否："走吧。"他扭身往停车场走去。

王晋紧跟了上去，两人一路无言，直到进了车里，王晋才低声说："青裴，你……"

顾青裴笑看了王晋一眼："你是不是又想问我怎么样？王哥，你怎么这么多愁善感起来了。我今天看到他，只是觉得挺意外的。哎，他女朋友长得真漂亮，比今天那些浓妆艳抹的女演员好多了。"

王晋眯着眼睛看着他："你真的不在意？"

顾青裴哈哈笑道："王哥，你可真有意思。"

王晋拍了拍他的肩："你小子。走，咱们去簋街吃夜宵去。"

"成啊，两年多没吃，我怪想的呢。"

当顾青裴回到家的时候，已经十二点多了，他洗了个澡，上床睡觉前，习惯性地看了看手机，发现有一条短信，十点多钟发过来的。虽然那个号码没有联系人的名字，但是这串数字他一直忘不了，那是原炀的号码。他打开短信，只有寥寥四个字：好久不见。

顾青裴瞬间有些支撑不住了，砰地一下躺到床上，愣怔地看着空无一物的天花板，久久都没有任何动静。

第二天，赵媛约他吃饭。赵媛在这两年间去 X 国看过他一次，虽然见面次数不多，但始终保持着联络。这次回到 B 市，顾青裴通知的为数不多的人里就有她。

赵媛一年前结婚了，最近生了个女儿，此时体态还略显丰腴，但依然不减风情。

"青裴，你终于回来了。"

顾青裴跟她拥抱了一下，笑道："是啊，我回来了，而且不打算再走了。"

赵媛并不知道他出国的真正原因，虽然后来问过有关原炀的事，也被顾青裴轻描淡写地带过去了。万幸自那之后，赵媛就没再问过。

此次两人见面，聊的也都是工作、父母、孩子的事。尤其是聊到孩子的时候，顾青裴打趣地说："你怎么没把小丫头带来让我看看？我准备了这么大一个红包呢。"顾青裴从公文包里掏出一个厚厚的红包。

赵媛扑哧笑了，她把红包推了回去："你别急着给。她奶奶说她太小，要再过段时间才能出门，到时候摆百天酒，一定请你。"

顾青裴把红包塞进了她手里，笑道："那这个就不给你女儿，给你，给勇敢的妈妈。"

赵媛也没怎么推托，大方地收下了。

自从她结婚后，顾青裴就没再支付她赡养费，不过，顾青裴其实不介意养她一辈子，毕竟早在他们结婚的时候，他就是做着那样的心理准备的。

两人一边吃饭一边闲聊，聊得正投机，顾青裴头顶上突然传来一道冰冷的声音："这不是顾总吗？"

顾青裴身体一震，回过头去，正看到原炀带着女朋友站在他们后面。

赵媛一眼认出了原炀，原炀这样的相貌，看过一次一辈子都忘不了。她惊讶地看看顾青裴，又看看原炀，但那表情很快掩饰了下去，变成浅淡礼貌的微笑。

顾青裴放下筷子，优雅地用餐巾擦了擦嘴，站起身，伸出手："原总，真巧啊。"

原炀看着他的手，怔了两秒，才伸手与之相握。顾青裴不知道是不是自己的错觉，他感觉原炀的手抖了一下。

原炀的女朋友冲顾青裴客气地点了点头："原炀，这位是？"

原炀咧嘴一笑："我以前的老板。"

"哦，"女孩儿点点头，"顾总，你好。"

顾青裴跟她握了握手："原总，不介绍一下你漂亮的女朋友吗？"

原炀紧抿着嘴，没有开口，只是冷冷地看着顾青裴和他身后的赵媛。

女孩儿不等原炀说话，爽快地说："我叫刘姿雯，叫我小刘就行了。"她甩了甩头发，"早知道会碰到朋友，我就化个妆再出来了。真是的，原炀着急忙慌地把我拽出来吃饭，我都说不饿了。"刘姿雯嗔怪地看了原炀一眼。

原炀脸上一点表情都没有。

顾青裴露出温和优雅的笑容："刘小姐这样已经非常完美，不施粉黛，素雅大方，如疏梅映淡月，碧沼吐青莲，和原总真是般配。"

刘姿雯愣了愣，看着顾青裴嘴角斯文优雅的笑，脸居然红了。

原炀看着刘姿雯的小女儿态，一时怒从心头起，皮笑肉不笑地说："顾总嘴还是这么甜。"

顾青裴不以为然地笑笑，转身看了赵媛一眼："我忘了介绍，这是我朋友，叫赵媛。"

赵媛笑着和他们打了招呼。

"啊，我还以为是顾总的太太呢。"

原炀目光一暗，伸手扶住了刘姿雯的腰："既然正好碰到了，就一起吃吧。"

刘姿雯看了看原炀的手，表情有一丝古怪，不过没说什么，大大方方地坐下了。

顾青裴的目光也从原炀的手上掠过，他勾唇一笑，眼神很快移到了别处。

赵媛招来了服务生，把菜单递给刘姿雯："刘小姐，再点些菜吧。"

刘姿雯性格开朗，而且有点自来熟，笑嘻嘻地跟赵媛研究菜单，把两个男人撂在了一边。

顾青裴和原炀面对面坐着，两人由于个子都高，腿不经意间就能碰上，顾青裴只好把腿往回缩，原炀却是全不在意，膝盖有意无意地撞到他的。他只好身体也往回退，为了缓解尴尬，问道："原总怎么会跑到这附近吃饭，你住在附近吗？"

"公司在附近，你呢？"

"是赵媛挑的地方。"

原炀语带讥诮："你们倒是一直很有默契。"

赵媛悄悄看了原炀一眼，刘姿雯不知道他俩怎么回事儿，赵媛可是亲眼见过的，此时两人之间的气氛实在是有些诡异。

顾青裴道："这是应该的。"

原炀的手在桌下握成了拳头，表面上却不动声色。他喝了口茶，说："我听说顾总自己开公司了，在忙活什么呢？"

"混口饭吃罢了。"

原炀挑了挑眉："哦？有什么需要我帮忙的吗？"他说这句话的时候，语气是掩不住的嘲讽。

"有需要的时候，我不会跟原总客气的。"

原炀低笑："千万别客气，我能有今天，最该感谢的人不就是顾总吗？"

顾青裴心脏一颤："哪儿的话，我至多只是辅导了原总一段时间。原总得势，全赖天资过人，和我干系不大。"

他这两天多少对原炀的事业有了些了解，他万万没想到，原炀能在两年内把自己的企业发展扩张到能和王晋较劲儿的程度。以原炀的年龄和资历，那根本是不可能的事，可原炀真的做到了，不论原炀靠的是自己、是运气还是身份背景，都确实让他刮目相看。他清晰地意识到，他和原炀的距离已经非常非常远了，哪怕他们现在伸手就能碰到对方。

"顾总真谦虚，"原炀目光如炬，眼睛一眨不眨地看着顾青裴，"我的今天，绝对和顾总密不可分。"

这时，就连刘姿雯也察觉到了他们之间的不对劲儿，悄悄看着他们。

顾青裴冲两位女士笑了笑："菜点好了吗？"

原炀拿过菜单，说："我再点几个。"他招来了服务员，快速地说了三个菜。

顾青裴微微一愣。

原炀看了他一眼，皮笑肉不笑："都是顾总喜欢吃的吧？"

顾青裴垂下眼帘，干笑了一下。

刘姿雯靠过来，挑眉问道："你怎么知道？"

"我给顾总当了快一年的助理，顾总所有的事情，我都知道得清清楚楚。"原炀加重了"所有的事"四个字，听在顾青裴耳朵里，分外刺耳。

刘姿雯皱了皱眉头。赵媛表情一僵，转过脸去。

原炀给顾青裴倒了一杯茶："你以前不怎么爱吃海鲜，怎么在国外待了两年，口味都变了？"

顾青裴有些受不了原炀现在说话句句带刺儿，阴阳怪气的，他讪讪道："山不转水转，人总要变的。"

赵媛也感觉到原炀的咄咄逼人，淡淡地说："是我挑的地方。"

原炀扫了她一眼。

赵媛心里一惊，冷汗立刻流下来了。原炀那个眼神，跟两三年前他看到自己时没有任何差别，不，应该说那种被敌视的感觉更甚。这个男人怎么这么可怕。赵媛从小到大都是挺强悍的女人，这是她第一次因为一个男人的一个眼神吓得连话都说不出来。

气氛一时很是尴尬。

顾青裴虽然没看到原炀的眼神，但也能猜到怎么回事儿，他心里很是不舒服，拍了拍赵媛的背："你是不是需要休息一下？"

赵媛掩饰地笑了笑，脸色有些苍白："没事。"

原炀道："你对她还是那么关心。"

顾青裴皱了皱眉头，道："应该的。"

原炀斜睨了他一眼，话锋一转："我在 Q 市弄了块地，正在找人合伙开发，顾总有没有兴趣？"

按照顾青裴的性格，就算没兴趣也会委婉地推拒，但这次他连绕弯的心思都没有，直白地说："原总生意做得那么大，我这种小打小闹的，实在不够格和原总合作。"

原炀眯着眼睛看着他："你连什么项目都不问，就直接拒绝，这可不太符合你的性格啊。"

顾青裴一摊手："再好的项目，也挡不住'没钱'两个字。"

原炀嗤笑道："顾总不会是在跟我哭穷吧？你如果张嘴，我会帮你。"

顾青裴笑着摇了摇头，这次连客套都免了："不用。"

原炀低声道："怎么，你害怕欠我的？"

顾青裴抬头，目光明亮："我早当我们两不相欠了。"

原炀眸中闪过一丝狠戾，这一次，顾青裴看得清清楚楚，他暗暗心惊。

"两不相欠。"原炀一字一句地重复了这句话，就好像要把这四个字嚼碎了吞进肚子里。两不相欠，多么可笑，顾青裴指望用一句两不相欠抵消他这两年来的煎熬？做梦！

顾青裴越发如坐针毡，他知道，他和原炀不可能当什么朋友，他做不到，原炀也做不到，两人之间的恩恩怨怨实在是扯也扯不清，此时最好的做法就是老死不相往来。

赵媛向来善解人意，她一看顾青裴的表情就猜到了他想离席。她叹了口气，轻声道："青裴，我有点不舒服，你送我回去吧。"

顾青裴温柔地拍了拍她的背："好。"他转头对原炀和刘姿雯说，"抱歉了二位，我们就不打扰你们小情侣用餐了，我先送她回家。"

刘姿雯笑着点点头："姐姐身体要紧，你们先回去吧。"

原炀面无表情地看着他，身体有些僵硬。

顾青裴扶起赵媛，对原炀点了点头："麻烦原总买下单了，改天我再补回来。"

原炀冷冷地道："客气。"他就那么一动不动地盯着顾青裴和赵媛的背影，直到他们消失在自己的视线里。

刘姿雯托着下巴，叹了口气："天哪，顾总好帅啊，成熟男人的魅力真让人受不了，受不了受不了。"

原炀以警告的眼神瞥了她一眼，她冲着他没心没肺地一笑。

把赵媛送回家后，顾青裴开着车在市区里乱转。不知不觉地，他竟然开到了他和原炀住过的那个小区附近，他心里五味杂陈，停下车，看着远处曾经熟

304

悉的家。

他那时候走得匆忙，房子根本没处理，其实他也想不好怎么处理。从投资的角度讲，这房子他不该卖，因为一直在升值；从情感的角度讲，他舍不得，毕竟有过不少好的回忆，人总是念旧的。

可就一直这么放着吗？他真不知道该拿这套房子怎么办。

顾青裴甩了甩脑袋，开车走了。

几天后，顾青裴正在公司忙碌，前台敲门进来了："顾总，有一位您的朋友找您。"

顾青裴哦了一声，头也没抬："叫什么名字？"

"姓原。"前台小姑娘眨着眼睛说，"长得可帅了。"

顾青裴表情一僵，整了整领带："让他进来吧。"

不一会儿，原炀推门进来了，顾青裴勉强给了个笑脸："原总，什么风把您给吹来了？"

原炀环视他的办公室，慢悠悠地说："我记得你欠我一顿饭。"

顾青裴愣了愣，想起一个多星期前餐厅的一幕幕，淡笑道："哦，有这事儿，这点小事，原总实在不必登门造访，你让秘书给我打个电话就行了，我把钱汇过去。"

原炀对顾青裴的讽刺充耳不闻，嗤笑道："我是来讨那顿饭的，我不要钱。"

"我今天实在没时间，好多活儿等着我呢，要不改天？"

"就今天吧，改天说不定我又没空了，顾总不会连一顿饭都要赖掉吧？"

顾青裴面上的肌肉有些僵硬，原炀这么不依不饶的，来是好来，送走可就不容易了。他看了看表，无奈道："成，就今天吧，原总想去哪儿吃？"

"地方随我挑吗？"

"看你方便。"

原炀站起身道："那走吧，我开车。"

顾青裴道："我开车跟着你吧，不然我明天上班不方便。"

"你没雇司机？"

"眼下用不着，节约成本。"

原炀靠在墙上，似笑非笑地看着他："正好，我再给顾总当一回司机，你要是不介意，明早我可以去接你。"

顾青裴的喉结不自觉地鼓动了一下："原总说笑了，就你开车吧，走吧。"

"说笑？"原炀笑了两声，"我又不是没当过你的司机。"

顾青裴淡笑着摇了摇头，不想再跟原炀继续扯皮。原炀找他，当然不会是为了一顿饭，而是有话要说，他能预感这不会是一顿愉快的晚餐，但他没办法回避。比起两年前恨不得拿绳子绑他的原炀，现在的原炀已经好对付多了，至多只是费费脑子，磨磨嘴皮子，他还应付得来。不过，他们之间这种虚伪的相处模式随时可能崩盘，他希望真有这一刻的时候，他和原炀能和和气气地互道一声再见，那句两年前他们就该对彼此说的再见。

当他们两个待在狭小的车厢，被迫呼吸着彼此的气息的时候，谁都没有先开口说话。

他们离得很近，近到原炀换挡的时候，手肘总能碰到顾青裴。原炀能闻到顾青裴身上淡淡的男性香水味，顾青裴也能闻到原炀身上清爽的剃须水味，这是他们曾经熟悉的对方的味道。顾青裴不知道如何形容自己此刻的心情，他非常想弃车而逃。

原炀把车停在一个小区旁边的停车场，临街商铺被一个连锁江南菜品牌租了下来，门店招摇漂亮，顾青裴以为是在这里吃饭。原炀带着他进了餐馆，并领着他穿过餐馆大厅，从后门走了出去，眼前出现小区的内部电梯。

顾青裴皱了皱眉头："这是去哪里？不是在这里吃？"

"谁告诉你在这里吃？"

"那你……"

"这么走近。"原炀面无表情地盯着电梯上显示的楼层数字。

"那我们这是去哪里？"

"我家。"

顾青裴一愣，声音沉了下来："为什么要去你家？"

"是你说的，地方随我挑。"

"原总，这不合适吧？"

"哪里不合适？"原炀戏谑地看着他，眼神却很阴暗。

"我们已经……"

"你想说我们已经老死不相往来了，是吗？"

顾青裴没有说话，只是沉默地看着他。

电梯停了下来，门打开了，原炀按着电梯门，做了一个请的姿势。

顾青裴没动。

原炀笑道："我们确实不在一起工作了，不过想一想，你白白带了我那么久，却什么都没从我身上捞着，不觉得可惜吗？"

顾青裴的手握成了拳头："原总究竟想说什么？"

"我想，顾总那天说的两不相欠实在对我太宽容了，我欠了顾总不少东西，想——还上，不然实在心里不安。"

顾青裴冷冷地瞪着他："我不需要你还什么。"

原炀凑近了他，低下头，贴在他的耳边说道："但我需要你还我一些东西。"

顾青裴伸手去推他，却被他一把抓住了手，紧接着顾青裴被猛地推进了电梯。

顾青裴在短暂的愣怔过后，开始剧烈地反抗，可他在体能方面从来没赢过原炀，被原炀死死地压制着。

直到电梯门合上，原炀才终于放开了他。他的手一得到解放，拳头就狠狠朝着原炀的脸招呼了过去，却被原炀轻易地擒住了手腕。

顾青裴怒瞪着他。

原炀挑衅地笑了笑，轻佻地舔了舔嘴唇，那样子邪气十足。

顾青裴冷声道："你这是什么意思？"

"说好了，吃饭呀。"

顾青裴冷静下来："你放开我，这种饭我吃不下。"

"你还欠我一顿饭，现在去我家，亲自做给我吃，这事儿我们就两清了。"

顾青裴讽刺地笑了笑："原炀，你究竟想干什么？你说过不会再纠缠我，我去你给你做饭？你觉得合适吗？"

原炀挑了挑眉："合适。如果你今天不去，下次我再去你公司讨好了，反正这顿饭不讨到，始终算你欠我的。"

顾青裴眯起眼睛道："原炀，你到底想干什么？是为了展示自己的成功，为了嘲笑我？"

原炀的嘴唇轻微颤抖，他强忍着那种窒息般的感觉，轻佻地说："算是吧。"

顾青裴的心有些绞痛，他咧嘴笑了笑："有你这句话我就放心了，走吧，我给你做饭，我不欠你这顿。"

原炀握紧了拳头，克制着体内的冲动。

两人走进原炀家。顾青裴修长的手指插进领带结里，下巴微微抬起，轻轻扯开了领带，完美的侧脸轮廓加上随性的动作，优雅又性感。原炀在一旁默默地看着他。

顾青裴把领带折好放进口袋里，然后把衬衫袖子挽了起来："厨房有什么我就做什么了。"

原炀没有说话，跟着顾青裴进了厨房。

顾青裴从冰箱里拿出食材，熟练地料理了起来。他一直背对着原炀，一言不发。

原炀就靠在门口，看着顾青裴的背影，只是那么看着。

他觉得顾青裴下一秒就要转过身来，笑着对他说："你去把鱼收拾了。"就像当初那样。这时候他可能利落地去干活，也可能会撒娇，说自己今天不想吃鱼。然后他们一边闲聊，一边做饭，最后一起吃饭。吃完之后，他清理碗筷，顾青裴去客厅看书或处理工作。

那就是他们曾经经历过的平凡又温馨的每一天。

可他知道他们回不去了。自从这个男人背弃他的那天开始，就再也回不去了。

他就那么盯着顾青裴的背影，双目逐渐赤红。

顾青裴低着头，机械般切着手里的葱花。他能感觉到背后的视线，那视线好像带着温度，灼伤了他的背。慢慢地，他的视线失焦，一刀下去，手指见了血。

顾青裴轻轻一抖，然后面无表情地把手指伸到水龙头下，用水冲了冲，伤口不浅，冲了一会儿还在流血。他刚想找点儿什么东西按住，原炀已经一把握住了他的手："你傻吗？用水冲能止血吗？"

"这点儿血还用止吗？"顾青裴抽回手，用纸巾按住了伤口。

原炀伸手解开了他的围裙，套到了自己身上："你到客厅待着去吧。"

顾青裴愣了愣，原炀已经开始切菜，动作比他利落很多。他看了原炀的背影一会儿，心头涌上一股酸意。在厨房忙碌的原炀的背影，是他这辈子记忆里都无法抹去的画面，他没想到自己还有机会看到。

就在他愣怔的时候，原炀突然停下了动作，仿佛感受到了他的视线般，也侧过脸看向他，高挺的鼻梁轮廓清晰。

顾青裴莫名心虚和心慌，他垂下了眼帘，转身去了客厅。

过了一会儿，饭菜都上桌了。

顾青裴看着原炀进进出出的样子，受不了这样仿佛回到昨天般的气氛，开口道："这可是你要做的，回头别赖我还欠你一顿饭。"

原炀的手僵了僵，随即抬起头冷笑道："你欠我的，还差这一顿饭？"

顾青裴皱了皱眉头："原炀，话不要乱说，我何时欠过你什么？"

原炀凌厉地看着他："我会好好提醒你的。"

顾青裴的脸色有些发青。他觉得跟原炀纠结于谁欠谁没有任何意义，如果真的要计算，他失去的那些该如何量化？索性都撇个干净，他并不想活在过去。可他没有想到，原炀竟然敢倒打一耙，简直滑天下之大稽。

原炀把碗筷都摆好，以近乎命令的语气说："吃饭。"

顾青裴咬了咬牙，坐到了饭桌前。

两人面对面坐着，离得极近，近到顾青裴能清晰看到原炀的皮肤。这真是年轻人的状态，顾青裴忍不住想。他又想起原炀那天的话，说他"明显见老"，他觉得有些好笑，他已经三十五岁了，当然会见老，而且会一年比一年老。原炀却风华正茂，随着年龄、阅历的积累，摆脱年少的青涩莽撞，变得越来越有魅力。难怪原炀会讽刺他。

顾青裴自嘲地笑了笑，开始吃饭。

原炀道："说说你这两年都干了什么吧。"

顾青裴顿了顿，以异常平静的口吻说起了自己在 X 国的工作。

原炀听着听着，突然问："你和王晋呢？"他已经尽量让自己的语气听上去无波无澜，却抵不住身体轻微的战栗。如果他听到了他不想听到的答案……

顾青裴轻描淡写地说："我们合作得很好。"

原炀的心脏这才停止颤抖："那别人呢？"这两年来，他其实一直关注着顾青裴的动向，顾青裴的很多举动都在他眼皮子底下，但他依然想听听顾青裴的说法，想知道还有什么是他可能遗漏的。

"跟你没什么关系吧？"

原炀的胸腔升起一股无名火，他讽刺道："不用你说我也能猜到，风流倜傥的顾总怎么可能闲着。"

顾青裴不置可否，他两年来有多"闲"，他自己知道。他还知道，原炀肯定没闲着。

可是说这个有什么意义呢？

顾青裴的默认让原炀更为恼火，他忍了两年，克制了两年，就为了今天能够以强大的姿态和顾青裴见面。这两年间顾青裴都干了什么，有没有想起过他，是他想问而又不敢问的。可是这些问题他早晚要去面对，尤其是当顾青裴已经活生生地在他眼前，不再只是偷拍的一张张相片的时候，他更是想要知道得清清楚楚。可他知道，顾青裴根本不屑于告诉他。

没关系，他早晚要从这张嘴里听到答案。他蛰伏了两年，就是为了有朝一日再见到顾青裴时布下天罗地网，让对方无处可逃。

吃完饭后，顾青裴一刻也不想多留，他本就不该出现在原炀家里。

原炀没有留他，但执意送他回去。

顾青裴坚持道："我下楼打个车就行了。"

"我把你接出来，当然送你回去。"

"不用，这个点儿很好打车。"

原炀双手抱胸，眯着眼睛看了他一会儿："你是怕我知道你住哪儿？"

顾青裴皱了皱眉头，他倒没这么想，不过以原炀现在莫名的态度，不知道更好。

原炀哼笑一声："我要是想知道，你拦得住我？"

顾青裴终于放弃，任原炀跟着他下了楼。

车开上主干道后，顾青裴道："前面那里掉头。"

原炀懒懒地说："我说了，我想知道，你拦不住我。"

顾青裴仔细品了下这话里的意思，难道原炀知道他住哪儿？过了一会儿，他就得到了答案，原炀真的知道他住哪儿，根本不需要他指路。

顾青裴的胸口有些发闷，他很想质问原炀，这些莫名其妙的举动究竟是什么意思，一边挖苦嘲讽他，一边给他做饭，连他住哪儿都知道，他甚至开始怀疑，原炀是不是在耍他玩儿。

顾青裴沉声道："原炀，我现在忙得要命，没空跟你拐弯抹角地玩一些游戏，你究竟想怎么样，直接说出来。"

原炀目不斜视地看着前方，大言不惭地说："很简单啊，顾总从前对我的'教诲'让我受益匪浅，我们应该还能做个朋友吧？"

顾青裴讽刺道："我们还能做朋友？我劝你别对自己的人际交往能力太有自信。"

原炀趁着等红灯的时候，扭头看了他一眼，那一眼包含赤裸裸的侵略性："和顾总过招，最能让人精进了。"

顾青裴沉着脸道："原炀，你好歹现在也是老板了，像个成年人吧。"

"哈哈哈哈，"原炀大笑道，"我这分明是在夸你，你怎么还不高兴呢？"

顾青裴被他气得脑仁疼，看着他得意的模样，顾青裴突然意识到他是故意的，他就是想看自己窘迫和难堪，自己越是生气，他越是高兴，这人是不是有毛病？

顾青裴冷笑道："多谢原总夸奖，可惜你以后'受益'不到了。"

原炀握着方向盘的手紧了紧，他没有说话，而是笑着露出一口森白的牙齿，像即将享受美食的狩猎者。

顾青裴把头扭向了一边，心里默默骂着原炀。时隔两年，原炀外在变得人模狗样，可是内在却越发不是东西了，而且对他怀有某种莫名的敌意，说的话句句带刺儿。

原炀他凭什么？凭什么？

车开到顾青裴家楼下后，他一言不发地摔上车门走了。

原炀盯着顾青裴的背影直到消失，他失神地看着那个门洞看了很久，直到手机铃声响起："喂，彭放。"

"原炀啊，干吗呢？出来喝酒吧。"

"懒得去。"原炀靠在椅子上，闭上眼睛，满脑子都是顾青裴羞恼的样子，那个表情用来下饭，真是再美味不过了。

"怎么了呀？弄得自己七老八十似的。自从顾青裴从 X 国回来，你就不跟我们出来了，什么意思啊？"

"你说什么意思？"

彭放叹了口气，说："我说兄弟啊，做人不能这么倔啊，你这是不撞南墙不回头啊。"

原炀道："我就这一堵墙了，回不了头。"

"我现在都闹不明白你想干什么了，你要是想跟人重新合作，你就得态度软一点儿，不能跟有仇似的啊。"

"你以为只要服软就能打动他？"原炀嘲讽地笑了笑，"你太小看他了，他的心比谁都硬。"

"那你想怎么的？"

原炀斜着眼睛看着顾青裴坐过的副驾驶座，手指轻轻从座位上捏起一根短发，低声道："我要让他来求我。"

顾青裴回家之后，感觉特别累。这一天的脑力劳动简直超过了负荷，不说白天在公司的忙碌，就是晚上和原炀针锋相对的那顿饭就够他脑子缺氧的。

他一开始还以为自己和原炀之间终于能井水不犯河水，看来他想错了，原炀在以戏弄、刁难他为乐，也许是因为两年前他的不告而别，也许是觉得当年对他的执着太过丢脸，总之，在原炀事业如日中天的时候，似乎他的存在就是在昭告原炀过去的愚蠢和失败。

所以原炀容不下他？

顾青裴嘲弄地笑了笑，作为原炀年少无知时期最大的污点，他确实应该被抹去。

他的手机响了，接通电话后，那头传来一个有些熟悉的声音。

"顾总，你好啊。"

顾青裴愣了愣，突然反应过来这个声音是原立江的。他顿了几秒，道："原董。"

"不错，你还记得我的声音。"

顾青裴平静地说："原董的声音我还是不会忘的。"

"我听说你回 B 市了，时间过得真快啊。"

"原董给我打电话，不是来怀旧的吧？"顾青裴现在对原立江连表面上的客气都省了。事情过去了两年，可每当他想起原立江给他的羞辱，依然无法释怀。

"我只是想问你几件事。"

"是，我和原炀见过面了。"

"你知道我想问什么？"

"除了原炀，还有什么？"

原立江呵呵笑了两声："说得也是。你回来时间不长，对原炀的事了解多少？"

"非常有限，我和他两年前已经断联，现在更没有互相了解的必要。原董尽管放心，原炀已经走上了正道，我也不是一个没正事儿的人，您已经没什么好发愁的了。"

"是吗？"原立江轻轻叹了口气，"可我的儿子两年多没踏进家门，你说我该不该发愁呢？"

顾青裴道："您大可放心，原炀早晚会领着女朋友回家见父母。"

原立江沉默了几秒，才道："他两年前说过，除非带着你进门，否则他不会回来。"

顾青裴的心脏痛了一下，他紧紧揪了一下裤子，再慢慢松开："两年前不经大脑的话罢了，人是会变的。"

"他确实变了很多，我有点儿不认识他了。"

顾青裴无意陪原立江感叹教育儿子的失败，这关他屁事，他有些冷硬地说："虎父无犬子，原董看到原炀的今天，应该高兴才对。我已经做到了原董对我的要求，其他的我就无能为力了。"

原立江听出了顾青裴口气里的不耐烦，他嘲弄地笑了两声："顾总，我真不知道该怨你，还是该感谢你了。"

顾青裴没有回答，他根本不在意。

结束通话后，顾青裴又一次感到疲惫侵袭全身。

仔细想想，自己这两年拼命赚钱，忙东忙西，最后除了荷包鼓了一些之外，似乎什么都没改变，回家依然没有一口热饭，枕边依然没有一个知心人，生活中除了工作，再没有别的重心。

顾青裴第二天早上去上班，刚走到小区门口他就愣住了。

原炀穿着一身铁灰色西装，倚靠在商务车上，眼神没有目标地看着远处，嘴里慢慢吐着烟圈。时光仿佛一下子倒回了两年前，曾经有很长一段时间，原炀每天准时等在他家楼下，不管多冷都会站在车外，他一下楼，总是第一眼就能看到原炀。

原炀每天都在等他。

顾青裴的眼睛有些发胀，记忆里的一幅幅画面翻涌上心头，让他重新面对这番场景时，第一反应竟是转身想走。

可惜他还没动腿，原炀已经发现了他。原炀把烟掐了，抬了抬下巴："上车。"

"你这是干什么？"

"昨天不就说好了。"

"什么？"

"你昨天坐我车走的，今早我送你上班。"

顾青裴想说不用，可人已经在他眼前了，而且此人最擅长不依不饶。他怀着连自己都无法形容的心情上了车。

两人沉默了十来分钟，顾青裴突然问："你以前来接我的时候，都是几点到？"

原炀怔了一下，没料到他会问这个问题，他想了想："七点左右。"

顾青裴想起以前上班的时候，他都是七点半下楼，原炀每天都要等他至少半个小时？

"为什么这么早？"

"我有很强的时间观念，不能接受迟到。"

"不能接受迟到？你一开始的时候迟到还少了？"

"废话，那是我故意的。"

顾青裴淡淡一笑："是，你故意跟我对着干。"他几乎忘了，他和原炀之间的关系曾经一度水火不容，可到了最后，水火不容的相处模式都比互相捅刀子好。他心里又难受了起来。

好不容易在那种让人窒息的氛围下挨到了目的地，顾青裴几乎是逃进了公司。

TIT
FOR
TAT

Chapter 19

一大早心情郁闷，他以为这一天的开始已经够糟糕，没想到他的财务总监带来一个更让他头疼的消息。他们抵押贷款的事情进展得不顺利，审批文件卡在了一个新调任的副行长手里，原计划这个月拿到钱，现在看来完全无望了。如果这个月资金不入账，他们的项目就要受到严重影响，后果实在无法想象。

　　顾青裴匆匆吃了早餐，马不停蹄地带着财务总监去了银行沟通情况，一忙就是一天。

　　晚上，王晋打了电话来，原来是听到了消息，特意来慰问他。

　　顾青裴笑道："你这消息倒是够灵通啊。"

　　"必须的啊，消息不灵通怎么做生意？我在这边儿给你找找人，这件事应该不难办。"

　　"谢谢王哥。"

　　"我还听说，你和原炀私底下见面了？"

　　顾青裴皱了皱眉头："这个你怎么知道的？"

　　"原炀跟我说的，昨晚我在一个会所碰着他了。这小子恐怕一直对我当年挖走你的事怀恨在心。"

　　顾青裴低声道："你们都说什么了？"

　　"还能说什么，我们俩一直不对付。两年了，一直这样，最近一块地的公开拍卖，我们又杠上了。"

　　顾青裴无奈地说："难为你了。"

　　"没什么，头疼的事儿多了，不差这一桩。融资的事情，如果你实在缺钱，我可以帮你，不过我公司现在现金流也紧，我最多只能借你几百万。"

　　顾青裴道："王哥，你已经够仗义了，我先提前谢谢你。不过不到最后一刻，我不会放弃的，我还是更倾向于自己解决问题。"

　　"我明白，你加把劲儿。哎，对了，拍卖会你来不来？"

　　"啊？"

"我刚才跟你说的拍卖，这个星期五。有三宗土地和十一个资产包，老实说每个我都想要，不过资金受限制，再加上原炀那小子跟我抬杠，我这次保守估计，能拿下两项就不错了。都是有价值的东西，你来看看吧，我还能介绍几个人给你认识。"

顾青裴犹豫了一下，还未开口，王晋道："你不会是害怕原炀不敢来吧？"

哪怕顾青裴真有这个考虑，也不能表现出来，他笑道："哪儿的话，我只是在想星期五有没有什么事儿。"

王晋低笑道："哦？你有事儿吗？"

"有事儿也推了吧，我确实想去看看。"

王晋嘲弄道："你还可以顺便去看看原炀那小子对我的怨气有多重。"

周五当天，顾青裴没带司机，自己开车去了拍卖会。他们公司现在只有两个行政司机，高管，包括他这个老板在内，都没配专职司机，创业阶段能省则省。顾青裴以前是一个挺要排场的人，现在却对这方面看淡了。

顾青裴走进会场，找到王晋，坐到了他旁边。

参加拍卖会的人陆陆续续进场了。过了一会儿，门口发生一阵骚动，顾青裴扭头看去，并不意外地看到了原炀。

原炀身后跟了三个人，个个西装革履，气场十足，有好几个人当时就站起来，拥到门口跟他寒暄。原炀却抬起头，看着不远处的顾青裴，目光凌厉深沉。

顾青裴只是扫了他一眼，就移开了目光，翻阅着拍卖图册。

王晋旁边的一个富二代低声嘲弄着："这小痞子倒真有点儿能耐，现在人模狗样的。"

声音虽然很低，可顾青裴还是听得清清楚楚。

以前B市权贵圈儿里的人，对原家出了这么个不务正业的小痞子都是带着看笑话的心态的，没人想到原炀也有今天，嫉妒发酸的自然不在少数。

顾青裴嘴角噙着一抹淡然的笑，他能感觉到王晋在看他的反应，但他没有任何反应。

过了一会儿，顾青裴听到脚步声渐近，一扭头，就见原炀领着人朝他走了过来，并站定在他身边，高大的身材将他头顶的灯光遮得严严实实。

"真巧啊，顾总。"原炀双手插兜，居高临下地看着他，姿态颇为傲慢。

顾青裴本想站起来，想了想，还是坐着没动："确实巧，原总真是无处不在。"

317

王晋眯着眼睛看了两人一眼，冷冷地说："原总，你挡着我的光了，不如坐下吧。"

原炀看了王晋一眼，仿佛才看到他一样："哦，王总也在。这不是薛会长吗？"

刚才叫原炀小痞子那个人皮笑肉不笑地站起身，跟原炀握了握手，就顾青裴的观察，两人可能有过过节。

原炀毫不客气地坐到了顾青裴身边，凑到他耳边："王晋才算是无处不在吧。"声音透出危险的气息。

那音量大小刚好够王晋听到，王晋眼神冷了冷，嘴角的笑容却没变。

顾青裴轻笑道："原总管得可真宽。"

"你说得对，我这个毛病一时有些改不过来，谁叫你以前就归我管呢。"

王晋斜眼瞪了原炀一样，他不出意外地看到了原炀挑衅的眼神，那是对他赤裸裸的嘲讽。

顾青裴没有理会他，只是坐直了身体，尽量和他拉开距离，目视前方。

拍卖会正式开始了。

第一个拍卖品是信达的一个小资产包，利润空间不大，仅有两个人举牌。

顾青裴尽量让自己的身体往前倾，腰板挺得笔直。如果他靠到椅子上，就会挤在原炀和王晋之间，被迫和他们贴着肩膀。这家拍卖行的座椅挺宽敞，哪怕肩膀再宽的三个男人，也不至于互相挤人，可这两人却都往他的方向微倾，于是就造成了如此滑稽的一幕。

很快就上了第二个拍卖品，这个稍微有了些价值，涉及两个价值上千万的换地权益书，不过风险也不小，王晋轻声道："青裴，你觉得这个怎么样？"

顾青裴想了想："之前我听到传闻，说政府下决心要兑现了，但最近政府受房地产调控的影响，银行贷款都还不上，换地权益书拿到手，我估计两年内不会有起色。不过可以转卖，但那样利润空间太小，没有操作价值。"

"我的想法也差不多，不过价格倒是真便宜。"

这一轮，王晋和原炀依然没有叫价。

原炀时不时斜着眼睛看顾青裴和王晋交头接耳，目光冷得像三月的河水。他突然伸出手，揽住了顾青裴的肩膀。

顾青裴一愣，扭头看着他。

两人背后虽然还有人，但只是搂搂肩膀，是男人之间表示亲近的一种很正常的姿势，根本没人会多想，因此原炀很自然地把顾青裴的身体拨到了自己这边儿，低头凑近顾青裴的耳朵："你要是再跟他贴着脑袋说话，我会当场给他难堪，我说到做到。"

顾青裴脸色一变。

原炀拍了拍他的后背，戏谑道："不用误会，让我不爽的人，我要让他更不爽。"说完，原炀松开了手，坐直了身体。

王晋没听到他们说什么，但从顾青裴冷硬的表情也能猜出肯定不是好话。

顾青裴领教过原炀的流氓劲儿，根本不想去挑战原炀，只是沉默地靠回了椅背。

原炀则笑而不语，眼睛一直看着前方，好像什么都不曾发生。

现在虽然冷气开得很足，但顾青裴还是感到冷汗直冒。他已经很难把注意力集中到拍卖品上，不知不觉，第三样拍卖品都成交了。

顾青裴强自把注意力集中到拍卖台上，此时进行到了本场拍卖会的一个小高潮，那个王晋非常想得到的资产包上场了。

众人的眼睛都亮了起来。

果然，刚开始拍卖，底下的人就一波接着一波地开始叫价，王晋一开口，就加到了两百万。

原炀此时也举起了牌子，追加五十万。

原炀和王晋互看了对方一眼，火药味儿在空气中弥漫。顾青裴虽然也对这个资产包很眼馋，但他没钱买，夹在两人中间，左右耳朵不断地收到叫价信息，他们较着劲儿地加价，到最后就只剩下他们两人的角逐。

等叫到四百五十万的时候，场上的人都开始以看好戏的心态看着他们。

这个资产包利润空间虽然大，但风险也高，成本超过四百万就不值得下手了，明眼人都看得出来，这两人是杠上了，这是相当稀罕的场面。哪怕原炀初出茅庐，会做如此莽撞的事，王晋却不像会陪着他胡闹的性格，这个男人始终秉持着利益最大化的原则，何曾感情用事过。

顾青裴看了王晋一眼，轻轻拽了拽他的衣角。

王晋愣了愣，然后看了顾青裴一眼，随即露出一个有些不好意思的笑容，他放弃了竞拍，原炀以四百五十万的价格拍下了这个资产包。

王晋今天来的目的并非这个资产包，他本没打算浪费太多精力在跟原炀的争夺上，那毫无意义，可是刚才，原炀的挑衅确实将他骨子里的好胜心刺激了出来。他倒是真没想到，自己都这个年纪了，还会在公司经营上出现感情用事的时候，还好他及时清醒了。不过，不跟着原炀败家，他还有别的办法硌硬原炀，以泄心头之愤。

拍卖进行到一半，是茶歇时间，顾青裴立刻站起身，王晋笑道："走，出去喝杯咖啡。"

原炀瞪了他们一会儿，也跟着站起身，带着几个下属出去了。

顾青裴道："王哥，还好你刚才没跟着原炀抬杠，那没有任何意义。"

王晋眨了眨眼睛："我刚才还真有点儿想跟他一杠到底，不过后来你拽了我一下，我就清醒了。呵呵，让你看笑话了。"

"哪儿的话，他那人向来不饶人，没必要跟他一般见识。"

"顾总说得对，我一向不饶人，你不跟我一般见识，我却非要跟你一般见识，你说怎么办呢？"原炀阴冷的声音在两人背后响起。

顾青裴很平静，他从咖啡勺的倒影里就看到原炀过来了。

王晋挖苦道："原总财大气粗，承让承让。"

原炀理都没理他，径自站到顾青裴身边："你今天来做什么？不是没钱吗？纯粹凑热闹？"

"青裴特意来为我参谋的，"王晋笑看了顾青裴一眼，"报酬是一顿饭，今晚就兑现吧。"

原炀的瞳仁收缩了一下，冷笑道："如果王总今天空着手回去，不知道还有没有心情吃饭。"

"你想让我空着手回去，也要看看自己有没有那个实力。高速旁边那块地，我志在必得。"

"志在必得？"原炀嘲弄道，"我本来对那块地并不太感兴趣，不过王总这么一说，我突然就挺想要了。"

顾青裴皱了皱眉头："原炀，你究竟有没有长进？你们两个互相抬价，弄得两败俱伤，最终得益的是卖方，有何意义？"

"我高兴。"原炀倨傲地说。

虽然这事儿跟自己并没有太大关系，可是他和王晋好歹是朋友，王晋又屡次帮他，于情于理，他没法眼睁睁看着两人赌气似的竞拍。到最后，无论哪一方获胜了，都要多投入几百万，那白花花的钞票就这么稀里糊涂地扔了，简直愚蠢。

而且，原炀这么针对王晋，两年来处处跟王晋作对，追根究底，他也脱不了干系。这么一想，他对王晋多少有些愧疚，他低声道："原总，这边请，我跟你单独谈谈。"

王晋刚想出声阻止，顾青裴抬起手说："王哥，你要真有那钱往里白扔，不如借给我。"他没等王晋反应，已经转过了头，冲原炀道，"请。"

原炀抱胸看了他两秒，跟着他走进了拍卖厅旁边预设的一个小休息室里。

顾青裴深深皱起眉："你到底想干什么？。"

原炀龇着牙，露出一个令人胆寒的笑容："你说呢？"

"你想要那块地，可以和王晋协商，你或他，有偿退出，难道你真要蠢到在拍卖会上乱抬价？"

"怎么，心疼你王哥的钱了？"原炀皮笑肉不笑地看着顾青裴，"他的钱能给你吗？你替他心疼什么？"

"我只是见不得你们意气用事。"

"所以你就舍身为你王哥来做说客是吗？"原炀眼里跳动着愤怒的火苗，嘴角的笑意让顾青裴头皮发麻。

"难道你想当冤大头？我们谈谈不好吗？"

"跟我谈？"原炀嘲讽地笑了笑，"你现在有什么资本跟我谈话？真当自己是什么大老板？B市就你这样的一抓一大把，想巴结我都巴结不上，你想跟我谈话，我答应了吗？"

顾青裴愠怒道："那你就滚开。"

原炀已经被他和王晋刺激得相当冒火，此时眼睛有些发红："你想替你王哥出力，我给你这个机会，你好好求我。"

顾青裴气得眼冒金星，他狠狠踢了原炀的小腿一脚，趁着原炀吃痛的时候，用力将人推开，转身往门口走去。他的手刚摸到门把，背后一阵风声，一只手出现在他脸旁，砰的一声按住了会议室的大门，同时，原炀揪着他的衣襟把他扳了过来。

顾青裴低吼道："原炀，你别得寸进尺。"

"你又不肯服软，又想让我让步，好大的牌面啊，凭什么？还当我是你的助理兼司机？"

顾青裴深吸一口气，道："你闹够了吧？你爱怎样怎样，放我。"

"顾总以前不是教过我要能屈能伸吗，为了达到目的，脸面是无用的东西，这可都是你的处世哲学，怎么现在对我就放不下身段了？怎么，求我让你这么难堪吗？还是说，你害怕承认当初做了错误的决定？"

顾青裴讥笑道："错误的决定，你指什么？是跳槽到原立江的公司，还是帮他带孩子？是跟你对着干，还是大意地相信了你？我这一生做过太多错误的决定了，你不给点提示，我都不知道你说的是哪个。"

那一瞬间，原炀目露凶光，好像要把顾青裴吃了："不愧是顾总，还是这么伶牙俐齿。"

"你想看我笑话，"顾青裴目光冷峻，"觉得一朝得志，终于可以反过来羞辱我了，是吗？"

"你说呢？"

"我听你说。"

"听我说……"原炀笑得邪戾，他捏着顾青裴的下巴，"你想知道我想做什么，我来告诉你好了。两年前你不告而别的时候，我就一直在等着这一天。你觉得王晋厉害，我要让你知道他比起我来差得远了。你嫌我不懂事，嫌我没本事，一声不吭就一走了之，顾青裴，我一定会让你后悔。"

顾青裴张了张嘴，感觉身体沉重得不可思议。他轻声道："你觉得我当时离开，是因为嫌你没本事？"

"不是吗？我们明明能重新开始创业，明明靠自己也能活得好好的，结果你最终选择的是王晋，你甚至帮着他来跟我谈判。顾青裴，你知不知道你走的时候，我在哪里？我在想什么？我会怎么样？"原炀越说越恨，英俊的脸浮现狰狞之色，"你根本不会想吧。你想的只是你的事业、你的地位，我怎么样根本不在你的考虑之内。"

顾青裴面色灰败，强忍着心痛，维持着表面的平静："这句话我也想送给你，我怎么样根本不在你的考虑之内。原炀，两年过去了，你以自我为中心这点倒是一点儿没变。行了，我们也别互相指责了，一点意思都没有，谁对谁错，争出来又怎么样？我现在想问你的是，你到底想怎么样？"

原炀看着顾青裴，只想打败他，让他仰望自己、离不开自己，于是大言不惭地说："我要让你对我言听计从。"

"我要是做不到呢？"

原炀拍了拍他的脸："没关系，我有的是耐心，有的是时间，既然你敢回来，就亮出胆子来，好好面对我。"他咬牙低喃，"我原炀当年对不起你，我掏心挖肺地想补偿你，换来的却是你一走了之。当年你敢把我像一条狗一样扔在原地，就该做好付出代价的准备。"

顾青裴浑身僵硬，以至于无力躲闪。他没想到原炀心里竟然是这么想的，两年来一直带着对他的怨恨，现在打算来报仇？简直可笑，究竟谁该怨恨谁？他已经走出来了，原炀却不肯放过他，被原炀害得丢盔弃甲落荒而逃的自己该找谁说理去？

他只觉得异常疲惫。

原炀似乎觉得戏弄够了，才放开钳制顾青裴的手。

顾青裴把被原炀扯散的领带摘了下来，扔到他身上，一刻不歇地开门走了。

好不容易摆脱了原炀，顾青裴走出会议室一看，拍卖会重新开始了。他站在门外犹豫了几秒，决定不进去了。

原炀在他身后说着风凉话："你不进去看看你的王哥收获如何吗？"

顾青裴道："不用看，他不会让自己赔本儿。"

"你对他倒真有自信。"原炀恨这点恨得想掐死王晋。

顾青裴斜睨了他一眼："你不进去？"

"看在你在我面前卖力'表演'的分上，我不跟他争那块地了，免得辜负你一番苦心。"

顾青裴不想在这里跟原炀干瞪眼，道："我时间宝贵，不是用来跟你扯皮的，你爱留不留，我先走了。"他头也不回地下了楼。他坐上车后，才想起给王晋发条信息，说自己有事先走了。他在城市里心烦意乱地兜了一大圈，才回了公司。

抵押贷款的事情在接下来的几天连连接到坏消息，顾青裴的抗压能力很强，他在一天接到多个不利消息的时候，依然吃得下饭睡得着觉，只不过在他清醒的时候加倍地忙碌着。

"渭水那个项目马上就要签合同了，一旦签了合同，资金必须在三天内到位，但这笔钱过去了，公司基本就空了。顾总，眼下该怎么办？"

顾青裴推了推眼镜，发出一个单音节："拖。"

"拖？"

"银行拖我们，我们拖渭水的项目，不签合同，不付款。"

"以什么理由呢？"

顾青裴轻轻点了点自己的脑袋，笑道："想想啊。"

几人面面相觑，都思考了起来。

法务总监说："顾总，我倒是有办法在合同条款上做文章，但是那样的话，很伤害合作方的积极性。"

"没错，合同已经商谈过无数次，这个时候如果反复，对我们的声誉会造成影响，很可能就合作不成了。"另一个经理也附和道。

顾青裴眯起眼睛，半晌后，他低声道："我装病吧。"

"啊？"在场的人惊讶地看着顾青裴，以为他在开玩笑。

顾青裴的表情可一点都不像开玩笑："合同需要我本人签字，我一生病，拖一两个星期很正常。这个节骨眼儿上找什么借口都容易让对方借题发挥，只有打弱势牌能奏效，他们就算知道我们是资金紧缺，从道义上讲，也不会这个时候毁约。"

"顾总，您这个点子实在是……不得不说很妙啊。"

顾青裴自嘲道："你别吹捧我了，这种招数被人知道，可够丢人的，这也是不得已的办法，我现在管不了这么多了，只要有用就行。"

顾青裴真的回家装病去了，反正他在家一样办公。

晚上，秘书给他打了个电话，沟通一些工作，最后说："顾总，今天原炀又去公司找过您。"

"他找我做什么？"

"他说……"秘书似乎有些尴尬。

"说什么？"

"他说……您的领带落在他那里了，特意给您送来。"

顾青裴心头火气直冒："无聊，不用理他。"

小秘书讪讪道："对，我说您不在，他就走了。"

顾青裴压低声音："这件事别乱说，知道吗？"

秘书紧张起来："顾总您放心！"

挂了电话，顾青裴换了身衣服，去赴一个饭局。他在半路上接到了原炀的电话："有事吗？"

原炀充满男性魅力的嗓音在电话那头响起："我今天去你公司了，想把领带还给你，结果你不在。"

"扔了。"

原炀低笑道："可我想把它还给你。"

"扔了。"顾青裴加重语气。

"毕竟是别人的东西，我随便处置多没礼貌。"

"那你就裱起来挂墙上。"顾青裴粗声道。

原炀哈哈大笑起来："对了，你秘书说你生病了？我听你声音挺清醒的。"

"不劳原总操心，我还有事儿要忙，你要是成天就这点儿破事儿，能少烦我吗？"顾青裴烦躁地挂断了电话。

挂掉电话后，顾青裴缓和了一下情绪，换了身衣服，前往酒店参加一个特别重要的饭局。今晚的饭局来了不少人，顾青裴看他们的架势，知道自己今天这顿酒是免不了了。他给司机发了条短信，让司机两个小时后来饭店接他，然后他硬着头皮喝了起来。

一顿饭下来，顾青裴果然喝多了，晕头转向找不着北。一只有力的手臂扶住了他，架着他往楼下走。

顾青裴睁开混沌的眼睛，只能看到一个影子。他跟一摊泥一样攀附在那人身上，眼皮直往下垂，最后实在撑不住了，渐渐失去了意识。

那一晚上，顾青裴断断续续醒过来好几次。

他感觉自己躺在柔软的床上，有湿乎乎的东西擦着他的脸和脖子。

然后，他看到一个很熟悉的物件，那是一个吊灯。他看了很久，拼命在记忆里搜寻着这个款式的吊灯。他知道这个吊灯属于他，存在于他某段记忆中。他想起来了，这是他们曾经住过的那栋房子里卧室的灯，没错，是那个水晶吊灯，他花了六十多万从香港带回来的，他一直很喜欢。它贯穿在他和原炀所有平凡温馨的记忆里，他竟然差点儿把它忘了，差点就……

顾青裴伸手去抓那个吊灯，却怎么也够不到，他的鼻腔充满酸意，喃喃："忘了……差点忘了……"

他差点忘了，他和原炀有过多少让他温暖的回忆。

顾青裴好久没睡过这么舒服的一觉了。那慵懒惬意的感觉在跟他争夺着自我意识，他挣扎了好半天才睁开眼睛，身体的感觉迅速归位。

旁边有人！

顾青裴猛地清醒了过来，他扭过脖子，看到了一张熟悉的脸，浓黑的剑眉、长长的睫毛、高挺的鼻梁，这是一张让人看一眼就永远无法忘记的脸。

顾青裴顿时慌乱起来，他看着近在咫尺的原炀的脸，这床罩的花色怎么这么眼熟？还有那个……那个灯！他抬头看去，果然看到了昨晚"梦里"的吊灯。那不是梦，他真的在他以前的房子里，就像从前无数次那样，在某一个普通的清晨在自己的床上醒来。有那么一瞬间，他觉得很多让他痛苦的事都从来没有发生过，他只是做了个很长的梦，醒来之后，原炀依然触手可及。

原炀睁开了眼睛，漆黑的眼睛一眨不眨地看着他。

顾青裴撑起身体，试图和原炀拉开一点距离。

"你终于醒了，"原炀用手撑着脑袋，"睡得跟猪一样。"

顾青裴顾不上他居然出现在这里的震惊，下意识地辩解道："我喝多了。"

"岂止是喝多了，昨晚你又哭又闹的，还吐了我一身。"原炀虽然嘴上在埋怨，心情却看上去不错，戏谑道，"你自己算算，你喝多后我照顾过你多少次。"

顾青裴有些窘迫，不过没表现出来。他甩了甩还有些发疼的脑袋，终于问出了他最关心的问题："我为什么在这里？"

"废话，当然是我带你回来的。"

顾青裴皱了皱眉头："你知道我想问的是什么。"

"哦？我不知道。"原炀颇无赖地看着他。

"你怎么知道我在酒店？我怎么会在这个房子里？"

"我在酒店碰到你了。"

"放屁。"顾青裴当然不信。有太多的巧合，他开始怀疑原炀在跟踪他了，不然他怎么去哪儿都能碰上原炀呢。

原炀坐起身，说："你爱信不信。"

顾青裴追问道："好，下一个问题，我为什么会在这里？"

"说起来你还要感谢我，我时不时会回来帮你看看房子，昨天的酒店离这里近，当然就回这里了，有什么问题吗？"

顾青裴哑声道："我当时说过，让你把钥匙留下，别再来了。"

原炀眼神一暗："我同意了吗？就算我同意了，我也会反悔的。"

顾青裴伸出手："我是这房子的主人，现在我让你把钥匙交出来，不过分吧？"

原炀扯着嘴角一笑："我不给。"

顾青裴皱起了眉。

"你饿了吧？"原炀舒展着修长的臂膀。

顾青裴想了想："嗯。"

原炀站起来，去了厨房。

顾青裴爬了起来，打开衣帽间，想找套衣服穿上，却在看到里面码放着的整整齐齐的他和原炀从前的衣物的时候愣住了。他的手轻轻拂过一件件熟悉的衣服，指尖不可抑制地颤抖着。这个家跟他离开的时候几乎没有任何变化，甚至很多细节都透露着这个房子一直被精心打理着。他抽出一套便装穿上，然后迅速走出衣帽间，关上了门。

　　原炀，你究竟在想什么？

　　顾青裴调整好情绪，洗漱完毕，走出了卧室。原炀道："早餐热好了，快来吃饭。"

　　顾青裴站在门口看着他，身体有些僵硬。

　　原炀皱眉道："你不饿吗？"

　　顾青裴暗暗握紧拳头，强迫自己把脑海中所有跟从前重叠的画面都剔除掉，可是看着这个房子里的物件，那种熟悉的感觉瞬间包围了顾青裴，回忆充斥着他身体的每一个细胞，让他避无可避。他突然有些愤怒地质问道："你究竟是什么意思？"

　　"我想知道，以前的日子你还记得多少。"

　　"我都忘光了。"顾青裴直视着他的眼睛。

　　原炀拿勺子的手微微一顿，他看着顾青裴，深邃的眼神仿佛能把人吸进去："我会让你一样一样地想起来。"

　　"想起来有什么意义？！"顾青裴失控地怒吼道，"有什么意义？！你究竟想干什么？！我都已经向前走了，你能不能别再纠缠不休，再也别出现在我面前？B市这么大，长安街十车道，总有一条是我们碰不上的！总有一条是我们不用看到对方的！你能不能放过我？能不能放过我？"顾青裴情绪的爆发毫无征兆，那是过度压抑后的反弹，他只觉得身体里有什么东西被点着了、爆裂了，所有负面情绪疯狂地倾泻而出。

　　原炀却还坐在椅子上，直勾勾地盯着顾青裴，眼中布满了血丝。

　　"出去！滚出去！两年了，两年了，你还想怎么样？你就是看不得我过安稳日子！你都有了自己的事业，人生一帆风顺了，还来招惹我干什么？我顾青裴欠你什么？我因为你丢了工作、丢了人，至今我那些照片还有可能在谁的电脑里像一颗定时炸弹一样悬在我脖子上。我都被你逼成这样了，我还欠你什么？"

　　原炀颤声道："顾青裴，你欠我两年半，欠我九百多个日日夜夜，也欠我一辈子。你当年敢扔下我一走了之，你敢不闻不问地把我扔在原地，我像条狗一样等着你，一直等着你。我不是不能去找你，我是怕我看到你，我就回不来了，到时候你一定会嫌弃我太弱，嫌弃我没用。我现在已经足够强大了，你以为我会放过你？我要让你后悔背叛我，我要让你再也翻不出我的手掌心！"

顾青裴抬起头，眼神空洞地看着原炀："原炀，你对我有没有过一点愧疚？"

原炀握紧了拳头："我愿意补偿你，你却不给我机会。"

"那就是没有了。"

原炀眼睛一片血红："有，直到你走之前，我都还想求你原谅我，可是后来我发现，你怪不怪我根本不是重点，你只是不想要我了。"他哽咽道，"你就只是不想要我了，从那个时候开始，我就恨不得掐死你。顾青裴，你离开我多久，我就恨了你多久。"

顾青裴忍受不了原炀苛责的眼神，落荒而逃。原炀一直用通红的眼睛瞪着他，却没有阻止他。两人长达两个月以来维持的虚伪的表象轰然崩塌，他终于明白，他没变，原炀也没变。

原本他以为原炀已经变了，有了事业，有了女朋友，有了很多以前没有的东西。原炀的一切都在显示他已经朝着全新的生活进发，而自己却什么都没变，比原炀被动多了。

他没想到原炀这两年来是带着对他的恨度过的。他设想过两年后两人再见面的无数种可能，但一个都没有猜中。原炀现在以捕猎的姿态雄踞在他头顶，时时监视着他，给他无形的压力。他不知道原炀究竟想干什么，也不知道原炀究竟什么时候会下嘴。现在的原炀比起两年前只会莽撞行事的傻小子，更让他畏惧。

顾青裴回到家，扑倒在床上，一动也不想动。他脑子里有太多事情，公司的、原炀的，让他心里烦闷不已。

这时，他的电话响了，是一个陌生号码。

顾青裴接通电话之后，那边传来一个怪异的男声，像是用了变声器："喂，顾青裴吗？"

顾青裴立刻警惕了起来，他的朋友都是场面人，没有谁会开这种掉价的玩笑："哪位？"

"你别管我是谁，我有笔生意想跟你做，你肯定有兴趣。"

"我不跟你这种阴阳怪气的人做生意。"

"哼，这生意你肯定要做。"

"说吧，别废话。"顾青裴已经感觉对方目的不善。

"其实也没什么，我手里有你几张好看的照片儿，一张五十万，一共四张，两百万卖给你吧。"

顾青裴心脏一紧，脸色瞬时沉了下来："你手里的照片又不是独此一份儿，我花这个冤枉钱有什么意义？"

"没错，有这些照片的人确实不少，但是敢拿来威胁你的，有几个呢？咱兄弟知道，这是犯法的事儿，他们有也不敢干，但是我就敢，你要是不给钱，我就把照片印个百来张，从你公司楼上往下撒，到时候知道的人可就更多了。"

顾青裴不得不承认，这人说得有道理。他的照片当时没大面积传播开来，一是他在公司人缘好，还有一个可能是原立江或者原炀进行了控制。当时知道这件事的人不少，但没一个会冒险把照片乱传播，毕竟跟他没什么深仇大恨的话，一旦暴露了对谁都不利。后来那些照片就销声匿迹了，虽然保存下来的人绝对不在少数，但就像这个人说的，敢拿来威胁他的，几乎不会有，因为这是敲诈，是犯法的。

顾青裴调整了一下情绪，不露出半点慌乱："你说得有道理，但我挣钱也不容易，我给了你钱，怎么保证你以后不再缠上我？"

"顾总，你那么有钱，接济一下穷苦大众有什么关系嘛。"

顾青裴眯起眼睛，心想：这小子贪得无厌，如果真给了他钱，以后就永无止境了。能接触到这些照片，又知道他的情况，这人究竟是谁呢？

"咱兄弟就是缺钱了，跟你要点儿花花，你要是觉得多，先给我一百万吧。顾总，你可别不舍得花钱，不然这些照片泄露了，那可不是钱能解决的了。"

顾青裴沉默了一下："我一时拿不出那么多现金。"

"你骗谁呢，你一个大老板一百万都拿不出来？"

"确实拿不出，我现在正到处贷款呢。你至少要给我几天时间准备准备吧。"

"你要几天？"

"一个星期吧。"

"放屁！"那人喝道，"最多给你两天时间，我告诉你，你别给我耍花招，也别想着报警什么的，第一是没用，第二是你麻烦更大，你想清楚了，花钱消灾，多好的买卖呀。"

顾青裴道："好，两天就两天。怎么给你钱？"

"你先准备钱，到时候我再联系你。"

挂上电话后，顾青裴长叹了一口气，连气都生不出来了。人生就是不断产生麻烦和解决麻烦的过程，他是不会被这点小坎坷打倒的，必须得想个办法。

顾青裴决定给他一个律师朋友打电话，这人门路多、胆子大，应该能帮他。他刚拿起电话，原炀的电话就打过来了，顾青裴挂掉电话，并且把这个号码拉黑了，刚做完这一切，家里的座机又响了。顾青裴胸口憋着的那一股气还没散，三步并作两步地冲到电话机前，低吼道："你还要干什么？！"

原炀的声音听上去是那么的阴冷，单刀直入："你什么都别做，这件事交给我办。"

顾青裴愣了愣，随即反应过来："你竟然窃听我的电话？！"

"是，有本事你告我。"原炀一点负罪感都没有，说完这句话就挂断了电话。

"你……"顾青裴都不知道能骂什么了，对付原炀，打骂从来没奏效过。

这件事他一点都不想让原炀参与，整件事的背后都跟原炀曾经对他做过的事分不开。本来那些照片的存在就时刻提醒着两人往日的种种，此时他还要被迫面对事件真正的罪魁祸首在他眼前瞎晃悠，这是多么大的讽刺。

TIT
FOR
TAT

Chapter 20

顾青裴的朋友很快就把敲诈他的人找到了。世界上没有多少高智商犯罪，大部分因为缺钱而铤而走险之徒，逞的是一时侥幸，作案的时候纰漏一抓一大把。原来这人是以前公司的一个保安，因为惹事被辞退了，后来一直在社会上瞎混，没钱了，就想拿顾青裴的照片做文章。

顾青裴来到郊区的一栋民房前，那个保安就被关在这里等着他，他戴上墨镜，压下帽檐，上了楼。门是虚掩着的，他推开门进去，一眼就看到了原炀和两个保镖。

地上一个男人被五花大绑堵住嘴，应该就是那个保安。

顾青裴有些惊讶地看着原炀："你怎么在这儿？"

原炀道："我说了我来处理，你来做什么？"

顾青裴道："这件事我自己处理，你走吧。"

原炀皱眉道："这件事我永远负全责。"

"用不着。"顾青裴没理他，径直蹲到了保安面前，扯下了他嘴里塞着的布，"现在是不是可以谈谈了？"

那保安额上青筋暴凸，狠狠瞪了顾青裴一眼："我敢做这个，就不怕你们来这套。"

顾青裴挑了挑眉："我是文明人，可以跟你谈条件，但你别得寸进尺，你……"

他还没说完话，原炀已经看不下去了，一把拎起了保安的胳膊，狠狠一扭，就将关节卸了下来，保安短促地惨叫一声，剩下的话都被原炀捂在了嘴里。

他的瞳孔猛地收缩，虽然他知道对付这种地痞无赖以暴制暴其实是最好的手段，但他并没打算那么做，他只是一个普通人，只想尽可能少惹麻烦。可原炀显然比他更知道如何对付这种人。

顾青裴看着原炀近在咫尺的侧脸，近到他能看清上面的汗毛，那冷硬的线条和幽暗的眼神给了他不小的震撼。

原炀松开了那条软绵绵的胳膊，揪着保安的头发，强迫他抬起头。

保安脸色煞白，嘴唇哆嗦着不敢开口。他知道原炀是个狠角色，二话不说直接动真的，连说话的余地都没给他，他这时才感觉到害怕。

"现在我问你答，敢说一句废话，敢叫唤一声，就不只是一条胳膊了。"

保安点了点头。

"照片你从哪儿弄来的？你一个保安不可能有公司内部邮箱。"

"从一个……同事。"

"名字，电话，住址。"

那人咬着牙："我不会告诉你，你要是把我逼急了……啊——"

原炀狠狠一脚踩在保安的关节处，保安疼得直翻白眼，身上跟下雨似的，衣服瞬间被汗浸透了。

顾青裴干脆站起身，坐沙发那边儿去了，他不太想看。

原炀道："还废话吗？"

保安瑟缩着说："原来公司一个前台，是我相好。"

原炀从他兜里掏出电话，把最近的通话记录翻给他看："哪个？"

保安用下巴指了指："小蝶。"

原炀把手机扔给身后的保镖："把照片销毁。"

两个保镖拿着手机就走了。

原炀继续问道："还有几个同伙？"

"没有了，真没有了。"

原炀危险地眯起眼睛，保安吓得脸跟白纸一样，尖叫道："真的没有了，我以后不敢了。"

原炀再次狠狠碾了他一脚，才站起身。

保安疼得在地上直打滚。

原炀从钱包里抽出一张卡，道："这里边儿有五万，你去医院接上手，然后带着你女人滚出这个城市，再也不准回来。你应该庆幸我这两年脾气好多了，否则抹掉一两个像你这样的杂碎，根本不会有任何人发现。你记着今天这点儿小小的教训，如果再让我知道你打歪主意，我就把你身上的肉一片一片刮下来。"说完，他划开了保安身上的绳子，"滚。"

保安抖如筛糠，一边说着"不敢"，一边疯了般冲了出去。

原炀抽出纸巾擦了擦手，然后看了顾青裴一眼，浅笑道："害怕？"

顾青裴道："不至于，我只是不喜欢这种手段。"

"你以为你跟他讲道理有用？他现在答应好了，有一天没钱了，还会来找你麻烦，你不让他害怕，他永远记不住教训。"

顾青裴不置可否。

原炀走到他面前，上下打量他一番，轻声道："你没事吧？"

"我有什么事？"

"照片的事。"原炀把他的脸摆正，看着他的眼睛道，"你不用再为照片担心，我说了我会处理。"

顾青裴讽刺地一笑："你怎么处理？你能把所有人的电脑都砸碎？"

原炀道："今天这件事，明天就会在公司传开，我要让每个人都知道，敢私自传播那些照片都要付出代价。"

"不管你用什么方法，那些东西永远都不会消失。"顾青裴推开原炀，往门外走去。

原炀心里一紧，抓着他的肩膀，把他堵在门口，看着他的眼睛说："你一个男人能不能豁达一些，把那些事都忘了？"

"不能，"顾青裴冷冷地看着他，"我要脸。"

原炀怒道："大不了你站楼顶上撒我的私密照，我不在乎。"

顾青裴这两天一直担惊受怕，此时心情极差，他狠狠推开原炀："你别烦我，有多远滚多远。"

原炀擒着他不放："你现在还不能回去。"

"你想把我关在这里？"顾青裴讽刺道。

"不，你今晚要陪我去一个地方。"

顾青裴皱起眉："什么地方？"

"企业家联会的八周年庆典，你应该收到请帖了。"

"我不去。"

"为什么？"

"没空。"

"你有。"原炀拎了拎他的衣领，调侃道，"你穿休闲装真显年轻，不过还是得去换套衣服。"

顾青裴怒道："我说了我不去。"

原立江是企业家联会的荣誉会长，今晚百分之百要出席，他不知道原炀心里打着什么主意，他不想蹚这趟浑水。可原炀显然不准备放过他，硬把他拖上车，去了市中心的商场。

顾青裴道："我看看你能不能二十四小时盯着我？"

原炀道："今晚，你老老实实待在我身边，我帮你解决你眼下最头疼的问题。"

"什么意思？"

原炀拿出一份合同："你签了这个，明天下午下班之前就会收到四百万现金，你可以把渭水那个项目的前期款付了。"

顾青裴愣了愣，他没有打开合同，而是瞪着原炀："原炀，你也过了做赔本儿生意的年纪吧，别把我当傻瓜，把话说清楚。"

原炀睨了他一眼："我要是说把你抵押给我呢？"

顾青裴别开脸："我没那么便宜。我不知道你打什么主意，但肯定不是什么好事儿，我不会跟你去周年庆，马上放我下车。"

原炀哼笑道："你都不看看合同，怎么知道不是好事儿？你银行的抵押贷款不是办不下来吗？不如把土地抵押给我。"

"抵押给你？"顾青裴眯着眼睛，好像在看神经病，"我两千多亩地，你就贷给我四百万？"

"所以让你签个协议，按市价抵押股份给我，"原炀晃了晃手里的文件，"你到底看不看？"

顾青裴犹豫了一下，终于拿过合同，快速翻了一下，合同简约合理，就是一个变相的欠条。他知道，这确实是可以解决燃眉之急的唯一办法。他合上合同，看了原炀一眼："你为什么帮我？你不是一直想看我笑话吗？"

原炀露出恶劣的笑容："我一直等着你有求于我的一天，这感觉真是不赖。"

顾青裴冷哼一声："幼稚。"

"你王哥成熟稳重，关键时刻怎么不见他帮你？"原炀讽刺道。

"我没有找他，自己能解决。"

"你解决的办法就是装病，拖延签合同的日期？"

"以后你不许再监听我的手机，你这个浑蛋。"

原炀一脸无赖："我说了，有本事你告我。"

顾青裴狠狠瞪了他一眼，把合同扔给了他："让我考虑考虑。"

"考虑什么？怕我害你？"

"你还没那个智商。"

原炀眯起眼睛，轻轻一笑："你一定会签合同的，我的要求不过是让你陪我出席一个宴会，不过分吧？"

顾青裴沉默了几秒，道："好，我去。原炀，我就看看你究竟想干什么。"

原炀满意地说："这就对了，识时务者为俊杰，顾总，现在的你已经没有反抗我的筹码了。"

两人到了商场，直奔男装店。店里客人很少，茶几上放着新鲜的茶点。原炀拍了拍顾青裴的背，说："给顾总挑一套衣服。"

"好的，原少，您在这里稍等。"

顾青裴礼貌地冲导购笑了笑："麻烦了。"

这牌子也是顾青裴常穿的品牌之一，对西装的款式和面料他都很熟悉，很快就挑了一身合适的正装换上了。

当顾青裴走出试衣间时，原炀正站在镜子侧边等着他。他这些年从来没有疏于锻炼，保持良好的体态是他的生活态度之一，因此任何衣服穿在他身上都非常惹眼。他修长健硕的身材配上成熟男人特有的从容气度，让人的眼睛不自觉地就会追随他，为那一举手一投足之间的潇洒大气而心醉折服。

顾青裴看了看镜子："行了，就这套衣服吧。"

"顾总，不多试几套衣服吗？您穿什么都好看。"

顾青裴笑道："好吧，不过我懒得试了，这套，这套，还有新上的两款，按照我的号都拿上吧，既然是原总出钱，我就不客气了。"

原炀看着顾青裴脸上那略带讽刺的笑容，心想：这个人还是跟以前一样欠。

买好衣服，天也黑了，时间刚刚好，两人驱车前往酒店。泊好车后，原炀打了个电话："喂，我在门口，你在哪里？嗯，快一点。"

顾青裴问道："你在等父母？"

"你觉得可能吗？"原炀的口吻十分讽刺。

顾青裴想了想，也觉得不可能，原立江说过原炀至今不回家。

远远走过来一个高挑漂亮的女孩子，橙粉色的礼服裙下包裹着白皙曼妙的身段，极为出众。那是原炀的女朋友刘姿雯。

顾青裴心里涌上一股无名火，他面朝着刘姿雯，脸上带笑，声音却有些冷硬："你叫了女朋友来。"

"是啊。"

顾青裴险些脱口而出"那你带我来做什么"，还好他及时刹住了车，没干出蠢事。他不再说什么，他厌恶自己犯蠢，哪怕心里想想都不行。

原炀的心思却比以前缜密了不少，他看了顾青裴一眼，低声笑道："顾总不会是不高兴了吧？"

顾青裴慢悠悠地说："哪儿跟哪儿。"

原炀恶劣地笑道："顾总应该充分理解，你在我这里并不是时时刻刻都是主角。"

顾青裴毫不示弱地反击："我在自己的人生里做主角就足够了，没兴趣去别人那里喧宾夺主，多讨嫌啊。"

原炀刚想张嘴，刘姿雯已经走到了他们身边，莞尔道："顾总你好，又见面了。"

顾青裴绅士地一笑，伸手和刘姿雯相握："刘小姐今晚真是明艳动人。"

刘姿雯掩嘴一笑，自然地挎住了原炀的胳膊："不好意思让你们久等了，咱们进去吧。"

"走吧，顾总，今晚跟紧我们，可别走丢了。"原炀说完，带着刘姿雯往里面走去。

顾青裴看着两人登对的背影，嘲弄地笑了笑。他今晚究竟是来做什么的呢？

参会的嘉宾有很多顾青裴认识的人，他很快就应接不暇。他打起精神，游刃有余地为自己的公司做起了公关工作。

原炀和刘姿雯就在他不远处，他没有注意到的是，原炀的目光时不时就会投到他这边来。

这时，顾青裴听到背后有人叫他，回头一看，是王晋来了。顾青裴端着酒杯刚想过去，却被原炀一把拽住了，原炀低头在顾青裴耳边警告道："你今晚跟着我。"

顾青裴不着痕迹地挣开，笑着迎了上去："王哥，你也来了。"

王晋埋怨道："我好几个星期没见着你了，听说你忙融资呢，叫你吃饭都不来，时间这么紧？"

"可不是嘛，王哥，这位是？"

"这是我上次跟你提过的张总。张总，这是我一小老弟，姓顾。"

两人互相寒暄一番，交换了名片，正聊着呢，张总的目光落到了顾青裴身后："哟，原总。"

原炀不知何时已经走了过来，他笑着招呼道："张总，好久不见了，我跟顾总有点儿事商量，失陪一下。"他看也没看王晋，拽着顾青裴就走，一直把顾青裴拽到会场的角落。

顾青裴面无表情地拍开他的手，整了整自己笔挺的西装："原炀，你今天到底想干什么？不如提前说清楚，如果我觉得有利可图，会配合你，但是如果你想要什么花样儿，我劝你别太天真了。"

原炀看了他几秒，勾唇一笑："我告诉你一个内部消息。"

"说。"

"企业家联会今天会宣布一件事，理事会筹备组建一个工农信用社，据说审批的环节已经层层打通，最迟今年底就能批下来，原则上会员都有机会参股。"

顾青裴眼前一亮。这种部分实行银行功能的信用社，就是一个大型的融资机构，一旦审批成功，价值不可估量，到时候现金流会疯狂涌入，谁能控股这个信用社，以后何愁没有钱。但是这种信用社私企是绝无可能筹建的，只能以国企或与政府有密切往来的商会的名义，而企业家联会就是最合适的机构。

这确实是一个极好的消息，就连顾青裴都想插一脚，但是没有庞大的资金入股，自己连入场资格都没有。他道："你接着说。"

"这件事是我爸运作的，一旦成功，就能掌握源源不断的现金流，但他一个人吃不下，今天会公开征集股东，一股卖到一千万，筹集十个亿的运作资本。"

顾青裴倒吸了一口气。如此庞大的启动资金，难怪很少有人敢做，而且信用社的审批困难重重，必须得有通天的本事才敢夸这个口，也就是原立江这样在 B 市有庞大影响力的人敢挑这个头。

原炀看向主席台，不知道什么时候原立江已经携吴景兰登台致辞，他轻声道："参股股东最少不能低于五个股，可以用优良资产按市价冲抵。"

顾青裴问道："你告诉我这些是想干什么？"

原炀笑了笑，反问道："我问你，如果我把你那两千多亩地的融资工作做了，你要怎么感谢我？"

"我给你一成的干股。"

原炀嗤笑道："你可真大方。"

"价值三千万的土地，你还嫌少？"

"你不过是评估做得高，你那块地我考察过，毕竟是一个三线城市，三个亿傻瓜才买，就算变现，也就值两个亿。现在行情这么不景气，你想变现都难，还卖不上好价格，不如和我合作，入股信用社。"

顾青裴转了转眼睛，陷入了沉思。

原立江沉稳的声音在宴会厅响起，大家安静地听着他致辞，并不时给予掌声。

原立江对整个会场一览无遗，很容易就看到站在角落里的原炀和顾青裴，他的眼神有些复杂。

原炀扫了他爸一眼，就不动声色地别过脸去。他故意拍了拍顾青裴的背，低下头说："你需要多长时间考虑？"

"很长。你给我的信息太少了，我首先想知道的是，你为什么要拉上我？"

原炀露出一个极具野心的笑容："我要控股。"

顾青裴心里一惊："你想控股？"

"没错，我需要你那块地来冲抵一部分现金。"

顾青裴沉声道："第一，你爸不可能让你控股。第二，这个商会里卧虎藏龙，能拿得出五个亿资金的还是有那么几个人的，你能确保这些人都不跟你竞争吗？这可是一块大肥肉。"

"我会把他们一个一个踢掉。"

顾青裴沉默了几秒，才道："包括你父亲？"

"包括我父亲。"原炀面无表情看着台上的父母。

"你为什么要这么做？"

原炀的瞳眸深不可测："你很快就会知道。"

顾青裴眯起了眼睛，面对巨大的利益诱惑，很少有人能不动心，如果真的能参股这个信用社，充沛的现金流足够支撑他去做很多好项目。以他和原立江之间的冲突，他是不可能有份儿的，可原炀却显得自信满满，似乎一定能参股，甚至还想控股。撇开原炀的目的不说，这个提议真是诱人无比。不过，他始终保持着清醒的头脑："原炀，大话不要说得太早，你不告诉我可以，但是如果想利用我，先掂掂自己的斤两。"

原炀没有说话，嘴角挂着一丝凉薄的笑。

原立江致辞结束后，轮到其他重要人物讲话，不少人穿梭在宴会场中，铺设着自己的交际网络。

刘姿雯拿着一块蛋糕走了过来："你们都不去吃点东西吗？一晚上净喝酒了。"

原炀看向她身后："你去外边儿转一会儿，二十分钟内别回来。"

刘姿雯愣了愣，也没任何不悦，只是遗憾地放下了手里的蛋糕，转身走了。

顾青裴一回头，就见原立江和吴景兰朝他们走了过来，他淡然地看着他们，目光无波无澜。

原炀点点头："爸，妈。"

夫妻俩的脸色都不太好，吴景兰压低声音道："原炀，你这是故意的？"

"妈，我不知道你指的是什么。"

吴景兰刚要开口，原立江拍了拍她的手，制止了她。他看向顾青裴："顾总，好久不见了。"

顾青裴轻轻颔首，连嘴都没张，他和原立江之间的恩怨，让他连表面的客套都懒得维持。

"我以为你不敢出现在我面前，今天是原炀带你来的？"

顾青裴笑了："这个'不敢'，敢问从何说起？"

原立江看了原炀一眼，才道："顾总言而无信，一般人这样都该觉得无颜以对，如果顾总一点儿都不心虚，那说明什么呢？"

顾青裴嗤笑反问："我怎么言而无信？"

"你说你跟原炀没有交集，这段时间却一直有往来，没错吧？"

顾青裴哈哈笑了两声："你看不住自己的儿子，让他老打扰我，这怪得了谁？"

原家三口脸色均是一变，尤其是原炀，暗暗握紧了拳头。

顾青裴想到原立江的所作所为，心头的恨意就压都压不住。他看着原立江难看的脸色，恶意地刺激道："原董的儿子不愿意回家，只能说明原家的门没关严，总不能赖别人家的窗没上锁吧？"

吴景兰的语气有些尖利："顾总，你这么咄咄逼人，是不是受了什么刺激？这可不像你。"

顾青裴优雅地整了整领结，冲着吴景兰一笑："吴总，不瞒您说，我对你们原家人的骚扰实在是不胜其烦。如果你们能看住原炀，让他别再对我百般纠缠，我将感激不尽。"顾青裴说这些话的时候，一直没看原炀，他不需要用眼睛看，也能感觉到他的皮肤被原炀的视线灼烧的疼痛。他知道原炀难受，被这么当面羞辱，原炀那么孤傲的性子怎么可能不难受，他也难受，他每说一句心都在痛，不过没关系，他要的就是这个效果。对于原炀不明意义的各种行为，他觉得太累了，他懒得去猜原炀背后究竟藏着什么目的，究竟是想从自己这里得到什么，他不想被原炀戏弄。

原炀已经和从前判若两人，他一手调教过的那只小狼狗，早在两年的磨砺消失了，现在的原炀行为乖戾，心机深沉，让他疲于应付，他只想躲开。如果原炀的父母能基于共同的目的帮帮他，他正好解脱。

一只沉重的胳膊搭到了顾青裴肩上，原炀看着自己的父母，笑中带刺："爸、妈，对于我们现在的状态，你们还满意吗？"

原立江沉下脸道："你有什么资格指责自己的父母？"

"岂敢。我得谢谢你们，让我成长。"他扳过顾青裴的肩膀，"走吧，我们还有事情要商量。"

顾青裴也不想多留，转身走了。他被原炀连推带拖地带到了停车场，并被粗暴地推进了车里。他能感觉到原炀的愤怒，但他一点都不后悔，反而觉得挺爽的，因为他顾青裴近年来所有的磨难，都是拜原家人所赐，而他不过是说了几句难听的话，已经很给面子了。

一上车，原炀就把顾青裴按在车门上，阴冷地看着他："我带你来，不是让你当着我父母的面恶心我的。"

"哦？那你是什么目的？"

原炀道："顾青裴，我这人耐性不多，对你已经足够宽容，你再敢刺激我，后果你自己承担。"

顾青裴同样眼里直冒火："什么后果？说来听听。"

原炀的回答是粗暴地发动了车。

"去哪里？"顾青裴有一丝紧张。

"工体那个房子。"

顾青裴沉声道："原炀，你想做什么？"

"回家。"

"那不是你的家。"顾青裴咬牙道，"再说了，我说的哪点有错？"

"你说的哪点都没错。是，是我原炀非要纠缠你，我爹妈都管不住我，你很得意吧？顾青裴，你一直都很得意吧？"

顾青裴道："我没什么好得意的，你们原家人对我做的事够我恶心一辈子的。你真以为谁都稀罕你来这套？"

"不管你稀不稀罕，你都不该在我父母面前说！"原炀本来想给他父母看的，是他和顾青裴再度携手合作，是两年的分离没有磨灭他们之间的情谊，他没料到一向说话很有分寸的顾青裴竟然能说出那么一番尖酸刻薄的话来。他没办法不生气，想到顾青裴用嘲弄的语气说着他们之间的事，他就气得浑身发抖，恨不得一口一口咬死顾青裴！

顾青裴明知道原炀的性格激不得，却也无法保持冷静，他早已经看清，步步退让换不来原炀的收敛。

他们走到今天这步，也许就是因为他为原炀妥协了太多。

回到了家，两人分坐在客厅两头，互瞪着对方，其实人已经慢慢冷静了下来。

原炀突然站起身，顾青裴对那步步逼近的高大身躯有着本能的畏惧："原炀，你不要再胡闹！"

原炀越过他，从冰箱里拿出一瓶啤酒，嘲弄道："怎么，你害怕了？我以前都没揍你，难道现在会跟你动手？"

顾青裴松了一口气。

"晚上还没吃饭，我做点饭，你老实待着，我们的合作还没谈完。"原炀放下酒，去厨房做饭去了。

顾青裴深吸一口气，然后瘫在沙发上。

热腾腾的晚餐准备好了，时间过得太久，他几乎快要忘了，和原炀在一起的时候，他有多么"衣食无忧"。顾青裴坐到桌前，吃了一勺粥，滑嫩的白粥散发着鱼肉鲜美的味道，是他以前一直很喜欢吃的鱼片粥。

吃了没几口，他的目光就被桌上的报纸吸引了，是关于企业家联会的报道，用大篇幅宣扬企业家联会八年来的发展历程和社会贡献，但信用社的事情只字未提。

他继续往下看，猛然发现这页版面的最下角放着原炀和刘姿雯的照片，标题是原家大公子和耀信证券老总的女儿出双入对，感情正浓，也许年底会订婚。白纸黑字，满满的都是对这对门当户对的小情侣的溢美之词。

顾青裴的手指有些僵硬。

原炀带刘姿雯出席，是为了证实感情，还是为了给父母看？

顾青裴心里憋闷不已。

原炀扫了一眼那篇报道，轻笑道："你看不惯？"

顾青裴面色如常，继续吃他的饭："原炀，你有点自知之明好吗？"

"顾总还是这么死要面子。"

"你到底想干什么？不是要谈合作吗？"

"先吃饭。"

顾青裴埋头吃着饭，两人沉默以对，气氛越来越僵硬。

顾青裴吃完饭后，好整以暇地看着他。

原炀道："明天我会把更详细的资料发给你，你只要看看，就知道我没骗你。你那两千多亩地，至少可以冲抵百分之二十的股份，再加上我这边的出资，我们联合起来可以控股。"

顾青裴道："第一，我现在缺钱，如果把这块地拿去冲抵股份，我要重新想办法融资，那会拖延更长时间。第二，你要通过什么手段从原董手里拿到控股权？"

"我说了，我会借款给你，那份合同只要你签了，四百万下午就能到账，其他的你可以继续想办法，我相信你不会被这点困难难倒。至于第二个问题，我自有办法。"原炀的表情很自信，这样千载难逢的机会，他不认为顾青裴会拒绝，毕竟顾青裴是一个成功的生意人。

顾青裴点了点头："好，我问第三个问题，为什么找我合作？"

原炀深深地看着他："你觉得是为什么？"

"我不知道，你说清楚。"顾青裴的眼睛一眨不眨地看着他。

"我想要和你一起控股我爸一手弄出来的产业，你说是为了什么？"

顾青裴心脏一颤："原炀，说清楚。"

原炀别开脸，眼中有浓浓的失望，却不愿意被顾青裴看见："如果连这个你都想不通，那你也不配知道。"

顾青裴沉默了一下，终于忍不住说道："报纸上说你年底要订婚，真是恭喜你。"

原炀挑了挑眉，直直地看着他，终于成功在他眼中捕捉到一丝异色，心里一喜，表面上却不动声色："我订婚的时候邀请你，你会出席吗？"

顾青裴皮笑肉不笑地说："何止订婚，你的结婚宴，孩子的满月酒，只要你邀请了，我一定出席，还给你包个大红包。"他站起身，"吃完了你就走吧。"

原炀嘲弄道："有那一天，我一定漏不下你。"他看着顾青裴的背影，眼神越来越暗。

TIT FOR TAT

Chapter 21

顾青裴回家后，打电话给自己的助理，让他调查企业家联会申请信用社的事。他不知道原炀打着什么算盘，但他知道原立江这只老狐狸可不会轻易败给自己的儿子。

助理顺便跟他汇报了一些其他工作。

"对了……"

"还有什么事，顾总？"

"我的手机被人窃听了，你有什么办法解决吗？"

"呃……"

"你不是学电脑的？总该懂点吧。"

"一般是黑客软件，也不是很难的事，解决的话，要花点钱。"

"花钱吧，马上把这事儿办了。"

"好的，要报警吗？"

顾青裴笑骂道："死心眼儿的傻小子，报什么警，赶紧去办。"

他挂了电话，看看时间，还不到十点，正好能让他休息休息。就在他快睡着的时候，他接到了原炀的电话。

原炀开门见山地问："我把资料发你邮箱了，你看了吗？"

"还没来得及。"

"你需要做多久的调查？"

"这么重大的投资，少说也得一个月。"

"我们没那么多时间，现在比的就是谁掏钱快。"

"原炀，这件事太草率了，我不可能马上答应。"

原炀沉吟半晌："你不相信我，是吗？"

顾青裴没说话。

"你觉得我会坑你？"原炀沉闷又讽刺地笑了一下。

"那你为什么始终不肯告诉我找我合作的原因？"

"这究竟有什么难猜的？"原炀怒道，"我想让你跟着我挣钱，我捡着一块糖想分你口甜头，我看着你四处筹钱融资的窝囊样就来气，不然我认识那么多实力雄厚的大老板，为什么偏偏找上你这么个名不见经传的小公司？"

顾青裴深吸了一口气，一时说不出话来。真的像原炀说的那样，仅仅是想和他分享这个发财的机会吗？他脱口而出："你不是恨我吗？还帮我做什么？"

原炀顿了半晌，咬牙切齿地说："你不是不想看到我，急于和我撇清关系吗？你不是躲我都躲到国外去了吗？我怎么能让你如愿，多让你睡一天安稳觉，我都难受。"

顾青裴轻叹一声，然后说："原炀，你还念着我们的情谊，是吗？"

电话里的两人都陷入了长久的沉默。

原炀的种种表现，让顾青裴越来越摸不透他，也许他真的还对自己有旧情，也许只是自己的错觉，顾青裴只希望他跟自己说句实话。

原炀的回答却是短短的、轻蔑的三个字："你不配。"然后挂断了电话。

顾青裴愣愣地听着电话那头的忙音，久久回不过神来。

当天下午，顾青裴拿着资料去了公司，召集高管开会，讨论信用社项目的可行性。几人分析了一下午，大部分人认为这个项目前景可观，风险可控，值得投资。

开完会后，顾青裴感到头昏脑涨，上下眼皮直打架。这真是怪了，他一直是精力充沛的人，不至于因为缺几个小时的睡眠就困成这样啊。他拍了拍额头，感觉温度有些不正常，难道发烧了？

顾青裴撑不住了，驱车回了家，倒在沙发上就不想动了。原来今天他难受了一天，是生病了。他愣愣地看着光洁的天花板，心里涌上难言的孤独。

三十五岁了，还是孤身一人，有个头疼脑热的，身边连个嘘寒问暖的人都没有，他终于明白他父母为什么总催他找个人安定下来，再要个孩子了。有一天他真的老得不能动的时候，如果身边依然空无一人，那该是多么凄凉的晚景，他就是有再多的钱又有什么用。

有谁能陪伴吗？顾青裴苦笑着闭上了眼睛。

他的事业越做越大，心却越来越空虚。他想起了从前和原炀在一起的日子，那时候的原炀虽然蛮横无赖，总把他气得牙痒痒，但有时候真是单纯得可爱，而且毫不掩饰地真诚待他。如果他们之间没有一个糟糕的开始，没有那段要命的录像，没有原立江的阻挠，那该多好啊。

顾青裴蜷缩起了身体，心脏太痛。他自嘲地笑了笑："顾青裴啊，你可真够窝囊的。"

顾青裴是被电话铃声吵醒的，他睁开眼睛，发现自己还在客厅，他睡着了，或者说烧晕过去了。他感觉身体好像被石头压着，沉得他连手指都抬不起来，头也痛得要裂开了。他勉强伸手摸到茶几上的手机，按下了通话键："喂？"声音沙哑干涩。

电话那头的原炀听到这声音，想说的话憋了回去，心里一紧："你怎么了？"

"感冒了，"顾青裴有气无力地说，"你给我送点儿药来。"

"等我。"原炀抓起车钥匙，连衣服都没换，穿着拖鞋就冲出去了。

顾青裴喘了口气，一阵头晕，迷迷糊糊又睡着了。

也不知道过了多久，门铃响了，一声接着一声，非常急促。顾青裴被那声音烦得要命，他用尽了吃奶的劲儿从沙发上爬起来，摇摇晃晃地走到门前，打开了门。当他看到原炀的时候，他愣了愣，他已经烧糊涂了，根本不记得刚才是在跟谁说话，只觉得自己这么下去可能要烧傻，才本能地求助。

原炀一把扶住他，撑住了他摇摇欲坠的身体，然后扶着他往卧室走去。

顾青裴看了他一眼："是你呀。"

原炀看着顾青裴脸上不正常的红晕，心里冒出一股火："还能是谁？"他把顾青裴放到床上，责问道，"你发烧了不告诉我，我要是不给你打电话，你是打算烧死？"

顾青裴别过头去："水。"

原炀看着他虚弱却又不肯示弱的样子，有些心疼。原炀倒了杯水，扶着顾青裴的脑袋让他喝了下去。

顾青裴叹了口气，一副很难受的样子。

原炀把他身上硬邦邦的西装扒了下来——他身上都被汗打湿了。

原炀用毛巾给顾青裴擦了身体，换上柔软的睡衣，把人塞进被子里，最后，他给私人医生打了个电话。

刚挂上电话，一只热乎乎的手抓住了原炀的手腕。他低下头去，见顾青裴用湿漉漉的像小鹿一样的眼睛看着他："你找我干什么？"

"等你醒了再说，不重要。"

"今天开会了……"顾青裴说一句话喘好几口气，"有希望通过。"

"这时候你还想什么工作。"原炀坐在床头说道，"我最烦你这样了，工作起来不要命似的，你最多供你和你爸妈三张嘴，你需要多少钱？钱对你来说就那么重要？"

顾青裴也不知道听懂没有，摇了摇头。

"你要是一直这样也挺好的。你知道吗？你清醒的时候太招人恨了，我看到你就想起来你当初是怎么抛弃我的。"

顾青裴闭上了眼睛。

半个小时后，医生来了，给顾青裴检查了一下："烧成这样，应该是炎症引起的，先退烧吧。"医生配好药给顾青裴吊上了水，"打完了换这瓶，你会换吧？"

"废话，我参加过多少次野外作战，还用你教我怎么打针？你走吧。"

"走了啊。"年轻的医生朝他眨了眨眼睛，戏谑道，"星期六晚上彭放请喝酒。"

"知道了，赶紧滚。"

医生走了之后，原炀坐在床边，一动不动地守着顾青裴，就像一条最尽忠职守的小狗。

两个小时后，顾青裴打完了针。

原炀这才敢离开床边。他先洗了个澡，然后做了顿饭，又把顾青裴家里收拾了一遍。

忙完已经晚上九点多了，他决定把顾青裴叫起来吃饭，不吃饭怎么有体力对抗病毒。他轻拍着顾青裴的脸："顾青裴，醒一醒，吃点东西再睡。"

顾青裴慢慢醒了过来，感觉身体轻松了一些。他看着原炀，目光渐渐找回聚焦："几点了？"

"你别管这个，医生刚给你打过针了，感觉好点没有？"

"嗯。"

"吃点饭，"原炀把他扶了起来，让他靠在床头，然后舀起一勺粥送到他嘴边儿，"张嘴。"

顾青裴长舒一口气，有些迟钝地张开嘴，顿时，清淡滑软的粥进了嘴里，口腔内苦涩的味道被冲淡了一些。

"味道还可以吧？你就喜欢这些加了各种东西的粥。"

"嗯。"

原炀看着他难得温顺的样子，忍不住道："一个人过得舒服吗？生病了都没人照顾，你到底图什么？"

"我不用……谁照顾。"

原炀自嘲地笑了笑："可不是，我上赶着想照顾你，你却不要。"

顾青裴喃喃："不是不要。"

"什么？"

"不是不要……"

"那是什么？"

顾青裴舔了舔干涩的嘴唇，眼睛又闭上了，好像睡着了。

原炀叹了口气，把顾青裴放下来，盖好了被子："睡吧。"

第二天，顾青裴被自然的天光唤醒，他睁开惺忪的眼睛，感觉烧退了一些，不过头还是疼。

守在床边的原炀伸手探了探他的额头："你好点了吗？"

"好多了。"顾青裴晃了晃脑袋，"昨天你什么时候来的？"

"你都不记得了？"

"不记得了。"顾青裴轻声道，"谢了。"

"不客气，我照顾你又不是一次两次了。"

顾青裴瞪了他一眼，那湿润的眼眸配上虚弱的神色，让这一眼看上去完全没有"顾总"平日里的凌厉，反倒有几分撒娇的味道，把原炀都看愣了。

顾青裴翻了个身，说："我要喝水，你再给我弄点吃的。"

原炀撇了撇嘴："你使唤我使唤得挺溜啊。"

"反正你照顾我也不是一次两次了。"

原炀说："你别睡着，我去热饭。"

顾青裴看着原炀的背影，心里涌上一股难言的触动。当原炀在他身边的时候，他觉得这个屋子不再空旷孤寂，即使生病了爬不起来，有原炀在，也没什么值得担心的。在他过往三十几年的人生里，他一直扮演着被人依靠的角色，只有原炀在的时候，他允许自己偷懒。这么多年了，原炀居然是唯一能让他卸下面具和铠甲的人。

过了一会儿，原炀把饭菜端到床头，并把一杯温水递到顾青裴嘴边儿："漱漱口。"

"我还是起来刷牙吧。"

"别起来了，你现在还烧着呢。"

顾青裴有点儿窘迫："那我也得上厕所吧。"

原炀挑了挑眉："内急？"他矮下身，双手撑在顾青裴身体两侧，调侃道，"我看你行动挺不方便的，用不用我给你把尿啊？"

顾青裴撞了下他的额头，推开他下了地："一边儿去。"

一天一夜没上厕所，他确实憋坏了，可一站起身，他就觉得眼前一阵天旋地转。原炀一把扶住他摇摇欲坠的身体："怎么样？站不稳吧。"原炀不由分说，把他扶进了浴室，这才离开浴室。

洗漱完，顾青裴躺回床上，说："你给我吃点儿东西。"说完又补充了一句，"我不用你喂我。"

原炀哼道："谁稀罕喂你。"他把碗推到顾青裴旁边，"赶紧吃，别让我再给你热一遍。"

顾青裴看了他一眼，突然笑了一下："关键时候，你倒还有点儿用处。"

原炀皱眉道："你不是号称三寸不烂之舌，忽悠谁你都不脸红，怎么对上我就没一句好听的话。"

顾青裴微微一怔，沉默了。他开始回想两人见面之后的种种，原炀说得对，他们几乎次次针锋相对，没有和颜悦色说话的时候，每次都要闹个不欢而散。为什么会这样？

像他这样待人接物几乎从不出纰漏的人，为什么唯独在对上原炀的时候风度尽失，甚至常常气得直跳脚？这就是他和原炀的孽缘吗？

原炀见他不说话，心里也难受起来。他和顾青裴想到了一样的事情，而他同样不知道如何解决。

顾青裴两年前就背弃他了，他在找回这个人这条路上走得步步艰辛，他不知道自己做得对不对，他只知道他没法回头，一旦他稍微松懈，顾青裴肯定会趁机跑得更远。

顾青裴吃完饭后，对原炀说："你把电脑给我，我想查下邮箱。"

原炀瞥了他一眼："不行。"

"或者手机。"

"你老实躺着。"

"我有急事。"

"你现在的事就是休息。"

350

顾青裴叹了口气，说："我真的有事，你别耽误我正事。"

原炀拿着他的手机："你求我，我就给你。"

顾青裴哭笑不得："你能正常点吗？"

"你要不要手机？"原炀挑眉看着他，一点也不像开玩笑。

顾青裴不想跟他浪费时间，无奈道："原炀，原总，我真诚地恳求你，把手机给我。"

原炀意外地挑起眉，连被顾青裴夺走了手机都没察觉。

原炀还保持着原来的姿势，直直地看着顾青裴，顾青裴的目光则落在屏幕上，神色很镇定。他一副很受用的模样："早点服软不就简单多了。"

顾青裴白了他一眼。

"我要打个电话。"顾青裴说完拨通了自己助理的电话。

原炀盯了顾青裴半晌，才移开目光。这个人此时给他的感觉是那么的不同，就好像两人一瞬间回到了两三年前。对过去的怀念冲击着他的心脏，在那一瞬间，他觉得顾青裴也感觉到了，他不相信他们相处的那一年时光对于顾青裴来说什么都不算，他不相信顾青裴已经彻底忘了他。

顾青裴和助理沟通工作，说了二十多分钟才挂电话。

窗外的阳光洒在他脸上，他微微眯起了眼睛，嘴角带着一丝不易察觉的笑意。

原炀忍不住道："你屏蔽了我的监控是吗？"

"怎么，我维护隐私还有错了？"

"我没说你错，只是你真觉得那两下子有效？"

顾青裴嘲弄道："没效你也就不跟我废话了，这钱花得值。"

原炀习惯了随时随地都知道顾青裴在哪里，两年多来他一直这么干，这样他就能欺骗自己还没有失去顾青裴，一旦人脱离了他的掌控，他就觉得心慌。他这么依赖顾青裴，这么缺乏安全感，都要拜这个人所赐。他不想继续这个话题，而是探了探顾青裴的额头："你再睡一会儿，没昨天那么热了。"

顾青裴轻声道："你也休息一会儿吧，不用看着我。"

"让你睡你就睡，赶紧好起来，我这头还等着你出钱呢。"

顾青裴的唇角牵起一抹淡笑，就当他被烧晕了吧，只有他烧晕了，他和原炀之间才会有如此和谐的气氛，这么晕头转向的也挺好。

顾青裴又休息了一天，烧终于退了，他待不住，坚持去了公司。

信用社项目投资的事最终在会议上通过了，顾青裴第一时间给原炀打了电话，告诉他这个消息。原炀在电话那头笃定地说："我不会让你失望。"

顾青裴和原炀约了明天商谈合作细节。他本应该亲自去的，没想到临时接到了王晋太太的电话，让他去趟S市，帮一个忙。由于他了解X国公司的情况，又在国内，他是最合适的人，他没法拒绝，只好立刻飞了S市，这头派了财务总监去和原炀谈。

他刚到S市，原炀的电话就追过来了："你怎么回事儿，说好今天亲自来，你给我跑去S市？"

顾青裴刚下飞机，风尘仆仆，加上感冒没好，心情有些恶劣，怒道："你怎么还能监测到我在哪儿？"

"你就那么怕我知道你在哪儿？你不就是给王晋老婆办事儿去了吗，你对你王哥真是情真意切啊，他老婆的生意都被你照顾得面面俱到。"

顾青裴急促道："原炀，我没空跟你扯淡，我忙什么生意本来就跟你不相干，我又不靠你发工资，你如果没有别的事，我就挂了。"

"有，这些人跟我谈不出什么进展，你别找他们来浪费我的时间。你什么时候回来？回来亲自找我谈。"

"三天后。"

原炀忿忿道："你凭什么对王晋那么好？"

顾青裴沉声道："他在我最难的时候帮过我，你知道什么是最难的时候吗？对，就是我临去X国前，你们原家父子把我逼得走投无路的时候！"

原炀一下子沉默了。

"你别再监听我的电话，别再追踪我在哪儿，别再管我跟谁说话、替谁办事，这些你都管不着！"顾青裴愤恨地挂了电话，对自己随时被原炀监视着这件事充满了厌恶。

在他生病期间，两人之间好不容易缓和下来的气氛好像一下荡然无存了，他心里难受起来。原炀为什么总用如此极端的手段对付他？原炀究竟想从他身上得到什么？

预计三天结束的事情，拖了快一个星期，就连王晋也去了S市，出于感谢，他还分了顾青裴一点利益。

顾青裴回到B市后，得知原炀成为了耀信证券第三大股东，和耀信证券联手入股信用社，两家加起来，一下子占了百分之二十八的股份。他在报纸上看到原炀和耀信的老总笑着握手，刘姿雯带着完美的微笑站在一旁，这张照片的构图真是好极了。他看看年轻英俊的原炀，再看看美丽优雅的刘姿雯，两人确实般配。原炀甚至告诉他，订婚宴会发邀请函。

顾青裴自嘲地笑了笑，为自己的浮想联翩而笑，为自己的耿耿于怀而笑。

第二天上午，他带着自己的人去找原炀。这是他第一次去原炀的公司，那个占据 CBD 最繁华地段的写字楼，昭示着原炀这两年多来的巨大成就。原炀的发展远超出他的预料，他在感叹的同时，多少有几分嫉妒。两年前的他不会想到，有一天他会坐在原炀的办公室里，和原炀谈判。

两年的时间其实很短，却改变了一切。

双方人马就合同条款进行了逐一的商讨，在口才方面顾青裴依然胜原炀一筹，但他发挥的作用不大，因为他发现原炀提出的合同条款对他们已经非常有利，无论从哪个角度来说，都没有再争议的必要，否则就是得寸进尺了。

谈判结束后，原炀道："顾总，我请你吃顿饭吧。"

"原总，不好意思，我晚上约了人，改天吧。"

"那我送你过去吧，既然晚饭你没时间，咱们车上谈。"

当着下属的面儿，顾青裴没法拒绝，只好跟着原炀走了。

两人一进车里，原炀立刻露出了尖耳獠牙大尾巴，质问了起来："你和你王哥在 S 市玩得怎么样？"

那讽刺的语气听在顾青裴耳朵里自然不痛快，他生硬道："好得很，不仅事儿办成了，还捡了个便宜呢。"

原炀明知道顾青裴故意气他，却还是忍不住上火："顾青裴，这世上再没有比你更欠的了。"

"原炀，这世上也再没有比你更会折腾人的了。"顾青裴看了看手表，"别耽误时间，快开车吧。"

原炀不满地哼了一声："你没饭局吧？"

顾青裴没搭理他。

原炀自作主张地带他去了斋菜馆："你的病刚好，吃素吧。"

顾青裴没有做无谓的抵抗。

吃饭的时候，顾青裴把话题带到了生意上，他知道两人只要一谈私人问题，保证掐起来没商量。他始终对原炀如何从原立江手里夺得控股权很好奇，但原

353

炀只说这件事需要他配合，说白了就是要比原立江先把钱弄出来。他猜想这里面可能涉及的东西太深，原炀不好说得太细，也就没再追问。虽然是如此大的合作，可他并不担忧，他知道自己信任原炀，原炀再怎么样也不会骗他。

两天后，顾青裴跟原炀签订了正式合同。两人既然有了合作关系，便共同忙碌了起来。他们曾经有一年的上下属关系，对彼此的工作习惯和风格极为了解，沟通和配合起来就像当初那么默契高效。

顾青裴有些感叹，如果生活上他和原炀能像工作上那么和谐，那他们之间的矛盾都可以迎刃而解。

企业家联会的秘书长提出了正式签订合同的日期。顾青裴接到通知后，跟原炀通了个电话，问他的款项到位没有。

原炀道："银行应该能在下周前拨款。"

"你的担保协议签了吗？"

"这不才刚接到确定日期，我明天就去跟泰择集团签协议，有了他们的担保，银行那边的款项不会有问题。"

"你倒是真有能耐，让泰择集团为你担保这么大笔的贷款。"

"我跟他们合作过，都没让他们少赚。"

"嗯，要确保万无一失。"

原炀隔着电话，想着顾青裴此时微微蹙眉专心思考的表情，心脏的位置涌出一股暖流。他道："你高兴吗？"

"什么？"

"这个项目成功了，会赚很多钱，你会很高兴吧？"

"如果成了那当然高兴。"

"那就好。"

顾青裴顿了顿，说："原炀，你想说什么？"

"你以前总嫌我让你心烦，给你添麻烦，现在总能让你高兴一回了吧？"

顾青裴轻笑："你以为你现在就不让我心烦，没给我添麻烦了？"

"不管怎么样……"

"你以前也让我高兴过。"顾青裴轻声说。

原炀怔了怔，声音微微颤抖："什么意思？"

顾青裴揉了揉眉心，意识到了自己的失态，声音恢复了正常："没什么。

我还得开会，款项到位之后你跟我说一声。"

"等一下！"原炀叫道，"顾青裴，本来这句话我不想在电话里问你……你以前真的在乎过我吗？"

顾青裴呼吸一滞，声音卡在喉咙里，吞不下去吐不出来。

"你从来没说过。"

"你问这个干什么？你不是恨我抛弃你吗？纠结以前的事，究竟还有什么意义？"

"顾青裴，你说实话。"

"我没空继续这种无聊的话题，如果没有重要的事，你不要老给我打电话了。"他说完再不犹豫，直接挂断了电话。他闭着眼睛按了半天的太阳穴，才精神了一点。跟原炀的事远比任何困难的工作都费神多了，他在工作中投入的只是脑力，跟原炀投入的却是情绪。

顾青裴下班的时候已经快九点了，难得今天没饭局，他只想赶紧回家洗澡睡觉。这段时间事情太多，他人都累瘦了。

他把车停在停车场，打开后备厢取东西。这时，他听到身后有一阵轻微的脚步声，刚转头，一个黑影朝他扑了过来。他心里一惊，来不及反应，就感到头上剧痛袭来，眼前发黑，脑袋越来越沉，最后失去了意识。

顾青裴是被冻醒的。他睁开眼睛后，发现自己躺在一张床上，床垫散发着潮乎乎的霉味儿，他被绑着手脚，姿势别扭，四肢都麻了。他回忆起了自己遇袭的细节，心里有些发慌，头上的伤口更疼了。

这里是哪里？什么人绑架了他？想要钱吗？

顾青裴脑袋上包了一圈纱布，但估计没怎么妥善处理，头发贴着头皮，伤口火辣辣地疼。他真担心自己感染，倒省了那些人撕票。他深吸一口气，大叫道："有人吗？有人吗？"

他叫了两声，就听到一串沉重的脚步声传了过来，一个流氓样的人粗暴地推开门，喝道："别叫了。"

顾青裴看了他一眼，平静地问："你们老大呢？"

那流氓挑挑眉："你怎么知道我不是老大？"

顾青裴不敢说你看上去傻了吧唧的，只好道："我猜的。"

"你找我们大哥干吗？"

"你们绑架我干吗？"

"废话，你又不是妞儿，绑你能为什么？"

"要钱吗？那你是不是对肉票好一点儿？我好饿。"

那人皱了皱眉头："哼，被绑票的口气还这么大的，你等着。"说完他噔噔噔出去了，过了一会儿，他端了一碗方便面回来，"吃吧。"

顾青裴给他看了看自己绑着的手。

"用嘴吸！"他粗鲁地把碗放在床头就打算走。

顾青裴叫道："兄弟，等一等。"

那人转头看着他。

"我被你这么一关，挺心慌的，你们想要多少钱？什么时候能放我走？"

"这些我不管，等我大哥回来他跟你说。"

顾青裴看这人嘴还挺严实，只好作罢。他虽然表面上还算冷静，心里却沉甸甸的。他怕死，真的怕死。他想到了原炀，原炀不是可以定位他在哪里吗，原炀能找到他吗？会不会来救他？他脑子里纷乱如麻，毕竟从来没经历过这样的事，他的知识和阅历在不讲理的罪犯面前显得苍白孱弱。该怎么办？他能活着出去吗？

如果他死在这里，他最后悔的就是昨天没能回答原炀的问题。

不知道等了多久，门被打开了，屋里瞬间亮了起来，晃得顾青裴睁不开眼睛。

"顾总，好久不见哟。"

顾青裴的心脏猛地一颤，他看着站在他眼前得意扬扬的人，竟是那个企图拿照片敲诈他，却被原炀教训了一顿的保安！

保安露出阴毒的笑容："委屈顾总了，要是上次顾总多给点儿钱，我就给你找个好点的宾馆了，哦，不对，要是顾总上次给够了钱，也没今天什么事儿了，你说是不是？"

顾青裴故作淡定地问："你想要多少钱，说吧，我让人给你送来。"

保安笑着走过来，伸手就给了顾青裴一个重重的耳光，眼中凶光乍现："你以为我要钱就完事儿了？那个姓原的差点废我一只手，我要把他的手指头一根一根剁下来！"

顾青裴眼神一暗："说到底我们之间也没什么恩怨，你想要多少钱，我给你就是了，并且保证不追究，可真要伤了人，这性质就不一样了，何必呢？"

保安揪着他的头发，冷笑道："你以为我会相信你？上次你说要给我钱，转头就带了一帮人堵我。我要是没给自己留好后路，我也不会下这个手。顾青裴，咱俩恩怨可大了，等姓原的来了，我两个一起收拾。"

顾青裴强压着怒火，一声不吭。

保安拿出一个电话，顾青裴一眼认出那是自己的。他拨通了原炀的电话，那头很快接了电话，第一句话就是问："喂，你跑哪里去了？"

顾青裴心里一紧，马上喊了一声："原炀！"他想阻止原炀继续说下去，他不能让这些人知道原炀能定位他。

保安骂道："闭嘴。"

原炀在电话那头沉默了一下，低声道："我记得你的声音。"

保安得意地笑起来："你记得就好，省得我跟你解释了。我这手差点儿让你废了，你别以为我会轻易放过你。"

原炀冷道："你想怎么样？要多少钱，说吧。"

"你把五百万现金中的四百五十万换成旅行支票，剩下的五十万要现金，明天下午你一个人去我指定的地方，我的人会带你过来。别要花样，我已经豁出去了，你要是敢动歪心思，我就把顾青裴剁了。"

原炀几乎没有任何犹豫："好。"

"我明天下午到哪里等？"

"明天再通知你，记住，一个人来。"

"你明显变聪明了。放心吧，人都在你手里，你还担心什么。"

"最好是这样，否则你来了就等着收尸吧！"挂上电话后，保安冷冷地看着顾青裴，就像在看一个死人。

顾青裴心中疑惑更重。原炀说得对，这个保安变聪明了，绑架的事是有预谋的，而且他知道如何安全地拿钱，这说明他受到了什么人的指点，或者说指使。顾青裴第一个想到了原立江，可他又马上否决了，他不相信原立江会用这么极端的手段对付他，原立江更没必要这样对付自己的儿子。

不是原立江，那会是谁？谁跟他们的利益息息相关？

保安走后，屋里又陷入一片漆黑。

顾青裴已经被绑缚着四肢整整一天了，他的身体僵硬难受，又饿又冷，时间的流逝对他来说是煎熬。

原炀会来救他吗？他一边希望原炀来，一边又担心原炀来了会受伤。听那保安的意思，这次是有备而来的。不过，原炀能定位他的位置，应该有办法救他吧？

他在疲倦和精神压力下，没撑多久就睡着了。睡到半夜，他被异响弄醒了，有人大叫了一声"着火了"！

　　顾青裴果然闻到了浓烟的味道，看守他的一个人跳起来打开了门："怎么了？怎么了？哪里着……"他的话还没说完，人就砰的一声倒飞进了屋子里。顾青裴借着微光一看，是原炀的一个保镖，他不禁激动了起来。

　　另外两人掏出刀子朝保镖冲了过去，保镖三两下就把人撂倒了，然后朝门外大喊："人在这里。"说完转身出去，估计是去帮其他人了。

　　隔壁房间的打斗震得顾青裴身下的床都在抖。突然，他这边的窗户被打开，窗帘被用力扯到一边，发出刺耳的声音。顾青裴猛然转头，看到那保安拿着把沾血的刀子冲了进来。他这才知道自己这个房间跟隔壁间的阳台是互通的，还没来得及多想，保安一把揪住他的胳膊把他拖到了地上。

　　慌乱中顾青裴撞到了头，他伤口未愈，疼得眼冒金星。

　　几乎是同时，原炀高大的身影出现在门口，他一怔，狠狠踹了保镖一脚，怒吼道："为什么不先救人？"

　　保镖也知道自己犯傻了，紧张地看着顾青裴。

　　面色狰狞的保安把刀子横在顾青裴的大动脉上："姓原的，你要是敢上前一步，我就抹了他脖子。"

　　原炀气得脸色发青。他没想到自己的保镖这么缺乏实战经验。这个废旧旅馆房间太多，他不知道顾青裴在哪间，如果一开始是他进了这间屋子，绝不会发生这样的事。他咬牙道："你想怎么样？"

　　保安恶声道："我要把你的手指一根一根剁下来。"

　　原炀目光凶恶如狼，死死盯着对方："你想剁就剁，但是你敢伤着他，我会把你切成片。"

　　顾青裴做了个吞咽的动作，额上汗如雨下。

　　保安心里一颤，为了掩饰恐惧，他吼道："你把我的人放了。"

　　原炀挥了挥手，把几个还站得起来的人都放了。

　　保安喘着粗气说："你准备好钱没有？"

　　原炀道："没有，银行早下班了。"

　　"你找死！"

　　"还有三个小时银行就上班了，我立刻让人去取钱。我劝你别干蠢事，你如果敢碰他，你不仅一个子儿也拿不到，而且我会杀了你。"原炀森冷地盯进他的眼眸，一字一句道，"我一定会杀了你。"

保安露出疯狂的笑容："我不动他可以，但我饶不了你。"

原炀甩了甩修长的手指，阴笑道："我把手送给你，你敢不敢来？"

保安踢了自己的手下一脚："去，把他手指给我剁下来。"

那手下吓得一哆嗦，他壮了壮胆子，抽出刀，朝原炀一瘸一拐地挪了过去。另一个人胆子大，看他行动不方便，也跟着过去，一脚踢在原炀的膝盖弯上，原炀顺势单膝跪在了地上。那人一见原炀矮身，顿时惧意消减不少，狠狠踹了原炀一脚。

原炀幽暗漆黑的双眸无言地看着两人，那眼神就好像在看两只死狗。

两人心头大震。

保安叫道："怕什么！他不敢动，把他手指剁下来，一根也别剩！"

一人蹲下身，抓着原炀的手腕，把他的手掌按在地上，另一个人比画着手里明晃晃的刀子。

顾青裴看到这里终于忍不住了，颤声道："你要多少钱？我一分不差你，你要真伤了人，麻烦就大了，做这种事除了能解一时之气，毫无意义。"

那保安喝道："闭嘴！"

原炀静静地看着顾青裴，轻声道："你别说话。"

顾青裴害怕得浑身直抖，如果他真的看到原炀的手……不行！

"赶紧动手！"保安大吼一声，催促道。

抓着刀子的人一咬牙，瞅准了原炀的小指扎了下去！

顾青裴大吼一声："别碰他！"那音量震得他身边的保安都愣住了。

千钧一发之际，原炀突然从地上弹起，不费吹灰之力挣脱了束缚，整个人像一只豹一样扑向了顾青裴，速度之快，让人眼花。保安眼见原炀冲了过来，还没等他大脑做出反应，就感觉大腿一阵剧痛，他低头一看，一把刀子插到了腿上。紧接着，他被原炀扑倒在地，石块一样的拳头砸在他眼睛上，一下子把他砸蒙了。

原炀的保镖扑上来制住了其他人，短短几秒，局势突然逆转，顾青裴身体乏力，扑通一声倒在地上。

原炀骑在那保安身上，把刀子从其腿上拔了出来，头也没回地对自己的保镖说："把人先带出去。"

保镖会意，割开顾青裴的绳子，把身体僵硬无法站立的顾青裴扛了起来，往外走去。

TIT FOR TAT

Chapter 22

过了十来分钟，车门打开了，原炀坐进了车里，神色阴沉，看着非常吓人。顾青裴眼睛一眨不眨地看着原炀，不知道该作何反应。

原炀一开口，声音已然哽咽："吓死我了。"

顾青裴的心一下子软了下来，他鼻头酸涩，也有些想哭的冲动。

从未体会过的恐惧侵蚀了原炀的心，如果顾青裴发生半点意外，他杀了自己都不够。还好，还好，怀里的人是热的。

顾青裴颤声道："原炀，你哭了吗？"他能感觉到原炀身体的颤抖，他甚至觉得自己的肩头有些微的湿意，不知道那是不是他的错觉。

"胡说。"原炀以极轻的音量说道。

顾青裴低声道："你把那个人怎么了？"

"你不用管。"原炀闭上眼睛，渐渐从那种暴戾的状态中脱离了出来，心也慢慢平静下来，"我只是正当防卫，不用担心。"他吸了吸鼻子，终于坐直了身体，眼圈发红地看着顾青裴草草包着纱布的脑袋，还有脸上的瘀肿，他催促司机，"开快点儿，还有多久到医院？"

"几分钟。"

"快点。"原炀心焦不已。

顾青裴安抚道："行了，我真没事，就是头有点晕。"

原炀哑声道："你现在知道我为什么要看着你了吧？"自从刘强闯进他们家，拿走他的笔记本开始，他就对顾青裴的安全问题耿耿于怀。他现在看着顾青裴受伤的样子，就想狠狠抽死自己。任何敢伤害顾青裴的人，他都不会放过，可他最不能放过的就是自己，一切的一切起因都是那段视频，如果没有那段视频，什么都不会发生，顾青裴不会受辱，不会远走异国，也不会有今天这一幕。他再怎么怨恨顾青裴背叛他，都是给自己找的借口，他其实最恨的就是自己，以前那个莽撞的、不争气的自己。

顾青裴无奈道："那也不是你监视我的理由，没人愿意被监视。"

原炀的手贴着顾青裴的后脑勺，预防他因为车辆颠簸而碰到脑袋："我现在不想跟你争论任何问题，等你的伤处理好了再说。"

顾青裴叹了口气，也不想再多说什么。

车很快到了医院，原炀扶着顾青裴进了急诊室。

顾青裴的伤口处理得很粗糙，血把头发粘成了块状，必须先剃一部分头发，这把顾青裴郁闷坏了。他是一个极注重个人形象的人，让他变成秃瓢，简直要抓狂。看着自己唰唰落下的头发，他很是郁闷。

原炀的眼睛则一直盯着顾青裴的后脑勺，直到那半截手指长的伤口露出略显狰狞的全貌，他眼神一暗，双手紧紧握成了拳头。

哪怕两人最开始相遇，他恨顾青裴恨得咬牙切齿的时候，他也没动手揍过顾青裴一下，不是因为别的，只是他觉得顾青裴身上那股斯文儒雅的气度就不适合与野蛮沾边。他从来没想过在自己的掌控下，会让顾青裴受这样的伤和惊吓，他简直恨不得把那绑匪的肉一块一块咬下来。

由于伤口上糊着血痂和头发，护士用碘伏擦洗了半天，疼得顾青裴脸都皱成了一团，他又不好意思出声，额上的汗顺着脸颊狂流。

原炀心疼得都不知道该怎么办好了。这是他原炀认可的人，少根头发他都要跟人急，现在却被打成这样……想到自己刚才从那保安嘴里问出来的东西，神色变得阴冷无比，他一定要让那个背后主使者付出惨痛的代价。

处理完头上的伤口，顾青裴自嘲地摸了摸头："这下我不用出去见人了。"

原炀轻声道："你又不是女的，没头发有什么关系。"

"男的也要脸啊。"顾青裴烦躁地说。这两天经历的事情让他精神紧绷，现在安全了，他整个人都困乏不已，感觉自己闭上眼睛就能睡过去。

原炀把他从椅子上拽了起来："回家睡去。"

顾青裴被他拽上车，眼皮就开始打架，不知不觉就在车上睡着了。

第二天，顾青裴是在原炀家醒来的。他当时懒得挑地方，倒在原炀床上就睡了个昏天暗地。醒来后，他冲了个澡，开始分析整件事情："那个保安绝对是受人指使的，从很多细节都可以看出来。"

原炀正在给人发短信，低着头嗯了一声。

顾青裴敲了敲桌子："你是不是知道什么？"

原炀抬起头看了他一眼。

顾青裴也认真地看着原炀："如果有人指使他，那就证明我的照片现在还有人想利用，所以无论你知道什么，我都应该知道。"

原炀沉声道："你知道典胜这家风投公司吗？"

"知道。"

"那你知道他们老板是谁吗？"

"没接触过。"

"上次拍卖会坐在王晋旁边那个人，王晋叫他薛会长。"

"他？"顾青裴想起了那个人，当时原炀走过来，他听到那个薛会长低声讽刺。当时王晋介绍的时候，说他是亚太什么金融合作协会的会长，这种打着全球、亚洲、中国旗号的乱七八糟的组织多了去了，名头叫得响，正规的没几个，大部分不是骗傻瓜的就是用来避税的。而且当时薛会长明显跟原炀不对付，所以他本能地也有些防备，连名片都没留。

"对，他是典胜的大股东，这次想以一个云省的矿产资源入股信用社，占百分之十五的股份。本来开始我爸也心动了，但是被我查出那个矿之前因为无证开采被政府罚过，办理采矿证的过程现在还卡在环评，还有官司纠纷，是一个一团糟的项目，后来秘书长给他打压到百分之五，还爱要不要，估计是把他惹火了。"

顾青裴沉思了片刻，说："这事儿恐怕没完。"

"会解决的。"原炀沉声道，"今天上午，我跟他通过话了，我有解决的途径。"

"你又想用什么方法？原炀，你不要再跟我说不用我管，这也是我的事，何况让你解决你真的解决了吗？如果你真的解决了，我这一脑袋绷带是怎么回事？"

原炀咬了咬牙，看着顾青裴，轻声问道："你会为了视频的事，恨我一辈子吗？"他一直试图把这件事的影响从顾青裴心里抹掉，可他知道自己永远不可能让那些照片彻底消失。他以为只要自己足够强大，就能给顾青裴撑起保护伞，但总是有雨滴不经意地飞进来，他防不胜防。

顾青裴愣了愣，哑声道："过去的事了，如果没人提，我也不那么在意了。"可他仅仅回来三四个月，就出了这么多事了。

原炀抹了把脸："跟那段视频有关的任何事，我都会负责清理干净，不管付出什么代价。顾青裴，就算……就算你因为这个怨我一辈子，我也不会不管你。"

顾青裴正色道："我没那个闲心怨谁一辈子，出了问题，我只想寻求解决的办法，而不是总结成因。现在你告诉我，你要怎么对付那个薛会长？"

"我手里有一些他想要的东西，我让给他。"

原炀说得轻描淡写，顾青裴却觉得这里面的利害关系一定很大，他道："不会是信用社的股份吧？"

"不是，那个绝不能给他。"那是原炀展示给爸爸的筹码。

顾青裴失望地说："你不愿意说就算了，我跟你越来越难以沟通。我先回去了，下星期签合同，到时见吧。"

原炀站了起来，在背后叫住了他："我有个问题。"

顾青裴没有回头，而是低着头穿鞋："你说。"

"这两年，你想过我吗？"

顾青裴身形微微一顿，旋即坦然地说："想过。"

"想的是什么？"

"想……好的事情。"顾青裴淡然地看着原炀，"没别的意思，只是想好的事情，能让自己心情好一点。"

好一句没别的意思，原炀露出一个艰难的笑容。原炀何尝不想在两人重逢的瞬间就坦然地告诉他自己有多想他，可他能预料到自己得到的会是什么。他会得到跟两年前一样的冷漠和拒绝。而他依然在做着自以为有用的努力，不管结果如何，他从来没打算放弃重视的人。他看着顾青裴，胸中压抑着疯狂的悸动，他有多依赖顾青裴，也就有多恨。

顾青裴轻声道："我走了。"

从原炀家出来的那一瞬间，顾青裴感觉自己终于能顺畅呼吸了，就好像那只扼住他喉咙的手松开了。和原炀度过的每一分每一秒都让他感到窒息，他觉得两人走进了一个莫名的死胡同，谁也无法解脱。原炀的态度让他捉摸不透，时而轻蔑戏弄，时而又处处为他着想，他被这些反反复复的态度弄得更加谨慎戒备，唯恐现在这个城府颇深的原炀在戏耍他。他在原炀这里吃过的苦头，足够他记一辈子，他必须步步为营，才能不被迷惑，才能在原炀意义不明的态度里保持清醒。

他这个年纪，如果再因为感情问题牵扯不清，赔了脸面又赔工作，他还如何自处？犯傻的事情，这辈子一次足矣。

两个人身体隔着一道门，心间堵着一整面墙。

顾青裴回到家之后，不知道哪根筋抽了，打开自己的电脑，找到了一封多年前的老邮件，点开了，里面是那几张流传出去的他的照片。

他这么多年一直避而不看，就是怕影响自己的心情。现在认认真真地看着这几张照片，当年那种羞臊得头脑发热、脸颊发烫的感觉已经没有了，或许是时间过去太久，麻木了，或者是从心理上战胜了对这件事的恐惧，他现在心情平静得出乎自己的意料。如果不是这次碰到绑架事件，他对照片的事真的已经淡忘了。

他自嘲地笑了笑，把网页关了。这样最好，只要他自己想开，什么事儿都不是事儿了。

星期五晚上，顾青裴接到了王晋的电话。

"喂，王哥。"

"青裴，你是不是跟原炀合作信用社的项目呢？"

"是啊。"

"我这里得到些消息，我觉得有必要提醒你。"

"什么消息？"

"原立江和薛会长不知道用什么手段搞定了秦泽集团的高层，现在秦泽集团拖延时间，不肯跟原炀签担保协议，协议签不了，银行就不会放款，原炀没法在星期一付款，你们那个合同签不成了。"

顾青裴心里一沉："王哥，这个消息靠谱吗？"

"靠不靠谱，你打电话问问原炀不就知道了。他这两年跟他的亲爹斗得凶狠，去年他撬走了原立江六个多亿的合同，今年原立江发威了。青裴，你赶紧撤股吧，原立江那边儿肯定是有筹钱的路子了，只要能拖延你们付款，大股东的位子还是原立江的。原立江为这个信用社的事运作了这么久，怎么可能看着他坐收渔翁之利呢。"

顾青裴沉吟了片刻："王哥，你还知道什么？都告诉我吧。"

王晋叹了口气，道："虽然我挺不想说的，但原炀跟原立江闹成这样，确实是因为你。"

"王哥，我想知道的是生意上的事儿。"

"生意上的，我知道的就这么多了，秦泽集团愿意给原炀担保那么大金额的贷款，原炀的工作做得非常厉害了，不过看来还是没比过他爸，我猜原立江就等着这一手呢，等着他把一切都计划好，再让他尝尝功败垂成的滋味儿。"

顾青裴深吸一口气，再慢慢呼出，声带有轻微的颤抖。

"青裴，撤股吧，别跟着他们折腾了。我说句不好听的，原炀想占大股东，又拿不出那么多钱，所以左手拉一个小女朋友，右手拉一个你，三家一合作，正好能跟原立江杠上。我们撇开利益不谈，你被原炀这么利用，自己不觉得难受吗？"

顾青裴僵硬地笑了笑："王哥，这件事不能撇开利益谈，利益才是整件事里我唯一追求的，怎么能撇开？既然都是以利益为出发点，何来利用一说？"

"你只是不想承认罢了。青裴，你问问自己，原炀搂着耀信老总的女儿，以联姻的架势跟耀信合作，他们占的股份比你大，以后有的是办法逼你出让股权。等原炀跟那小姑娘一结婚，他就是信用社名副其实的董事长，你真的从来没想过有那一天吗？"

顾青裴的手慢慢握成了拳头，他依然故作淡定地说："王哥，任何投资都有风险，我都已经想过了。你想跟我撇开利益谈这件事，但我只想跟你撇开感情谈。撇开感情来说，第一，信用社注册成功后，我持有的股份足够支撑我公司未来三到五年发展所需的流动资金；第二，让我顾青裴出让股权，要付出很大的代价；第三，如果那代价很可观，那么同样说明我投资成功了。这件事怎么看，对我都是有利的。王哥，说来说去，不就是商业合作嘛。"

王哥叹道："青裴，你非要这么说，我也就不多说什么了。越跟你接触，我就越了解你，你心里在想什么，我们不争论了，我只希望你能一直顺风顺水，不要在任何人身上摔跟头。"

"你放心吧，我心里有数。"

"信用社的事，你做什么打算？"

"我会跟原炀沟通的，毕竟这个项目我是真的想做。"

"你……唉，算了……"王晋顿了顿，嗓音温和动听，"如果你需要我帮忙，我会尽力帮你。"

顾青裴并不在意王晋说的话有几分是客套，但他依然很感动："谢谢王哥。"

挂了电话后，顾青裴套上衣服就出门了，一边开车一边给原炀打电话。

电话好半天才接通，那头正放着舒缓的轻音乐，原炀的声音很沉稳："喂，顾总。"

"你在哪儿？我得到消息了，我们现在见一面，商量商量对策。"

"我现在没空。"

"你在谈事儿？"

原炀正打算说话，顾青裴就听到那头传来一个中年男音："是青衍投资的顾总吗？"

原炀回道："是。"

顾青裴皱眉道："你和谁谈事儿呢？"

"顾总要没事儿，就请他过来吃顿饭吧，咱们也算间接的三家合作，应该见见面。"那男人又道。

原炀顿了顿才道："我和耀信的刘总在一起，你过来一起吃顿饭吧。"

顾青裴一怔："你未来老丈人？"

原炀道："我们以后就是合作伙伴了，应该聚一聚。"

顾青裴的眼神暗了下去："好，我现在过去。"

他挂了电话，抓着方向盘的手背因为用力过猛而突起青筋。

顾青裴一进包厢，就看到了耀信的老总坐在一边，原炀和刘姿雯坐在另一边，俨然是女儿带着男朋友见老丈人的架势。

刘总笑着过来跟他握手："顾总，久仰久仰。哎哟，这脑袋怎么了呀？"

"呵呵，我碰上抢劫了，没大事儿。久闻刘总大名，今天能和刘总结识，真是荣幸。"

两人客套了一番，刘总把他让到自己身边的座位坐下了。

四个人，两两相对地坐着，顾青裴自然而然地被划拨到了长辈那一边。他感到有些想笑，却笑不出来。

顾青裴和刘总互相恭维了几句，就把话题带到了正事上："其实我今天找原炀是听到了一些对我们不利的消息，现在刘总也在，我们正好商量商量。"

原炀道："我今天也是为了这个跟刘总见面。"

刘总叹了口气，说："这个事情太麻烦了，其实我一开始对这个投资就有些犹豫。说句实话啊，原总，如果不是因为咱们有这层关系，这么大的投资我真要再考虑个把月，现在出了这个事，说不定就是给我们时间好好冷静、反思一下。"

原炀道："如果真的拖个把月，我们半个股份都捞不着了，事情已经运作到这一步，我还是想坚持走下去。"

刘总看了看他，又看了看自己的女儿，圆滑地说："原总，我不是不信任你，我连唯一的女儿都愿意交给你了。但你是知道的，我这是上市公司，虽然我是董事长，但是给你做担保不是我一个人能决定的，得上董事会讨论，要召开董事会，我得提前十五天公示，会议紧赶慢赶也得下个月才能开，开了还得给董事斟酌、决策的时间，怎么可能赶得上下星期一签合同呢。"

原炀笑了笑："既然刘总有难处，我就不勉强了。"

顾青裴马上听明白了，原炀这是指望耀信给他担保贷款呢，而明显刘总根本不愿意给他担保。耀信的董事局结构，里边有三个都是刘家的亲戚，而刘总本人持股超过百分之六十，真要做决议，其实只要刘总点头，总有办法，但只要刘总不愿意，总有一堆借口。

顾青裴完全理解刘总的决议，换作是他，也不可能冒冒失失地同意给一个人做担保，万一钱还不上，那真是血本无归。他看了看原炀，原炀正巧也在看他，两人四目相接的一瞬间，顾青裴在原炀眼里看到了一丝冷意。

刘总安抚道："原总，虽然这个我实在无能为力，但是只要你能在星期一拿出钱来，我还愿意履行合同，在信用社这个事情上和你们继续合作下去。"

顾青裴看得出来，这个刘总已经认定原炀不可能弄得出钱来。

"有这句话我就放心了。刘总、姿雯，我和顾总先走了，我们还有事儿要办。"

从头到尾就像一个装饰品一样没插一句话的刘姿雯此时也只是淡淡地点了点头，好像几人的谈话跟她没有任何关系。

刘总热络地把他们送到了门口。

两人跨出餐厅后，顾青裴沉声道："究竟是怎么回事？你把事情说清楚。"

原炀反问道："是谁告诉你消息的？"

"王晋。"

原炀嗤笑了一声："他等着看我笑话吧。"

顾青裴道："你现在还有心情想着人家看不看你笑话？我现在只想知道你有什么解决的办法。"

"没有，我现在还没想到。"原炀干脆地摇头。

"今天已经星期四了，没剩几天了。"

"只要能拿到担保协议，随时能放贷，但是秦泽集团拖着，我目前确实没办法。"原炀眸中透出寒光，喃喃道，"我太小看他了。"

"'没办法'，真是好答案。"

"这几天让我想想吧。"原炀按了按发痛的太阳穴，疲倦地说，"你先回去吧，我没空和你解释了。"

顾青裴道："我认识一家风投公司，晚上我把人约出来见一面吧。"

“你自己也知道没用的，那么大笔贷款的担保，没有哪个公司会在两天之内做决定。”

顾青裴叹了口气，感觉脑袋又开始疼了。

原炀正打算走，电话却响了起来，他掏出手机一看，皱了皱眉头，犹豫了一下，还是接了：“爸。”

顾青裴扭头看着他。

原炀抬头往楼上看了看，然后说：“有事吗？”

顾青裴下意识地跟着原炀抬头，在三楼窗户旁看到了原立江。原来他也在这儿吃饭。

原炀挂了电话，对顾青裴说：“我爸让我们上去。”

顾青裴看着他，没有说话。

原炀道：“你不想见他就别上去了，我自己去，我想看看他要说什么。”

“没事，我跟你一起去，”顾青裴目光冰冷，“我同样想知道他想说什么。”

两人上了楼，走进包厢。屋里一桌子残羹，看来原立江在这里出现，真的是巧合。原立江站在窗前，道：“屋里信号不好，刚才我去窗边接个电话，就看着你们了，挺巧。”

原炀单刀直入：“爸，有什么话直说吧。”

原立江看了他一眼，嘲弄道：“亏你还能叫我一声‘爸’，你现在家不要了，爸妈不要了，弟弟妹妹也不要了，你怎么还好意思叫我一声‘爸’？”

原炀平静地说：“您如果不愿意让我叫，我以后不叫就是了。”

原立江眉毛一横，似乎要发火，却生生忍了下来。他看了看顾青裴包着纱布的脑袋和浮肿的半边脸，解释道：“薛林做的那件事，跟我没有关系，虽然我们有共同利益。”

顾青裴道：“这件事永远不可能跟你没有关系，没有你做过的事，就没有那些人威胁我的筹码。”

原立江脸色阴沉地看着原炀：“所以这两年多来，你就一直怨恨我？”

原炀不置可否。

“我一直很想知道，你处处跟我作对，抢我的生意，挖我的墙脚，究竟是图的什么？你是我儿子，难道这些以后不都是你的？”

原炀直直地看着他，没有回答。

原立江眯起眼睛：“我分析了一下，你是想证明自己比我强吗？”

原炀道："爸，我没空听这些，如果你不说正事，我们就走了。"

原立江哈哈笑了两声，笑声很是沧桑："原炀，你有没有想过，你不顾一切地帮顾青裴，顾青裴对你有几分感情？你能为了他跟我闹成这样，他又为你做过什么呢？"

原炀和顾青裴脸色均是一变。

"爸，最没资格议论这件事的就是你。"原炀冲顾青裴道，"走了。"

"慢着，"原立江看着原炀难看的脸色，觉得自己的目的已经达到了，他道，"我现在跟你说正事。这次的项目你做不了，秦泽集团不会跟你签担保协议，现在不会，以后也不会，你拿不到那笔钱。只要你无法入股，耀信就会跟着撤资，你们死了这条心吧。"

原炀冷道："没到最后一刻，别把话说得太满。"

"不然你还有什么办法？"

"我一定会想出办法。"

"原炀，你别逞强了，有哪个公司会在两天之内决定给你担保那么大笔的贷款？这个公司要同时满足以下条件：第一，公司资产总额能覆盖你要贷款的数额；第二，老板是控股人，马上就能拍板同意；第三，闭着眼睛都敢把钱投给你。哦，这个世界上倒是有那么一个，就是你爸我，可惜……"

"还有一个。"顾青裴平静地看着原立江。

原立江犀利的目光落到了顾青裴身上。

顾青裴从容地说："我给原炀担保。"

此言一出，原家父子俩都说不出话来了，原立江难以置信地看着顾青裴，原炀的拳头握得咯咯响。

原立江愣怔过后，冷笑道："好大的口气，你拿什么给他担保？"

顾青裴平静地说："我的公司在B市、Q市、H市和海城分别有地产项目，在北方还有一个大型林业项目，虽然现钱都压在地里，但公司资产评估总额足够覆盖原炀的贷款额度，我有没有实力给他担保，不劳你操心。"

原立江挑了挑眉："我倒是小看你了。"

"我工作这么多年，有些自己的积累并不奇怪。"

原立江冷哼道："这些就是你全部身家了吧，一旦原炀还不上钱，你就落个倾家荡产的下场。顾青裴，你这么谨小慎微的人，愿意做这样的事？"

顾青裴直视着他："我有把握，同样不劳你操心。"

原立江直直地看着顾青裴，眸中带着探究和审视。

顾青裴低声对原炀说："走吧。"说完转身往外走去。

原炀紧跟在顾青裴身后，两人一路无话，直到经过一个空的包厢，原炀一把抓着顾青裴的胳膊，把他拖进了包厢里，并顺手锁上了门。他死死盯着顾青裴，气息不稳，眼圈有些发红："你为什么要这么做？我从来没要求你为我担保。"

"我是为了我们的项目，我们有共同的利益，我……"

"放屁！"原炀按着他的肩膀，直直望着他闪躲的眼神。原炀的胸口起伏不定，压抑着强烈的情绪："顾青裴，你说实话，你为什么要这么做？你明知道给人担保要冒多大风险，这个公司是你全部的身家，你为什么敢给我担保？你为什么这么做？你给我说实话！"原炀激动得手都在发抖，抓得他肩头生痛。

为什么这么做？因为看着原炀落于原立江下风，他不痛快。他从小就比同龄人成熟，活了三十五年，因为冲动行事而后悔的事他几乎想不起来。他一直以来都是一步一个脚印，连落脚点都计算好了才迈步子，每一步使用多大的力道，付出怎样的气力，可能收获什么，可能失去什么，他都要前前后后想清楚了才抬脚，他做梦也不会想到，他会在一念之间把自己的全部身家抵出去。可他没后悔，也没想收回自己说的话，尽管他随时都可以反悔。

他为什么这么做？说来说去，只不过是他想这么做罢了。他想看着原炀赢，就好像原炀赢了，他就赢了。可是他知道，换作世界上任何一个人，他绝不会做出这样莽撞的事，也只有原炀了，只可能是原炀。他低下头，轻声道："我相信你能还上。"

原炀强迫他看着自己："我不想听这些，我要听你的实话。你是为了我吗？顾青裴，换作以前，打死我都不相信你会说出那样的话，你不是最谨慎小心吗？你为什么能在几分钟之内就做这样的决定？你是不是因为我？你是不是很在乎我？你说实话！咱们认识三年了，我就要这句实话！"

顾青裴心痛得有些喘不上气来："你这个白痴，我当然在乎你。"

原炀呼吸一滞，突然厉声道："那你为什么要离开我？为什么非要走？为什么要帮着王晋对付我？你到底为什么？"

顾青裴怔怔地看着他："原炀，你是不是真的以为，我当初不跟你合作就是嫌弃你没本事？其实你能不能挣钱根本不重要，我顾青裴身为一个男人，会连一个你都养活不起吗？何况你还那么好养活……你到现在还是不懂，我为什

371

么没法留在 B 市。"

原炀颤声道:"因为我爸,是吗?我知道你顾忌我爸,所以我这两年来一直在努力。没错,我爸说的是,我就是要比他强,我要让你回来的那一天知道我比我爸强,他动不了你,你可以安安心心地留下!"原炀的声音抖得不成样子,"我一直在等你,如果不是因为你,我为什么要处处跟自己的亲爹作对?你明不明白?顾青裴,你为什么不能早说一句实话?你为什么不能告诉我,你为了我也能冲动一回,也能赌一回?我为了你一句话,什么都能豁出去!"

顾青裴实在承受不住,眼泪夺眶而出,他张了张嘴:"原炀,我们……"然后他就说不下去了。和原炀从认识到现在的一幕幕全部浮现在他脑海中,他们斗过、闹过,也幸福过,直到最后不欢而散、不告而别,那几个月的经历,他刻骨铭心。这个世界上再也不会有一个人能让他牵肠挂肚、念念不忘,又想靠近,又想远离。他觉得自己这辈子也算是栽了,否则凭他一贯的冷静自持,明明能清楚地分析其中利害,又怎么会依然执迷不悟。他以为两年时间能改变很多,至少他能把原炀放下,可惜他发现,分开了两年,身体走得再远,心却困在原地。他心里挂着的人始终是原炀,什么也没改变。

原炀哽咽道:"你不准再走了,哪里都不准去,不管发生什么事我都不会放开你。你点个头的事儿,我们什么都能扛过去。"

顾青裴轻声道:"你说得好听,你都交了女朋友,人生要开启新的旅途了,我们注定要分道扬镳。"

原炀道:"你是看不惯吧?我问你,你还不承认,你说句实话能憋死你啊?"

顾青裴微微别过头说:"我没,我是在陈述一个事实,你确实……"

"我和她只是合作,"原炀凝视着顾青裴的眼睛,"她爸妈正在闹离婚,她爸的情妇生了两个儿子,她想为她妈从她爸手里抢过来一些东西,所以我和她合作。"

"就这样?"

"我什么时候骗过你?"

顾青裴吸了吸鼻子,顿时感到有些难堪。他强自淡定地说:"行了,这是你的私事,不影响生意就行,还有好多事要做,我去整理一下文件,你银行那边到底有没有问题?我们……"

原炀突然破涕为笑:"你紧张或心虚的时候,就会说些废话。"

顾青裴佯怒道:"我从来不说废话,我们确实没多少时间了,我现在回公司准备材料，你看你能做什么，抓紧做。"

原炀道："我明天约了银行的人面谈，现在什么也做不了，我陪你回公司。"

"才八点多，你不如现在把人约出来。"

"不急于这一时，我现在就想跟你回公司。"

顾青裴皱眉看着他。

原炀霸道地说："我现在哪儿都不想去。"

顾青裴哭笑不得。

两人驱车往顾青裴公司开去。办公室里漆黑一片，跟白天迥然不同。

顾青裴带着原炀去了档案室，把几个项目的资料全部拿了出来。他翻看了一下："还好这些土地都做了评估，不然肯定来不及。资料明天要整理好，同时也要做两手准备，把事情全部梳理一遍，想想万一真的最后无法付款，我们怎么应对。"

原炀点点头，接过了资料。他们当天晚上没回家，熬夜整理资料，为了即将迎来的一场战斗。

第二天，原炀去见了银行的领导，顾青裴准备担保合同。两人兵分两头，争分夺秒地忙活。

顾青裴一觉醒来，才想起自己下午累得睡着了。

如果不是因为原炀，顾青裴从来不觉得自己的年纪有什么问题，三十五岁的男人正当年，事业有成，稳重老练，到哪儿都吃香，可是当面前有个二十多岁的参照物时，事情就不一样了。

两人吃过饭，继续忙碌起来。

第三天一大早，原炀拿上担保合同去银行做工作，终于成功拿到了贷款。他从银行总部大厦出来后，第一时间打电话给顾青裴，分享这一好消息。

顾青裴如释重负，在电话那头长舒一口气："太好了。"

原炀嘴角挂着他自己都想象不出的温柔笑容："如果没有你的话，这件事儿肯定就没戏了。"

"那是当然，你一时间上哪儿找人给你担保去？"

"你真让我意外，我没想到你会做出这样的事。"

顾青裴沉默了片刻，感慨道："我也没想到。"

原炀道："你没后悔吧？"

"合同都签了，我后悔也晚了。"

"说老实话，你后悔吗？"

"不后悔，我做事一向不后悔，何况……"

"何况什么？"原炀追问道。

"何况这是给你的，我相信你。"

原炀心中涌上一股暖流："我真想现在就出现在你面前，好好庆祝一番。"

顾青裴低笑两声："你今天还是别过来了，我很忙。等事情办成了我们再庆祝。"

"我要过去。"

电话那头的顾青裴只剩下笑声。

原炀驱车去了顾青裴的公司，顾青裴果然带着一堆人在加班。那些人对原炀都不陌生，因为他已经连续三天往他们公司跑。

顾青裴一看他来，就知道工作做不下去了，收拾了东西跟他走了。两人开车走了一段，顾青裴问道："这不是回我家的路，去哪儿啊？"

"去以前的地方。"

顾青裴愣了愣，知道他说的是两人以前住过的那套房子："那房子是你在看着？"

"嗯，"原炀想到顾青裴那时候撒手就走，心里依然有些憋屈，"定期有人打扫，我偶尔会回去。"

顾青裴也不知道该说点儿什么，气氛一时有些尴尬。

进屋后，顾青裴环顾四周。上次他在这里醒过来，没怎么花心思仔细打量就跑了，现在认真巡视了一遍，发现这里跟两年多前真的没有任何改变，他走的时候什么样，现在还是怎么样，好像随时在等着他回来。

原炀道："顾青裴，搬回来吧，我喜欢住这里。"

顾青裴沉默了半晌，开口道："原炀，咱们这回真的能好好相处吗？"

原炀坚定地说："当然。"

顾青裴轻轻笑了笑，鼻头有些发酸。

"那你呢？"

"我哪儿也不去了。"顾青裴的声音轻柔，但很笃定。

TIT FOR TAT

Chapter 23

周一早上，顾青裴和原炀一同去了企业家联会的办公室。秘书长、执行会长和原立江早就到了，原立江看到他们的出现，脸色很平静，很多消息他早已经获知。银行的款项已经划拨到原炀公司的账户，合同一签，立刻就能付款，原立江此时已经没有时间阻止原炀。

签完字，原炀看了原立江一眼，原立江也扫了他一眼，然后扭过头去。

两人从联会大厦出来的时候，对视一眼，一同露出了胜利的笑容。

顾青裴踌躇满志道："希望信用社能尽快启动，那我的公司就不愁钱了。"

"我会加紧推动，联会也不会松懈的。"

顾青裴眯着眼睛看了一眼明晃晃的日头，心情很是舒畅。

两人坐进车里，原炀递给顾青裴一个文件袋。

顾青裴奇道："什么东西？"

"你看看。"

顾青裴看了一眼，怔住了。那是一份股权转让合同，原炀把他所持有的信用社的全部股份都转给了顾青裴。顾青裴瞪大眼睛："这是什么意思？"

"这个项目我本来就是打算送给你的，"原炀明亮的眼睛一眨不眨地看着他，"算我补偿你也行。我知道你一直忌讳我爸，你在他面前连说话的份儿都没有，很憋屈吧？有了这个，你就是信用社的第一大股东，这能让你在面对我爸的时候心情好一点吗？"

顾青裴的手指有些发颤："我不用你这么做，我跟你爸之间本来就不存在什么竞争，也不是我有能耐就能让他妥协。"

"我就是想让你在他面前硬气一些。"

"原炀，你还不明白吗？这不是争强斗胜的事儿。"

原炀垂下眼睑，半晌后，他轻声说："我想这样能让你解气一些，你就……能不能原谅我爸做过的事情？"

顾青裴一怔，看着原炀失落的表情，他感到一阵心酸，和自己的父亲闹成这样，原炀应该是最不好受的那一个。他安抚道："你爸是你爸，你是你，我真的不需要这个。"

原炀笑道："你收着吧，这些股份一开始就是为你准备的。我以前吃你的睡你的，却没送过你半点像样的东西，还给你造成那么大的损失，以后我的都是你的。"

顾青裴失笑道："你可比以前精明多了，绕来绕去，不还是你的。"

原炀扯着嘴角一笑："我都是跟你学的。"

在原炀的坚持下，顾青裴在协议上签了字。原炀愿意送他，他也没什么理由不接，毕竟现在两人是利益共同体了。

两人正打算驱车回家，原炀的电话响了起来，他看到来电显示后，眉头微皱："喂，爸。"

顾青裴听在耳里，面上却没什么表情。

半晌后，原炀挂了电话。

顾青裴轻声道："怎么了？"

原炀迟疑道："他让我回去一趟。"

顾青裴惊讶道："回哪儿？回你家？"

"嗯。"原炀靠在椅背上，蹙眉思考着什么。

"这是什么意思？"

"我不确定是不是我想的那样。"

顾青裴突然想起了原立江的一通电话，原立江说，原炀不肯回家，除非带他回去。现在原立江主动让原炀带他回去，是透露什么信息呢？难道……原立江妥协了？他看着原炀，意识到原炀也跟他想一块儿去了，只是两人都没说出来，他问道："你要回去吗？"

原炀的表情隐隐有一丝不安："那要看你，你愿意去，我们就去。你不愿意就算了。"

"你分析分析，你爸叫我们回去干吗？"

"他认识到了自己的错误，决定纠正。"

"你就这么肯定？"顾青裴揶揄道，"别做梦了。"

"这是最好的情况，差一点的，就是因为我当初说过，除非有一天你们和解，否则我不会回家，"原炀眼含期待地看着他，"所以他让步了。"

顾青裴笑了笑，说："你这么一说，还有什么我愿不愿意的，这不必须得去。"

原炀柔声道："你跟我回去吧，我知道我爸对不起你，所以我补偿你。我也不可能一辈子不回家，你心里有气冲我发，原谅我爸吧，好吗？"

顾青裴大方地说："没什么原不原谅的，我能理解原董那么做的原因，怎么说他也是你爸，回去看看吧。"

原炀心中充满感激，说："你放心，我不会再让任何人欺负你，哪怕是我亲爹也不行。"

顾青裴拍了拍他的肩膀，笑容有几分无奈、几分迷茫。

两人驱车去了原炀家。这个地方顾青裴以前来过几次，那时候他还是原立江赏识的下属。时过境迁，再次踏进这个门，他的情绪相当复杂，也不知道一会儿要面对什么，不过他并不担心原立江给他难堪，他撬走了原立江的儿子，他已经赢了。

车开进了院子，下车后，原炀站在原地没动，他抬起头，看着眼前这栋熟悉的别墅，心里有些触动。这是他从小长大的地方，是他的家，可他已经有两年多没回来了。他当时是憋着一口气离开这里的，他曾经发誓，不闯出一番天地，他绝不回来。

顾青裴也默默看着这栋房子，神色无波无澜，其实心中潮涌。

两人并肩进了屋。

原立江和吴景兰坐在沙发上，直勾勾地盯着他们。吴景兰率先缓和气氛："坐吧。"

原炀跟顾青裴也坐到了沙发上。

顾青裴推了推眼镜，试图掩饰自己的尴尬。四人之间那微妙的气氛，让他多少有些别扭。

原立江开口了："我要恭喜你们，真的把钱弄出来了。"

原炀平静地说："是顾青裴帮了我。"

顾青裴扫了夫妻俩一眼，看上去镇定从容，没半分窘态。

原立江道："拿到这些股份，我们就是利益共同体了。说起来，两年多了，这是我们父子俩第一次合作，而不是互相拆台。"

原炀沉声道："爸，你放心，以后也不会了。"

"是你想通了，还是顾青裴让你想通了？"

原炀抬起头和自己的父亲对视："是他回来了。"

原立江嘴角抽动："原炀，撇开一切不说，你有没有觉得愧对父母？"

原炀脸色微变，他突然站了起来，然后扑通一声跪在了父母面前。

吴景兰别过脸去，眼圈红了。

原炀哑声道："爸，妈，我对不起你们，但是是你先做了错事，我已经长大了，我要选择自己的人生。"

原立江深吸了一口气，沉声道："其实两年前我看到你那个样子，就已经后悔了。我曾经想过，如果分开这段时间改变不了什么，我就不管你们了。"

顾青裴看着这对父子，心出奇平静。

原立江看着顾青裴："你们当初非要出去单干，我不同意，除了担心你利用原炀威胁我，侵占公司利益，还有一个很重要的原因，就是我觉得你不会对他忠诚。以你顾青裴的手腕，别说是以前，就是现在，原炀也未必能比你精明，你要玩他，实在太简单了。但是这次的事，你愿意拿全部身家给他作担保，确实让我刮目相看。"

顾青裴张了张嘴，最终还是没说出话来。

原立江无可奈何地叹了口气，疲倦地说："我就说这么多吧，我也不留你们吃饭了。反正我就这态度，你们的选择，你们自己负责。但是你不能不回家，这两年，你妈为了你操了太多心。"

原炀看了自己母亲一眼，心中满是愧疚。

吴景兰抹了抹眼泪："起来吧。"

原炀看着自己的父母："这个星期六我回家吃饭。"

原立江朝他们挥了挥手。

两人起身走了。

"顾青裴。"原立江突然开口。

顾青裴转过身来，直直地看着他。

原立江的目光深沉如水："你进屋之后一句话都没有说，有什么要说的吗？"

顾青裴轻声道："原董有什么要和我说的吗？"

"我想先听听你的。"

顾青裴想了想："我有两句话。第一句，我对他有足够的忠诚。第二句，我接受你的道歉了。"

原立江的嘴唇有些颤抖，他和顾青裴对视了半晌，最终点了点头。

他们从屋里出来到坐车离开，一直沉默着，直到原炀突然转动方向盘，把车停在了路边。

顾青裴转过头看着他，他的胸膛起伏得厉害。原炀也看着顾青裴，眼神看上去很难受。顾青裴轻声道："这是一个不错的开端，你应该高兴点儿。"

　　原炀哑声道："我知道，谢谢你给我爸一个台阶下。"

　　"应该的，都过去了，你也替他补偿我了。"

　　原炀深吸了一口气，他终于能卸下心头的负担。

　　"咱们终于阶段性地忙完了一件事，休息几天吧。"

　　"好啊，你想出去度假吗？"原炀道，"上次那个岛……"

　　"没时间跑那么远，"顾青裴嘟囔道，"你可真记仇。我打算回家看看父母。"

　　"那我跟你一起去吧，我还没在 C 市玩过。"

　　"行啊，"顾青裴眯着眼睛笑道，"有我这个地陪，保证你尽兴。"

　　原炀说是去玩儿，结果却准备了一大堆东西，比他还像回乡走亲戚。

　　原炀忙活到半夜，反而兴奋得睡不着。顾青裴在一旁看着，无奈道："你别装了，这么多东西我爸妈怎么吃得完？"

　　"吃不完可以送亲戚。"

　　"行了行了，就这些吧。"顾青裴指指身旁的沙发，"咱们说会儿话。"

　　原炀坐在旁边。两人的目光在暖光中交汇，眼中的情绪都温暖而宁静。

　　顾青裴轻声道："明天见了我爸妈，你拿出点儿商场精英范儿来，别跟两年前似的，一看就是个毛头小子。"

　　"那你爸妈不也挺喜欢我的。"

　　"我爸那是客气，我妈嘛，不是看你长得帅吗？"

　　原炀歪着嘴角一笑："你放心吧，我这次一定好好表现，让他们看看你身边有一个多么能干的合伙人。"

　　顾青裴笑骂道："你就会吹牛。"

　　"我怎么吹牛了，你还怕我照顾不好你？"

　　顾青裴低笑道："还成，小狼狗长大了。"

　　原炀皱了皱眉头："什么小狼狗？"

　　"你别跟我扯淡了，我想跟你说正事儿呢。"顾青裴直直看着他，"原炀，你真的觉得我们能一直合作下去吗？"

　　原炀一听这话就有点上火："我去，我为了你都奋斗成什么样儿了，你还怀疑这个？你说这句话摸过良心吗？"

顾青裴开玩笑道："我们之间的差异始终存在，有时候我心里也没底。"

原炀哑声道："你有什么好没底的？从头到尾都是我上赶着追着你跑。"

"万一我先老了不中用了……"

"你有完没完啊？我就刺激刺激你，你怎么记到现在呢？"原炀忿忿地看着顾青裴狡黠的模样，"老拿这个挤对我。"

"你没事儿刺激我干什么？找抽啊。"

"我看着你来气不行吗？你刚回国那会儿，我们第一次在厕所碰上，你那副正眼都懒得看我的模样真是太欠揍了。我看着你，就想起你当时一声不响地走了，我就气得想抽你。"

顾青裴抬高音量："行了行了啊，我当年对你还一肚子怨气呢，你是不是真想比谁更缺德啊？"

原炀一听这个就有点儿泄气，嘟囔道："你说好了不怪我了。"

顾青裴无奈道："我不怪你了，你也别怪我了，好吗？"

"好吧。"

顾青裴认真地说："说到做到。"

两人交换了一个无比坚定的眼神。

原炀带了一堆东西跟着顾青裴回老家，光托运箱子就装了五个，体积之庞大，看得顾青裴直皱眉头。

到了家，顾母一见到原炀就眼前一亮，很是高兴。

原炀大方地一笑："伯父、伯母，咱们两年多没见了。"

顾母笑了笑："可不是。其实时间也不长，怎么感觉你变了好多呢，一看就成熟了不少。"

"确实，以前你看着像没毕业的学生，现在看着就是一个大人了。"顾父也说道。

原炀微笑道："这两年我历练得比较多。"

"好事儿，好事儿。"

顾青裴认真地说："爸、妈，原炀以后就是我的长期合伙人了，他对我很重要，在 B 市有他照应我，你们可以放心。"

"哎呀，那太好了，原炀一看就年轻有为，有他照应着，这多好啊。"

晚上，顾母做了一大桌子的好菜，饭桌上其乐融融，欢声笑语不断，俨然就是一家人。

吃完饭，顾母催着他们去消消食，两人下楼散步。

"你爸妈真好，"原炀感叹道，"都很淳朴亲切，怎么你就这么精明呢？"

顾青裴笑骂道："我不精明怎么对付你？"

"哼！"原炀掩不住笑意，"对了，你还爱假正经。"

"你小子，我觉得我假正经比你真流氓好一些。"

两人慢悠悠地走着，有一搭没一搭地聊天，不时看着天上的月亮。

"顾青裴。"

"嗯？"

"你今天高兴吗？"

"当然高兴。"

"我也很高兴。"原炀笑着说，"我觉得现在一切都很好，好到有些不真实。"

顾青裴也有一种苦尽甘来的通透感："这些都是真的，我们的以后还会更好。"

"我知道，我相信。"

"对了，以后我们合伙，你要听我的。"

"什么？"原炀佯怒道，"凭什么我听你的？我现在也是总裁呢。"

"没有凭什么，你就要听我的，我的学历、阅历、智慧、情商都在你之上。"

"你可真能往自己脸上贴金。"原炀气乐了。

"那你同不同意？"顾青裴斜睨着他。

"我……"原炀不服气地瞪了他一眼，又很没骨气地说，"听你的就听你，我让让你。"

"嗯，明智之举。"

"有一件事你也要答应我。"

"你说。"

原炀停下脚步，凝望着顾青裴的瞳眸："走到哪都带上我。"

顾青裴直视着原炀的眼睛："原炀，你把心放回肚子里，这一回只要你不犯浑，我陪你走到底。"

他们走过了困顿，走过了阴霾，走过了崎岖逶迤的险途，依然选择一路同行。

— 全文完 —

图书在版编目（ＣＩＰ）数据

针锋对决 / 水千丞著 . — 北京：北京燕山出版社，
2022.4
ISBN 978-7-5402-6434-5

Ⅰ . ①针⋯ Ⅱ . ①水⋯ Ⅲ . ①长篇小说 – 中国 – 当代
Ⅳ . ① I247.5

中国版本图书馆 CIP 数据核字 (2022) 第 018973 号

针锋对决

作　　者：水千丞

责任编辑：王月佳

装帧设计：小茜设计 Miniqian
Designstudio·Des1gnprint

出版发行：北京燕山出版社有限公司

社　　址：北京市丰台区东铁匠营苇子坑 138 号 C 座

电　　话：010–65240430（总编室）

印　　刷：长沙鸿发印务实业有限公司

开　　本：710mm × 1000mm　1/16

字　　数：413 千字

印　　张：24.5

版　　次：2022 年 4 月第 1 版

印　　次：2022 年 4 月第 1 次印刷

定　　价：54.80 元